Daniela Knor
Klingenschwestern

Zu diesem Buch

Die junge Kriegerin Rhiana gerät auf der Flucht vor dem Flammenbund in unbekanntes, gefährliches Terrain: Die Amazone und ihre Gefährten glauben eine sichere Zuflucht gefunden zu haben, als ihnen ein geheimnisvoller Orden Gastrecht auf einer versteckten Burg gewährt. Doch die Gesetze des Ordens sind streng, und die Anhänger schmieden ihre eigenen Pläne. Zudem hat der Flammenbund das Versteck aufgespürt und sät Zwietracht unter Rondras Klingenschwestern. Als die Gäste obendrein mit den Gesetzen der Amazonen in Konflikt geraten, erweist sich die vermeintliche Zuflucht als tödliche Falle … »Rhiana die Amazone« führt das erfolgreichste deutsche Rollenspiel »Das Schwarze Auge« in ein neues Zeitalter.

Daniela Knor, geboren 1972 in Mainz, studierte Anglistik, Geschichte und Psychologie. Sie lebt heute mit ihrem Mann, zwei Pferden und etlichen Hühnern auf einem Bauernhof in der Nähe von Regensburg. Sie hat mehrere erfolgreiche Fantasy-Romane veröffentlicht, die ebenso wie dieser Band auf dem Kontinent Aventurien, der Welt des Rollenspiels »Das Schwarze Auge«, spielen. Zuletzt erschienen ihre »Rhiana«-Romane »Das Geheimnis des Königs« und der vorliegende Band »Klingenschwestern«.

Daniela Knor

KLINGENSCHWESTERN

RHIANA DIE AMAZONE 5

Ein Roman aus der Welt des Rollenspiels
»Das Schwarze Auge«

Piper München Zürich

Aus dem Zyklus »Rhiana die Amazone« liegen bei Piper Boulevard vor:
Hans Joachim Alpers: Der Flammenbund (9101)
André Wiesler: Das Artefakt (9102)
Daniela Knor: Das Geheimnis des Königs (9103)
Hans Joachim Alpers: Verschwörung in Havena (9104)
Daniela Knor: Klingenschwestern (9105)

Serienredaktion: Hans Joachim Alpers

Originalausgabe
Dezember 2005

Umschlagkonzept: Zero, München
Umschlaggestaltung: Nele Schütz Design, München
Umschlagabbildung: Jan Patrik Krasny via Agentur Schlück GmbH
Gesamtherstellung: Clausen und Bosse, Leck
Printed in Germany
ISBN-13: 978-3-492-29105-7
ISBN-10: 3-492-29105-8

www.piper.de

Für Conny

In Dankbarkeit für zwölf schöne Jahre

Für ihre Hilfe bei der Entstehung dieses Romans danke ich Hans Joachim Alpers, Sarah Nick und Thomas Römer. Heike Wolf danke ich für ihre konstruktive Kritik, die stets willkommen ist. Besonderen Dank verdient Ulrich Kneiphof dafür, dass er es trotz Zeitnot wieder geschafft hat, den Tobriern ihren Dialekt mitzugeben. Und ich danke vor allem Torsten Bieder, der mich wieder so lange mit Aventurien teilen musste.

Ganz besonders danke ich meinen Lesern!

Mehr Informationen rund um meine Romane gibt es im Internet unter www.daniela-knor.de.vu

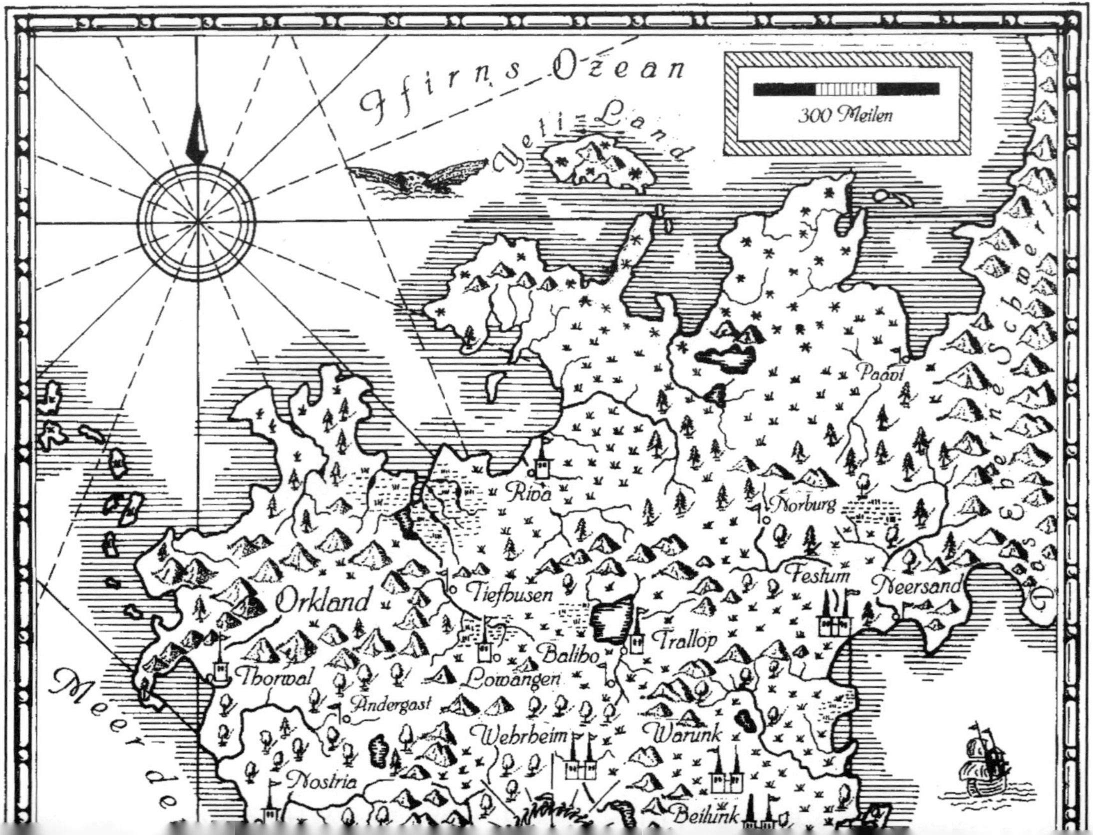
Ifirns Ozean
Yeti-Land
300 Meilen
Das Ehernes Schwert
Paavi
Riva
Norburg
Festum
Neersand
Orkland
Tiefhusen
Trallop
Balibo
Thorwal
Lowangen
Andergast
Wehrheim
Warunk
Nostria
Beilunk
Meer de

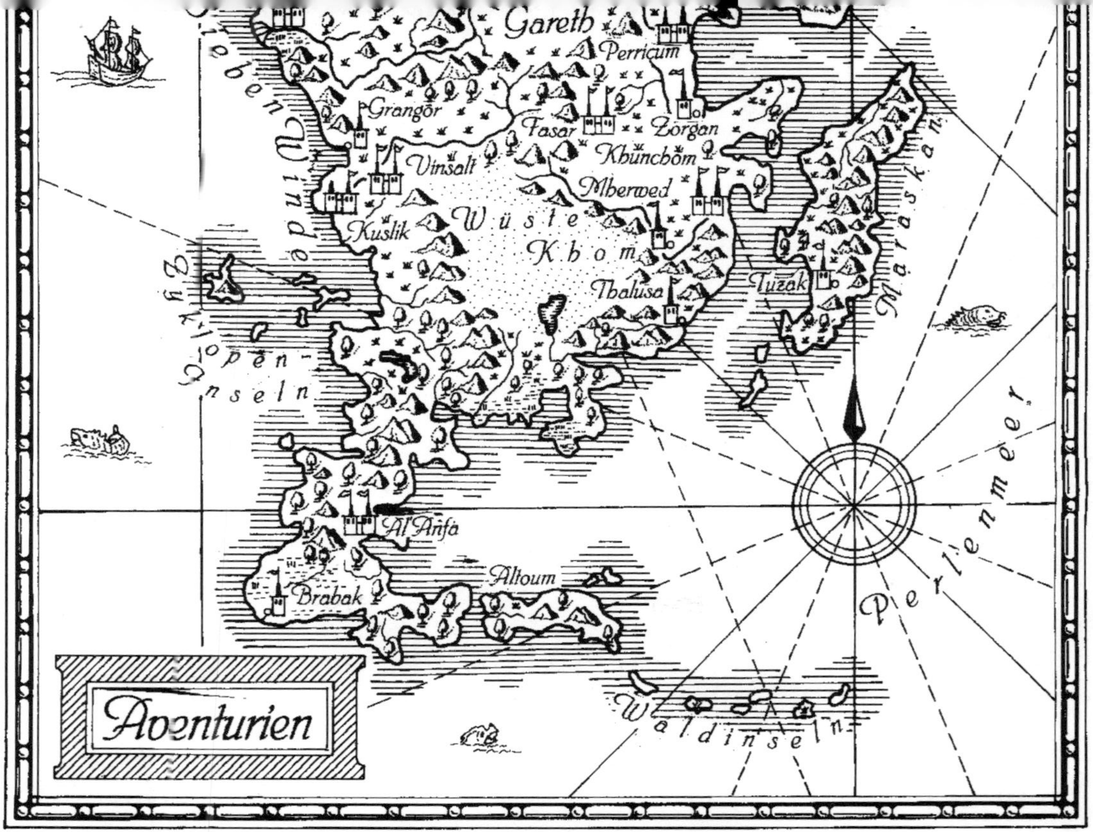
Aventurien
Gareth
Perricum
Grangor
Fasar
Zorgan
Vinsalt
Khunchom
Mherwed
Kuslik
Wüste Khom
Thalusa
Tuzak
Maraskan
Zyklopeninseln
Al'Anfa
Altoum
Brabak
Perlenmeer
Waldinseln

Was bisher geschah …

Rhiana, Prinzessin des Inselkönigsreichs Talania im Meer der Sieben Winde, ist mit ihrem Volk auf der Flucht vor den Schergen des Flammenbundes. Dragor Atamur, der Anführer ihrer Feinde, vermutet, dass Rhiana den Ort kennt, an dem das Erste Schwarze Auge verborgen ist, denn Rhianas ermordeter Vater König Arlos soll dieses Geheimnis einst gehütet haben. Mit Hilfe dieses mächtigen Artefakts, mit dem man in die Vergangenheit, Gegenwart und Zukunft blicken kann, wollen die Verschwörer die Rückkehr des aus der Welt verbannten Drachen Pyrdacor ermöglichen. Um dieses Ziel zu erreichen, ist ihnen jedes Mittel recht.

Einen Angriff durch Söldnertruppen können die Talanier zurückschlagen, aber ein Gestaltwandler schleicht sich ein und tötet Rhianas Ziehvater Tjalmar. Auf der Jagd nach dem Mörder findet Rhiana hilfreiche Verbündete in einer Gauklertruppe. Die Gauklerin und Halbelfe Finni schließt sich ihr sogar an.

Während ihr Volk in Havenas halb versunkener Unterstadt vorübergehend ein Versteck findet, folgen Rhiana und Finni dem brutalen Dom Lando, der für den Flammenbund ein Schwarzes Auge aus dem magischen Farindelwald bergen soll. Dank der mächtigen Feen, die über den Wald gebieten, scheitert Dom Lando, und Rhiana und ihre neue Freundin gehen einer Spur über den Verbleib des Ersten Schwarzen Auges im Sumpfdelta bei Havena nach. Dort retten sie den Tulamiden Rashid, der die Frauen von nun an begleitet. Unterwegs gelingt es Flammenrätin Elidana, sich in Rhianas Vertrauen zu schleichen und sie auszuspionieren. Aber auch Sarja, Baronin zu Abilacht und Stiefmutter von Rhiana, trachtet nach dem

Leben der Prinzessin, um den Thron von Talania für sich zu beanspruchen. Nach einem fast aussichtslosen Kampf gegen eine Armee von Untoten findet Rhiana eine unvollständige Botschaft ihres Vaters, die einen Hinweis auf die Zyklopeninseln enthält. Doch bevor die Talanier dorthin in See stechen können, wird Havena von einer thorwalschen Piratenflotte angegriffen.

Während es der albernischen Flotte gelingt, die Thorwaler vernichtend zu schlagen, verhindern Rhiana und ihre Freunde die rituelle Opferung eines Jungen durch den Flammenbund. Die Mutter des Jungen ist die einflussreiche Kaufherrin Patrusco, die ihnen zum Dank Schiffe zur Verfügung stellt, um die Talanier außer Landes zu bringen. Währenddessen kommt Dom Lando beim Versuch, ein Schwarzes Auge aus dem geheimnisvollen *Nahemas Turm* zu bergen, ums Leben.

Derweil führen der mächtige Reichsmarschall Graf Tedesco von Perricum und der aus dem bornländischen Exil zurückgekehrte Herzog Kunibrand von Tobrien Krieg um die Krone des Kaiserreichs. Ohne von seinem doppelten Spiel zu wissen, vertrauen beide dem intriganten Ritter Mortenberg, der bei all dem auch seine eigenen Ziele nie aus den Augen verliert. Sie ahnen nicht, dass hinter Mortenberg der Flammenbund steht und bereits die Finger nach der Macht im Reich ausstreckt …

Kapitel 1

Die Sonne brannte vom leuchtend blauen Himmel, aber der Wind, der von den Gipfeln der Schwarzen Sichel herabwehte, streifte die Bewohner des Tals selbst im Hochsommer mit dem kühlen Hauch des Winters.

Burg Firnwacht,
Oberdarpatien,
Rondra 893 BF

Als wollte er verhindern, dass wir die kalte Jahreszeit auch nur für einen Tag vergessen, dachte Rovena. *Hier oben hat Praios' gleißendes Auge nur wenig Macht. Rondras Feuer ist es, das meine Glieder wärmt. Und doch wird mein Bruder heute im Namen des Götterfürsten über mich triumphieren und Rondra auf ihren Platz als Wächterin verweisen. Denn Wächterin war ich all die Jahre über dieses Tal, während unsere Eltern gebrechlich wurden und starben. Während er sich an den Fürstenhöfen amüsierte … Verflucht soll er sein!*

Die junge Frau warf unwillig ihr langes dunkelblondes Haar zurück und ließ den Blick über die festlich gedeckten Tafeln auf der Wiese vor der Burg schweifen. Ihr Bruder würde sich nicht über sie beklagen können. Die weißen Tischdecken strahlten im Sonnenlicht so grell, dass sie Rovena blendeten. Zarte Blumengebinde rankten zwischen dem polierten Zinngeschirr, aus dem das blinkende Silber für Cordovan Haubrand von Dergelau zu Firntal hervorstach, wie der Herr sich von seinen Untertanen abheben sollte.

Baron Cordovan, korrigierte sich Rovena. *Zu Firntal. Der Titel, den ich tragen sollte. Denn was wird der Lohn dafür sein, dass ich unsere Ländereien vor dem Verfall bewahrt habe, während er sich zum Ritter ausbilden lassen durfte? Dass ich der Lächerlichkeit preisgegeben werde! Junkerin Rovena*

Rainmuthe von Dergelau zu Bocksklamm. Bocksklamm! In einem Atemzug mit dem stolzen Namen Dergelau! Das war schon immer eine Beleidigung und wird es auf ewig bleiben!

Zorn erfüllte sie, ließ ihren kraftvollen Körper erbeben, der so viel besser zum Kampf als zum Führen der Rechnungsbücher taugte. Zorn auf die Götter, die ihr dieses ungerechte Schicksal auferlegt hatten: Zweitgeborene zu sein in einem Land, in dem nur der Älteste zählte.

Während einige Firntaler den riesigen Bratspieß drehten, an dem ein ganzer Ochse Platz gefunden hatte, rollten andere Bierfässer heran, mit deren Inhalt das Volk auf seinen neuen Baron anstoßen sollte.

Auf den Baron, der es nicht einmal geschafft hat, zur Beerdigung seines Vaters zu erscheinen, ärgerte sich Rovena. *Nur weil er seinen Herrn angeblich unbedingt auf ein Turnier in Gareth begleiten musste. So viel sind wir den Rabenmunds also noch wert.*

Als junges Mädchen hatte sie Stolz auf ihre Verbindungen zum Hause Rabenmund empfunden. Im Lauf der Jahrhunderte waren immer wieder einmal Ehen zwischen Dergelaus und Rabenmunds geschlossen worden. Wenn auch nur mit weniger bedeutenden Angehörigen des alten Fürstengeschlechts, das über ganz Darpatien gebot. Dennoch war es nur selbstverständlich und doch eine große Ehre zugleich gewesen, dass Cordovan im Alter von zwölf Jahren als Knappe nach Burg Rabenmund gegangen war, um dort zu bleiben, bis sein Dienstherr ihn mit zwanzig Jahren zum Ritter schlug. Aber Cordovan hatte es auch in den beiden Jahren danach vorgezogen, dem Gefolge des Grafen von Wehrheim anzugehören, anstatt in seine ärmliche, abgelegene Heimat zurückzukehren.

Wahrscheinlich macht er mit den anderen Vornehmen Witze über uns Schneeschrate aus den Bergen!

Ein Knecht schleppte ein Weinfass heran, hinter dem er kaum hervorblicken konnte, und rammte die Festtafel, sodass Pokale kippten und in die Blumenzier kullerten. Erschrocken ließ er seine Last beinahe fallen, als er sie abstellen wollte, um hastig in Ordnung zu bringen, was er angerichtet hatte. Rovena verpasste ihm eine schallende Ohrfeige. »Bin ich hier nur von Trollen umgeben?«, herrschte sie ihn an. Auf der Wange des Mannes prangte ein roter Abdruck ihrer Hand. »Pack dich, du Trampel, sonst landest du bei deinem Vetter auf dem Spieß!«

Der Knecht hastete eingeschüchtert davon und ließ den Wein einfach stehen. Augenblicklich eilten Mägde herbei, um den Tisch wieder herzurichten und das Fass auf einem Gestell in der Nähe des Ehrenplatzes abzusetzen, bevor die Wut ihrer strengen Herrin sich gegen sie richten konnte. Jede von ihnen hatte Rovenas Zorn bereits am eigenen Leib zu spüren bekommen. Eine Erfahrung, die sie nicht wiederholen wollten.

»Herrin!«, rief eine helle Stimme von den Zinnen des einzigen Turms herab, den Burg Firnwacht aufzubieten hatte. »Da nähern sich Reiter! Der Baron kommt!«

Die Wachfrau auf dem alten Bergfried unterstrich ihre Worte, indem sie mehrmals heftig nach Süden deutete. Angewidert von so viel kindlicher Begeisterung blickte Rovena den Weg hinab, den jeder Reisende nehmen musste, um nach Firntal zu kommen – was äußerst selten der Fall war, denn abgesehen von einer fahrenden Händlerin aus Gallys und den Rittern der Baronie verirrte sich kaum je ein Fremder in die Einsamkeit des Gebirges.

Hinter Rovena liefen ihr Gesinde und die ersten Gäste zusammen, die Edlen und Junker samt ihren Familien, die bereits am Vortag von ihren bescheidenen Gütern her eingetroffen waren. Aus dem Dorf strömten Bäuerinnen und Hirten, die Perainegeweihte und der Dorfschmied, die Müllerin, die Jäger, die schwarzgesichtigen Köhler und eine große Schar Kinder herbei, deren Gejohle Rovena an das Geläut einer Hundemeute erinnerte. Obwohl von allen erwartet wurde, dass sie ihrem neuen Herrn einen angemessenen Empfang bereiteten, fühlte sich niemand dazu gezwungen. Sie waren vielmehr erpicht darauf, ihren vornehmen Baron, der in den höchsten Kreisen verkehrte, endlich zu Gesicht zu bekommen.

Einige hielten sogar Flöten und Trommeln bereit, um bei diesem großen Fest später zum Tanz aufzuspielen.

Endlich kamen die angekündigten Reiter in Sicht. Rovena hatte keinen Blick dafür, wie prächtig die Ritter in ihren bunten Wappenröcken und blitzenden Rüstungen auf die Firntaler wirkten. Sie sah in ihnen nur den niederen Adel ihrer Besitzungen, der ihrem Vater auf seine Weise stets ebenso dienstbar gewesen war wie die Bauern. Ihre Augen wichen nicht von dem Mann an der Spitze des Zuges. Neben seinem wuchtigen, aber hochbeinigen Streitross, das den Hals zu einem eleganten Bogen wölbte, verblassten die Pferde der anderen zu glanzlosen Mähren. Auf seinem Schild prangte das zweigeteilte Wappen: links die silberne Weide auf grünem Grund der Familie Dergelau, rechts der schwarze Turm auf weißem Grund von Firnwacht. Sein Waffenrock über dem Kettenhemd wiederholte das Grün und Weiß, an seinen Stiefeln steckten die silbernen Sporen, Zeichen seines Standes.

Als er das rotbraune Ross wenige Schritt vor Rovena zügelte, ging ein Raunen durch die Menge. Abgesehen vom Schatten des Bartwuchses im Gesicht des jungen Mannes glichen seine Züge denen seiner Schwester, als hätte man ihr einen Spiegel vorgehalten. Sie hatten die gleiche Haarfarbe, wiesen beide das markante, trotzige Kinn des Vaters und die auffällig grünen Augen der Mutter auf. Zwillinge, die sich nur durch die Form ihrer Nase unterschieden, die bei Rovena schmaler und kantiger ausgeprägt war, während die ihres Bruders weiter hervorstand.

Cordovan schien ebenso verblüfft wie seine Untertanen.

Hat er im Saus und Braus seiner Knappenjahre etwa vergessen, dass ich an seiner Stelle säße, wenn er sich nicht um wenige Augenblicke vorgedrängelt hätte?, ärgerte sich Rovena. *Als Kinder haben wir uns noch einen Spaß daraus gemacht, die Erwachsenen mit unserer Ähnlichkeit zu foppen.*

Sie erwiderte sein erstauntes Lächeln nicht, sondern sah sich herrisch nach ihrer Kammerfrau um, die ihr rasch den mit Wein gefüllten Silberkelch reichte. Cordovan sprang aus dem

Sattel und trat vor, um den rituellen Trunk entgegenzunehmen.

»Willkommen auf Firnwacht, Cordovan, Baron von Firntal«, sagte Rovena so laut, dass jeder der Anwesenden es hören konnte.

Ihr Bruder genehmigte sich einen tiefen Zug, wie das Protokoll es vorschrieb. Dann hob er den Pokal und prostete der Menge freundlich zu, die daraufhin in Jubel ausbrach. Rovena wandte sich kühl von Cordovan ab, um ihm mit einer Geste den Ehrenplatz zuzuweisen. Die schlimmste Demütigung stand ihr erst morgen bevor, wenn sie wie alle Ritter und Edlen das Knie vor ihm beugen und den Treueid ablegen musste. Bei dem Gedanken daran wurde ihr übel.

Stallburschen und Knappen brachten die Pferde der neuen Gäste fort, während die Ritter und Junkerinnen samt ihren Begleitern ihrem Baron zu Tisch folgten. Unter Rovenas strengem Blick trugen die Mägde knuspriges Brot und allerlei gebratenes Wild, appetitlich duftende Rahmsoße und feines Sommergemüse auf. Wein wurde reichlich ausgeschenkt, und bald befand sich die Festgesellschaft in bester Laune.

»Schwester, Ihr versteht es, eine Feier auszurichten«, lobte Cordovan freundlich, aber Rovena glaubte, eine andere Botschaft aus seinen Worten herauszuhören.

Verhöhne uns nur, uns und unsere einfachen Speisen!, dachte sie bitter. *Natürlich ist man am Fürstenhof ganz anderes gewöhnt. Raffinierte Gaumenfreuden, die mehr Gold kosten, als dieses karge Land jemals abwerfen wird.*

Ein Stück weiter ins Tal hinab hatte das Volk seine Humpen und geschnitzten Schalen ausgepackt und sich mit Ochsenbraten, Brot und Bier schmausend auf der Wiese niedergelassen. Von allen Seiten drangen fröhliche Stimmen und Gelächter auf Rovena ein, deren Gesicht sich immer mehr verdüsterte. Cordovan hatte es aufgegeben, mit ihr ein Gespräch zu suchen, und unterhielt sich lieber mit dem alten Ludogrimm vom Blauforst und dessen Tochter Deromin, die gewiss ein Auge auf den schneidigen Baron geworfen hatte. Als dann auch noch die Spielleute mit Trommelwirbeln und Flötenklang zum Tanz riefen, konnte Rovena die Ausgelassenheit nicht länger ertragen. Mit einer gemurmelten Entschuldigung, die das Ohr ihres Bruders ohnehin nicht erreichte, erhob sie sich, um in die Abgeschiedenheit des Burghofs zu entfliehen.

Dort lehnte sie sich – im Schatten versteckt – an die groben Steine der Mauer, deren Kälte ihr selbst durch Leinenhemd und Samtweste noch Gänsehaut auf die Arme trieb. Es gab keinen ehrenvollen Weg für sie, das Schicksal aufzuhalten. Im Stillen flehte sie zu Rondra, ohne zu wissen, worum sie bitten sollte, denn die Göttin war aufrecht und geradeheraus und forderte dies auch von ihren Gläubigen. Würde die Leuin ihr beistehen, wenn sie den Mann zum Zweikampf forderte, den Praios rechtmäßig zum Baron bestimmt hatte? Wohl kaum. Womöglich hatte auch Cordovan sich vor Rondra bereits als mutiger Streiter ausgezeichnet. Was wusste sie schon darüber, was er im Dienste seines Herrn geleistet hatte?

Und doch quälte sie die Ungerechtigkeit, jagte abwechselnd Zorn und Verzweiflung durch ihre Adern. *Bocksklamm!* Dieses winzige Gutshaus am Eingang einer Schlucht, die so tief eingeschnitten war, dass im Winter nie das Sonnenlicht bis zum Talgrund hinunter schien. *Lieber hause ich mit den Harpyien auf ihren Gipfeln!*, schwor sich Rovena.

Plötzlich stutzte sie. Das vergnügte Lärmen vor der Burg hatte sich in angsterfülltes Geschrei verwandelt. Hatte jemand zu tief in seinen Krug geschaut und schlug nun betrunken um sich?

Rovena lief zum Tor, wo ihr schon flüchtende Mägde und Gäste mit wehenden Kleidern entgegenrannten.

»Rettet Euch, Herrin!«, rief ihr eine der Edlen zu. »Da draußen ist ein gewaltiges Untier!«

Ein Ungeheuer?, wunderte sie sich und dachte keinen Augenblick daran, umzukehren. *Was zur Niederhölle …?*

Der Anblick, der sie vor Burg Firnwacht erwartete, löschte jeden vernünftigen Gedanken aus. Panisch stoben die Menschen vor einem wahrlich gewaltigen Wesen auseinander, das auf gigantischen, ledrigen Schwingen aus dem Himmel auf sie herabstieß. Ohne es zu merken, hielt Rovena inne und konnte das grün geschuppte Ungetüm nur ungläubig anstarren. Noch während es auf sechs Beinen landete, von denen ein Paar in fellbedeckten Tatzen endete, spie das Ungeheuer einen Flammenstrahl in die Menge, der die Getroffenen wie Fackeln auflodern ließ. Kreischend warfen sich einige der Brennenden zu Boden, um das Feuer zu ersticken, andere stürmten kopflos davon.

Rovena rührte sich immer noch nicht. Wie jeder im Tal hatte sie Geschichten über Drachen gehört, aber es hatte sie nicht darauf vorbereiten können, einem leibhaftigen Untier dieser Größe gegenüberzustehen. Allein der Leib übertraf in seinen Ausmaßen so manche arme Bauernkate und endete in einem ebenso langen Schwanz. Aus der breiten Brust wuchsen drei baumdicke Hälse empor, auf denen hoch über Rovena jeweils ein Kopf saß. Doch nur zwei der riesigen Schädel trugen nach hinten geschwungene Hörner über einem zähnestarrenden Echsengrinsen. In der Mitte brüllte dagegen ein von einer prächtigen Mähne umwalltes Löwenhaupt seine Drohung heraus. Von einer solchen Kreatur hatte Rovena noch nie gehört. *Oder doch?*

Die tapfersten Ritter von jenen, die noch nicht das Weite gesucht hatten, erwachten aus ihrer Schreckensstarre und griffen das Ungeheuer an. Einer der Drachenköpfe stieß ihnen eine weitere sengende Lanze aus Feueratem entgegen, bevor sie in einem wilden, blutigen Wirbel von Prankenhieben, Schwanzschlägen und blitzschnellen Bissen vergingen. Mit ruckenden Bewegungen zerrissen die gewaltigen Schädel ihre Opfer, um sie gierig zu verschlingen.

Aus Cordovans Gesicht sprach blankes Entsetzen. Trotzdem zog er sein Schwert und schrie Befehle, die im Gebrüll des Untiers untergingen. Als er sich, gefolgt von weiteren Recken, in den sicheren Tod stürzte, konnte Rovena nicht länger zurückstehen. Auch sie riss ihre Klinge hervor, um ihre Heimat gegen dieses unbegreifliche Monstrum zu verteidigen.

Der seltsame Drache kam näher, spuckte wiederum Flammen auf seine Gegner herab und setzte die festliche Tafel damit in Brand. Ludogrimm vom Blauforst drosch mit seinem Streitkolben nach dem Löwenhaupt, aber der geschmeidige Hals wand sich, sodass der Hieb nur die Mähne streifte, während sich die messerlangen Reißzähne in die Seite des alten Junkers gruben. Er wurde von den vordersten Pranken zerfleischt und verschwand in dem riesigen Rachen, ohne dass die beiden Echsenschädel in ihrem Wüten innegehalten hätten.

Rovena warf sich zu Boden. Ein weiterer Feuerstrahl fegte lodernd über sie hinweg. Sofort rappelte sie sich wieder auf, nur um direkt in ein Paar grüne Katzenaugen zu blicken. Blut troff von den gelben Fängen. Heißer, fauliger Atem nahm ihr die Luft. Ihr Schwertarm verharrte jedoch reglos, als ihr wieder einfiel, was ihr über einen löwenhäuptigen Drachen erzählt worden war. »Famerlor«, hauchte sie ehrfürchtig.

Der mächtige Schädel senkte sich noch ein wenig tiefer zu ihr herab. Ein Grollen drang aus den Tiefen seiner Kehle, das Rovenas Eingeweide erzittern ließ. Sie wich wie betäubt einen Schritt zurück. Die Köpfe der Kreatur schossen nach oben, und die gewaltigen Flügel spreizten sich. Eines der Mäuler hielt noch immer eine tote Junkerin gepackt. Mit einem kraftvollen Sprung seiner Löwenläufe erhob sich das Ungeheuer in die Luft. Die Flammen auf den brennenden Tischen fauchten unter dem Wind, den die Schläge der krallenbewehrten Schwingen entfachten. Doch Rovena sah nur die Leiche, die in den Pranken des Untiers hing. Für einen Augenblick schwebte Cordovans erschlaffte Gestalt noch vor ihr. Dann stieg die widernatürliche Bestie mit einem Triumphschrei in den rötlichen Abendhimmel hinauf, kreiste hoch über dem Tal und entschwand wie ein böser Spuk über den östlichen Gipfeln.

Kapitel 2

Havena, Fürstentum Albernia, Mitte Boron 914 BF

Die Stimmung an Bord der kleinen Schaluppe war angespannt. Rhiana schob sich gereizt die Strähnen ihres langen blonden Haars aus dem Gesicht, die der Wind immer wieder vor ihre Augen wehte. Doch das lästige Spiel der kühlen Brise war nicht der eigentliche Grund für ihren Unmut.

Nachdem sich in den letzten Tagen eine Aufregung und Gefahr an die andere gereiht hatte, ging der Prinzessin von Talania eine Vielzahl ernster Gedanken durch den Kopf. Sie sehnte sich nach einem Moment der Ruhe, um die Ereignisse überdenken und die nötigen Schlüsse daraus ziehen zu können, aber stattdessen war sie schon wieder in Eile. Denn im Hafen lagen die Schiffe der Kaufherrin Patrusco mit den talanischen Flüchtlingen an Bord und warteten nur noch auf sie und ihre beiden Gefährten.

Rhiana saß am Steuer der Schaluppe, während sich Rashid ay Talusa in den Bug zurückgezogen hatte, um schweigend auf die trüben Fluten der überschwemmten Unterstadt zu starren. Der stolze Sohn der Wüste hätte Rhiana von seiner Position aus Anweisungen geben sollen, damit sie nicht auf eine der zahllosen, unter der Wasseroberfläche verborgenen Ruinen aufliefen, doch er schien seine Umgebung kaum wahrzunehmen. Vor allem vermied er es, die zierliche Halbelfe anzusehen, die sich mit der ungewohnten Handhabung der Segel abmühte, die sich träge im Wind blähten. Finni fluchte dabei – zu Rhianas Verwunderung – sogar leise vor sich hin.

Hinter dem Boot fiel Nahemas Turm immer weiter zurück. Das düstere, dunkle Gemäuer, in dessen Nähe sich Rhiana unruhig und beklommen gefühlt hatte, schrumpfte zu einer Ruine unter vielen, die aus dem überfluteten Teil Havenas aufragten. Dass sie dort auf der Suche nach Rashid ausgerechnet Dom Lando in Begleitung von vier Schergen des Flammenbundes angetroffen hatten, war eine üble Überraschung gewesen und hätte sie das Leben kosten können, wenn es zum Kampf gekommen wäre. Aber gerade als sie die Turmgemächer betreten hatten, war der brutale Schlächter, der einst Finni vergewaltigt hatte, mitsamt drei seiner Spießgesellen von einem mächtigen magischen Artefakt verschlungen worden, das sich an den Abgründen seiner Seele weidete.

Rhiana wusste nicht, dass es sich bei der entsetzlichen Kugel um ein Schwarzes Auge handelte, das Dom Lando für den Flammenbund hatte bergen sollen, und es interessierte sie auch nicht sonderlich, was der abscheuliche Kerl in Nahemas Turm getrieben hatte. Für sie zählte nur, dass Rashid aus den Klauen der untoten Hüterin der Stätte entkommen und Dom Lando keine Bedrohung mehr war.

Finni sollte erleichtert sein, anstatt zu schimpfen wie eine Fuhrfrau, dachte Rhiana. *Das Scheusal Lando hat seine gerechte Strafe gefunden, und wir sind allen Fallstricken entgangen, die unsere Feinde ausgelegt hatten. Na ja, zumindest konnten wir den Kopf immer noch rechtzeitig aus der Schlinge ziehen.*

Sie lächelte ihrer Freundin aufmunternd zu, doch Finnis Mundwinkel zuckten zur Antwort nur kurz nach oben. Die großen, rehbraunen Mandelaugen der Halbelfe blieben ernst, fast abweisend.

Sie wirft mir hoffentlich nicht vor, an ihrem Liebeskummer schuld zu sein, ärgerte sich Rhiana. *Ich habe nicht darum gebeten, dass Rashid nur mich ansieht. Allmählich glaube ich, ich sollte mir ein paar Narben schlagen lassen. Oder wie Neel mit einer Augenklappe herumlaufen. Rahja, hab doch ein Einsehen und lenke Rashids Leidenschaft auf Finni! Als ob wir nicht genug wichtigere Probleme hätten als diese Verwirrungen der Gefühle!*

Aber sie wusste, dass es für Finni keineswegs nebensächlich war, von dem galanten, stets rücksichtsvollen Tulamiden verschmäht zu werden, und stieß deshalb einen resignierten Seufzer aus. Größere Sorgen bereitete ihr, wie tief die Sonne in ihrem Rücken bereits zum Horizont herabgesunken war. Die Schiffe sollten mit der Mittagsflut auslaufen!

Ist es schon zu spät?, fragte sich Rhiana gehetzt. *Wenn ich nun schuld bin, dass unsere Abreise sich wieder verschiebt … Alle Kapitäne haben gesagt, es sei mit jedem Tag riskanter, im Boron noch in See zu stechen.*

»Mehr links! Äh, backbord, oder wie das heißt«, warnte Finni, und Rhiana lenkte die Schaluppe haarscharf an einer Mauer vorüber, die nur einen Finger unter der Wasseroberfläche aufragte. Die Prinzessin war heilfroh, dass der Bennain-Damm immer näher kam, wo sie anlegen wollte. Es hätte gerade noch gefehlt, dass sie ausgerechnet das Boot der Kaufherrin beschädigte, die sich zu einer so wertvollen Verbündeten entwickelt hatte.

Der Klang von Finnis Stimme riss Rashid aus seiner Versunkenheit. Er wandte sich nach der Halbelfe um und sah sie aus seinen dunklen Augen bedauernd an. »Finni, ich …«, begann er, aber sie schnitt ihm mit einer überraschend scharfen Geste das Wort ab.

»Spar dir dein Mitleid für Not leidende Skelette!«, fuhr sie ihn an. »Ich will es nicht!«

Der Tulamide kniff die von seinem in den letzten Tagen ein wenig verwilderten Kinnbart umgebenen Lippen zusammen und drehte sich brüsk wieder um. Rhiana musste gegen ihren Willen über Finnis Vorwurf schmunzeln, denn als sie Rashid in Nahemas Turm gefunden hatten, war er völlig aufgelöst darüber gewesen, beinahe der untoten Magierin beigewohnt zu haben, die ihn durch Zauberei ihrem Willen unterworfen hatte.

»Was gibt es da zu grinsen?«, beschwerte sich die Halbelfe zornig.

»Nichts«, erwiderte Rhiana begütigend, denn ein Streit war

das Letzte, was sie jetzt gebrauchen konnte. »Du hast ja Recht.«

Sie legten den Rest der Fahrt in eisigem Schweigen zurück. Nachdem Finni und Rashid das Boot an einem Steg vertäut hatten, sprang auch Rhiana auf die morschen Planken und eilte voran, auf den Damm hinauf. Von dort hatten sie einen guten Blick auf den Südhafen, wo jetzt – unmittelbar nach der gewonnenen Seeschlacht gegen die thorwalschen Piraten – eine so zahlreiche, bunt zusammengewürfelte Flotte angelegt hatte, wie sie in Havena seit der glorreichen Blütezeit vor der großen Flut nicht mehr gesehen worden war.

Fürst Emerthon von Albernia hatte für das Gefecht sämtliche seetüchtigen Schiffe beschlagnahmen lassen, sodass es trotz einiger Verluste in der Schlacht immer noch Gedränge vor den Kais gab. Die großen, zum Teil bereits verfallenden Speicherhäuser mit den Lastkränen unter den Giebeln verschwanden beinahe hinter dem Gewirr aus Masten und Rahen, Wimpeln und Tauen. Zwei bauchige Potten aus dem tiefen Süden Aventuriens lagen zwischen kleinen Schaluppen und großen, dreimastigen Holken, schnittige Karavellen neben schwerfälligen Koggen. Direkt vor dem Bennain-Damm ankerten die gekaperten Drachenschiffe der Thorwaler, von denen noch niemand wusste, was mit ihnen geschehen sollte.

Rhiana hielt sich nicht lange damit auf, die siegreiche Flotte zu betrachten, sondern rannte los, um möglichst schnell die Liegeplätze zu erreichen, an denen sie die Schiffe der Patrusco wusste. Das lange Haar flatterte dabei mit ihrem Umhang um die Wette, und Finni und Rashid blieben ihr dicht auf den Fersen.

Während sich auf dem Wasser kaum noch eine Handbreit Platz fand, waren die Straßen und Kais des Südhafens bereits nahezu leer gefegt. Matrosen und Schauerleute, Seeoffiziere und Kapitäne, Soldaten und Flussschiffer, alle hatten sich aufgemacht, um ihren Sieg in den Tavernen der Stadt gebührend zu feiern. Schon von weitem bemerkte Rhiana daher die einsame Gestalt, die ungehalten auf dem Kai auf und ab marschierte. Die Frau war groß und hager, die kurzen Stoppelhaare auf ihrem Kopf bereits ergraut, doch ihr Körper strahlte noch immer geschmeidige Kraft aus. Trotz der spätherbstlichen Kälte trug sie nur knielange Hosen, Stiefel und darüber ein geschnürtes Wams, alles aus schwarzem Hirschleder. Rhiana konnte sich nicht erinnern, Neel je in anderer Kleidung gesehen zu haben.

In der Nähe der drahtigen Amazone lag ein eindrucksvoller Wolfshund, der beim Geräusch der nahenden Schritte mit gespitzten Ohren aufblickte. Als er Rhiana erkannte, sprang er auf und lief ihr schwanzwedelnd entgegen.

»Na, mein Guter«, begrüßte die Prinzessin das Tier und zauste ihm flüchtig das eisblau schimmernde Fell, bevor sie sich Neel zuwandte, die missbilligend die Stirn gerunzelt hatte. Mit ihren von Narben und seltsamen Symbolen überzogenen Wangen und der schwarzen Augenklappe konnte die Amazone ausgesprochen finster aussehen.

»Sind wir wirklich zu spät?«, erkundigte sich Rhiana bang.

»Allerdings«, erwiderte Neel knapp. Ihr Blick wanderte feindselig zu Rashid weiter, der dennoch höflich eine Verneigung andeutete. »Den Mannschaften wurde freigegeben, damit sie sich mit den anderen Seebären voll laufen lassen können.« Sie spuckte verächtlich aus. »War er das wert?« Die Frage richtete sich an Rhiana, obwohl die Amazone noch immer Rashid mit ihrem einen dunklen Auge erdolchte.

»Hätten wir ihn etwa einfach im Stich lassen sollen?«, mischte sich Finni empört ein. »Umgekehrt wäre Rashid auch gekommen, um nach uns zu suchen.«

»Danke, dass du zumindest dein Vertrauen in mich nicht verloren hast, kleiner Dschinn«, sagte der Tulamide erleichtert.

»Das bedeutet überhaupt nichts«, schnappte Finni und widmete sich wieder Eisfell, der sich genüsslich den Pelz von ihr kraulen ließ.

»Ich sehe nicht ein, weshalb ich mich dafür rechtfertigen

soll, einem Freund in Gefahr geholfen zu haben«, erklärte Rhiana trotzig.

»Wie lange kennt Ihr diesen Freund denn schon, Prinzessin?«, hielt Neel dagegen. »Er ist ein Fremder, für den Ihr Eure eigenen Leute – Euer Volk – zurückgestellt habt. Die Thronregentin ist sehr enttäuscht von Euch.«

»Und ich bin enttäuscht von ihr, dass sie mit zweierlei Maß misst«, antwortete Rhiana. »Entweder stehe ich meinen Gefährten stets zur Seite oder nie. Wie viel Achtung hättet *Ihr* noch vor mir, Neel, wenn ich meine Treue davon abhängig machte, ob sie gerade in meine Pläne passt?«

Die Amazone lächelte spöttisch. »Eine Zunge wie ein Schwert«, meinte sie, und Rhiana war nicht sicher, ob es als Kompliment oder Vorwurf gedacht war. »Soll der tulamidische Windhund etwa auch noch mitkommen? Ich habe gesehen, wie sein Pferd an Bord gebracht wurde.«

»Den Hund nehmt Ihr auf der Stelle zurück, oder – Rastullah sei mein Zeuge! – ich fordere Euch zum Kampf!«, rief Rashid aufgebracht und zog das Rapier.

»Nimm sofort diesen Zahnstocher aus meinem Gesicht, wenn dir deine Männlichkeit lieb ist!«, zischte Neel, ohne auch nur nach ihrem Säbel zu greifen.

»Seid ihr plötzlich alle dem Wahnsinn verfallen?«, schimpfte Rhiana. »Rashid, bitte! Ich will kein Duell zwischen meinen Freunden.«

Der Tulamide starrte Neel ebenso durchdringend an wie sie ihn. »Sollten wir uns unter anderen Umständen wieder begegnen, werde ich Euch nicht so leicht davonkommen lassen«, versprach er leise, bevor er die Klinge senkte. »Dein Wunsch ist mir Befehl, Rose von Talania«, wandte er sich an Rhiana und verneigte sich.

»Danke, Rashid. Ich weiß, wie schwer dir das fallen muss«, behauptete die Prinzessin. »Neel, ich will keine Beleidigungen mehr hören. Ihr wisst, dass ich Eure Meinung schätze, aber erlaubt Euch kein vorschnelles Urteil, ohne diesen Mann zu kennen.«

»Er trägt sein Inneres deutlich genug nach außen«, schnaubte die Amazone mit einem verächtlichen Blick auf Rashid, der gerade sein Rapier in die Scheide zurückschob.

Rhiana wusste, was in seinem Auftreten den Anstoß der Amazone erregte. Seine Jacke aus dunkelblauem Samt war mit Stickereien verziert, der Bart meist sorgfältig gestutzt. Seit sie Havena erreicht hatten, trug er Samt anstelle der ledernen Reithose und eine mit kleinen Perlen besetzte Kappe statt der schlichteren, mit Fasanenfedern geschmückten. Menschen, die so viel Wert auf ihre Kleidung legten, waren Neel, die nie einen Gedanken an ihr Äußeres verschwendete, so fremd, dass sie sie mit Misstrauen und Ablehnung erfüllten.

»Ich bin nicht in der Stimmung, um mit Euch über eine gepflegte Erscheinung zu diskutieren«, erwiderte Rhiana müde. »Wo sind die anderen?«

»Unter Deck. Maruna hält es immer noch für das Beste, wenn die Flüchtlinge sich nicht allzu offen zeigen«, berichtete Neel.

»Gut, dann wollen wir uns auch zurückziehen«, beschloss die Prinzessin. *Ich muss endlich Ruhe finden, um meine Gedanken zu ordnen,* dachte sie erneut. *Noch so ein lächerlicher Streit, und ich werde Eremitin im abgeschiedensten Teil dieser Welt!* »Komm, Finni, sehen wir nach, wo Muir uns eine Ecke freigehalten hat! Was ist mit dir, Rashid?«

»So ungern ich meine Augen auch deines unvergleichlichen Anblicks beraube, ruft mich doch eine andere Verpflichtung, bevor wir abreisen«, bedauerte der Tulamide.

»Musst du noch Anweisungen des Flammenbundes einholen?«, unterstellte Neel kalt.

»Neel!«, rief Rhiana zornig.

Rashid zog es vor, die Amazone nicht zu beachten, aber er musste die Zähne dazu sichtlich zusammenbeißen. »Wie du weißt, habe ich immer noch nicht Bennwir Curran gefunden«, erinnerte er Rhiana. »Da ich nun Zeit dafür habe, kann ich diese Stadt nicht verlassen, ohne einen letzten Versuch zu unternehmen, ihm den Brief meines geliebten Meisters Jachman zu überbringen.«

»Oh«, machte die Prinzessin nur. *Stimmt,* erkannte sie. *Eigentlich hat er nie erwähnt, weshalb er diesen Alchimisten so verzweifelt gesucht hat, dass er sich dafür sogar in die Sümpfe des Deltas wagte.* »Dann wünsche ich dir viel Erfolg.«

Einen Augenblick war sie versucht hinzuzufügen, dass er nicht vergessen sollte, rechtzeitig zum Auslaufen wieder im Hafen zu sein. *Nein, das wäre nicht besonders klug,* ermahnte sie sich. *Das könnte ihm wieder Anlass zu unberechtigten Hoffnungen geben. Soll Finni es sagen, wenn sie aufgehört hat zu schmollen.*

Aber die Halbelfe hatte sich abgewandt und ging leichtfüßig über die federnde Laufplanke an Bord.

Rashid ay Talusa sah der schmalen, anmutigen Gestalt mit einem innerlichen Seufzen nach. Er mochte Finni, ihre mal ernsthafte und dann wieder verspielte Art, die nichts Künstliches an sich hatte, obwohl sie als Gauklerin gelernt haben musste, die Menschen über ihre wahren Gefühle zu täuschen.

Sie ist wie eine zarte Blüte, die vor den Stürmen des Lebens beschützt werden muss, auch wenn sie es selbst nicht glaubt, überlegte er. Aber er empfand für sie eher die Zuneigung, die er einer jüngeren Schwester entgegengebracht hätte. Der knabenhaft schlanken Halbelfe, deren kurz geschnittenes, rotbraunes Haar den burschikosen Eindruck noch unterstrich, fehlten die weiblichen Rundungen, um sein Blut in Wallung zu versetzen.

Wie anders nahm sich dagegen Rhiana aus! Unter ihrem eng anliegenden, dunkelroten Lederwams zeichneten sich straffe Brüste ab, für deren unverhüllten Anblick es Rashid mit einem ganzen Heer giftiger Nattern wie Neel aufgenommen hätte. Als sie ihm nun zunickte und sich dann umdrehte, um Finni zu folgen, merkte er jedoch einmal mehr, dass aus ihrem Lächeln keine tiefere Zuneigung für ihn sprach. Sein Gesicht verdüsterte sich, als hätte sich tatsächlich die Sonne selbst vor ihm verschleiert.

Er gab sich einen Ruck und ging davon, ohne Neel, die ihn noch immer anstarrte, eines weiteren Blickes zu würdigen. Gedankenverloren schritt er durch die verwaisten Gassen zwischen den niedrigen, weiß gekalkten Häusern, deren blau und rot gestrichene Fachwerkbalken selbst im aufziehenden Nebel noch leuchteten.

Sei kein Narr, Rashid!, ermahnte er sich selbst. *Warum willst du die unnahbare Rose Talanias unbedingt auf dieser Reise begleiten? Du hast nicht einmal mehr Finni als Fürsprecherin. Der kleine Dschinn ist gekränkt und gedemütigt, weil diese unsägliche Knochenfrau seine Gefühle für mich offenbart hat. Rastullah möge ihre unheiligen Gebeine zwischen Mühlsteinen zermahlen! Ich kann leicht über die Angelegenheit hinwegsehen, mir schmeichelt sie ja, aber Finni ist es peinlich. Vielleicht sollte ich ihr erklären, dass es keine Schande ist, wenn man jemanden vergeblich liebt. Viel schlimmer wäre doch, kalt wie eine Echse zu sein und niemals sein Herz zu verschenken. Aber wahrscheinlich wird sie das nicht ausgerechnet von mir hören wollen.*

Auf der Brücke zum Stadtteil Nalleshof kam ihm eine schwer mit Einkäufen beladene Hafenarbeiterin entgegen, die ihre aufgeregte Kinderschar vor sich her scheuchte.

»Hoch! Hoch!«, schrien die Kleinen begeistert. »Een Hoch uff'n Sieg!«

Rashid fragte sich, ob sie nur nachahmten, was sie auf den Straßen der Stadt aufgeschnappt hatten, oder ob sie tatsächlich verstanden, worum es ging. Doch die Überlegung lenkte ihn nur kurz von seinen Grübeleien ab.

Der kleine Dschinn wird sich schon wieder beruhigen, hoffte er. *Sie gehört nicht zu den heißblütigen Frauen, die einen Mann nur entweder lieben oder hassen können. Viel schlimmer ist, dass Rhiana meinetwegen den Zorn dieser Maruna auf sich gezogen hat. Die Thronregentin wird nicht erfreut sein, mich – den Grund ihrer Verstimmung – an Bord zu haben. Womöglich missbilligt sie, dass sich ihre kostbare Prinzessin überhaupt mit einem fremden Mann abgibt. In ihren*

Augen bin ich vermutlich nur ein Störenfried, der Rhianas Tugend gefährdet. Sicher will sie dafür sorgen, dass sich dieser strahlende Stern seine Unschuld für den Sohn eines mächtigen Sultans bewahrt.

Rashid seufzte. So viele vernünftige Gründe, hier in Havena zu bleiben! Und hinzukam, dass er mit seiner Leidenschaft für Rhiana beständig gegen die Gebote seines Gottes verstieß, der den Umgang mit ungläubigen Frauen untersagte.

Ich sollte wahrhaftig zusehen, dass ich den alten Freund meines verstorbenen Meisters finde, sagte er sich. *Dann kann ich eine Weile in seinen Diensten stehen und von ihm lernen, bis ich wieder mehr Geld zusammengespart habe, um erneut in die Welt hinauszuziehen und das Abenteuer zu suchen.*

Mit neuer Entschlossenheit stolzierte er in die breite Brückstraße hinein, auf der eine ausgelassene Stimmung herrschte. Wo für gewöhnlich schwere, mit Ochsen oder stämmigen Pferden bespannte Fuhrwerke Waren aus dem Hafen ins Umland fuhren oder Güter zum Verladen an die Kaimauern brachten, schoben sich johlende Menschenmassen durch die Stadt. Rashid schob augenblicklich seinen ohnehin mageren Geldbeutel tiefer in die dunkelrote Schärpe, in der auch sein Krummdolch steckte. Mit den flinken Fingern jugendlicher Taschendiebe hatte er auf den Basaren Rashduls genügend unangenehme Erfahrungen gemacht, um ihre Vorliebe für dichtes Gedränge zu kennen.

Zur Rechten hatten die vornehmeren Bürger ihre großen Häuser in aller Eile mit Fahnen und Wimpeln schmücken lassen, wie es sonst nur anlässlich hoher Festtage und zu fürstlichen Hochzeiten Brauch war. Überall prangte nun das blaue Wappen Havenas mit der silbernen Krone über der gleichfarbenen Wellenlinie oder wurde voller Begeisterung von selbst ernannten Fahnenträgern geschwenkt. Hüte und Kappen flogen in die Luft, während die Menge jubelte und »Lang lebe unser tapferer Fürst!« rief, weil Emerthon III. von Albernia persönlich mit der Flotte den Thorwalern entgegengesegelt war und damit sein Leben aufs Spiel gesetzt hatte.

Rashid beobachtete amüsiert, wie wohlhabende Bürgersfrauen sich aus den Fenstern lehnten, um Naschwerk unters Volk zu bringen, während ihre Töchter hinter ihren Rücken den Seeleuten und Soldaten Kusshände zuwarfen. Auf der anderen Straßenseite, wo die engen Gassen des Hafenviertels Nalleshof abzweigten, ging es deutlich derber zu. Das schrille Lachen leicht bekleideter Dirnen, denen Matrosen im Siegestaumel unter den spärlichen Stoff griffen, vermischte sich mit dem ausgelassener Söldnerinnen, die sich zu den Klängen der Spielleute mit den erstbesten Männern in wildem Reigen drehten. So manche forsche Soldatin streckte die Hände nach dem gut aussehenden Tulamiden aus, doch Rashid gelang es stets, sich unter freundlichen Schmeicheleien wieder aus ihren Armen zu winden.

Diese Gegend wimmelt von Fremden, die sich vergnügen wollen, erkannte er. *Hier werde ich keinen Einheimischen finden, der Muße hat, meine Frage zu beantworten.*

Vorbei an Gauklern, die zu einer menschlichen Pyramide aufeinander geklettert waren und nun das Mädchen auf der Spitze mit der albernischen Flagge winken ließen, steuerte er die nächste Seitenstraße zur Rechten an, die ihn weiter in die ruhigeren Unterfluren führen würde. Auch dort zogen fröhliche Bürger mit Wimpeln und Bierhumpen um die Häuser, aber es ging längst nicht so beengt zu. Wirtsleute schenkten aus frisch angestochenen Fässern vor ihren Gaststuben aus, und findige Bäckerinnen boten eilig gebackene, schmale Zöpfe aus süßem Hefeteig feil, die sie den lachenden Passanten als abgeschnittene Thorwalerzöpfe verkauften.

»Zeigt es den ollen Kriegern, fremdländischer Herr!«, rief eine der Frauen Rashid an. »Verspeist sie mit Haut und Haaren!«

Dem Tulamiden knurrte bei den verlockenden Gerüchen, die von allen Seiten heranwehten, ohnehin bereits der Magen. Die Dämmerung brach herein, und er wusste nicht einmal genau, ob er seit einem oder zwei Tagen nichts mehr gegessen hatte. Ein wenig trockenes Gebäck würde ihm zunächst bestimmt besser bekommen als die vor Fett triefenden Fleischspieße, die nebenan auf hungrige Kunden warteten.

»Wenn Ihr auch noch einen Becher Milch für mich habt, macht Ihr mich zu einem glücklichen Mann, Herrin«, behauptete Rashid und brachte die mollige, ältere Frau damit zum Kichern.

»Ich bin doch keine Herrin nicht«, wehrte sie errötend ab. »Aber Ihr sollt Eure Milch bekommen, wenn Ihr so lange einen Blick auf meine Waren habt, bis ich zurück bin«, fügte sie hinzu und richtete die Augen dabei viel sagend auf ein paar in Lumpen gehüllte Kinder, die zwischen den Auslagen der Fleischer und Bäcker umher strichen.

»Bei Rastullah, ich werde Eure Thorwalerzöpfe selbst gegen jene verteidigen, denen Ihr sie abgeschnitten habt!«, versprach Rashid verschwörerisch zwinkernd.

Die Frau verschwand lachend ins Innere ihres kleinen Hauses und kehrte rasch mit einem Becher und einem Krug voll Milch zurück. Während Rashid seinen ärgsten Hunger und Durst stillte, bestäubte sie ihre Hände mit Mehl, um mit geübten Griffen weitere Gebilde aus Teig zu formen, die sie auf einem Backblech aufreihte.

»Habt Ihr auch in der Schlacht gekämpft?«, fragte sie neugierig, ohne von ihrer Arbeit aufzublicken.

»Ich? Nein, ich ... war verhindert«, antwortete Rashid zwischen zwei Bissen und hatte plötzlich das Gefühl, sich dafür rechtfertigen zu müssen, dass er nicht geholfen hatte, wehrlose Menschen wie diese Bäckerin zu beschützen. »Ich wurde in den schauerlichen Ruinen der Unterstadt gefangen gehalten, bis mir durch glückliche Umstände heute Nachmittag die Flucht gelang.«

Nun sah ihn die Frau doch an. Ihr Gesicht färbte sich erneut rötlich, dieses Mal jedoch vor Empörung. »Aber das ist ja entsetzlich!«, entfuhr es ihr. »Dieses Piratengesindel wird immer dreister. Ihr müsst der Stadtgarde Meldung machen, damit sie die Bande aufknüpft!«

»Oh ja, das werde ich«, versicherte Rashid hastig, obwohl er keineswegs vorhatte, die Büttel mit seiner Geschichte von einer liebestollen, untoten Magierin zu belustigen. »Sobald ich wieder etwas sicherer auf den Beinen stehe. Eure köstlichen Zöpfe sind mir dabei sehr von Nutzen.«

»Dann nehmt noch einen, Herr!«, forderte sie ihn auf und drückte ihm das Gebäck auch schon in die Hand. »Ihr sollt unsere schöne Stadt nicht in schlechter Erinnerung behalten.«

»Das werde ich nun gewiss nicht, würdige Dienerin Travias«, sagte Rashid, stolz darauf, den Namen der Göttin der Gastfreundschaft endlich behalten zu haben. »Rastullah wird es Euch ebenfalls vergelten.«

»Den kenn ich nicht, aber Travia reicht mir vollauf«, wehrte sie geschmeichelt ab.

»Wie Ihr so treffend bemerkt habt, bin ich fremd in Havena«, begann Rashid sein eigentliches Anliegen vorzutragen. »Ich suche einen berühmten Alchimisten namens Bennwir Curran, der in dieser Gegend leben soll.«

»Ein Alchimist? In unserer Stadt?«, wunderte sich die Bäckerin. »Da muss Euch jemand Seemannsgarn gesponnen haben. Bei uns ist die Zauberei doch schon seit langer Zeit ganz streng verboten. Das würde keiner wagen.«

Alle Welt scheint zu glauben, dass die Alchimie nicht ohne Hexenwerk auskommt, bedauerte Rashid, aber er fühlte sich nicht berufen, die Ausmerzung dieses Irrtums zu seiner Lebensaufgabe zu machen. Wahrscheinlich hätte er sogar den Unmut der Obrigkeit provoziert, wenn er damit ausgerechnet in Havena aufgefallen wäre.

»Das ist mir bekannt«, sagte er laut. »Es hieß auch eher, er lebe in diesem sumpfigen Delta.«

»Im Muhrsape? Das mag sein«, gab die Bäckerin zu. »Aber da würde ich an Eurer Stelle nicht hingehen. Da lauern bloß noch mehr Piraten auf Euch.«

Wem sagt Ihr das, seufzte Rashid innerlich. Es war erst wenige Tage her, dass Rhiana, Finni und die Verräterin Elidana ihn in der Mündung eines der vielen Arme des Großen Flusses vor dem Ertrinken gerettet hatten. Von erbosten Fischern, die ihn für einen Sklavenhändler oder Korsaren gehalten hatten, an einen Pfahl gefesselt und der steigenden Flut überlassen, wäre er beinahe in Rastullahs Paradies eingegangen. Zumindest hatte er das gehofft, denn als Sünder, der täglich gegen die 99 Gesetze seines Gottes verstieß, konnte er nicht sicher sein, was ihn nach dem Tod erwartete. Aber er war von den Frauen aus seiner misslichen Lage befreit worden, was er ihnen nie vergessen würde.

»Ihr habt also nicht von einem Bennwir Curran gehört?«, hakte er nach.

»Na, Bennwirs gibt es einige«, erwiderte die Bäckerin achselzuckend. »Und in der Gewandmacherzunft hat es eine Menge Currans. Das ist eine ziemlich große Familie. Die könnt Ihr ja mal fragen.«

Rashid bedankte sich und schlenderte weiter. Er glaubte nicht, dass er den alten Freund seines Meisters unter den Gewandmachern finden würde – selbst wenn es dort einen Mann gleichen Namens geben sollte. Eine Weile hielt er nach Leuten Ausschau, die er für Einheimische hielt, was die zunehmend betrunkenen Söldner und Seeleute ausschloss, die sich nach Unterfluren verlaufen hatten. Jeder, bei dem Rashid sich höflich erkundigte, kannte etliche Bennwirs und viele Currans, aber niemand hatte von einem Alchimisten im Muhrsape gehört. Hexen sollten dort hausen und betörende Nixen. Von hinterhältigen Räubern war die Rede und waghalsigen Schmugglern. Doch das nutzte dem Tulamiden wenig.

Er gönnte sich in großzügiger Auslegung der 99 Gesetze einen Bratspieß, auf den abwechselnd Fisch und Zwiebelstücke gesteckt worden waren, und begann, sich damit abzufinden, dass Meister Jachmans Freund womöglich längst gestorben war.

»Ahlan*, Fremder«, ertönte plötzlich eine gedämpfte Stimme hinter ihm. »Ist es wahr, dass du Bennwir Curran suchst?«

* tulamidisch für »Hallo!«

Rashid wirbelte überrascht herum, denn die Worte waren in akzentfreiem Tulamidisch gesprochen worden. Vor ihm stand eine schmale, unauffällige Gestalt, die ihn jedoch aus kohlschwarzen Augen anblitzte. Obwohl sich der Unbekannte gegen die Kälte des nebligen Abends in einen Umhang gehüllt hatte und darunter dieselbe Kleidung zu tragen schien wie jeder Einheimische, erkannte Rashid in ihm sofort einen Novadi, einen Abkömmling der kriegerischen Wüstenstämme wie er selbst. Es lag nicht an den schwarzen Haaren, in die sich silbriges Grau gemischt hatte, und dem dunklen Teint, den auch die Menschen aus den tulamidischen Städten aufwiesen, sondern an der Schärfe der Gesichtszüge. Der Mann erinnerte Rashid an seinen Großvater, der die gleichen hageren Wangen und die dünne, kühn gebogene Nase besessen hatte, die vielen Beni Novad zu Eigen war.

»Salâm*«, erwiderte Rashid den vertrauten Gruß und fuhr in seiner Muttersprache fort. »Es ist wahr. Hast du von dem berühmten Alchimisten gehört?«

»In den Straßen einer großen Stadt schnappt man so manches auf«, meinte der Unbekannte ausweichend und machte eine vage Geste. Sein Gesicht wirkte durch den kurz gehaltenen Vollbart noch düsterer, als es die dunkle Haut im schwachen Licht vereinzelter Laternen ohnehin erscheinen ließ. »Warum willst du unbedingt einen Alchimisten finden? Die Wächter dieser kostbaren Insel im Sumpf magischer Umtriebe könnten dir das übel auslegen.« Die Stimme troff vor Ironie.

»Es geht mir nicht darum, jemanden für verbotene Dienste anzuheuern«, sagte Rashid mit Nachdruck. »Ich habe eine Botschaft für ihn. Von einem alten Freund aus Rashdul, der mein Lehrer war, bis er seinem Alter erlegen ist.«

»Angenommen, es gibt diesen Bennwir Curran, woher soll er wissen, ob er dir trauen kann?«, fragte der Novadi.

»Einzig Rastullahs allwissendes Auge vermag in die Herzen

* tulamidisch für »Sei gegrüßt!«

der Menschen zu blicken und ihre geheimen Vorhaben zu erkennen«, gab Rashid zu. »Ich kann mich nicht anders ausweisen als durch den Brief meines Meisters. Sein Name war Jachman al-Alam.«

»Und du bist?«, wollte der Fremde wissen.

Rashid war versucht, seinen wahren Beinamen zu nennen, den seines Vaters, denn der Unbekannte gehörte vermutlich seinem eigenen Stamm an und hätte ihn aufgrund seiner vornehmen Herkunft mit mehr Achtung behandelt. Doch er lebte schon so lange unter dem Deckmantel der Verschwiegenheit, dass er es selbst hier – tausend Meilen von seiner Familie und ihren Feinden entfernt – vorzog, unerkannt zu bleiben.

»Ich bin Rashid ay Talusa«, stellte er sich vor. »Es wäre angemessen, wenn ich auch deinen Namen erfahren dürfte.«

Die Augen des Mannes funkelten erneut, und Rashid glaubte, Belustigung darin zu erkennen.

»Nenn mich einfach Chadim ay Havena«, bot der Novadi spöttisch an.

Das ist nie und nimmer sein wirklicher Name, merkte Rashid sofort. *Ich halte jede Wette, dass er nicht in Havena geboren ist. Er traut mir genauso wenig wie ich ihm.*

»Kannst du mich nun zu Bennwir Curran bringen oder nicht?«, erkundigte er sich ungeduldig.

»Wenn dein Jachman al-Alam tatsächlich sein Freund war, wird er dich vielleicht treffen wollen«, wich Chadim erneut aus. »Aber du solltest aufhören, überall seinen Namen zu erwähnen. Das lenkt nur unerwünschte Aufmerksamkeit auf ihn.«

Rashid nickte verstehend.

»Komm morgen beim höchsten Sonnenstand in die Taverne *Zum Dicken Mann* in der Krämergasse! Sollte Curran dich sehen wollen, werde ich dich dort erwarten«, stellte der Novadi in Aussicht, bevor er sich umdrehte und eilig davonging.

Ich könnte ihm einfach folgen, überlegte Rashid. *Aber ich bin kein solcher Meister des Schleichens wie der kleine*

Dschinn. Wenn Chadim mich erwischt, wird er mich niemals zu dem Alchimisten führen.

Er warf den kalt gewordenen Rest seines Fischspießes einer streunenden Katze zu und sah dem fremden Novadi nach, bis die nächtliche Stadt ihn verschlungen hatte.

Kapitel 3

Havena,
Boron 914 BF

»Seht Ihr das?«, fragte Aife Patrusco. »Die Fischer hatten Recht.«

Um dem Blick der Kaufherrin zu folgen, musste Rhiana die Augen gegen den kräftigen Wind zusammenkneifen, der ihnen auf der Krone des Bennain-Damms vom Meer her entgegenwehte. Eine besonders heftige Böe zerrte wie mit Fäusten an Haaren und Kleidern, sodass die Prinzessin sich unwillkürlich fester in ihren Umhang wickelte und wünschte, sie hätte ebenfalls eine Strickmütze, wie die Patrusco sie trug. Deutlich erkannte sie die dunkle Linie am Horizont, von der die Kaufherrin gesprochen hatte.

»Das ist also ein Rondrikan«, murmelte sie.

»Beeindruckt?«, erkundigte sich die Patrusco schmunzelnd. »Wartet ab, bis seine Ausläufer die Stadt erreichen!«

Sie pfiff ihren drei zotteligen Hütehunden, die ungeachtet des rauen Wetters fröhlich über den Damm tollten, während Eisfell majestätisch auf sie herabgeschaut und es vorgezogen hatte, an Rhianas Seite zu bleiben.

»Zumindest verstehe ich, dass wir bei diesem Sturm unmöglich auslaufen können«, gab die Prinzessin zu. »Und das alles ist meine Schuld!«

Die Kaufherrin, die dem Wind in einer grauen Wachsjacke trotzte wie eine einfache Hafenarbeiterin, zuckte die Achseln. »Nun lasst mal den Kopf nicht so hängen! Die Aussichten, dass sich in ein paar Tagen noch einmal besseres Wetter ergibt, sind gar nicht schlecht«, behauptete sie. »Richtig übel wird es erst im Firun.«

»Das ist tröstlich«, meinte Rhiana, aber sie klang nicht danach. »Ich habe nur ein schlechtes Gewissen, weil ich meinem Volk noch länger diese beengten Verhältnisse zumute. Und das Geld für Nahrungsmittel wird mit jedem Tag knapper. Die Thronregentin – meine Ziehmutter Maruna – macht mir Vorwürfe, denn wir werden unsere letzten Reserven brauchen, um eine neue Heimat zu finden und uns dort einzurichten.«

»Ich verstehe«, sagte die Patrusco schlicht. »Sagt der Regentin, sie soll sich keine Sorgen machen. Ich werde für die Verpflegung Eurer Leute aufkommen, bis die Schiffe ablegen können.«

Rhiana sah die Kaufherrin mit großen Augen an. »Für 200 Menschen? Das … das können wir nicht annehmen«, wehrte sie ab. »Ihr habt bereits so viel für uns getan.«

»Habe ich das?«, hielt die Patrusco dagegen. »Für die Passage nach Bethana werde ich bezahlt, wenn ich mich recht entsinne. Und ansonsten seid Ihr wegen mir wohl eher in Schwierigkeiten geraten, weil ich dem Fürsten so vorschnell meine Verdächtigungen mitteilen musste, als dass ich übermäßig hilfreich gewesen wäre.«

»Ihr hattet gute Gründe dafür. Reden wir nicht mehr davon«, schlug Rhiana vor.

»Wie Ihr wollt«, erwiderte die Kaufherrin. »Aber verlangt nicht von mir, dass ich vergesse, wem ich das Leben meines Sohnes verdanke! Dafür bin ich Euch etwas schuldig, also nehmt mein Angebot gefälligst an!«

Es würde sie beleidigen, wenn ich auf meiner Ablehnung beharre, erkannte Rhiana. *Ich sollte froh sein, dass sie so großzügig sein will, anstatt sie zu erzürnen.*

»Ich danke Euch«, sagte sie und neigte den Kopf so gemessen, wie es ihr in dem unvermindert heftigen Wind möglich war. »Auch im Namen des talanischen Volkes.«

»Gut.« Die Miene der Patrusco zeigte grimmige Befriedigung, als hätte sie gerade einen übermächtigen Feind bezwungen. »Dann sollten wir zurückgehen, bevor uns der Sturm ins Hafenbecken weht.«

Rhiana dachte, die Worte seien als Witz gemeint, doch als sie sich umdrehte und die enorme schiebende Kraft des Windes in ihrem Rücken spürte, war sie sich dessen nicht mehr so sicher. Rasch bändigte sie ihre vor das Gesicht gepeitschten Haare, indem sie die Kapuze ihres Umhangs überzog, und bewegte sich vorsichtig auf der Dammkrone dem Südhafen entgegen. Eisfells dichter Winterpelz wogte unter den Böen wie ein Weizenfeld im Gewitterwind.

Da sie sich nach hinten lehnen musste, um dem Sturm standzuhalten, wäre Rhiana beinahe umgekippt, als sie vom Damm hinab stiegen und der Wind plötzlich ausblieb. Nur wenige Schritte weiter griff die Naturgewalt wieder nach ihnen, doch ihre Macht war gebrochen, sodass Rhiana wieder ungehindert nach vorn blicken konnte. Finni kam auf sie zugelaufen und sah zu bedrückt aus, um gute Nachrichten zu bringen.

»Ist etwas passiert?«, rief Rhiana ihr entgegen.

Die Halbelfe verzog die Lippen zu einem dünnen Strich. »Rashid hat sein Pferd abgeholt«, eröffnete sie ihrer erstaunten Freundin. »Er sagte, er wird nicht mit uns nach Bethana fahren. Er sei deinem Volk nicht willkommen.«

»So ein Unsinn!«, ereiferte sich Rhiana, doch im Grunde wusste sie, dass es stimmte. »Was er gehört hat, war nur Neels persönliche Abneigung gegen Männer. Und wennschon! Die anderen werden ihn mögen! Ist er einfach so gegangen, ohne sich von mir zu verabschieden?«

»Eigentlich wollte er dich sprechen, aber ich hab ihm gesagt, dass wir wegen des Sturms ohnehin noch nicht abreisen und er deshalb noch Zeit hat, es sich anders zu überlegen«, berichtete Finni. »Ich hab ihm auch erzählt, was wir heute Morgen besprochen haben …«

»Finni!«, unterbrach Rhiana verärgert. »Gestern wolltest du noch nie wieder ein Wort mit ihm reden, und heute verrätst du ihm schon wieder Dinge, die niemand wissen sollte, bevor wir Havena verlassen haben!«

»Ach, hör doch mal auf mit deinem ewigen Misstrauen

gegen ihn!«, forderte die Halbelfe erbost. »Wenn er tatsächlich auch ein Spitzel des Flammenbunds wäre, würde er ja wohl an uns kleben bleiben wie eine Schmeißfliege, anstatt sich aus dem Staub zu machen.«

»Ich glaube, ich lasse Euch lieber allein und kümmere mich darum, dass meine Passagiere nicht jetzt schon Schiffszwieback kauen«, ließ sich die Patrusco vernehmen und marschierte zügig davon.

Rhiana rief ihr rasch einen Dank nach, bevor sie sich wieder Finni zuwandte. »Du weißt genau, was ich meine«, behauptete sie. »Seit wir ihn getroffen haben, hast du ihm alles auf die Nase gebunden, was ich geheim halten wollte. Wie kannst du nur so vertrauensselig sein?«

»Bis eben wusste er nichts, was Elidana nicht ohnehin schon herausgefunden hatte«, hielt ihre Freundin dagegen. »Und ich hab eben gehofft, dass es ihn umstimmt, wenn er erfährt, dass wir uns in Bethana von den Flüchtlingen trennen wollen.«

»Ja, brüll es noch lauter!«, höhnte Rhiana. »Am besten lassen wir es von den Palasttürmen verkünden.«

Sie starrte Finni zornig an, die den Blick ebenso finster erwiderte. Rhiana hatte nicht einmal Maruna einweihen wollen, bis sie weit draußen auf See waren. Aber plötzlich kam ihr das selbst albern vor.

Eigentlich ist es ja sogar viel besser, wenn es jemand dem Flammenbund zuträgt, dämmerte ihr, und sie musste grinsen.

»Hab ich was verpasst?«, erkundigte sich Finni verwirrt.

»Nein, aber mir ist gerade etwas klar geworden«, antwortete Rhiana nachdenklich. »Mortenberg hat gesagt, dass sie mir immer auf den Fersen bleiben werden, bis ich sie zu diesem Schwarzen Auge geführt habe, das mein Vater versteckt hat.«

»Das ist doch nichts Neues«, stellte Finni verständnislos fest. »Deshalb bringt deine Anwesenheit die Flüchtlinge ja auch in Gefahr, und deshalb wollen wir uns von ihnen trennen.«

»Genau«, bestätigte Rhiana. »Nur … wenn Mortenberg nichts davon weiß, wird er weiter den Talaniern folgen, weil er denken muss, dass wir noch bei ihnen sind. Wenn ich mein Volk wirklich schützen will, muss der Flammenbund unseren Plan kennen. Also werden wir dafür sorgen. Jeder Spitzel soll aufschnappen, dass sich Maruna mit den Flüchtlingen aufmacht, um eine Insel zu finden, auf der sie siedeln können, während wir beide uns allein auf die Suche nach dem Artefakt machen.«

Sie konnte Finni ansehen, dass ihr die Vorstellung, als Köder für den Feind zu dienen, nicht behagte, aber die Halbelfe nickte nur.

»Wir werden es schon schaffen«, meinte Rhiana aufmunternd. »Und wenn du jetzt doch wieder Wert auf Rashids Gesellschaft legst, machen wir uns nach dem Mittagessen auf die Suche nach ihm. Einverstanden?«

»Soll das heißen, dass du ihn endlich nicht mehr für einen Spion hältst?«, fragte Finni zögernd.

»Du weißt doch, dass ich ihn auch mag. Aber seit wir so auf Elidana hereingefallen sind, zweifle ich eben manchmal daran, ob wir jemanden ins Vertrauen ziehen können, den wir erst so kurze Zeit kennen«, erklärte Rhiana versöhnlich. »Ist das so schwer zu verstehen?«

»Nein«, seufzte Finni. »Ich glaube, ich war nur sauer, weil du mich ertappt hast. Ich wollte es ja eigentlich niemandem erzählen. Aber dann dachte ich, ich könnte ihn damit überreden.«

»Vielleicht ist dir das auch gelungen und er kommt von selbst zurück«, hoffte Rhiana für ihre Freundin.

Rashid hatte sich und seinem Hengst mit einem Ausritt vor den Mauern Havenas Luft verschafft, bevor er den grazilen Shadif wieder in einem Mietstall untergebracht hatte.

Eine Seereise wäre ohnehin nur eine weitere schreckliche Strapaze für das treue Tier gewesen, bestärkte er sich selbst in seinem Entschluss, in Albernia zu bleiben. *Von einer Hängematte unter dem Bauch auf den Beinen gehalten, während das Schiff auf den Wellen schlimmer schwankt als ein Betrunke-*

ner auf dem Rücken eines Kamels ... Wie konnte ich das nur in Erwägung ziehen! Vergib mir, Rastullah, dass ich meinen kostbarsten Besitz so wenig geachtet habe!

Er schüttelte den Kopf. *So weit kommt es, wenn man sich die Gedanken von der Schönheit ungläubiger Frauen trüben lässt. Kann es einen schlimmeren Sünder geben als mich?*

Ungewollt stand ihm plötzlich wieder Rhianas Bild vor Augen, und er wischte es zornig weg. Schlimm genug, dass es ihn bis in seine Träume verfolgte. Wenigstens am Tage wollte er Herr über seinen Verstand bleiben. Doch Rastullah gefiel es, ihm die Entscheidung nicht leicht zu machen. Als er seinen Rappen aus dem Bauch des Holks befreit hatte, war Finni zu seiner Überraschung wieder freundlich gewesen und hatte es sehr bedauert, dass er sie nicht auf die Zyklopeninseln begleiten wollte.

Ich wusste ja gleich, dass sie nicht fähig ist, mir lange böse zu sein, dachte er selbstgefällig. *Genau genommen hat sie mich um Hilfe und Schutz gebeten, weil sie und Rhiana beschlossen haben, ohne ihre Flüchtlinge dem Hinweis aus diesem bruchstückhaften Brief ihres Vaters nachzugehen.*

Der Gedanke, dass die beiden Frauen dann allein den Nachstellungen des mächtigen Flammenbundes ausgeliefert sein würden – allen voran dem Ritter Mortenberg, der nach Finnis Aussage begierig war, die Prinzessin in sein Bett zu ziehen –, dieser Gedanke drohte, Rashids Entschluss ins Wanken zu bringen. Wie konnte er seine beiden Freundinnen diesem ungewissen Schicksal überlassen?

Ungewiss. Das trifft es ausgezeichnet, sagte er sich trotzig. *Woher will ich eigentlich wissen, dass mich Rhiana tatsächlich als ihren Freund betrachtet? Immerhin hat sie es nicht besonders eilig gehabt, nach mir zu suchen, nachdem mich diese Dämonensultana in ihren Turm gezwungen hatte. Und Finnis Zuneigung wird ohnehin nicht von Dauer sein, wenn ich sie nicht so erwidere, wie sie es sich wünscht. Ganz zu schweigen von dieser unseligen Geschichte um das Erbe eines Königs ohne Reich. Wer weiß schon, was er Rhiana wirklich hinterlas-*

sen hat? Was in Wahrheit in diesem Brief stand? Nichts von alledem ist sicher. Sie alle jagen vermutlich hinter einem Trugbild her, einem Schatz aus einem Märchen, den es gar nicht gibt. Möge Rastullah ihnen Einsicht schenken!

Er bog in die Krämergasse ab und hielt nach der Taverne Ausschau, die Chadim ihm genannt hatte. Es gefiel ihm, dass er hier wenig Aufmerksamkeit erregte, da sich offenbar viele Fremde in diesem Viertel niedergelassen hatten. Hinter dem offenen Fenster einer kleinen Werkstatt erblickte er einen Elf, der darin vertieft war, eine Laute mit Saiten zu bespannen, und gleich nebenan feilschte ein Bediensteter aus vornehmem Hause mit einer glutäugigen almadanischen Weinhändlerin. Ein Stück weiter die Gasse hinab kam Rashid eine grummelnde Zwergenfrau entgegen, die gerade aus einem Laden getreten war, dessen Schild über der Tür Gaumenfreuden aus dem Kosch versprach.

Nur wenige Häuser weiter entdeckte er die drei Spann große, von erstaunlich kundiger Hand geschnitzte und bunt bemalte Skulptur eines korpulenten Mannes, die von einem aus der Wand hervorragenden Balken baumelte wie von einem Galgen. Die Fassade des schmalen, spitzgiebeligen Gebäudes benötigte zwar einen neuen Anstrich, aber immerhin besaß sie zwei Fenster aus undurchsichtigem Butzenglas, das sich längst nicht jeder Gastwirt leisten konnte. Nirgends stand ein Name angeschrieben, doch der Geruch nach deftiger Hausmannskost überzeugte Rashid davon, die Taverne *Zum Dicken Mann* gefunden zu haben.

Nun wird sich zeigen, ob dieser Chadim mir tatsächlich weiterhelfen kann oder nur ein Schwindler ist, dachte er. *Dafür, dass ich von ihm nur den Weg zu einem betagten Alchimisten erfahren will, tut er reichlich geheimnisvoll.*

Er öffnete die Tür und betrat den schlecht beleuchteten Schankraum, dem nur ein paar blakende Öllampen an den Wänden Licht spendeten. Die wenigen Tische waren jedoch alle besetzt. In der stickigen Luft vermischten sich Pfeifenrauch und fettiger Küchendunst mit dem tranigen Geruch des

Lampenöls und nahmen Rashid nach der frischen, kühlen Brise draußen im ersten Augenblick den Atem. Die Gäste des *Dicken Mannes,* allesamt anscheinend Handwerker und Händler, die einfach nur ihr Mittagessen einnehmen wollten, sahen nicht von ihren Gesprächen auf. Rashid ließ seinen Blick über die Männer und Frauen an den Tischen schweifen, aber Chadim war nicht darunter.

In der Rückwand des Raums gab es zwei Durchgänge, zwischen denen der Platz gerade so für einen schmalen Tresen reichte. Die linke Tür stand offen und erlaubte freie Sicht auf einen Koch, der dem Namen der Taverne alle Ehre machte. Der Gegensatz zu der hageren Frau, die vor ihm stand und zwei tiefe Teller mit Bratenstücken hielt, über die der Dicke gerade sämige Soße goss, hätte nicht größer sein können.

Rashid überlegte, ob er sich einen freien Stuhl an einem der Tische suchen und etwas bestellen sollte, um Chadim noch etwas Zeit zu geben, als die Bedienung ihn auch schon entdeckt hatte.

»Steht mir nicht im Weg herum! Eure Freunde erwarten Euch im Hinterzimmer«, teilte sie ihm ungeduldig mit, während sie in der Enge gefährlich nah mit den gut gefüllten Tellern an ihm vorüberrauschte.

»Besten Dank«, murmelte Rashid ironisch und musste an die herrische Elidana denken, die den ungehobelten Einheimischen hier im Norden die Höflichkeit am liebsten mit einer Brabaker Peitsche eingeprügelt hätte. Sein Verständnis für diesen Wunsch war gerade wieder deutlich gewachsen.

Willst du Chadim treffen oder aus diesem Wirtshaus geworfen werden?, fragte er sich selbst, um sich davon abzuhalten, die Frau zur Rede zu stellen. Er schluckte seinen Ärger herunter und stolzierte gemessen zu der rechten Tür hinüber, hinter der er den Novadi vermutete. Noch einmal zögerte er, prüfte, ob Dolch und Rapier locker genug in ihren Scheiden saßen, falls er sie rasch brauchen sollte, dann schritt er auf alles gefasst durch die Tür.

Der kleine Raum dahinter besaß keine Fenster, aber einen

weiteren Ausgang an der gegenüberliegenden Wand. Nur ein einziger, länglicher Tisch fand hier Platz, der an zwei Seiten von einer Eckbank gesäumt und an den anderen mit Stühlen umstellt war. Auf einer Ablage über der Bank brannte eine in Glas gefasste Laterne, sodass Rashid die beiden Gestalten, die dort saßen, im Gegenlicht nur undeutlich sehen konnte. Da sie sich nicht rührten, schloss Rashid die Tür und trat näher. Ihm fiel auf, dass weder Getränke noch Speisen auf dem Tisch standen. Die Männer hatten nicht einmal ihre Umhänge abgelegt.

Als Rashid die Gesichter besser erkennen konnte, wunderte er sich noch mehr. »Salâm«, grüßte er mit einer angedeuteten Verneigung und bemühte sich, sein Misstrauen zu verbergen.

»Marhaba*, mein junger Freund«, erwiderte Chadims Begleiter eher höflich als überschwänglich. Er sprach mit der überraschend hellen Stimme eines Greises, aber sein Blick war ungetrübt und fasste Rashid scharf ins Auge. »Setz dich zu uns!«

Rashid kam der Aufforderung ohne Zögern nach, obwohl er noch immer verwirrt war. Auch wenn dieser Fremde das richtige Alter hatte und seine silbrig weißen Haare genauso wenig über seine Herkunft aussagten wie der ebenso gefärbte, als handbreiter Streifen vom Kinn herabwallende Bart, gab es für Rashid keinen Zweifel, dass Bennwir Curran niemals dessen wahrer Name sein konnte. Die faltige Haut hatte einen zu dunklen Ton. Aber der Mann versuchte nicht einmal, seine tulamidische Heimat zu verleugnen, denn er trug einen – wenn auch in dezent mattem Grün gehaltenen – Turban, und unter seinem Umhang leuchtete ein bestickter Kragen aus rostroter Seide hervor, dessen Schnitt eindeutig zu einem Kaftan gehörte.

»Chadim sagte mir, dass du einen Alchimisten suchst, der Bennwir Curran heißt«, fuhr der alte Mann fort. »Ist es wahr, dass du einen Brief für ihn hast?«

* tulamidisch für »Willkommen!«

Was soll das alles hier?, fragte sich Rashid. *Er kann es nicht selbst sein, aber wer ist er dann? Wie viele Wachhunde hat dieser Curran noch, und warum sind sie alle Tulamiden?*

»Ja, es ist wahr«, antwortete er knapp.

»Und du wurdest von Jachman ibn Haschabnah geschickt, den man auch Jachman al-Alam nennt, und von niemand anderem?«, wollte der Unbekannte wissen.

»So ist es«, bestätigte Rashid.

»Dann hat dir auch niemand den Auftrag erteilt, Bennwir Curran Schaden zuzufügen, und du selbst hast ebenfalls keinen Grund, dies zu wünschen?«, bohrte der Alte weiter.

Entweder bin ich im Begriff, einen Mann zu treffen, den ich besser gemieden hätte, oder heimtückische Dämonen haben den Geist dieses Curran mit krankhafter Furcht verwirrt, dachte Rashid besorgt.

»Rastullah sei mein Zeuge, dass ich weder nach seinem Leben noch seinem Besitz trachte«, schwor er.

»Dann sieh mir in die Augen!«, befahl der Fremde, obwohl Rashid ihn ohnehin anblickte. Er sprach weiter, doch Rashid verstand die Worte nicht und fühlte sich plötzlich ein wenig benebelt. »Hast du all meine Fragen wahrheitsgemäß beantwortet?«, fragte der Alte streng.

»Ja«, erwiderte Rashid und wunderte sich, dass die Empörung, die er empfand, nicht ihren Weg bis zu seiner Zunge gefunden hatte. Die Benommenheit wich einer alarmierenden Erkenntnis, die seine Augen weitete. *Magie!*

»Sprich es nicht aus!«, bat sein Gegenüber hastig, als Rashid zu wütendem Protest ansetzte. »Ich musste sichergehen, dass ich dir vertrauen kann. Du hättest schließlich auch den wahren Schüler Jachmans töten und den Brief als Tarnung benutzen können.«

»Sehe ich etwa aus wie ein gedungener Mörder?«, hielt Rashid hitzig dagegen, musste sich jedoch eingestehen, dass sein Einwand albern war. Man erkannte Meuchler nicht an ihrem Äußeren.

»Ich kann nicht mehr tun, als um deine Vergebung zu bitten«, sagte der Fremde demütig, woraufhin Chadim missbilligend die Stirn runzelte.

Ja, du würdest dich nicht entschuldigen, dachte Rashid grimmig. *Ein Novadi beugt sich nicht vor dem Schwächeren. Aber dein Meister stammt wie Jachman vom Mhanadi und weiß, dass man mit Friedfertigkeit mehr erreicht.*

»Sie sei dir gewährt«, versicherte er besänftigt. *Nun musste ich ausgerechnet in diese Stadt kommen, in der Magie verboten ist, um gleich mehrmals hintereinander verzaubert zu werden. Die Wege des Schicksals sind wahrlich seltsam.*

»Sahib*, die Wände könnten trotz allem Ohren haben. Wir sollten nicht länger hier bleiben«, riet Chadim.

»Du hast Recht«, stimmte der Alte ihm zu und stand auf, um sich zur Hintertür zu begeben. »Komm, Rashid! Das Versteckspiel hat ein Ende.«

Rashid folgte dem Fremden, der ihm noch immer nicht seinen Namen verraten hatte, auf einer verworrenen Route durch verwinkelte Hinterhöfe und schmale Durchlässe zwischen den Häusern. Schon bald hatte er die Orientierung verloren. Der Alte führte ihn in vermeintliche Sackgassen, in denen sich hinter einer Ecke überraschend doch ein Weg öffnete, und Rashid hätte schwören können, dass sie einmal sogar im Kreis gegangen waren.

Will er jemanden abschütteln, der möglicherweise hinter uns her ist, oder will er verhindern, dass ich den Weg später wieder finde?, rätselte er. *Das ist ihm jedenfalls schon gelungen.*

Aber anscheinend fürchtete der Unbekannte tatsächlich, dass ihnen jemand auf den Fersen sein könnte, denn Chadim blieb schließlich sogar mit der Hand am Dolch in einer Mauernische zurück, wo er etwaigen Verfolgern auflauern wollte. Rashid beschlich die Ahnung, dass er nicht mit dem Leben davongekommen wäre, wenn er sich unter dem Wahrheitszauber als Lügner erwiesen hätte.

* tulamidisch für »Meister«

Der Magier bog um die Stallungen eines Fernhandelskontors und trat zwischen den davor abgestellten Fuhrwerken hindurch wieder auf eine ansehnlichere Straße hinaus.

Demnach vertraut er mir nun, schloss Rashid daraus, denn es würde ihm keine Schwierigkeiten bereiten, diesen Fuhrhof wieder zu finden.

»Wir sind da«, verkündete der Magier und deutete auf ein freistehendes, zweistöckiges Fachwerkhaus, über dessen Eingang ein Schild die *1001 Gewürze des Südens* versprach.

Rashid hatte es aufgegeben, sich zu wundern. Geduldig wartete er, bis der Alte die verschlossene Tür geöffnet hatte und ihn mit einer Geste einlud hereinzukommen. Im Innern des Hauses empfing ihn eine Wolke vertrauter Düfte, die die Sehnsucht nach seiner Heimat in ihm weckten. Es roch nach der Süße der maraskanischen Zuckernuss und den Vanilleschoten aus dem Regengebirge, nach Zimmet und dem seltenen Mir-Theniok von den Waldinseln. Die fruchtige Note getrockneter Limonenschalen verband sich mit der Schärfe alanfanischen Pfeffers, das Aroma liebfeldischen Basilikums mit der herben Säure maraskanischer Ingrimwurzel. Rund um die Theke, auf der eine filigrane Waage mit den dazugehörigen kleinen Gewichten stand, reihten sich vor den Wänden und auf Regalen Säcke, Blechdosen und Glasfläschchen in allen Größen aneinander und verströmten im kühlen Albernia einen Hauch des Orients.

»Ihr handelt mit Gewürzen?«, erkundigte sich Rashid, der endlich wissen wollte, mit wem er es zu tun hatte.

»Ganz Havena – oder zumindest der wohlhabendere Teil – bestellt für seine Tafel bei Alev ben Khuran, dem vermeintlichen novadischen Kaufmann«, erwiderte der Magier verschmitzt.

Sind ben Khuran und Bennwir Curran etwa derselbe?, dämmerte Rashid.

»Aber Ihr seid kein Novadi«, sagte er und ließ es wie eine Frage klingen.

»Einen echten Sohn der Wüste wie dich kann ich nicht täuschen«, gab der Alte zu. »Doch die unwissenden Barbaren des

Nordens erkennen nicht einmal den Unterschied zwischen einem Beni Novad und einem Reisbauern vom Ongalo.«

»Dann ist Alev ben Khuran auch nicht Euer wahrer Name«, stellte Rashid fest.

»Ist nicht derjenige der wahre Name, unter dem man den meisten Menschen bekannt ist?«, versetzte der Magier ausweichend.

»Demnach wollt Ihr ihn mir nicht verraten«, schloss Rashid daraus.

»Hat nicht selbst dein Meister Jachman dir einen meiner falschen Namen genannt?«, hielt ben Khuran dagegen. »Es dient meinem Schutz, wenn der Name meiner Geburt nie mehr genannt wird. Gerade du solltest das verstehen, Rashid *aus Talusa.*«

»Das tue ich«, versicherte Rashid. »Es erstaunt mich jedoch, dass Ihr als Magier Euch ausgerechnet in Havena niedergelassen habt, wo die Zauberei unter Strafe steht.«

»Könnte es ein besseres Versteck geben?«, gab ben Khuran amüsiert zurück. »Niemand, der einen Magier sucht, kommt auf die Idee, ausgerechnet hier zu suchen. Aber wir sollten hier unten nicht weiter darüber sprechen. Für meine Nachbarn bin ich nur ein bescheidener Gewürzhändler. Warten wir auf Chadim! Er wird dafür sorgen, dass wir uns ungestört unterhalten können.«

»Ist er nur Euer Leibwächter oder Euer Schüler?«, wollte Rashid wissen.

Zweifellos kann man von diesem Mann eine ganze Menge lernen, selbst wenn man nicht über eine Begabung für Zauberei verfügt, vermutete er.

Der Alte lehnte sich gegen die Theke, von der Rashid erst jetzt bemerkte, dass sie aus kostspieligem Mohagoni gefertigt war. Auch die Regale an den Wänden bestanden aus dem rötlichen, dunklen Holz.

»Ich unterrichte ihn in allen Künsten, die ich selbst beherrsche«, antwortete ben Khuran vielsagend. »Du solltest ihn also nicht unterschätzen.«

Ob er dann überhaupt Verwendung für einen Schüler wie mich hat?, fragte sich Rashid enttäuscht und studierte die Gefäße, die sich in seiner Augenhöhe aufreihten. Die schlanken Flakons enthielten Rosenöl aus Aranien, während die bauchigen kleinen Tontöpfe mit Löffelkrautpaste gefüllt waren.

»Eine Küche unterscheidet sich gar nicht so sehr von einer alchimistischen Werkstatt«, behauptete der Magier. »Aber das werden die Menschen hier wohl nie verstehen. Du warst also Jachmans Schüler?«

»Er war mehr als nur ein Lehrmeister für mich«, erklärte Rashid aufrichtig. »Ich wurde als Knabe in seine Obhut gegeben und fand einen zweiten Vater in ihm. Seine schützende Hand hat mich immer wieder vor den Folgen meines jugendlichen Übermuts bewahrt. Ich … verdanke ihm außerordentlich viel.«

»Dann muss sein Tod dich tief getroffen haben«, meinte ben Khuran.

»In der Tat«, bestätigte Rashid, als sich die Tür öffnete und Chadim eintrat. »Hier ist seine Botschaft für Euch. Ihr seid der Einzige, dem er einen Brief hinterlassen hat.«

»Komm mit in meine Bibliothek! Dort können wir uns angenehmer unterhalten«, stellte der Magier in Aussicht. »Chadim, bring uns gelegentlich etwas Tee!«

Der Novadi verneigte sich schweigend. Ben Khuran führte Rashid ins obere Stockwerk, wo sie sich in einen niedrigen Raum begaben, dessen Fenster sorgfältig mit Holztafeln abgedeckt worden waren, sodass kein Lichtstrahl herein oder hinaus drang. Der Docht einer zierlichen Öllampe entzündete sich, ohne dass der Magier sie auch nur berührt hatte, und erlaubte Rashids Augen, allmählich die Einrichtung zu erkennen.

Der größte Teil des Bodens war unter einem prachtvollen tulamidischen Teppich verborgen, der die Schritte von Rashids Stiefeln dämpfte. Darauf stand ein flacher Tisch, umgeben von mit Seide bezogenen Sitzkissen. Ben Khuran ließ sich auf einem der Polster nieder und bedeutete seinem Gast, ebenfalls

Platz zu nehmen. Er fuhr mit der Hand über einen vielarmigen Leuchter, woraufhin auf den sieben Kerzen aus dem Nichts kleine Flammen erschienen.

Während der Magier das Siegel von Jachmans Brief aufbrach und zu lesen begann, setzte sich Rashid, ohne den Blick von dem Holzgestell zu lösen, das die linke Wand des Zimmers wie mit Bienenwaben überzog. Während auf der rechten Seite dünne Kladden und schwere Folianten in ein Regal gestopft worden waren, das sich unter dem Gewicht bereits bog, steckte in den Fächern linker Hand eine beeindruckende Zahl altertümlicher Schriftrollen aus Papyrus, wie sie nur noch im Land der Ersten Sonne in Gebrauch waren. Sie erinnerten Rashid schmerzlich an die Bibliothek seines verstorbenen Meisters, in der er so viel Zeit mit seinen Studien verbracht hatte.

»Mein alter Freund empfiehlt dich mir als Schüler, solltest du das Bedürfnis haben, dein Wissen zu vertiefen«, eröffnete ben Khuran ihm, nachdem er eine Weile in höflichem Schweigen gewartet hatte. »Ist das dein Wunsch?«

»Es wäre mir eine Ehre, erhabener Meister«, sagte Rashid respektvoll. »Aber ich weiß nicht, ob ich dessen würdig bin, denn mir gebricht es an Talent für die arkane Kunst.«

»Das hindert dich nicht, ein guter Alchimist zu werden«, meinte der Magier. »Ich werde darüber nachdenken. Erzähl mir von Jachmans letzten Jahren und seinem Tod. Möge er in Rastullahs Paradies weilen!«

Rashid kam dieser Bitte nur zu gern nach und unterbrach seine Schilderungen nicht einmal, als Chadim ihnen Tee und kandierte Früchte brachte. Ben Khuran fragte immer wieder gezielt nach Menschen und Begebenheiten, von denen nur ein Vertrauter Jachmans wissen konnte, sodass auch Rashids letzte Zweifel darüber, ob er den richtigen Mann gefunden hatte, zerstreut wurden.

Mir war gar nicht bewusst, wie sehr es mir gefehlt hat, mit jemandem aus meiner Heimat zu sprechen, erkannte er. *Ich muss ihm nicht ständig erklären, warum ich etwas so und nicht anders sehe, und obwohl ich nicht so lange nach den rich-*

tigen Worten suche, gibt es nicht andauernd Missverständnisse. Nie hätte ich geglaubt, dass es so anstrengend ist, sich in einer fremden Sprache zu unterhalten, und so einfach, wenn man aus demselben Land stammt.

Die Vorstellung, in die Dienste Alev ben Khurans einzutreten, gefiel Rashid immer besser.

Aber ich darf nicht vergessen, dass er ein Geheimnis hat, das ihn um sein Leben fürchten lässt, ermahnte er sich. *Würde ich so entspannt mit ihm plaudern, wenn ich wüsste, was er zu verbergen hat? Es steckt mehr dahinter als das Magieverbot in dieser Stadt. Er hat ja schon angedeutet, dass es Feinde gibt, die ihn aufspüren wollen. Wie kann ich ihn aushorchen? Vermutlich gar nicht. Mein Verstand ist nicht annähernd so scharf wie der seine. Ich werde einfach offen sein.*

»Warum musstet Ihr aus Rashdul fliehen?«, fragte er geradeheraus.

»Das ist kein Plan, sondern waghalsig und dumm«, urteilte Maruna unverblümt.

Finni stellte fest, dass der Luchs, der die Thronregentin stets begleitete, immer gereizt mit seinem kurzen Schwanz schlug, wenn seine Herrin verärgert war. Sie konnte Maruna die harschen Worte nicht verübeln, denn sie dachte nur zu ähnlich darüber. Aber sie sah, wie Rhiana trotzig das Kinn vorschob und ansetzte, ihrer Ziehmutter zu widersprechen.

»Die Thronregentin hat Recht«, kam Neel der Prinzessin zuvor, wofür sie einen zornigen Blick erntete. »Selbst wenn ich Euch begleite – und das werde ich, bei Rondra, egal wie Ihr Euch entscheidet! –, werden wir nur drei gegen eine unbekannte Übermacht sein. Ohne Versteck, in dem wir uns verschanzen könnten, und ohne schnelles Fortbewegungsmittel, um von diesen Inseln zu entkommen. Oder habt Ihr ein schnittiges Schiff aufgetan, das uns jederzeit zur Verfügung steht?« Die Amazone gab Rhiana keine Gelegenheit zu antworten. »Dieser verfluchte Mortenberg wird sich die Hände reiben, dass Ihr ihn direkt zu dem Artefakt führt und es ihm dann einfach überlassen müsst, wenn Ihr nicht sinnlos bei dem Versuch sterben wollt, es zu verteidigen.«

Die längste Rede, die ich bislang von ihr gehört habe, dachte Finni beeindruckt. *Und jedes Wort davon ist wahr.*

»Habt Ihr mir nicht selbst vor kurzem noch zugeredet, mein Erbe anzunehmen und dieses Schwarze Auge zu suchen?«, warf Rhiana der Regentin vor.

»Da ging es noch darum, es möglicherweise aus dem Delta zu bergen und im Schutz unserer ganzen Gemeinschaft mit nach Süden zu nehmen«, verteidigte sich Maruna. Auch sie hatte nun die Stimme erhoben, und Finni fragte sich, ob der Streit auf dem ganzen Schiff zu hören war.

Sie standen in der Kajüte, die man der Thronregentin aufgrund ihres Ranges überlassen hatte, während sich die übrigen Flüchtlinge das Quartier mit der Mannschaft teilten oder im Laderaum lagerten. Der Raum war dennoch so klein, dass er Finni angesichts der drei großen, aufgebrachten Frauen schrecklich eng erschien. Am liebsten hätte sie sich zu Marunas Luchs auf die Koje verzogen, um ein wenig mehr Abstand zu gewinnen.

»Aber genau darum geht es mir doch! Unsere Gemeinschaft!«, versetzte Rhiana. »Ich will mein Volk nicht dadurch in Gefahr bringen, dass ich es zur Zielscheibe für den Flammenbund mache!«

Maruna atmete durch und bemühte sich um einen besänftigenden Tonfall. »Das ehrt Euch, Prinzessin«, lobte sie. »Es freut mich, dass Euch der Schutz Eurer Untertanen so sehr am Herzen liegt. Wir dürfen ihre Sicherheit natürlich niemals leichtfertig aufs Spiel setzen. Aber als zukünftige Königin seid Ihr auch eine Symbolfigur. Die Hoffnungen der Talanier ruhen auf Euch. Deshalb dürft Ihr auch Euer eigenes Leben nicht sinnlos wegwerfen.«

»Das will ich doch auch gar nicht«, regte sich Rhiana wieder auf. »Eine kleine Gruppe erregt viel weniger Aufmerksamkeit und kann fort sein, bevor sie bemerkt wurde.«

»Das wäre wohl wahr, wenn es nur darum ginge, schnell zu

sein«, räumte die Thronregentin ein. »Aber genau das ist Euch verwehrt. In diesem Brief steht nichts Greifbares. Ihr habt nicht einmal einen Anhaltspunkt, auf welcher der vielen Inseln Ihr mit der Suche beginnen sollt. Es kann Monate dauern, eine Spur zu finden. Kostbare Zeit, in welcher der Flammenbund Euch in aller Ruhe ausfindig machen und zahllose Schergen sammeln kann. Bedenkt nur, dass es diesen Leuten offenbar ein Leichtes war, fünfzig Havener mit thorwalscher Abstammung zu rekrutieren, nur um sie für ein eher bedeutungsloses Täuschungsmanöver von einer Übermacht anderer Streiter erschlagen zu lassen! Ihr selbst habt es mir eben berichtet. Was glaubt Ihr, wie viel Aufwand der Flammenbund erst betreiben wird, um Euch mit diesem Artefakt in die Finger zu bekommen?«

»Wollt Ihr damit etwa sagen, dass ich die Hände in den Schoß legen und Mortenberg kampflos das Feld überlassen soll?«, fragte Rhiana empört. Auch Finni war gespannt auf die Antwort der Druidin.

So betrachtet, haben wir auch dann keine Chance, wenn uns diese Montas-Zwillinge und ein paar andere wehrhafte Talanier begleiten, erkannte sie. *Der Feind wird immer in der Überzahl sein. Und mit meinen lächerlichen Kunststückchen bin ich kein Gegner für echte Magier wie diesen Zaraldus.*

»Nein, es hätte keinen Sinn, einfach davonzulaufen«, gab Maruna zu. »Der Flammenbund wird keine Ruhe geben, solange Ihr am Leben seid, weil er Euch für eine Gefahr hält. Und ich sehe auch noch einen anderen Aspekt. Habt Ihr Euch noch nicht gefragt, welche Absichten ein derart mächtiger Geheimbund wohl hegt? Es ist ihnen sogar gelungen, einen der ihren – zumindest vorübergehend – zum Admiral der albernischen Flotte zu machen! Hier geht es längst nicht mehr nur um Talania. Diese Verschwörung zieht sehr viel weitere Kreise! Da wir anscheinend die Einzigen sind, die davon wissen, haben wir die Verantwortung, etwas gegen sie zu unternehmen. Meint Ihr nicht?«

Rhiana sah betroffen aus, wusste jedoch nichts darauf zu sagen.

»Denkt darüber nach!«, bat Maruna. »So gern ich Euch einen Rat gäbe, der uns allen Sicherheit und Frieden verschafft – ich weiß keinen. Aber wir dürfen unsere Entscheidungen nicht übereilt treffen und müssen weitsichtig handeln.«

Und sich selbst als Köder zu benutzen, ohne eine Falle zu haben, ist ganz bestimmt nicht sehr vorausschauend, dachte Finni. *Das hab ich ihr ja gleich gesagt.*

»Eure Worte klingen wie so oft einleuchtend und weise«, meinte Rhiana, doch in ihrer Stimme schwang noch immer Verärgerung mit. »Aber ich habe es satt, dass Ihr mich immer nur maßregelt, obwohl Ihr offensichtlich selbst nicht wisst, wie ich vorgehen soll. Wenn Ihr mir keinen besseren Weg aufzeigen könnt, werde ich es auf meine Art machen.«

Die schmalen Lippen der Thronregentin verzogen sich endgültig zu einem Strich. »Was wollt Ihr mit Eurer Sturheit erreichen?«, erkundigte sich Maruna. »Nur weil Ihr mir mit Selbstmord droht, kann ich keine einfache Lösung herbeizaubern. Ich habe nur versucht, Euch vor einer Torheit zu bewahren. Mehr kann ich im Augenblick nicht für Euch tun.«

»Sehr hilfreich. Danke«, erwiderte Rhiana ironisch. »Komm, Finni! Ich brauche dringend frische Luft.«

Puh, die brauch ich auch, seufzte Finni stumm. *Wie kann ich ihr nur schonend beibringen, dass ich Marunas Ansicht bin?*

Kapitel 4

Schwarze Sichel, Tobrien, Peraine 914 BF

Eine tief hängende, graue Wolkendecke entzog die schwarzen Felsmassive der Sichel den Blicken der tobrischen Landwehr. Sie wallte an den Hängen herab bis in die Täler und erinnerte Haldoran Winsheymer an Brotteig, der über die Ränder einer Schüssel quoll.

Dat kömmt davon, dat man zu viel Wasser dran givt, dachte er mürrisch, während der Regen allmählich seine Kleider durchnässte. Dicke Tropfen platschten in seinen Frühstücksbrei und verdünnten ungefragt den Tee in seinem Becher.

»Wat'n beschissner Morgen«, brummte er.

»Dat kannse laut seggen«, meinte Lindgard, der das Wasser bereits aus den schweren, schwarzen Zöpfen tropfte.

Haldoran hob verwundert die Brauen. War das alles? Einfache Zustimmung, ohne jeden tadelnden Unterton? Ohne Verachtung, Strenge oder gar Hohn? Halb erwartete er, dass die hoch gewachsene Bäuerin, die so stolz darauf war, für ihr Land in den Krieg ziehen zu dürfen, noch etwas hinzufügen würde, um ihn doch noch zurechtzuweisen. Aber Lindgard nippte nur an ihrem Tee.

Mach ja sein, dat se mi nu vertraut, wo ick gestern den Reinmar erschossen heb, überlegte er und musste plötzlich angewidert seine Schale wegstellen. Niemals zuvor hatte er sich so sehr für eine Tat geschämt, für die er mit Lob und Anerkennung überschüttet worden war. Doch er hatte auch niemals zuvor einen Pfeil auf einen Menschen gerichtet. Und er hatte es auch in diesem Fall nicht gewollt.

Reinmar wor einen von uns, wiederholte er im Stillen zum

wahrscheinlich hundertsten Mal. Warum konnte das außer ihm niemand sehen? Für die anderen war der Wilddieb nur ein Verbrecher gewesen. Einer der Sträflinge, die Baron Rodebert in dem schrecklichen Minendorf zwangsrekrutiert hatte. Zweifellos ein Mensch, aber irgendwie auch keiner. Anfangs hatte Haldoran selbst zu viel Angst gehabt, um in den Gefangenen etwas anderes als unberechenbare Ausgeburten der Niederhölle zu sehen. Aber nachdem der junge Mann, auf den er aufpassen sollte, sich nicht an dem brutalen Fluchtversuch der wahren Totschläger beteiligt hatte, war Haldoran aufgegangen, dass Reinmar sich eigentlich nicht von ihm unterschied.

Un doch het et nen Unnerschied gebben, stellte er bitter fest. *Reinmar het mie nich abgemurkst, als er die Gelegenheit hebt hat. Ever ick hab auf ihn geschossen ... nur weil ich Schiss vor en paar Schläch hat.*

Heiße Tränen stiegen ihm in die Augen, und er war froh, dass nur er sie von den kalten Regentropfen unterscheiden konnte.

»Et wor nich dien Schuld«, behauptete Answin mitfühlend, der den Blick seines Freundes dennoch richtig gedeutet hatte. »De Blödkopp hätt eben nich abhaun dürfen. Dann hätt de Ritter ihn auch nich abgemurkst.«

Ja, es war Ritter Luidprant gewesen, der Reinmars Leben mit seinem Schwert ein Ende bereitet hatte. Aber das konnte Haldoran nicht trösten. *Sein* Pfeil hatte den Wilderer niedergestreckt, den Rücken und vermutlich die Lunge durchbohrt, sodass sein Tod nur eine Frage der Zeit gewesen wäre. Dass ausgerechnet der Bluthund, durch dessen Peitsche Haldoran zu seiner Tat getrieben worden war, den Gnadenstoß ausgeführt hatte, war nur konsequent. Doch es änderte nichts daran, wie schrecklich sich Haldoran fühlte. Ganz gleich, was Answin sagte, *er* hatte den Tod eines Menschen zu verantworten. Aus Furcht vor dem Zorn der Adligen und den Schmerzen der Strafe war er zu einem Werkzeug geworden, hatte sich für einen Zweck benutzen lassen, gegen den sein Innerstes aufbegehrte.

Wie konnt ick dat tun?, fragte er sich erschüttert. *Un wie kann Answin so ma eben un leichtfertig daherquasseln? Ick bin doch selvs wechgerannt, als de Baron innet Dorf kommen is, um die Landwehr auszuheben. Un vielleicht wör ick auch entkomm', wenn Lindgards Kerl mich nich verpfiffen hätt.*

»Denk do ma nach, wat du da sächs!«, forderte er Answin auf. »Häts du also auch ma eben so op mi geschossen, wenn ick an Reinmars Stell wesen wör?«

Sein Freund schwieg betreten, während Lindgard zu einer harschen Erwiderung ansetzte. Doch bevor die Worte über ihre Lippen kamen, donnerte ein Trommelwirbel durch das Tal.

»Willbergener Landwehr, antreten in fünf Reihen!«, bellte der Korporal der Leibgarde des Barons in die nachfolgende Stille.

»Wat heb die hoh'n Herrn sich nu wohl widder aus'dacht?«, rätselte Answin und erhob sich, um sich trotz seiner lädierten Schulter mit den anderen in Reih und Glied aufzustellen. Er hatte die Verletzung zurückbehalten, als einer der Strafgefangenen ihn mit einem Stein erschlagen wollte, und sie würde ihn noch eine ganze Weile davon abhalten, einen Bogen zu spannen.

»Wie lange soll das noch dauern?«, fuhr der Korporal die Bauern an. »Könnt ihr nicht bis fünf zählen?«

Die Landwehr quirlte durcheinander wie eine aufgescheuchte Hühnerschar, bis sie sich endlich auf eine gewisse Ordnung verständigt hatten. Von seinem hinteren Platz aus konnte Haldoran sehen, dass sich zwar fünf schnurgerade Reihen gebildet hatten, diese jedoch aus höchst unterschiedlich vielen Soldaten bestanden. Selbst der Baron, der gemeinsam mit Ritter Luidprant die Szene vom Pferderücken aus verfolgte, konnte sich ein Schmunzeln nicht verkneifen, während der Ritter verärgert die Stirn runzelte.

»Spätestens bei zehn seid ihr Hohlköpfe also überfordert«, knurrte der Korporal. »Unser hochgeborener Herr Baron hat das vorausgesehen und kommt eurer Unfähigkeit in seiner Gnade ein wenig entgegen.«

Haldoran spürte, dass er nicht der Einzige war, der dem aufgeblasenen Kerl am liebsten mit der Faust geantwortet hätte. Aber das war undenkbar, und es ließ sich auch nicht abstreiten, dass einige von ihnen tatsächlich nicht weiter als bis zehn zählen konnten. Das war für Knechte und Mägde auch gar nicht nötig, solange es einen Bauern oder eine Bäuerin gab, die sich um solche Dinge kümmerten.

»Ihr werdet heute in fünf Rotten eingeteilt«, erklärte der Gardekorporal. »Vier Einheiten à zehn Soldaten und eine mit neun. Ich hoffe, *das* habt ihr verstanden. In Zukunft wird dann beim Antreten jede Rotte eine eigene Reihe bilden, klar? Und dass mir keiner auf die Idee kommt, sich jetzt erst recht für eine Wildsau zu halten, nur weil er einer Rotte angehört!« Er grinste selbstgefällig über seinen eigenen Scherz und zog dann einen Zettel aus dem Gürtel. »Jede Rotte braucht einen Anführer, der dafür zu sorgen hat, dass sich seine Leute anständig aufführen und ihren Befehlen nachkommen«, fuhr er fort. »Diesen Rang nennt man Weibel. Daran gibt es überhaupt nichts zu lachen!«, brüllte er, als aus den Reihen der Landwehr unterdrücktes Kichern und Prusten ertönte. »Keiner von euch hat eine solche Beförderung verdient! Trotzdem hat unser hochgeborener Herr Baron fünf Männer und Frauen benannt, die gefälligst vortreten werden, wenn ich ihre Namen verlese.«

Answin schubste Haldoran mit seinem gesunden Arm an. »Wat wolln wer wetten, dat unser Lindgard mit dabei is?«, flüsterte er, während der Korporal die ersten Namen verlas.

»Dat wird se wohl«, stimmte Haldoran ihm zu.

»Haldoran Winsheymer!«

»Wat? Ick?«, staunte Haldoran.

Auch der Korporal wandte sich verunsichert nach Baron Rodebert um, doch der nickte nur knapp. Ritter Luidprants versteinerte Miene war undeutbar.

»Wirst du jetzt nach vorn kommen, oder was?«, schimpfte der Korporal, als sich Haldoran vor Verblüffung nicht rührte.

»Nu mach hinne! Dat giv auch mehr Sold«, drängte Answin.

Haldoran setzte sich in Bewegung wie ein Schlafwandler. Er spürte die vielen Augen auf sich, aber er sah nur den gelassenen Blick des Barons, der ihn für diese Aufgabe ausgewählt hatte.

Waröm aus'rechnet ick?, fragte er sich, doch ihm blieb keine Zeit, darüber zu grübeln, denn der Korporal begann, die verbliebenen Soldaten einzuteilen, damit sie hinter ihren neuen Weibeln Aufstellung nahmen.

»Zur Rotte von Haldoran Winsheymer gehören Lindgard aus Wulfroth ...«

Wat? Ick soll de Lindgard seggen, wo et lang geit? Haldorans Welt stand Kopf. Die nächsten Namen rauschten an ihm vorbei, obwohl er einige darunter bereits kannte. *Ever dat werd se doch nie ...*

»Answin aus Dachsbergen.«

»Dat wollt ick ever auch meint hebben«, freute sich Answin und fing sich damit einen strafenden Blick des Gardekorporals ein.

»Wala Tucher und Firuntin aus Waldsend.«

Auch die beiden Letztgenannten reihten sich mit ihren geschorenen Sträflingsschädeln hinter Haldoran ein, und ihm wurde bewusst, dass Lindgard womöglich sein geringstes Problem war.

Baron Rodebert von Ehern zu Willbergen lenkte sein Pferd vorsichtig den abschüssigen Bergpfad hinab. Nasses Moos und vom Regen schlüpfriges Gestein gaben den Hufen wenig Halt, aber noch schätzte der Baron die Gefahr nicht hoch genug ein, um deshalb abzusteigen. Ein Edelmann sollte sich seiner Meinung nach möglichst selten anmerken lassen, dass er die Lage nicht vom hohen Ross aus im Griff hatte, sonst schwächte er das Vertrauen des einfachen Volkes in die praiosgegebene Überlegenheit des Adels.

Er fand, dass es trotz des schlechten Wetters keinen Grund gab, Trübsal zu blasen. Seit der missglückten Flucht des Wilderers hatte kein weiterer Gefangener gewagt, den Eid zu brechen, den sie alle vor ihm und dem Götterfürsten abgelegt hatten.

Vielleicht haben die anderen jetzt gelernt, dass Praios jeden Treuebruch unweigerlich mit dem Tod bestraft, hoffte er.

Außerdem ließen sie allmählich die unberechenbare Wildnis der höchsten Gipfel der Schwarzen Sichel hinter sich und gelangten in die zahmeren Wälder der Vorberge. Bald würden sie wieder die ersten Dörfer und Rodungen seiner Baronie erreichen, von wo er den direkten Weg nach Ysilia einschlagen wollte, der Hauptstadt Tobriens, die Herzog Kunibrand so glorreich eingenommen hatte, als er mit seinem neuen Heer aus dem Exil im Bornland zurückgekehrt war. Rodebert hatte mit seinen Rittern und der im vorigen Jahr einberufenen Landwehr mitgeholfen, Graf Tedescos Besatzungstruppen aus Tobrien zu fegen. Doch Kunibrand war nicht damit zufrieden, seine Stammlande zurückerobert und dem Reichsverweser eine schwere Niederlage bereitet zu haben. Der Herzog strebte noch immer nach der Kaiserwürde, nach der auch Tedesco seine Finger ausstreckte. Von seinem Triumph berauscht, hatte Kunibrand deshalb angeordnet, weitere Truppen auszuheben, und so war Baron Rodebert gezwungen worden, sein erstes Banner beim Heer zurückzulassen, um ein zweites auf die Beine zu stellen. Um jeden Preis – so hatte es der Herzog verlangt. Nur deshalb waren die Reihen der Soldaten mit Sträflingen aufgefüllt worden.

Sie erreichten die Talsohle, und der Weg wurde breiter. Rodebert hörte, wie Luidprant Lauting, Ritter zu Granelfels, sein Pferd antrieb, um aufzuschließen. Er konnte sich denken, was dem jüngeren Adligen zu schaffen machte, und hatte nur darauf gewartet, dass jener ihn darauf ansprach.

»Ich weiß, dass es mir nicht zusteht, Eure Entscheidungen infrage zu stellen«, begann der Ritter. »Aber ich bin als Euer Freund hier und keiner Eurer Vasallen. Deshalb gestattet mir, darauf hinzuweisen, dass es unüblich ist, Bauern mit der Führung von ihresgleichen zu betrauen.«

»Wen sollten sie stattdessen befehligen? Goblins? Orks?

Ritter?«, erkundigte sich Rodebert amüsiert. Doch er nahm zufrieden zur Kenntnis, dass Luidprant begann, seine Kritik höflicher vorzutragen. Womöglich war bei dem jungen Heißsporn doch noch nicht Hopfen und Malz verloren. »Nein, im Ernst, Luidprant, dessen bin ich mir bewusst. Aber wen sollte ich sonst zu Weibeln machen? Die vierzehnjährigen Jungen und Mädchen der Junker, die noch geblieben sind? Meine letzten Gardisten? Ich sage es Euch ganz ehrlich: Die behalte ich lieber als Leibwache, um wirksam vorgehen zu können, wenn sich Teile der Landwehr als unzuverlässig erweisen. Ihr wisst schon, welchen Teil ich meine.«

»Und ob«, schnaubte der Ritter.

»Übt Euch ein wenig in Geduld, dann werdet Ihr bald sehen, dass die Menschen an ihren Aufgaben wachsen«, versprach der Baron.

»Ein paar dahergelaufene Melkerinnen und Schweinehirten?«, empörte sich Luidprant. »Dieses Vorgehen ist wider die praiosgefällige Ordnung. Nur dem Adel steht es zu, im Heer zu befehligen. Ich muss mich sehr wundern, dass Ihr diesen neumodischen Tendenzen Vorschub leisten wollt, wie sie im ganzen Reich um sich greifen. Allenthalben rotten sich die Gemeinen zu Kriegshaufen zusammen und nennen sich Söldlinge. Selbst die Unfreien laufen ihren Herren davon, um sich als Waffenknechte zu verdingen. Wo soll das hinführen? Wenn sie ihren Platz im Weltengefüge nicht mehr kennen, werden sie nur aufmüpfig und ungehorsam.«

»Auch ich muss mich über Euch wundern, Luidprant«, gab der Baron überrascht zu. »Ich wusste gar nicht, dass Ihr unserem Herrn Praios mit solchem Eifer ergeben seid.«

Ein Lächeln huschte über das Gesicht des Ritters. »Meine Schwester ist eine Geweihte des Götterfürsten und wird nicht müde, die Missstände unserer Zeit zu geißeln«, erklärte er.

»Dann hat sie Euch also das Predigen gelehrt? Ihr solltet ebenfalls überlegen, einem Orden beizutreten«, schlug Rodebert vor. »Ihr müsstet ja nicht gleich das Schwert mit dem Sonnenszepter vertauschen.«

»Ich habe in der Tat bereits erwogen, mich den Bannstrahlern anzuschließen«, eröffnete Luidprant ihm.

Meiner Treu, da passt ein Bluthund wie er wahrhaftig hin, schoss es dem Baron durch den Kopf. *Wenn er sich wirklich dazu entschließt, dann Gnade all jenen, die sich nicht schnell genug vor ihm in den Staub werfen.* »Nun, vielleicht findet Ihr ja Gelegenheit dazu, wenn dieser Feldzug vorüber ist«, sagte er laut.

»Wir werden sehen«, meinte Luidprant achselzuckend. »Möglicherweise komme ich zu der Erkenntnis, dass mich Praios dringender als seinen Streiter braucht als unser Herzog. Aber vorläufig bin ich hier und kann Euch an seine Gebote erinnern. Ich wünschte, Ihr hättet mir vorher von Euren Plänen erzählt. Dann wäre es mir vielleicht möglich gewesen, sie Euch auszureden. Ich verstehe natürlich, dass Ihr Eure Beschlüsse jetzt nicht mehr rückgängig machen könnt, ohne das Gesicht zu verlieren.«

Was ich ganz gewiss nicht einmal dann täte, wenn es meine Stellung nicht untergraben würde, dachte Rodebert gereizt, ließ sich seine schlechte Laune jedoch nicht anmerken. »Das gibt Euch die Gelegenheit zu beobachten, wie sich ihre neue Stellung auf die Männer und Frauen auswirken wird. Ich habe sie mit Bedacht ausgesucht und bin sicher, dass mich die meisten von ihnen nicht enttäuschen werden«, sagte er zuversichtlich.

»Ihr habt einige ausgewählt, die bereits durch unbotmäßiges Verhalten aufgefallen sind«, stellte der Ritter vorwurfsvoll fest. »Was soll sie davon abhalten, sich dadurch noch ermutigt zu fühlen?«

»Wenn Ihr es genau überlegt, werdet Ihr bemerken, dass ich mich weder für einen Sträfling noch für die Speichellecker entschieden habe. Was glaubt Ihr, warum ich so vorgehe?«, erkundigte sich der Baron.

»Ich muss zugeben, dass mir genau das ein Rätsel ist«, antwortete Luidprant aufrichtig. »Einmal abgesehen davon, dass ich weiterhin darauf bestehe, dass jede Rotte von einer Edlen oder einem Ritter angeführt werden sollte, hätte ich diejenigen vorgezogen, die sich als absolut treu erwiesen haben.«

»Was nicht verkehrt sein muss. Aber ich glaube, dass es im Leben wie im Krieg entscheidend ist, jede Position mit demjenigen zu besetzen, der am besten dazu befähigt ist.«

»Das wäre ja nun zweifellos jemand aus dem Adel«, warf Luidprant ein.

»Natürlich«, stimmte Rodebert ihm zu. »Etwas anderes zu behaupten wäre wohl auch Ketzerei, nicht wahr? Aber Ihr werdet mir doch Recht geben, wenn ich behaupte, dass es Verschwendung wäre, Eure Schwester in einen Tsa-Tempel zu schicken und Euch zum Magister einer Magierakademie zu ernennen?«

»Das wäre höchst unpassend«, musste der Ritter eingestehen.

»Weil es nicht Eurer Begabung entspräche, die Euch doch von den Göttern verliehen wurde«, spann der Baron seinen Gedanken weiter. »Und dasselbe gilt auch für das einfache Volk. Ihr solltet lernen, es nicht als Masse tumber Bauerntölpel wahrzunehmen. Einige von ihnen haben das Zeug dazu, über ihren Tellerrand hinauszublicken. Wenn Ihr wollt, dass sie ihre brachliegenden Talente *für* Euch einsetzen anstatt gegen Euch, müsst Ihr …« Er unterbrach sich und zügelte dabei bereits sein Pferd, um auf etwas zu lauschen.

Auch Luidprant sah sich beunruhigt um. Ein fernes Donnern hallte leise von den Bergen wider, aber das Geräusch verklang nicht, sondern grollte immer weiter. Der Gardist, den Rodebert vorausgeschickt hatte, um den Weg zu erkunden, tauchte vor ihnen unter den Kiefern auf und rannte ihnen entgegen. »Truppen, Herr!«, keuchte er. »Mindestens zwei Banner kommen das Tal herauf!«

Kapitel 5

Rashids Frage verklang und hinterließ einen Moment gespannten Schweigens. Dann lächelte ben Khuran nachsichtig, während er sich über den schmalen Bart strich.

Havena,
Boron 914 BF

»Es ist besser für uns beide, wenn du nichts Genaues darüber weißt«, behauptete er. »Sagen wir einfach, dass ich mit gewissen Experimenten die Aufmerksamkeit verschiedener Leute erregt habe, die aus ebenso verschiedenen Gründen seitdem daran interessiert sind, mich in ihre Finger zu bekommen. Was ich zu vermeiden trachte.«

»Ich verstehe«, erwiderte Rashid schlicht. Er konnte ein Gefühl der Enttäuschung nicht leugnen, aber er wusste, dass es fehl am Platz war.

Er hütet dieses Geheimnis nun schon seit Jahrzehnten. Ich kann nicht erwarten, dass er mir so viel Vertrauen schenkt, nur weil wir eine Tasse Tee zusammen getrunken haben, sagte er sich.

»Sicher ist es hart für Euch, hier in der Fremde leben zu müssen«, meinte er. »Ich habe das Land der Ersten Sonne erst vor wenigen Jahren verlassen, und doch vermisse ich die glühende Hitze, die das Herz erwärmt und die düsteren Schatten aus der Seele vertreibt.«

»Wie wahr«, seufzte der Magier. »Dieser Nebel legt sich oft bedrückend wie ein Leichentuch auf mein Gemüt. Dann gehe ich hinunter, um in den Düften der Gewürze zu schwelgen. Und esse etwas Scharfes. Das bringt die innere Glut zurück.«

Ein Luftzug ließ die Kerzenflammen flackern, sodass Rashid rasch einen Blick über die Schulter warf. Hinter seinem

Rücken hatte Chadim lautlos die Tür geöffnet und verneigte sich vor ben Khuran.

»Sahib, der Kämmerer des Grafen von Honingen ist da«, verkündete der Novadi mit gedämpfter Stimme. »Er besteht darauf, von Euch persönlich beraten zu werden.«

»Der Diener ist oft ein eitlerer Pfau als sein Herr«, kommentierte der Magier spöttisch und erhob sich von seinem Kissen, was Rashid augenblicklich nachahmte. »Nein, warte ruhig hier!«, lud ben Khuran ihn ein. »Es sei denn, du hast Wichtigeres zu tun, als dich mit einem alten Mann zu unterhalten.«

»Das habe ich nicht, Ehrwürdiger«, antwortete Rashid erfreut. »Darf ich in Eurer Abwesenheit einen Blick auf Eure Bibliothek werfen? Es ist lange her, dass ich einen solchen Hort des Wissens gesehen habe.«

»Nur zu«, gestattete der Magier großzügig, während er hinausging. »Es dürften auch einige Werke zur Alchimie darunter sein.«

»Danke«, rief Rashid ihm nach und wandte sich den Büchern zu.

Vorsichtig näherte er sich dem überladenen Regal, als könne jede unbedachte Bewegung von ihm das Holz dazu bringen, unter der Last zu brechen. Auf der wuchtigen Truhe darunter entdeckte er jedoch als Erstes das *Almagest,* einen auffallend großen und dicken Folianten, der eine umfangreiche Sammlung sternkundlicher Tafeln enthielt. Aus dem sichtlich abgegriffenen Einband schloss Rashid, dass sein Gastgeber dieses Werk sehr häufig zu Rate zog.

Vielleicht ist er ein Anhänger der Astrologie und liest aus den Sternen, vermutete er und überflog die ledernen, teils mit silbernen oder goldenen Lettern beschrifteten Buchrücken, um sich einen Überblick zu verschaffen.

Alle drei Bände von Paramanthus' Lexikon der Alchimie, erkannte er und fühlte sich sogleich in seine Studienzeit bei Meister Jachman zurückversetzt. Zwischen dem *Kompendium der magischen Analyse* und einem gewaltigen Wälzer mit dem nichts sagenden Namen *Offenbarung des Nayrakis* fand er einen *Alchemistischen Almanach* und eine interessante Abhandlung über die Transformation von Metallen. Doch er widerstand der Versuchung, sogleich darin zu lesen, denn er wollte auch die in stabilen, schützenden Hülsen aufbewahrten Schriftrollen auf der anderen Seite des Zimmers inspizieren.

An den Deckeln der Hülsen baumelten Schildchen mit den Namen der enthaltenen Werke, damit die kostbaren Papyri nicht jedes Mal entnommen werden mussten, wenn man wissen wollte, worum es sich handelte. Rashid las *Fragmente des Naranda Ulthagi* und daneben *Von den Echsenwesen*. Behutsam zog er die Schriftrolle hervor und musste enttäuscht feststellen, dass der Inhalt in einer ihm unbekannten Sprache verfasst war. Doch das stachelte seinen Entdeckergeist nur noch mehr an.

Neugierig entrollte er den nächsten Papyrus, der angeblich *Vom Wesen Satinavs* handelte, aber er konnte nicht einmal die Schrift lesen, die sich verschnörkelt durch die Zeilen zu winden schien. Auch bei den auf etliche Rollen verteilten *Astralen Geheimnissen* hatte er kein Glück. Er öffnete immer mehr Hülsen und wagte oft gar nicht erst, die verblassten Papyri in die Hand zu nehmen, da sie vom Alter zu zerfallen drohten.

»Es freut mich zu sehen, dass du Gefallen an meiner Sammlung gefunden hast«, ertönte plötzlich ben Khurans Stimme von der Tür her. »Und dass du behutsam mit solchen Schätzen umzugehen verstehst.«

Rashid, der vor Schreck zusammengezuckt war, steckte die Schriftrolle, die er gerade betrachtet hatte, zurück in ihre Hülle. »Jachman hat mir früh beigebracht, dass mit jedem zerstörten Papyrus Wissen für immer verloren gehen kann. Ich kenne daher ihren Wert«, versicherte er.

Der Magier nickte nur und ließ sich wieder an seinem Tischchen nieder.

»Ich bin zutiefst davon beeindruckt, auf wie viele Sprachen und Schriften Ihr Euch versteht, Sahib«, gestand Rashid aufrichtig. »Offenbar übersteigt Euer Können selbst das meines verehrten Lehrmeisters, den man doch den Gelehrten nannte.«

Ben Khuran lachte geschmeichelt. »Es wäre nicht gerecht, Jachman an mir zu messen«, wehrte er ab. »Wenn man über die entsprechenden magischen Hilfsmittel verfügt, ist es keine große Kunst mehr, selbst die ältesten und unverständlichsten Zeugnisse fremder Kulturen zu entschlüsseln.«

»Ihr zaubert Euch eine Übersetzung herbei?«, staunte Rashid.

»Nun, da gibt es unterschiedliche Möglichkeiten«, wich der Magier aus. »Aber die Vergangenheit hat mich schon als Kind in ihren Bann gezogen, sodass ich mein Leben dem Studium alter Schriften gewidmet habe und noch einige Kopien anfertigen will, bevor ich diese Welt verlassen muss.«

»Möge Rastullah Euch ein langes Leben gewähren!«, wünschte Rashid und verstummte abrupt, als ihn ein Geistesblitz traf. »Ehrwürdiger Meister«, fuhr er fort und bemühte sich, seine Aufregung zu verbergen. »Stellt Ihr Eure arkanen Fähigkeiten gegen eine angemessene Bezahlung auch anderen zur Verfügung?«

Ben Khuran schüttelte entschieden den Kopf. »Nein, das wäre zu gefährlich«, erklärte er. »Vor allem in dieser Stadt! Jeder Auftraggeber und Mittelsmann wüsste von mir und hätte mich in der Hand.«

»Ihr habt Recht. Wie dumm von mir«, gab Rashid zu und begrub seine vagen Hoffnungen wieder.

Der Magier schmunzelte. »Aber vielleicht würde ich für dich eine Ausnahme machen. Du kennst meine Tarnung ja ohnehin schon. Womit könnte ich dir denn behilflich sein?«, erkundigte er sich.

»Nun, es gibt da eine Frau, eine wahre Zierde ihres Geschlechts, die ich verehre«, vertraute Rashid dem Alten an. »Aber sie erhört mich nicht.«

»Wahrlich, mein junger Freund«, unterbrach ben Khuran ihn lachend, »Liebeszauber zu weben gehört nicht zu meinen Künsten.«

»Oh, natürlich«, sagte Rashid hastig. »Es läge mir auch fern, mein Glück auf so plumpe Weise zu erzwingen. Ich wollte ihm nur ein wenig auf die Sprünge helfen, indem ich der Rose Talanias einen großen Dienst erweise. Falls Ihr in dieser Angelegenheit von Nutzen sein könnt.«

Rashid machte eine fragende Pause, woraufhin der Magier ihn mit einer Geste aufforderte, weiterzusprechen.

»Es geht um einen Brief, den ihr verstorbener Vater der Schönsten der Schönen hinterlassen hat«, verriet Rashid. »Die Tinte ist durch Nässe verlaufen, sodass man kaum noch etwas entziffern kann. Aber die Botschaft betrifft das Erbe meiner Angebeteten, weshalb sie für sie von großer Wichtigkeit ist. Ich dachte, Ihr könntet die Schrift durch einen Zauber vielleicht wieder sichtbar machen.«

»Hm«, machte ben Khuran. »Das klingt nach einer Herausforderung meines Könnens. Lass mich nachdenken!« Er setzte eine grüblerische Miene auf und wiegte gedankenverloren den Kopf. Rashid knabberte nervös von den kandierten Früchten, während er sich bemühte, den Alten nicht ungeduldig anzustarren.

Nach einer Weile erhob sich der Magier, um in dem Folianten über Sternenkunde zu blättern. Er zog einen dicht mit Zahlen und Formeln bekritzelten Zettel daraus hervor und glich die Berechnungen mit einer Tabelle in dem Buch ab. »Der Zeitpunkt ist nicht mehr der günstigste«, eröffnete er Rashid schließlich. »Aber die nächste geeignete Konstellation ergibt sich erst in ein paar Wochen.«

»Dann werdet Ihr es versuchen?«, freute sich Rashid.

»Es gibt eine Möglichkeit, die ich reizvoll finde«, antwortete der Alte geheimnisvoll. »Was bist du bereit, dafür zu zahlen?«

Arme Finni, dachte Rhiana, als der finster dreinblickende Novadi, den Rashid Chadim genannt hatte, ihnen die nassen Umhänge abnahm. Draußen peitschte der Sturm die Stadt mit eisigem Regen, aber nachdem sich Rashid schlicht geweigert hatte, den alten Magier dadurch zu erzürnen, dass er mehr

Besucher mitbrachte als unbedingt nötig waren, hatte die Halbelfe darauf bestanden, wenigstens aus einiger Entfernung über sie zu wachen. Weshalb sie nun vermutlich frierend unter irgendeinem Torbogen kauerte, um die Straße vor ben Khurans Haus im Auge zu behalten.

Diese Geschichte, dass Chadim auf mögliche Verfolger gewartet hat, um sie zu beseitigen, hat Finni offenbar mehr beeindruckt, als ich dachte. Ich muss später noch einmal mit ihr darüber sprechen, nahm Rhiana sich vor. *Sie wird doch nicht ernsthaft jemanden meucheln wollen, nur weil er für den Flammenbund hinter uns herspioniert? Aber vielleicht sollte sie das, wenn wir vermeiden wollen, dass dieser Magier in unsere Schwierigkeiten hineingezogen wird.*

Sie schüttelte den entsetzlichen Gedanken ab. Jetzt war nicht der richtige Zeitpunkt, über den Sinn rondrianischen Verhaltens nachzudenken, wie es die Geweihten der Göttin verlangten. Rondra lehnte auch die Magie ab, und doch folgte Rhiana Rashid durch die Wolken würziger und süßer Düfte, um sich genau darauf einzulassen. Sie stiegen eine schmale Holztreppe hinauf, die in einen spärlich beleuchteten Flur mündete, von dem mehrere Türen abzweigten. Rashid klopfte an eine davon, woraufhin eine Stimme sie hereinrief.

Hoffentlich war es kein Fehler, sich das Schwert abnehmen zu lassen, zweifelte sie noch einmal, bevor sie die Bibliothek betrat. Sie wäre hartnäckiger geblieben, wenn Rashid nicht sofort ebenfalls sein Rapier abgelegt hätte. Aber im Gegensatz zu ihr hatte er immer noch seinen Waqqif genannten Krummdolch, von dem er sich niemals trennte.

»Meister Alev ben Khuran, dies ist meine Freundin Rhiana, von der ich Euch erzählt habe«, stellte Rashid sie vor.

»Willkommen in meinem Haus, Herrin«, begrüßte der Tulamide sie in ausgezeichnetem Garethi. »Gepriesen seien meine alten Augen, dass mir dieser Anblick noch vergönnt ist! Rashid hat nicht übertrieben, als er Euch die Schönste der Schönen nannte.«

Rhiana lächelte nur verlegen und fragte sich unwillkürlich,

ob alle Männer aus dem Süden zu solchen Übertreibungen neigten. Sie konnte sich nicht vorstellen, dass ein Thorwaler wie ihr verstorbener Lehrmeister Tjalmar jemals etwas Derartiges zu einer Frau gesagt hätte.

»Es wird mir eine Freude sein, meine Fähigkeiten für Euch zu erproben«, versicherte der alte Mann.

»Zu erproben?«, wiederholte Rhiana verwundert. »Seid Ihr Euch denn gar nicht sicher, dass Ihr mir helfen könnt?«

Nun war es an ben Khuran zu lächeln, doch er sah dabei nicht beschämt, sondern selbstzufrieden aus. »Nur eine Prise Bescheidenheit desjenigen, der schon weitaus gefährlichere Experimente gewagt hat«, behauptete er.

»Bringt dieser Zauber Rhiana etwa in Gefahr?«, wollte Rashid aufgeschreckt wissen.

»Deine Sorge ist unbegründet, mein junger Freund«, antwortete der Magier gelassen. »Ich rechne bei dieser Kleinigkeit nicht mit Komplikationen, aber selbst wenn doch welche auftreten sollten, betreffen sie nur meine eigene Sicherheit.«

Seine Worte konnten Rhiana nicht völlig beruhigen, doch sie wischte ihre Bedenken beiseite. Sie riskierten bereits eine Menge, indem sie sich hier trafen, um das fürstliche Magieverbot zu übertreten, aber die Aussicht, dass der Inhalt des Briefs einige ihrer drängendsten Fragen beantwortete, war zu verlockend.

Wir tun eigentlich nichts Verbotenes, sprach sich Rhiana Mut zu. *Jenseits von Havena haben die Adligen sogar Hofmagier in ihrem Gefolge.*

»Ihr wollt doch keinen Dämonen beschwören, oder?«, erkundigte sie sich, um ihr Gewissen zu besänftigen.

»Dämonen? Nein. Seid gewiss, dass ich keinen Wert darauf lege, mich mit den Bewohnern der siebten Sphäre einzulassen«, versicherte ben Khuran.

»Gut«, seufzte Rhiana erleichtert. »Ihr habt gesagt, dass Ihr das Schreiben meines Vaters für diesen Zauber braucht. Hier ist es.«

Sie zog das zusammengefaltete Pergament aus ihrem Ärmel

und reichte es dem alten Magier, der zunächst einen prüfenden Blick auf die verwaschenen Zeilen warf.

»Da ist wirklich kaum etwas zu lesen«, stellte er fest. »Wie ich mir schon dachte – ich werde Euch den vollständigen Brief aus der Vergangenheit holen müssen, wenn Ihr ihn jemals zu Gesicht bekommen wollt.«

Rhiana starrte ihn sprachlos an. »Ja, wenn … wenn das möglich ist«, stammelte sie.

»Oh ja, das ist es«, meinte ben Khuran belustigt. »Allerdings gibt es einen Haken, der Euch vermutlich nicht gefallen wird. Ich beschaffe Euch die Botschaft Eures Vaters, und Ihr werdet genügend Zeit haben, um sie abzuschreiben, bevor sie wieder an ihren rechtmäßigen Platz zurückkehrt. Aber dieser Brief hier wird während des Rituals zerstört werden. Das solltet Ihr wissen, bevor Ihr Euch endgültig entscheidet.«

Das letzte Andenken an meinen Vater!, schrie Rhiana innerlich auf und erblasste. *Das Einzige, was er jemals mit seinen eigenen Händen für mich angefertigt hat! Wie könnte ich das einfach fortwerfen?*

Der Magier und Rashid sahen sie voller Mitgefühl an. Rhiana war ihnen dankbar, dass sie sie bei dieser schweren Entscheidung nicht drängten. Es lag allein bei ihr, ob sie lieber König Arlos' Worte erfahren oder ein greifbares Erinnerungsstück behalten wollte.

Ist es nicht sogar meine Pflicht, den Inhalt seiner Botschaft zu ergründen und seinen letzten Willen dadurch besser befolgen zu können?, überlegte sie. *Wäre es nicht selbstsüchtig, dieses Angebot abzulehnen, nur damit ich weiterhin etwas habe, worüber ich meine Tränen vergießen kann?*

»Wenn es notwendig ist, um mehr zu erfahren, dann soll es so sein«, beschloss sie.

»Eine weise Entscheidung«, lobte ben Khuran. »Gehen wir! Mit jedem Augenblick, der verstreicht, stehen die Sterne für unsere Zwecke ein wenig schlechter, und ich muss Euch noch einige Fragen zu dem genauen Ort und Zeitpunkt stellen, an dem Euer Vater seine Botschaft hinterlegt hatte.«

Finni gab Rhiana und Rashid einen kleinen Vorsprung, bevor sie über die Laufplanke von Bord huschte. Sie hoffte, dass jeder Spitzel, der auf Rhiana lauern mochte, keinen weiteren Blick in Richtung des Schiffs warf, wenn er die Prinzessin erst einmal entdeckt hatte. Der heftige Wind, der in ihrem Rücken den Regen nahezu waagrecht heranwehte, mochte das seinige dazu beitragen, neugierige Augen in angenehmere Richtungen zu lenken.

Sie hastete zu den Fassaden der Speicherhäuser hinüber, um an ihnen entlangzuschleichen. Die abendliche Dunkelheit drohte bei diesem widrigen Wetter bereits, die Umrisse ihrer Freunde zu verschlucken, sodass sie sich beeilen musste.

Aber wenn ich zu nah an ihnen klebe, wird mich auch ein anderer Verfolger bemerken, haderte sie. *Verdammter Regen!*

Doch Phex meinte es gut mit ihr. Sie hatte sich kaum fünfzig Schritt weitergepirscht, als sich vor ihr eine schlanke, in einen Umhang samt Kapuze gehüllte Gestalt aus einem Türrahmen löste und – ebenso auf Deckung bedacht wie sie – hinter Rhiana und Rashid herlief.

Ich hatte also Recht, dachte Finni zufrieden. *Wir können keinen Schritt mehr machen, ohne dass uns jemand beschattet. Dieses ständige Gefühl, beobachtet zu werden, schnürt mir noch die Luft ab. In den letzten Wochen sind wir immer nur Gejagte gewesen, selbst wenn wir es nicht wussten. So kann das einfach nicht weitergehen. Egal, wie schnell wir rennen, wir sind nur das Wild. Geht uns irgendwann die Puste aus, sind die Jäger schon zur Stelle. Wir müssen anfangen, uns zu wehren. Sonst hetzen sie uns zu Tode.*

Sie gab sich jetzt weniger Mühe, unentdeckt zu bleiben. Die Straßen jenseits des Hafens waren noch immer belebt, sodass sie unter all den von Hüten und Kapuzen verborgenen Gesichtern der nach Hause eilenden Menschen nicht sofort auffallen würde, sollte sich dieser Spitzel wider Erwarten doch noch einmal umdrehen.

Aber ich muss mich allmählich entscheiden, wie ich ihn von seinem Auftrag abhalten will, stellte sie fest. *Die eleganteste*

Lösung wäre, ihn mit meinem Fesselungszauber zu überraschen und zu behaupten, er sei ein Dieb oder so etwas. Zumindest ginge das vermutlich in jeder anderen Stadt – nur nicht in Havena. Hier würden sie ihn befreien und stattdessen mich dafür einsperren, dass ich Magie verwendet habe.

Ihr war bewusst, dass der Flammenbund weniger Skrupel hatte als sie. Umgekehrt hätte der Spion ihr wahrscheinlich einen Dolch zwischen die Rippen gerammt und das Problem ein für alle Mal beseitigt, nicht nur für einen Abend. Bei der Vorstellung schüttelte es Finni.

Selbst wenn ich so kaltblütig wäre, würde es uns wohl kaum helfen, redete sie sich ein, um dieser Versuchung den Reiz des wirksamsten Mittels zu nehmen. *Das Leben ihrer Leute bedeutet ihnen nichts. Die schicken einfach den Nächsten. Aber auf mein Leben kommt es an! Ich muss vorsichtig sein.*

Sie schritt rascher aus und holte schnell auf. Eine Gruppe angetrunkener Söldner, die die Siegesfeier noch ein paar Tage ausdehnen wollten, solange ihnen das Geld nicht ausging, kam unter lautem Grölen die Straße herab. Die Männer und Frauen schwankten bereits und stießen sich im Streit gegenseitig an, sodass eine von ihnen gegen die Gestalt taumelte, die Finni verfolgte. Der Spitzel drehte sich, um gleichzeitig auszuweichen und die Söldnerin flüchtig zu mustern. Der Moment genügte, damit Finni im Licht der Laternen sein Gesicht sehen konnte.

Es ist Callan!, erkannte sie. *Dieser rothaarige Bursche, der uns erst vor den Banditen auf dem Kai gerettet und uns dann den verräterischen Ulfert als Führer geschickt hat. Wusste er, dass dieser Pirat uns im Sumpf in einen Hinterhalt locken wollte? Arbeitet er wirklich für Bel Ghadi, wie er behauptet hat, oder für den Flammenbund? Oder spielt das gar keine Rolle, weil Bel Ghadi mit jedem Geschäfte macht?*

Trotz allem verdankten sie Callan ihr Leben, und solange sie nicht wusste, ob er Ulferts Pläne gekannt hatte, wollte sie ihn noch viel weniger mit Gewalt aufhalten als einen Fremden. Sie sah sich um, blinzelte gegen Wind und Regen an. Irgendwie musste es ihr gelingen, Callan unbemerkt zu überholen, damit sie ihm den Weg abschneiden konnte.

Die Gelegenheit ergab sich, als von hinten eine Kutsche nahte. Finni blieb zurück, wechselte hinter dem schaukelnden Gefährt die Straßenseite, rannte los, kreuzte vor dem Gespann erneut die Straße und hätte sogar Rhiana am Umhang zupfen können, als sie dicht hinter ihr wieder umkehrte. Sie blickte nach unten, um nicht zu früh erkannt zu werden, aber das war gar nicht nötig, denn der schlaksige junge Mann achtete nur auf die beiden Gestalten, auf die man ihn angesetzt hatte.

Finni merkte es an seiner echten Überraschung, als sie plötzlich vor ihn trat und ihm ins Gesicht sah. »Hallo, Callan.«

Vor Schreck blieb er sogar stehen. »Hallo, äh, wie war dein Name noch gleich? Finni?«, brachte er hervor, doch seine Augen suchten bereits wieder nach Rhiana und Rashid.

»Wie schön, dich mal wieder zu treffen«, meinte Finni mit einem – wie sie hoffte – zuckersüßen Lächeln.

»Äh, ja, ich ... ich hab jetzt nur gerade gar keine Zeit«, behauptete er und versuchte, an ihr vorbeizukommen, was sie jedoch durch eine geschickte Bewegung verhinderte. »Ein dringender Auftrag für Bel Ghadi. Du verstehst schon.«

»Und ob ich verstehe«, sagte Finni nun mit einem drohenden Unterton. »Eine kleine Falle für arglose Reisende im Muhrsape? Etwas in der Art vielleicht?«

Callan war so bleich, dass seine Sommersprossen beinahe schwarz wirkten. »Ich schwöre, ich hatte nichts damit zu tun!«, beteuerte er, während Finni ihn erneut austänzelte. »Ich kann nichts dafür, dass sich Ulfert was dazuverdienen wollte.«

»Du könntest es wieder gutmachen, indem du mich jetzt zu einem Bier einlädst«, bot Finni an. Aus dem Augenwinkel achtete sie darauf, ob seine Hände sich dem Dolch in seinem Gürtel näherten.

»Ein anderes Mal gern, aber ich sagte doch, dass ...«, wehrte er ab und hob den Arm, um sie einfach zur Seite zu schieben. Sie tauchte darunter hinweg und versperrte ihm wieder den Weg.

»Und ich sagte *jetzt*!«, unterbrach sie ihn scharf. *Bist du so schwer von Begriff?*, ärgerte sie sich gerade, als sich endlich ein Ausdruck des Verstehens auf seinem Gesicht zeigte.

»Verdammt«, fluchte er. »Ich bin kein Schläger, Finni. Lass mich einfach vorbei!«

»Ich bin auch nicht versessen darauf, mich mit dir anzulegen«, hielt sie dagegen. »Das liegt ganz bei dir. Warum sagst du ihnen nicht einfach, dass Rhiana im Rondratempel oder in irgendeinem Gasthaus war?«

»Weil die mich umbringen, wenn sie mich beim Lügen erwischen«, erwiderte Callan in einer Mischung aus Angst und Wut. Er stürmte vor, um Finni grob wegzustoßen, doch sie wich aus und stellte ihm ein Bein, sodass er der Länge nach auf die nasse Straße stürzte.

Und schon ziehen wir jede Menge Blicke auf uns, merkte Finni. *Wenn ich ihn niederschlage, wird jemand die Stadtwache rufen.*

»Du Schwein!«, schrie sie und warf sich auf Callans Rücken, bevor er sich aufgerappelt hatte. »Du glaubst wohl, du kannst mich einfach mit dem Kind sitzen lassen!«

Sie trommelte mit ihren Fäusten auf seine Schultern, während er sich wieder vom Boden hochstemmte. Prompt blieben trotz des Sturms die ersten Neugierigen stehen.

»Du hast gesagt, du würdest mich heiraten, und jetzt bist du nur noch bei dieser Schlampe!«, zeterte Finni weiter.

Callan bäumte sich unter ihr auf, aber er war nicht stark genug, um sie abzuschütteln. »Du hast ja völlig den Verstand verloren!«, schimpfte er. »Was soll dieser Schwachsinn?«

»Meine Eltern haben mich wegen dir verstoßen, du nichtsnutziger Schürzenjäger!«, spann sie den Faden weiter. »Soll ich etwa mit einem Säugling auf der Straße betteln?«

»Ja, gib's dem Mistkerl!«, feuerte eine der Zuschauerinnen sie plötzlich an.

»Lass dir das nicht gefallen!«, forderte eine andere.

Finni sah nicht auf, sondern drosch weiter sinnlos auf Callan ein, der sich unter ihr wand, ohne sich befreien zu können.

»Heirate sie gefälligst, wenn du sie geschwängert hast, Bürschchen! Sonst zieht dir Mutter Isora im Namen Travias die Ohren lang!«, drohte jemand.

Callan gelang es, sich zu drehen, sodass Finni nun auf seinem Bauch saß. »Hör endlich auf! Du hast ja gewonnen«, verlangte er zornig. »Ich tue alles, was sie sagt«, fügte er an die Umstehenden gewandt hinzu.

»Ehrlich?«, fragte Finni und ließ die Hände sinken.

»Ehrlich!«, beteuerte er.

Sie ließ ihn unter dem Gelächter der Zuschauer aufstehen, die sich nun wieder zerstreuten, da es nichts mehr zu sehen gab, für das es sich gelohnt hätte, im Regen zu stehen.

»Mittlerweile sind deine Freunde sowieso längst weg«, brummte Callan.

»Und du schuldest mir noch eine Einladung«, erinnerte ihn Finni. »Dafür helfe ich dir auch, eine glaubhafte Geschichte für das alles hier zu erfinden.«

»Das hier glaub nicht mal ich«, murrte er, aber um seine Mundwinkel zuckte es verdächtig, als unterdrücke er ein Grinsen.

Die Vorbereitungen für das eigentliche Zauberritual hatten sich für Rhiana zu einer kleinen Ewigkeit gedehnt, doch nun stand der Magier zwischen den Kreidestrichen und den bläulich weißen Mondsteinen, die einen dreizehnzackigen Stern bildeten, und zischte unverständliche Laute, die ihr einen Schauder über den Rücken jagten.

Ohne es recht zu merken, warf sie einen Seitenblick auf Rashid, wie um sich davon zu überzeugen, dass er noch neben ihr auf den Dielen saß und sich nicht in einen blutrünstigen Dämon verwandelt hatte. Der Raum war leer – abgesehen von zwei Truhen an der Wand –, die Fenster auch hier sorgfältig hinter Holztafeln verborgen. Ben Khuran hielt im Licht der dreizehn Kerzen, die er um seine Zeichnung aufgestellt hatte, beschwörend einen funkelnden Edelstein vor sich und rezitierte noch immer in dieser abstoßenden Sprache.

Die Luft verdichtete sich, strömte nur noch zäh in Rhianas Nase. Schwere senkte sich auf das Zimmer herab, drohte, ihre bleiernen Lider zu schließen, obwohl sie hellwach war und gebannt auf die silberne Schale starrte, in der König Arlos' Brief lag. Plötzlich zuckte das Pergament. Kleine, blaue Flammen loderten an seinen Rändern auf, um sich von dort in sein Inneres zu fressen. Rhianas Herz verkrampfte sich.

Jetzt ist er fort. Unwiederbringlich, überkam es sie. Die Endgültigkeit traf sie wie ein Fausthieb. *Was, wenn der Zauber misslingt? Wie konnte ich so leichtfertig sein?*

Der Brief wellte sich in dem kalten, blauen Feuer, als wehre er sich dagegen, verschlungen zu werden. Rhiana spürte einen würgenden Klumpen in der Kehle. Dann war das Pergament fort, nicht einmal Asche blieb zurück. Einen Augenblick lang wollte Rhiana aufspringen und den unheimlichen alten Mann schütteln, der unbeirrt weiter zischelte und fauchte wie ein fremdartiges Ungeheuer. Er sollte ihr den Brief zurückgeben, um den er sie betrogen hatte!

Doch sie beherrschte sich, wartete, bangte, den Blick starr auf die Schale gerichtet. Ein blaues Flackern zuckte darüber hinweg, nahm allmählich eine feste Form an. Rhianas Augen weiteten sich. Da lag es: ein zusammengefaltetes Pergament, gesiegelt mit dem aufrecht schreitenden Löwen Talanias.

Sie nahm kaum wahr, dass ben Khuran verstummte und seine Hände sinken ließ. Erst als er sich hinabbeugte, um den Brief aufzuheben, fiel der seltsame Bann auch von ihr ab. Eifrig erhob sie sich und nahm das nun makellos saubere, unvergilbte Schreiben entgegen. Noch immer befürchtete sie, das Blatt könne leer, der Zauber nur Blendwerk gewesen sein. Mit zittrigen Fingern brach sie das Siegel und klappte die Botschaft auf.

»Das ist unglaublich«, flüsterte sie beim Anblick der gestochen scharfen Zeilen, die so frisch aussahen, dass sie fürchtete, die Tinte könne noch feucht sein.

Sie las:

Meine über alles geliebte Tochter Rhiana,

wenn du diese Zeilen liest, werde ich vermutlich nicht mehr unter den Lebenden weilen. Ich habe Tjalmar aufgetragen, dir von diesem Ort zu berichten und dir das geweihte Schutzamulett zu überreichen. Nur das Wissen, das du hier findest, konnte ich meinem treuen Freund nicht anvertrauen, um sein Leben nicht zu gefährden.

Du jedoch bist meine auserwählte Nachfolgerin und musst von diesen Dingen erfahren. Unsere ererbte Aufgabe ist es, eines der mächtigsten Artefakte zu schützen, die je auf Dere existiert haben: das Erste Schwarze Auge, dessen Blick in Vergangenheit und Zukunft unserer gesamten Welt reicht.

Ich kann den Ort des wahren Verstecks auch auf diesem Pergament nicht offenbaren, denn unser größter Feind mag Mittel und Wege finden, sich dieses Briefes zu bemächtigen. So bleibt mir nur, dich auf eine Reise zu den Zyklopeninseln zu schicken, wo alte Verbündete dir weiterhelfen werden.

Dein dich liebender und segnender Vater,
Arlos, König von Talania

»Gütige Götter«, hauchte sie.

»Was ist mit dir?«, erkundigte sich Rashid besorgt. »Enthält die vollständige Botschaft schlechte Neuigkeiten?«

»Wie man es nimmt«, antwortete Rhiana vage und wandte sich an ben Khuran. »Ich weiß nicht, wie ich Euch jemals dafür danken soll, dass Ihr dieses Wunder vollbracht habt, aber der Brief muss auf der Stelle verbrannt werden.«

Der Magier hob abwehrend die Hände. »Oh nein! Das dürft Ihr nicht! Niemand kann sagen, was das für Folgen hätte«, mahnte er eindringlich. »Er wird in etwa einer Stunde ganz von selbst zurück in die Vergangenheit verschwinden. Wenn Ihr ihn vernichtet, wird er vielleicht nicht dort sein, wenn Ihr ihn im Sumpf suchen geht. Dann hättet Ihr ihn nie gefunden, nie gelesen. Alles könnte durcheinander geraten. Ich weiß das natürlich nicht sicher, aber Ihr solltet sehr vorsichtig sein. Das Wesen der Zeit ist sehr komplex und schwierig zu ergründen.«

»Ich würde ihn gar nicht finden, und wir wären dann gar nicht hier?«, wiederholte Rhiana entgeistert. Die wirren Gedankengänge des Magiers verursachten ihr ein Schwindelgefühl.

»Das könnte womöglich passieren«, bekräftigte er.

»Aber er darf um keinen Preis meinen Feinden in die Hände fallen«, erklärte Rhiana.

Noch mehr Menschenleben wären sonst in Gefahr, fügte sie stumm hinzu.

»Demnach wollt Ihr auch keine Abschrift anfertigen«, schloss ben Khuran daraus. Sie merkte erst jetzt, dass er um die Augen herum sehr müde und eingefallen aussah.

»Ganz recht«, bestätigte sie. »Bitte, versteht mich nicht falsch! Ihr habt mir einen großen Dienst erwiesen, und ich habe wichtige neue Dinge erfahren, aber dieses Wissen muss ein Geheimnis bleiben.«

»Das Bewahren von Geheimnissen ist mir nicht fremd, wie Ihr wisst«, erinnerte der alte Magier sie. »Legt den Brief einfach zurück in die Schale! Ihr könnt mit Rashid hier bleiben und beobachten, dass er sich tatsächlich in Luft auflösen wird, als hätte es ihn nie gegeben. Mich müsst Ihr jedoch entschuldigen. Es ist sehr spät, und ich bin erschöpft. Chadim wird Euch hinausgeleiten.«

Das auf so wundersame Weise erschienene Pergament war nach einer Weile tatsächlich verschwunden. Doch Rhianas Sorgen bedrückten sie noch immer. Als sie mit Rashid auf die vom Sturm leer gefegte Straße hinaustrat, hatte sie bereits einen Entschluss gefasst, den sie unbedingt mit Finni besprechen wollte. Sie sah sich nach ihrer Freundin um, aber nichts rührte sich zwischen den dunklen Häusern, in denen die Bewohner längst das Licht gelöscht hatten.

»Glaubst du, ihr ist etwas passiert?«, fragte sie Rashid, der sich ebenso ratlos umblickte.

»Wie können wir das wissen?«, erwiderte er. »Vielleicht hat sie auch einfach nur gefroren. Der kleine Dschinn ist eine treue Gefährtin, aber niemand kann ihr verübeln, wenn sie sich bei diesem Unwetter eine warme Zuflucht gesucht hat.«

Sie wanderten schweigend durch das nächtliche Havena. Zwei einsame, gegen den Wind gebeugte Gestalten, die ihre Kapuzen festhalten mussten, damit sie ihnen nicht vom Kopf gerissen wurden. Selbst die Ratten zogen es bei diesem Sturm vor, in ihren Verstecken zu bleiben. Nur aus der einen oder anderen Taverne ertönten noch lachende Stimmen, und vereinzelt hastete ein später Zecher durch den ernüchternd kalten Regen.

Rhiana spähte immer wieder nach Finni, doch sie erreichten die Kais des Südhafens, ohne auf die Halbelfe zu treffen.

»Ich weiß, dass du dich auf unseren Schiffen nicht willkommen fühlst, aber würdest du mit mir nachsehen, ob Finni an Bord ist?«, bat sie Rashid. »Wenn sie nicht zurückgekehrt ist, müssen wir sie suchen.«

»Gerade wollte ich dasselbe sagen«, behauptete er und folgte ihr über die Laufplanke.

»Halt! Wer da?«, schmetterte ihnen eine beherzte Stimme entgegen. Unter einem triefenden Umhang wurde blanker Stahl hervorgezogen.

»Bei Rondra, Franin, hast du mich erschreckt!«, beschwerte sich Rhiana bei der bulligen Schmiedin, die zu den talanischen Flüchtlingen gehörte.

»Ich bitte um Verzeihung, Shastra, aber ich hab Euch leider nicht gleich erkannt«, entschuldigte sich Franin. »Die Kapuze und die Dunkelheit …«

»Schon gut«, wiegelte Rhiana ab. »Du erfüllst doch nur deine Pflicht, wenn du auf diesem Posten Wachsamkeit walten lässt. Ich weiß das zu schätzen. Kannst du mir sagen, ob Finni bereits zurückgekehrt ist?«

»Die kleine Elfe? Nein.« Die Schmiedin schüttelte den Kopf. »Aber ich hab auch erst seit Mitternacht Dienst.«

»Danke, Franin.« Rhiana eilte nach achtern, wo man ihr – wie Maruna auf einem der anderen Schiffe – eine Kajüte überlassen hatte, die sie mit Finni und Muir teilte, obwohl das Mädchen im Grunde längst nicht mehr ihre Zofe war. Seit sie die Flüchtlinge auf der Suche nach Tjalmars Mörder zum ersten Mal verlassen hatte, war sie nur noch selten in den Genuss gekommen, von Muir umsorgt zu werden.

Als Rhiana die Tür aufriss, drang ihr bereits fröhliches Kichern entgegen. Finni und Muir hatten die Köpfe zusammengesteckt und amüsierten sich offenbar prächtig.

»Den Göttern sei Dank, du bist hier!«, rief Rhiana erleichtert. »Wir haben schon das Schlimmste befürchtet.«

»Weil ich nicht stundenlang im Regen auf euch gewartet habe?«, fragte Finni keck. Rhiana drängte sich der Gedanke auf, dass ihre Freundin ein paar Schlucke zu viel getrunken hatte. »Das tut mir aber Leid. Ich hab mir eben lieber einen schönen Abend gemacht. Mit diesem netten Jungen namens Callan«, fuhr Finni fort und schoss Rashid dabei einen triumphierenden Blick zu. »Du erinnerst dich bestimmt an ihn.«

»Der Halunke, der uns Ulfert vermittelt hatte?«, staunte Rhiana. »Bist du verrückt geworden?«

»Ein bisschen mehr Respekt bitte, Prinzessin Ich-hab-alle-Männer-für-mich-gepachtet!«, forderte Finni mit schwerer Zunge. »Er mag ja nicht so durch und durch gut sein wie du, aber er ist nett. Und ein Spitzel. Sei mir lieber dankbar! Durch meinen heldenmutigen Einsatz hat der Flammenbund endlich einmal nicht erfahren, was du heute Abend getrieben hast.«

Sie lehnte sich mit verschränkten Armen zurück und sah Rhiana und Rashid herausfordernd an.

Wir müssen wohl eher hoffen, dass sie in ihrem Zustand nicht noch mehr ausgeplaudert hat, fürchtete Rhiana.

»War der große Meister der Hellsicht wenigstens erfolgreich?«, erkundigte sich Finni, als niemand sie für ihren Erfolg lobte.

Nicht dass ich Muir nicht trauen würde, aber sie muss nichts über diesen Magier wissen, ärgerte sich Rhiana. »Das besprechen wir wohl besser morgen, wenn du deinen Rausch ausgeschlafen hast«, teilte sie ihrer Freundin knapp mit.

Kapitel 6

Havena,
Boron 914 BF

Ritter Mortenberg wischte sich Lippen und Kinnbart mit einem weißen, fein gewebten Tuch und lehnte sich dann entspannt auf dem gepolsterten Lehnstuhl zurück.

Um wie viel besser einem doch das Frühstück mundet, wenn die Dinge ganz nach den eigenen Vorstellungen laufen, stellte er selbstgefällig fest. *Der Fürst ist am Leben und mir als seinem Retter mehr verpflichtet denn je. Den unberechenbaren Sauhund Dom Lando hat dieser magische Turm hingerafft. Wobei sich die harsche Elidana auch nicht gerade mit Ruhm bekleckert hat. Sie dachte ja, das Erste Schwarze Auge gefunden zu haben. So ein Pech aber auch. Und da der Machtwechsel gescheitert ist, hat sich nicht einmal Dragor Atamur gestern blicken lassen, obwohl seine Ankunft für den Tag nach dem Attentat angekündigt war. Albernia wird wohl noch eine Weile die Hochburg meiner ganz persönlichen Einflusssphäre bleiben.*

Der Ersten Flamme ein solches Schnippchen geschlagen zu haben, bereitete ihm mehr Genugtuung, als er selbst erwartet hatte. Vielleicht war ihm der Anschein von Allmächtigkeit, mit dem der Dragor sich gern umgab, doch ein paar Mal zu oft aufgestoßen. Aber wenn er anfing, Atamurs Pläne zu untergraben, begab er sich auf äußerst gefährliches Terrain.

Was soll's?, dachte er achselzuckend. *Nichts deutet darauf hin, dass ich es war, der den Anschlag vereitelt hat – jedenfalls solange der Dragor nicht ausgerechnet Emerthon selbst befragt. Und* das *ist denkbar unwahrscheinlich.*

Er streckte die schlanke, gepflegte Hand nach der Tischglocke aus, um seinem persönlichen Diener zu läuten, doch dann überlegte er es sich anders. Das Geschirr und die Essensreste störten ihn nicht annähernd so sehr wie Lons eifriges Gehabe. Lieber wollte er sich noch eine Weile in Ruhe im Gefühl des Erfolgs sonnen.

Es war ohnehin eine dumme Idee, ausgerechnet Sarja als Marionette auf den Fürstenthron setzen zu wollen, krittelte er am Vorgehen des Dragor herum. *Die anderen Adligen hätten sie niemals akzeptiert. Am allerwenigsten ihr Lieblingsfeind, der Graf von Honingen. Ich habe dem Flammenbund also wahrscheinlich sogar einen Gefallen getan.*

Der Gedanke malte ein Schmunzeln auf Mortenbergs Gesicht. Wenn er mit seinen Eigenmächtigkeiten nur seine Pflicht gegenüber Pyrdacor erfüllt hatte, durfte er sich doch zur Abwechslung einmal etwas gönnen, das nur ihm selbst diente. Oder nicht? Dass Rhiana seinem Intrigennetz entkommen war und nun auch noch Emerthons Schutz unterstand, war der einzige kleine Stachel in seinem Fleisch. Aber einer, den er ganz besonders bedauerlich fand. Er würde sich heute darum kümmern, dass der Prinzessin trotzdem keine andere Wahl blieb, als mit ihm auf der *Wogenfee* zu reisen. Es ließ sich immer ein bedrohliches Szenario entwerfen, solange sie durch ihre Zuneigung zu den Flüchtlingen erpressbar blieb. Darauf konnte er sich verlassen. Das Lächeln kehrte auf seine Züge zurück.

»Wie ich sehe, seid Ihr bester Laune, Flammenrat«, ertönte eine seltsam hohe, fremdartige Stimme.

Mortenberg zuckte vor Schreck so heftig zusammen, dass das Geschirr auf dem Tisch leise klirrte. Er starrte entgeistert auf die Erscheinung zu seiner Linken, die sich dunkel vor dem Licht der Fenster abhob und die Arme vor der Brust verschränkt hatte. Die Gestalt war weder besonders groß noch breitschultrig, doch der schwere, purpurne Samt ihrer prächtigen Robe verlieh ihr dennoch ein beeindruckendes Auftreten. Unter der Kapuze, die Haar und Haupt verdeckte, sah nichts als eine aus purem Gold getriebene Maske hervor, aus deren Tiefen nicht einmal die Augen ihres Trägers hervorblitzten. Es war, als betrachte man das reglose Antlitz einer Statue.

»Euer Erhabener«, brachte Mortenberg hervor und bekam sich endlich so weit unter Kontrolle, dass er sich rasch erheben und vor der Ersten Flamme verbeugen konnte.

Ich hatte die Tür die ganze Zeit im Blick, ging es ihm durch den Kopf. *Wie ist er hereingekommen? Zaubert er sich öfter in meine Gemächer, und ich weiß nicht einmal davon?* Bei der Vorstellung trat ihm kalter Schweiß auf die Stirn.

»Wollt Ihr den Boden wischen, oder habt Ihr da unten etwas verloren?«, spottete der Dragor.

Ritter Mortenberg richtete sich hastig wieder auf. »Ich bin nur so überwältigt von Eurem unerwarteten Besuch, dass mir die Worte fehlen«, gab er zu. Es konnte nie schaden, Atamur zu schmeicheln, wenn es nicht aufgesetzt wirkte.

»So unerwartet nun wieder nicht«, korrigierte die Erste Flamme. »Schließlich hatte ich mein Kommen bereits für den gestrigen Tag angekündigt.«

»Das habe ich nicht vergessen«, versicherte Mortenberg. »Aber nachdem sich gewisse Dinge anders entwickelt haben als geplant, nahm ich an, dass sich Eure Pläne vielleicht geändert hätten.«

»Ihr solltet nicht versuchen, meine Gedanken nachzuvollziehen«, riet der Dragor. »Dazu fehlt Euch der nötige Überblick über die vielen Vorgänge, die sich jenseits Eures bescheidenen Bereichs abspielen.«

Der Ritter verneigte sich erneut, aber der Schreck war aus seinen Gliedern gewichen und wurde zunehmend durch Trotz ersetzt. Er musste sich beherrschen, um eine unterwürfige Miene zu bewahren. Da der Dragor ebenfalls schwieg, bekam Mortenberg Gelegenheit, sich an seine Rolle als – wenn auch unfreiwilliger – Gastgeber zu erinnern. »Bitte, Euer Erhabener, nehmt Platz!«, bat er, trat zur Seite und wies auf den Lehnstuhl.

Die Erste Flamme näherte sich wortlos. Ihr langes Gewand schleifte dabei über den Boden und strich die Haare des weichen tulamidischen Teppichs glatt. Spätestens jetzt war Mortenberg davon überzeugt, dass er es nicht mit einer Illusion, einem auf magische Weise übertragenen Abbild des fernen Dragor, sondern leibhaftig mit dem Führer des Flammenbundes zu tun hatte.

Atamur ließ sich majestätisch auf dem mit silbern schimmerndem Brokat bezogenen Stuhl nieder und legte die Arme gelassen auf den Lehnen ab. Seine Hände steckten wie üblich in langen, eng anliegenden Handschuhen, die den Eindruck einer schlanken, eleganten Erscheinung noch unterstrichen. Doch Mortenberg sah sich immer noch nicht in der Lage zu entscheiden, ob er einen Mann oder eine Frau vor sich hatte. Womöglich war der Abgesandte Pyrdacors auch keines von beidem, wenn er tatsächlich halb Mensch und halb Drache war, wie er behauptete.

Da der Dragor es nicht ausdrücklich gestattete, wagte Mortenberg nicht, sich einen anderen Stuhl heranzuziehen. So vor der Ersten Flamme stehen zu müssen, fand er nicht nur unbequem. Es förderte auch das ungute Gefühl, das ihm dieser Auftritt bereitete. Hatte Atamur Verdacht geschöpft?

»Die Wände eines Palastes haben stets Ohren, daher werde ich mich nicht lange damit aufhalten, Euch das Offensichtliche zu wiederholen«, begann der Dragor. »Erspart mir Euren Bericht!«, würgte er den Ritter ab, bevor jener recht den Mund geöffnet hatte. »Ich habe auf meine eigene Weise genug erfahren. Mir ist gleich, wer für welche Zwecke geopfert wurde, solange es am Ende unserer Sache dienlich war. Aber hütet Euch davor, über Eurer kleinlichen Rivalität mit Elidana Charazzar die übergeordneten Ziele aus den Augen zu verlieren!«

Mortenberg zuckte nicht mit der Wimper, doch er konnte nicht verhindern, dass er erbleichte. Was wusste Atamur noch?

»So sehr ich es auch begrüße, wie geschickt Ihr das Vertrauen des Fürsten gewonnen habt, kann ich mich des Eindrucks nicht erwehren, dass Ihr es Euch hier ein wenig zu gemütlich eingerichtet habt«, eröffnete ihm der Dragor. Der Klang der Stimme war so schwer zu deuten wie stets, aber Mortenberg glaubte, einen lauernden Unterton herauszuhören.

Wenn ich jetzt anfange, irgendetwas abzustreiten, denkt er, ich fühle mich ertappt, ärgerte sich der Ritter. *Antworte ich nichts, wirkt es ebenfalls wie ein Schuldeingeständnis.*

»Ich fürchte, ich verstehe Euch nicht, Euer Auserwählter«, erwiderte er so sachlich wie möglich. »Habe ich in irgendeiner Form entgegen Euren Anweisungen gehandelt?«

»Ich glaube, Ihr wisst sehr gut, was ich meine«, beharrte Atamur. »Eure Anhänglichkeit an Emerthon III. übersteigt das für unsere Vorhaben förderliche Maß. Es wird Euch den Kopf wieder zurechtrücken, wenn Ihr Euch eine Weile von Havena fern haltet.«

Wie viel weiß er?, fragte sich Mortenberg beklommen. *Wenn er wüsste, dass ich Emerthon vor dem Attentat gewarnt habe, würde er mich töten. Wie Flammenrätin Basilisk. Oder spart er sich das nur für die nächste Ratsversammlung auf?*

»Das hatte ich ohnehin vor«, sagte er nur.

»Ihr sprecht zweifellos von Eurer geplanten Seereise. Ich habe jedoch beschlossen, diese Aufgabe in andere Hände zu legen. Auch die Verfolgung Rhianas unterliegt schon zu lange Eurer Zuständigkeit, ohne dass wir greifbare Ergebnisse erzielt hätten«, meinte der Dragor fast beiläufig. »Ich sende Euch zu Tedesco nach Perricum. Der Reichsverweser gerät durch Herzog Kunibrand zunehmend in Bedrängnis. Ihr solltet vor Ort sein, um die Dinge in unserem Sinne zu regeln. Und wenn Ihr schon auf dem Weg zu Eurem Wohltäter seid, könnt Ihr auch seinen erstarkenden Widersachern in den eigenen Reihen Eure Aufwartung machen. Ihr werdet morgen früh abreisen.«

Mortenberg war zu überrascht, um zu protestieren. Atamur erhob sich ohne Eile, verschränkte aufs Neue die Arme und nickte. Im gleichen Augenblick war er verschwunden. Nichts wies darauf hin, dass er sich soeben noch im Raum befunden hatte. Nichts als die Befehle, die im Kopf des Ritters nachhallten.

Rashids Erscheinung wirkte oberflächlich betrachtet so gepflegt wie stets. Doch Rhiana hatte die Reste staubiger Spinnweben in den Locken an seinem Hinterkopf bemerkt und wusste, dass er in einem der leer stehenden Speicherhäuser geschlafen hatte, um das Geld für eine Unterkunft zu sparen.

Vielleicht wäre es wirklich besser für ihn, in die Dienste ben Khurans zu treten, dachte sie mitfühlend. *Bevor er seine gesamte Habe verkaufen muss, um sich über Wasser zu halten. Aber unsere neuen Pläne werden ihm gefallen. Und er hat sofort daran gedacht, mir zu helfen, als er die besonderen Fähigkeiten dieses Magiers entdeckte. Er ist wirklich ein Freund. Es wäre schön, ihn weiter dabei zu haben.*

Der Wind blies noch immer kräftig vom Meer her, aber zumindest der Regen gönnte ihnen eine Verschnaufpause, die Rhiana und Finni für einen Morgenspaziergang genutzt hatten, um fernab lauschender Ohren über ihr weiteres Vorgehen zu beraten. Der Weg über den Damm bot dafür die beste Gelegenheit, denn er war einsam und gut überschaubar. Sie verließen sich darauf, dass Eisfell, der neugierig durch das niedrige Gesträuch stromerte, jeden Fremden längst aufgespürt hätte. Als sie bereits umgekehrt waren, hatte Rashid sie eingeholt, der sich endgültig verabschieden wollte.

»Und wenn wir gar nicht mit den anderen nach Süden segeln würden? Bleibst du dann bei uns?«, erkundigte sich Finni.

Rashid runzelte die Stirn. »Warum der Sinneswandel? Möchtest du die Gesellschaft des unvergleichlichen Callan nicht missen?«, spottete er.

Das hat er noch nie getan, wunderte sich Rhiana. *Ist er etwa gekränkt, weil er glaubt, so schnell ersetzt worden zu sein?*

»Was hat denn Callan damit zu tun?«, erwiderte Finni gereizt. »Er arbeitet für die andere Seite.«

»Immerhin haben seine Verführungskünste genügt, um

dich betrunken machen und aushorchen zu können«, warf Rashid ihr vor.

»Das ist ja wohl die Höhe!«, empörte sich Finni. »Erst Rhiana und jetzt du. Ich habe keine Silbe ausgeplaudert! Und es war meine Idee, zusammen etwas zu trinken. Das war ich ihm schuldig, nachdem ich ihm den Auftrag verpatzt hatte.«

»Wie ausgesprochen großzügig von dir«, höhnte Rashid.

»Wir sollten diese Angelegenheit einfach vergessen«, mischte Rhiana sich ein. »Ich glaube Finni, dass sie sich gut genug erinnern kann, um zu wissen, ob sie etwas verraten hat. Da das nicht der Fall ist, hat sie durch ihre Idee unseren Besuch bei ben Khuran vor dem Flammenbund geheim gehalten. Dafür verdient sie auch deinen Dank, oder nicht?«

»Dein klarer Blick erkennt wie immer, worauf es in Wahrheit ankommt«, gab Rashid zu. »Ich bedaure meine harten Worte zutiefst, kleiner Dschinn.«

»Das will ich aber auch gemeint haben«, sagte Finni nur halbwegs versöhnt. »Schließlich hast du mir die ganze Freude daran verdorben, dir von unserem neuen Plan zu erzählen.«

»Für den ihr nicht auf die Zyklopeninseln fahren wollt«, schloss Rashid aus dem, was er bereits gehört hatte.

»Genau«, bestätigte Finni. »Wir haben nämlich beschlossen, uns nicht länger vom Flammenbund jagen zu lassen.«

»Nun ja, eigentlich wollte ich nur vermeiden, unsere Feinde direkt zu noch mehr Menschen zu führen, deren Leben dann in Gefahr wäre«, korrigierte Rhiana.

Ihre Freundin verdrehte die Augen. »Das ist doch egal«, behauptete sie. »Ich will *uns* retten. Du willst die anderen retten. Aber am Ende läuft es auf dasselbe hinaus. Wir müssen den Spieß endlich umdrehen und diesen Verschwörern das Spiel verderben.«

»Eine mutige Entscheidung«, meinte Rashid beeindruckt.

»Es erfordert wohl Mut, dem Gegner das Heft aus der Hand zu nehmen und selbst die Initiative zu ergreifen«, stimmte Rhiana ihm zu. »Aber wenn wir dem Flammenbund weiterhin erlauben, uns seine Regeln zu diktieren, wird er uns irgendwann so in die Ecke gedrängt haben, dass es keinen Ausweg mehr gibt. Seine Macht wächst mit jedem Tag. Wir dürfen dem nicht länger zusehen, sondern müssen endlich handeln. Wirst du uns dabei zur Seite stehen?«

»Niemals könnte ich dir eine Bitte abschlagen, Herrlichste aller Rosen«, antwortete Rashid und verneigte sich tief. »Es wird mir eine Ehre sein, für deine Sache zu kämpfen.«

Rhiana warf einen Blick auf Finni, doch die Halbelfe zuckte nur resigniert mit den Schultern.

»Wie sollen wir vorgehen?«, wollte Rashid wissen, als er sich wieder aufgerichtet hatte.

»Auf zwei Arten«, eröffnete ihm Rhiana. »Zum einen müssen wir anfangen, mächtigere Verbündete zu gewinnen. Das dürfte uns jedoch hier in Albernia schwer fallen, nachdem Mortenberg sich so erfolgreich ins Vertrauen des Fürsten geschlichen hat. Und zum anderen müssen wir herausfinden, wer hinter den Kulissen die Fäden in der Hand hält, damit wir die Verschwörer enttarnen und ihre Machenschaften bloßstellen können.«

Finni hatte den Südhafen erreicht und näherte sich niedergeschlagen dem Kai, wo die Schiffe der Patrusco endlich zum Auslaufen bereitgemacht wurden. Während Rhiana und Neel noch einmal hinaus zu den verwunschenen Wracks gesegelt waren, um nach Spuren von Elidanas Kultistenzirkel zu suchen, hatte sie sich auf den Straßen und Plätzen um den Fürstenpalast herumgetrieben, um mit Bediensteten aus der Residenz ins Gespräch zu kommen. Doch es war ihr nicht gelungen, jemandem etwas Brauchbares zu entlocken.

Man braucht wohl Zeit und Geduld, um als Spitzel Erfolg zu haben, stellte sie fest. *Vielleicht sollte ich mich um eine Anstellung im Palast bemühen. Der Flammenbund hat seine Leute schließlich auch …*

»Pst!«, zischte es neben ihr. Wie von selbst schwang ihr Kopf zur Wand des alten Speicherhauses herum, an dem sie gerade entlangging. Hinter einem Fenster, das lediglich mit schweren Läden verschlossen werden konnte, verschwand Callan sofort in den Schatten, als er sicher war, dass sie ihn gesehen hatte.

»Setz dich auf das Fenstersims, und beobachte einfach die Schauerleute bei der Arbeit!«, raunte er.

Obwohl sie ihm keinen so heimtückischen Anschlag zutraute, kostete es Finni Überwindung, ihm den Rücken zuzuwenden. Zögernd lehnte sie sich gegen den Fensterrahmen und blieb sprungbereit.

»Ich habe da etwas mitgehört, das dich vielleicht interessiert«, eröffnete er ihr. »Ein Stallbursche hat Bel Ghadi berichtet, dass dieser Mortenberg heute Morgen mit ordentlich Gepäck abgereist ist. Offenbar wird er länger unterwegs sein. Nicht mal Bel Ghadi weiß, wer jetzt für den Ritter hier die Stellung hält. Aber derjenige wird sich sicher bald rühren. Wäre ja seltsam, wenn sie euch plötzlich nicht mehr im Auge behalten wollten.«

»Warum erzählst du mir das? Das ist doch gefährlich«, wunderte sich Finni.

»Vor allem, wenn du nicht die Klappe hältst«, ärgerte sich Callan. »Oder führst du öfter Selbstgespräche? Nein, nicht antworten.«

Schon klar, ich hab's verstanden, dachte Finni gereizt und presste die Lippen aufeinander.

»Nur weil ich für Bel Ghadi den Laufjungen mache, heißt das nicht, dass ich was für diese Kuttenträger übrig habe«, erklärte Callan. »Auf die Herrschaft eines Drachen lege ich wenig Wert. Mach's gut, Finni.«

Sie schluckte die Erwiderung herunter, die ihr auf der Zunge lag, und lauschte auf die leisen Schritte, die sich hinter ihr entfernten.

Wenn er die Wahrheit sagt, hat Elidana jetzt vielleicht die Zügel in Havena in der Hand, überlegte sie. *Und warum sollte er lügen? Das würde schneller auffliegen, als er bis drei zählen kann.*

Finni wartete noch einen Augenblick, dann schlenderte sie

weiter, als ob sie sich furchtbar langweilte. Erst als sie ihren eigensinnigen Wallach, dem sie ein wenig hochtrabend den Namen Windspiel gegeben hatte, neben Rhianas weißer Sturmbraut auf dem Kai entdeckte, beschleunigte sie ihre Schritte. Neel führte gerade ihren struppigen kleinen Schecken von Bord, der das Poltern seiner Hufe auf den Planken ebenso unerschrocken hinnahm, wie er allem begegnete, selbst auf dem Schlachtfeld. Muir hielt die wartenden Pferde, damit sie sich nicht auf die Suche nach ein paar Grasbüscheln begaben.

»Wo ist Rhiana?«, erkundigte sich Finni, sobald sie in Hörweite war.

»Sie ist zu Maruna gegangen, um sich zu verabschieden«, antwortete Muir und wich aus, als Windspiel ihr seine Nüstern in die dunklen Zöpfe drückte.

»Hast du etwas Wichtiges in Erfahrung bringen können?«, wollte Neel wissen.

»Ich glaube schon. Und ihr?«, wollte Finni wissen.

»Nichts«, schnaubte die Amazone. »Nichts als dieses überkrustete alte Gerümpel.«

Finni hätte die auf so seltsame Art mitsamt ihren Mannschaften konservierten Wracks zwar anders beschrieben, aber sie verstand, was Neel meinte. »Die werden alles weggeschafft haben, was darauf hinweist, dass sie öfter dort versammelt waren«, nahm sie an. »Sicher suchen sie sich jetzt ein neues Versteck.«

»Sollen sie nur! Wir werden ihnen auch dieses Nest ausräuchern«, meinte Neel kämpferisch.

»Früher oder später«, pflichtete Finni ihr bei, doch sie war mit ihren Gedanken bereits wieder bei dem, was Callan gesagt hatte, und beschloss, Rhiana bei der Regentin auf dem benachbarten Schiff abzuholen.

Eisfell kam ihr entgegen, als sie gerade an Bord gehen wollte. Er hatte Rhiana überholt, stieß Finni kurz zur Begrüßung mit der Nase an und lief dann zu den Pferden hinüber. Finni beachtete ihn nicht weiter, sondern blickte zu Rhiana auf, die ernst und ein wenig traurig aussah.

Wenigstens scheinen sie nicht im Streit auseinander gegangen zu sein. Maruna hat bestimmt mehr Verständnis für unseren Plan als Muir, hoffte Finni. *Ich kann schon verstehen, dass einige denken, ihre geliebte Prinzessin ließe sie im Stich. Jeder hat erwartet, dass sie mitkommt, um eine neue Heimat zu suchen.*

»Große Neuigkeiten«, verkündete sie, um ihre Freundin von diesem schwierigen Abschied abzulenken. »Mortenberg hat heute Morgen die Stadt verlassen. So wie es aussieht, will er länger fortbleiben.«

Rhiana hob überrascht die Augenbrauen. »Finni! Wie hast du das herausgefunden?«, wunderte sie sich. »Weißt du auch, wo er hin will?«

»Leider nicht«, bedauerte Finni. »Aber wahrscheinlich will er sich um diese Jahreszeit keine erholsame Landpartie gönnen.«

»Genau! Bestimmt ist er auf dem Weg zu seinen Vorgesetzten, um Bericht zu erstatten und sich neue Befehle abzuholen. Wir müssen sofort aufbrechen«, entschied Rhiana aufgeregt. »Wir dürfen auf keinen Fall seine Spur verlieren.« Sie lief zu den Pferden und Finni folgte ihr hastig.

»Muir, hol bitte schnell unsere Sachen!«, rief Rhiana und nahm dem Mädchen die Führstricke ab. »Neel, wo sind die Sättel? Mortenberg ist weg und hat schon ein paar Stunden Vorsprung.«

»Aber wir wissen doch gar nicht, welches Tor er genommen hat«, gab Finni zu bedenken.

»Das Südtor scheidet aus. Das führt nur in den Sumpf. Und mit dem Nordtor sieht es nicht viel anders aus«, legte Rhiana dar. »Bleiben nur noch zwei. Aber durch das Garether Tor eröffnen sich die meisten Möglichkeiten. Ich bin dafür, dass wir es zuerst auf der Reichsstraße versuchen.«

»Ist er zu Pferd oder in einer Kutsche unterwegs?«, erkundigte sich Neel.

»Es war die Rede von viel Gepäck, also wird er wohl nicht reiten«, vermutete Finni.

»Dann holen wir ihn ein. Keine Sorge, Shastra«, behauptete die Amazone.

»Was wird mit Rashid? Er ist noch bei diesem …« Finni unterbrach sich rechtzeitig, bevor ihr das Wort Magier über die Lippen kam. »Oder?«

»Wenn er nicht zurückkommt, bevor wir weg sind, hinterlassen wir ihm eben bei Muir eine Nachricht. Los jetzt!«, trieb Rhiana sie an. »Wir haben keine Zeit zum Trödeln.«

Kapitel 7

Albernische Reichslandstraße nach Abilacht, Boron 914 BF

Rhiana musste kaum die Zügel berühren, um ihre Stute vom Galopp in den Schritt fallen zu lassen. Ein beruhigender Laut genügte, damit Sturmbraut erleichtert langsamer wurde. In der kühlen Luft stiegen Dampfwolken von den schweißnassen Pferden auf, die nun schwer atmend auf der gepflasterten Straße dahintrotteten.

Tut mir Leid, Mädchen, entschuldigte sich Rhiana stumm und strich der Stute über den Hals. Sie wusste, dass die Tiere einem Gewaltritt nicht gewachsen waren, nachdem sie wochenlang nur herumgestanden hatten. Auch wenn es sie hart ankam, ihre Ungeduld zu unterdrücken, durften sie die Pferde nicht überfordern, sonst wäre ihre Verfolgungsjagd zu Ende, bevor sie richtig begonnen hatte.

»Wir kriegen ihn trotzdem noch«, beharrte Neel auf ihrer Zuversicht. »Der Kerl wird es schon nicht besonders eilig haben, und wenn man den Kutscher nicht drängt, lässt er sein Gespann nur Schritt und Trab gehen. Besonders auf einer Holperstrecke wie dieser hier.«

Der Zustand der Reichslandstraße, deren Erhaltung dem Fürstentum Albernia oblag, ließ in der Tat zu wünschen übrig. Um Moore und Sümpfe zu überbrücken, verlief sie immer wieder auf breiten Knüppeldämmen, die jedoch mit der Zeit verrotteten, absackten und erneuert werden mussten, wenn das Pflaster eben bleiben sollte. Doch mit dieser Arbeit kam man offenbar kaum nach, sodass sich gute Passagen mit schlechten abwechselten, auf denen die Reiterinnen schon deshalb lieber durchparierten, weil die Pferde zu oft ins Stolpern gerieten.

Rhiana blickte zu Eisfell hinab, der mit weit heraushängender Zunge hechelnd neben Sturmbraut herlief, und vergewisserte sich, dass er noch mithalten konnte. »Das glaube ich auch«, stimmte sie Neel zu. »Wir haben schon so viele Karren überholt, die alle vor uns aufgebrochen sind, da müssen wir auch bald seine Kutsche finden.«

Ich frage mich allerdings, woran wir sie erkennen sollen, grübelte sie bereits seit einer Weile. *Er ist schließlich nicht der einzige betuchte Reisende. Wenn er nicht wissen soll, dass wir hinter ihm her sind, können wir nicht einfach an ihm vorbeireiten und einen Blick ins Wageninnere werfen. Eigentlich dürfen wir ihm nicht einmal so nah kommen, dass er oder seine Mitreisenden uns sehen können.* Wieder einmal ärgerte sie sich darüber, wie auffällig sie waren. *Eine Amazone mit Augenklappe und eine blonde Kriegerin. Aber selbst von weitem gibt es kaum etwas Markanteres als einen Schecken, einen Schimmel und einen bläulich schimmernden Wolfshund. Verdammt! Und wenn Finni und Rashid uns einholen, wird es kaum besser. Ein Tulamide auf einem schwarzen Shadif. Die wachsen hier in der Gegend auch nicht gerade auf den Bäumen.*

Der Gedanke an ihre Freundin ließ sie jedoch wieder lächeln. Finni hatte es anscheinend immer noch nicht aufgegeben, Rashid für sich gewinnen zu wollen. Der Tulamide war gerade am Kai erschienen, als sie sich in die Sättel geschwungen hatten, und da Finni mit ihrer Gauklervergangenheit als Einzige ein solches Kunststück beherrschte, war sie sogleich auf den Rücken des als Packpferd beladenen Hengstes Rabe gewechselt, um Rashid ihren Falben überlassen zu können. Dann hatten sie sich getrennt. Rhiana und Neel waren auf direktem Weg zum Garether Tor hinaus, während die beiden anderen zuerst zum Mietstall reiten wollten, wo Rashid sein Pferd und seine Sachen untergebracht hatte.

»Seht Ihr das da vorne, Shastra?«, riss Neel sie aus ihrer Versunkenheit. »Ich verwette mein einziges Auge darauf, dass er das ist.«

Weit vor ihnen konnte Rhiana einen dunklen Umriss auf der Straße ausmachen, der zu groß war, um ein Wanderer oder ein einzelner Reiter zu sein. »Schon?«, wunderte sie sich.

»Wie gesagt, er hat es wahrscheinlich nicht eilig«, erinnerte sie Neel. »Und so wie Ihr ihn mir geschildert habt, ist er ein parfümierter Stutzer. Die verzichten nicht gern auf Bequemlichkeit. Er könnte zum Mittagessen in einem Gasthaus angehalten haben.«

Rhiana nickte. *Neel hat vielleicht Recht,* dachte sie. *Nur ändert das nichts an unserem Problem. Wir müssen außerhalb seiner Sichtweite bleiben, aber wir müssen auch sichergehen, dass tatsächlich Mortenberg in dieser Kutsche sitzt. Sonst verfolgen wir am Ende den Falschen, und der alte Lügner geht uns durch die Lappen.*

Finni spornte Windspiel nach Kräften an, doch der ein wenig behäbige Warunker konnte einfach nicht mit Rashids grazilem Wüstenrenner mithalten. Immer wieder musste der Tulamide seinen Hengst zurücknehmen, um Finni nicht abzuhängen.

Komm schon, Junge!, feuerte sie den Falben innerlich an. *Sonst wird Rashid bedauern, dass ich mit ihm gekommen bin, anstatt mit den anderen vorauszureiten.*

Aber ihre stummen Appelle konnten dem Wallach keine Flügel verleihen.

»Ärgere dich nicht, kleiner Dschinn!«, mahnte Rashid, als sie wieder einmal eine Schrittpause einlegen mussten. »In all den nördlichen Landen, die ich bislang bereist habe, ist mir keine Rasse begegnet, die sich im Rennen mit der Ausdauer eines Shadif hätte messen können. Er gibt sich Mühe, dir keine Schande zu machen. Es ist nicht gerecht, ihm trotzdem zu zürnen.«

Na wunderbar!, dachte Finni ironisch und sah noch unzufriedener aus. *Jetzt hält er mich auch noch für eine Pferdeschinderin.*

Da sie keine Antwort gab, ritten sie schweigend langsam weiter, bis die Tiere wieder ruhig atmeten. Erst dann wagten sie einen neuerlichen Galopp, überholten einen Tross schwer beladener Karren, deren Fuhrleute ihnen deftige Flüche nachbrüllten, weil sie die Ochsen scheu machten, und entdeckten ein paar Meilen weiter endlich zwei Reiter auf einem Schimmel und einem Schecken vor sich.

Als sie Rhiana und Neel erreicht hatten, sank Finni erleichtert im Sattel zusammen und wäre am liebsten eine Weile langsam hinter den anderen hergetrödelt, um erst einmal wieder mit sich ins Reine zu kommen. Dass sich Rhiana freute, sie zu sehen, war ihr nur ein schwacher Trost und wurde dadurch aufgewogen, dass Neel Rashid geringschätzig musterte, während er die Anwesenheit der Amazone einfach ignorierte. Er hatte den Samt durch die lederne Reithose ersetzt, das Rapier durch den vom Sattel aus besser einsetzbaren Säbel, und seine perlenbestickte Kappe war schon seit zwei Tagen der schlichteren, mit Fasanenfedern verzierten gewichen. Neel murmelte etwas, das wie »Schon besser« klang, aber ihr Blick blieb kalt und ablehnend.

Eine fröhliche Reise wird das werden, prophezeite sich Finni und fragte sich unwillkürlich, ob sie schon immer so sarkastisch gewesen war.

»Wir glauben, dass dieser schwarze Punkt da vorn Mortenbergs Kutsche ist«, eröffnete ihnen Rhiana und deutete nach vorn, wo sich die Straße in der dunstigen Ferne verlor.

Reiß dich zusammen, Finni!, ermahnte sich die Halbelfe. *Trübsal blasen kannst du später. Wir sind schließlich nicht zu unserem Vergnügen hier.*

Sie spähte nach dem Gefährt und setzte ein nachdenkliches Gesicht auf. »Es könnte sein, aber wir wissen es nicht«, stellte sie nüchtern fest.

Rhiana nickte. »Darüber denke ich auch schon die ganze Zeit nach. Selbst wenn wir bis zum Abend so weit zurückbleiben, dass er uns nicht erkennen kann, und warten, bis er eine Herberge bezieht, ändert es nichts daran, dass er oder seine Bediensteten uns zufällig durch ein Fenster entdecken könnten«, erklärte sie. »Eigentlich ist es viel zu riskant, im gleichen

Gasthof zu übernachten wie er. Wir müssten ihm einen Tag Vorsprung geben und uns am Weg erkundigen, ob er noch weiterfährt oder irgendwann die Straße verlässt. Allzu viele Adelskarossen sind um diese Jahreszeit zum Glück nicht unterwegs.«

»Ich stimme Euch zu, Shastra«, ließ Neel sich vernehmen. »Aber bevor wir so vorgehen können, müssen wir sicher sein, dass er nicht in Wahrheit auf dem Weg nach Nostria ist, während wir hier einem anderen nachjagen.«

»Es wäre mir eine Freude, diese Ungewissheit für Euch aus der Welt zu schaffen, Perle des Mittelreichs«, bot Rashid Rhiana an. »Der Halunke kennt mich nicht, und mein Pferd ist schnell wie der Wind. Ich könnte vorausreiten, um einen Blick auf ihn zu werfen.«

»Ich danke dir für das Angebot, Rashid, aber leider bist du zu auffällig«, lehnte die Prinzessin ab. »Mortenberg hat von Elidana bestimmt eine Beschreibung von dir gehört und würde sofort Verdacht schöpfen, wenn ihn hier in Albernia ausgerechnet ein Tulamide überholt.«

Allerdings, pflichtete Finni ihr im Stillen bei. *Der Einzige von uns, der ein halbwegs unauffälliges Pferd hat, bin ich. Wenn ich meine Kapuze tief ins Gesicht ziehe, könnte ich an der Kutsche vorbei sein, bevor sie mich richtig sehen. Dann könnte ich mich bei dem Gasthaus verstecken, das am Ende der Tagesetappe wartet, und einen Blick auf Mortenberg werfen, wenn er aussteigt.*

Ohne es zu merken, hatte sie angefangen, ihre Überlegungen laut auszusprechen.

»Ich hätte gedacht, du hilfst deiner Tarnung vielleicht auf magischem Wege ein bisschen nach«, warf Rhiana ein.

Sieht so aus, als hätte ich mich gerade freiwillig gemeldet, staunte Finni über sich selbst. »Nein, dazu fällt mir leider kein Spruch ein«, antwortete sie laut.

»Bei Rondra, fangt nur nicht an, Euch auf Magie verlassen zu wollen!«, tadelte Neel ihre langjährige Schülerin.

»Ich bin sicher, der kleine Dschinn wird diese Aufgabe auch

ohne Zauberei meistern«, äußerte Rashid überzeugt. »Sie ist lautlos und unauffällig wie der pirschende Uchak, wenn sie es darauf anlegt.«

»Wie wer?«, fragte Finni, bevor sie es wagte, sich geschmeichelt zu fühlen.

»Der Uchak. Eine große Katze des Südens. Er ähnelt dem … Luchs ist das Wort, das mir nicht einfiel«, erläuterte Rashid.

»Oh«, machte Finni. »Wenn du das sagst …« *Kann ich wohl kaum einen Rückzieher machen,* fügte sie bei sich hinzu. »Wann soll ich aufbrechen?«, wandte sie sich an Rhiana.

»Die Sonne steht schon tief. Wir sollten keine Zeit mehr verlieren«, riet die Prinzessin.

»Gut. Dann wartet an der ersten Stelle auf mich, an der man das Gasthaus von weitem sieht! Ich werde dorthin zurückkommen, sobald ich mich gefahrlos aus dem Staub machen kann«, sagte Finni und setzte ihre Kapuze auf, um sie beinahe bis über die Augen zu ziehen. Einer plötzlichen Eingebung folgend, rieb sie sich mit den Händen, an denen Schweiß, Lederfett und Spritzer von Straßendreck klebten, über Wangen und Kinn.

»Das ist gut«, lobte Neel. »Sieht auf den ersten Blick fast so aus, als wärst du ein schlecht rasierter Kerl, oder zumindest ein ungewaschener.«

»Viel Glück, Finni!«, wünschte Rhiana.

»Möge Rastullah über dich wachen!«, setzte Rashid hinzu.

Die tun gerade so, als würde ich in die kaiserliche Schatzkammer einbrechen wollen, dachte Finni kopfschüttelnd und setzte ihren Falben mit einem Zungenschnalzen in Trab. Der müde Wallach bewegte sich so schwunglos, als ob er durch zähen Schlamm waten würde, und wäre jeden Augenblick wieder zurück in den Schritt gefallen, wenn Finni ihn nicht energisch vorwärts getrieben hätte.

»Oh, lauf schon, Windspiel! Ich komme mir vor, als würde ich dich tragen!«, herrschte sie ihr Pferd an und trat ihm die Fersen so lange in die Flanken, bis es endlich angaloppierte.

Nur noch an dieser Kutsche vorbei, dann darfst du dich für heute wirklich ausruhen, versprach sie reumütig.

Die Hufe klapperten über das unebene Pflaster. Zwischen den Steinplatten wuchsen Grasbüschel und Moos hervor. An anderen Stellen sammelten sich in den Senken Schlamm und Dung, den die Zugtiere hinterließen. Nach einem halben Tag im Sattel bemerkte Finni nichts mehr davon. Sie hielt den Blick starr auf die Rückseite der Kutsche gerichtet, die rasch näher rückte, und trieb ihr Pferd noch heftiger an, das furchtsam schneller rannte.

Sieh nach unten!, ermahnte sie sich und beugte sich tiefer über Windspiels Hals, woraufhin der Wallach ebenfalls die Nase reckte und seiner Reiterin dabei mit einem Ruck die Zügel durch die Finger zog. Erschrocken griff Finni nach, aber es nützte nichts mehr. Sie hatte die Kontrolle verloren. Der Falbe schoss an dem geschlossenen Zweispänner vorüber, als ob sämtliche Dämonen der Niederhölle hinter ihm her wären, und stürmte weiter.

Plötzlich tauchte er seitlich unter Finni weg, sodass sie für einen kurzen Moment das Gefühl hatte, im Nichts zu schweben, bevor der Schwung sie über die Schulter des stolpernden Pferdes warf. Sie versuchte, sich im Flug zu drehen, um sich abzurollen, doch der Aufprall kam zu früh und zu hart. Vor ihren Augen wurde es schwarz.

Als sich die Finsternis wieder lichtete, breitete sich der wolkenverhangene albernische Himmel über ihr aus, und die Kanten der schiefen Steinplatten bohrten sich in ihren Rücken. Dazwischen schwankte alles zwischen Schmerz und Taubheit. Flotter Hufschlag war das einzige Geräusch, das an ihre Ohren drang. Benommen drehte sie den Kopf, um zwei elegante Braune, gefolgt von einem dämlich glotzenden Kutscher, vorüberziehen zu sehen.

Oh nein, die Kutsche!, schoss es ihr wie ein Blitz durch den benebelten Kopf. Doch es war zu spät. Ein Fenster schob sich heran, hinter dem sich zwei Gesichter neugierig vorbeugten, und Finnis Blick kreuzte den Mortenbergs.

»Eisfell, nein!«, rief Rhiana, als der Wolfshund hinter Finni herrennen wollte. »Bleib hier!«

Er warf ihr einen Blick zu, wie um sich zu vergewissern, dass sie es ernst meinte, und fiel wieder in seinen entspannten Trott zurück. Rhiana und ihre Gefährten beobachteten, wie die Halbelfe auf ihrem Pferd immer schneller und zugleich kleiner wurde. Finni verschmolz mit Windspiel zu einem hellbraunen Klecks, der schließlich hinter der größeren, dunkleren Kutsche verschwand.

Erst jetzt bemerkte Rhiana, dass Rabe, den ihre Freundin Rashid überlassen hatte, den Tulamiden in Bedrängnis brachte. Der stattliche Rappe drängelte herausfordernd an den Shadif heran, und Rashid bemühte sich fluchend, die beiden Hengste, die bereits mit angelegten Ohren drohend die Köpfe warfen, auseinander zu halten. Eilig lenkte Rhiana ihre Stute näher und ließ sich Rabes Führstrick geben, um die Tiere zu trennen, bevor sie sich oder gar Rashid verletzten.

»Langsamer, Leute! Wir holen auf!«, warnte Neel.

Rhiana und Rashid blickten wieder nach vorn. Die Kutsche schien tatsächlich näher zu sein. Neel kniff ihr einziges Auge zusammen. »Haben die etwa angehal... Runter von der Straße! Schnell!«, rief sie und jagte ihren Schecken bereits über den schmalen Graben, der die Straße hier flankierte.

Die anderen setzten ihr nach, ohne lange zu fragen. Einzelne Wacholderbüsche und das hüfthohe Jasalinkraut der rotbraunen Heide boten ihnen keine Deckung, doch etwa hundert Schritt entfernt gab es ein lichtes Wäldchen aus Birken und Kiefern. Sie galoppierten hindurch und brachten die Pferde dahinter wieder zum Stehen.

»Was habt Ihr gesehen?«, wollte Rhiana von Neel wissen.

»Die haben angehalten, und ich bin mir absolut sicher, dass gerade die Tür aufging«, berichtete die Amazone.

»Aber warum sollten sie das tun?«, wunderte sich Rashid. »Selbst wenn dieser Mortenberg wegen des kleinen Dschinns Verdacht geschöpft hätte, wäre das doch kein Grund, aus seinem Wagen zu steigen.«

»Um sich die Lage genauer zu betrachten, warum nicht?«, hielt Rhiana dagegen, aber sie war selbst nicht völlig überzeugt davon.

»Und was machen wir jetzt?«, fragte Rashid.

»Einer von uns muss zur anderen Seite des Hains zurückschleichen und beobachten, ob sie weiterfahren oder womöglich umkehren«, beschloss sie. »Sobald die Kutsche außer Sicht ist, reiten wir wieder los. Wir können den Plan schließlich nicht einfach ändern, ohne dass Finni davon weiß.«

»Versteht sich«, meinte Neel knapp und sprang bereits aus dem Sattel. »Ich gehe.«

Der Bresche zu folgen, die die Pferde durch das Unterholz gestampft hatten, war schwieriger als gedacht, da noch immer zahlreiche dornige Beerenranken den Boden mit einem eigenwilligen Netz aus Fallstricken überzogen. Als Neel zwischen den letzten Bäumen hindurch zum Waldrand gehuscht war und hinter einem Kiefernstamm Posten bezogen hatte, war die Kutsche bereits verschwunden.

Finni versuchte, sich rasch aufzurappeln, aber ihr geschundener Körper sperrte sich dagegen. Nach dem Schock des Aufpralls schien er die Erschütterung dadurch ausgleichen zu wollen, dass er sich versteifte. Die linke Schulter war taub und verweigerte den Dienst ebenso wie ihre linke Hüfte, sodass es Finni lediglich gelang, sich auf ihren rechten Arm zu stützen, bevor Mortenberg neben ihr in die Hocke ging.

Sie erkannte das von halblangen schwarzen Haaren umrahmte Gesicht mit den ausgeprägten Wangenknochen und dem sorgfältig gestutzten Kinnbart sofort wieder. Die amüsiert funkelnden graublauen Augen straften die besorgte Miene des Ritters Lügen.

»Die hübsche Finni, wenn mich nicht alles täuscht. Seid Ihr verletzt?«, erkundigte er sich.

Wahrscheinlich hat Elidana ihm meinen Namen verraten, folgerte Finni. *Ich hasse es, wenn meine Feinde ihn aussprechen.*

»Nein, ich wollte hier mein Nachtlager aufschlagen«, antwortete sie gereizt.

»Tatsächlich? Mit einem so spektakulären Sturz? Wird das eine neue Gauklernummer?«, spottete er.

Finni biss die Zähne zusammen und machte eine neue Anstrengung, um auf die Beine zu kommen. Augenblicklich packte Mortenberg ihren unbeschadeten Arm mit der Linken und stützte sie mit der Rechten im Rücken, während er sie hochzog. Sobald sie aufrecht stand, wollte sie ihn abschütteln, obwohl sie schwankte, doch die beringten Finger griffen nur noch fester zu.

»Ihr könnt so nicht laufen, und Euer Pferd ist auf und davon«, stellte er fest. »Ich biete Euch stattdessen einen Platz in meiner Kutsche an.«

Sein Blick und der eiserne Griff ließen keinen Zweifel daran, dass es weniger eine Einladung als ein Befehl war. Finni sah ein, dass eine Flucht in ihrem Zustand sinnlos war, und ließ sich von ihm zur Tür des Zweispänners dirigieren. Der dürre junge Bursche, den sie für Mortenbergs Diener hielt, sprang aus dem Weg, als sie zu den Trittstufen humpelte, die ins Wageninnere führten. Er kletterte als Letzter hinein und rief – nach einem fast unmerklichen Nicken des Ritters – dem Kutscher zu, die Fahrt fortzusetzen.

Vorsichtig, um ihre schmerzende Hüfte nicht zu stoßen, ließ sich Finni auf der gepolsterten Sitzbank nieder, auf der sie entgegen der Fahrtrichtung saß. Sie verkniff sich jedoch, einen Blick aus dem Fenster zu werfen, um ihre Freunde nicht zu verraten. Mortenberg nahm ihr gegenüber Platz, sein Diener auf ihrer Seite, aber er hielt so viel Abstand, wie eben möglich war.

Höflichkeit oder Abscheu?, fragte sich Finni. *Was weiß er überhaupt von den Machenschaften seines Herrn? Ist er in alles eingeweiht? Wahrscheinlich.* Damit war er für sie ein Mitglied des Flammenbunds wie jedes andere.

»Ich hoffe, die nächste Herberge liegt in einem Dorf, wo wir einen fähigen Heiler für Euch auftreiben können«, sagte Mortenberg, und es klang nicht einmal geheuchelt.

»Danke, aber ich kann mich sehr gut um mich selbst kümmern, wenn man mich in Ruhe lässt«, lehnte Finni ab.

»Ein wenig mehr Ruhe bei Eurem Ritt, und Ihr würdet jetzt nicht hier sitzen«, gab der Ritter launig zurück.

»Mein Pferd hat mich nicht gefragt, bevor es durchgegangen ist«, erklärte Finni.

»Wie unerzogen von ihm«, tadelte Mortenberg schmunzelnd. »Vor was kann es sich auf dieser friedlichen Straße nur so erschrocken haben?«

»Vor der Peitsche einer betrunkenen Fuhrfrau.«

»Ihr hattet es also gar nicht eilig?«, hakte er nach.

»Nicht eiliger als Ihr«, behauptete Finni.

Mortenberg lächelte und sah eine Weile schweigend aus dem Fenster. »Lon! Da draußen läuft das Pferd der jungen Dame. Lass anhalten, und fang es ein!«, befahl er plötzlich. »Bind es an unseren Wagen!«

Der Diener klopfte rasch und kräftig im Rücken des Kutschers an die mit safrangelbem Stoff bespannte Wand und eilte, sobald die Karosse zum Stehen gekommen war, hinaus, um den Auftrag seines Herrn auszuführen.

»Selbstverständlich erhaltet Ihr das Tier zurück, sobald unsere Wege sich wieder trennen«, versicherte Mortenberg. »Es liegt bei Euch, wann dies der Fall sein wird.«

Das heißt, wenn ich dir alles erzählt habe, was du hören willst, erkannte Finni. *Also bringen wir es hinter uns!* »Was wollt Ihr wissen?«, erkundigte sie sich in ihrem unfreundlichsten Tonfall.

»Liegt das nicht auf der Hand? Ich hatte erwartet, dass Ihr heute mit an Bord seid, wenn die Talanier absegeln«, gab er zu.

»Vielleicht liegt es daran, dass ich im Gegensatz zu Rhiana keine Talanierin bin«, erwiderte Finni schnippisch.

Der Ritter wartete, ob sie von sich aus weitersprechen würde, aber sie hatte keine Lust, es ihm leicht zu machen. Die Taubheit an den geprellten Stellen ihres Körpers wich allmählich einem dumpfen Schmerz. Am liebsten hätte sie sich in eine stille Ecke zurückgezogen, um einen Heilzauber zu wirken, aber stattdessen musste sie ihren benommenen Schädel darauf konzentrieren, für Mortenberg eine glaubhafte Geschichte zu erfinden. *Was erzähle ich ihm nur? Ist es denn nicht einleuchtend genug, dass ich mich keinem wildfremden Volk von Flüchtlingen anschließe, das in eine unbekannte Zukunft aufbricht?*

»Nun, bisher hatte ich den Eindruck, dass Ihr und die Prinzessin beinahe unzertrennlich seid. Was nur zu verständlich ist«, behauptete der Ritter. »Als Freundin einer Thronfolgerin bieten sich Euch Perspektiven, von denen Ihr als Gauklerin nur träumen konntet.«

Finni wollte aufspringen, doch es reichte nur dazu, sich kerzengerade hinzusetzen. »Das muss ich mir von einem verlogenen Scheißkerl wie Euch nicht anhören!«, rief sie zornig. »Ihr lasst eure Drecksarbeit von Bestien wie Lando erledigen, um Euch die Finger nicht schmutzig zu machen, aber in Wahrheit geht es doch nur darum, Euch zu bereichern und Eure Gier nach Macht zu befriedigen! Schließt gefälligst nicht von Euch auf andere!«

Mortenberg hatte im ersten Augenblick überrascht ausgesehen, als sie so heftig reagierte. Doch er fand schnell zu seiner Fassung zurück und nickte gelassen. »Ihr habt wohl Recht damit, dass ich nur die nahe liegendsten Schlüsse gezogen habe«, räumte er ein. »Bei Euch fielen mir keine anderen Gründe ein, während es bei einem Mann wie diesem Tulamiden leicht ist, sich andere Motive vorzustellen.«

»Wie schön zu wissen, dass Ihr niemals verstehen werdet, was in mir vorgeht«, sagte Finni, während Mortenbergs Diener wieder ins Wageninnere stieg. Er hatte kaum die Tür hinter sich zugezogen, als die Kutsche sich auch schon in Bewegung setzte.

»Da ich also erwiesenermaßen nicht in der Lage bin, Euer Handeln nachzuvollziehen, bleibt Euch nichts anderes übrig, als mir zu erklären, was Euch auf dieses Straßenpflaster verschlagen hat«, erinnerte der Ritter seine Gefangene.

»Ich hatte das Getue um die schöne Prinzessin satt«, log

Finni, obwohl sie sich eingestehen musste, dass es ihr manchmal tatsächlich auf die Nerven ging. »Alle himmeln sie an. Alle befolgen eifrig ihre Befehle. Und dabei bringt man sich noch ständig in Gefahr, weil Ihr und Eure Verschwörerbande hinter ihr her seid. Mein Leben war vorher bedeutend einfacher.«

»Der Reiz des Abenteuers ist also verflogen?«, erkundigte sich Mortenberg. Seine Miene verriet nicht, ob er Finni glaubte. »Und wohin seid Ihr nun unterwegs?«

»Ich versuche, meine Gauklertruppe wieder zu finden«, behauptete sie. »Ich nehme an, dass sie Richtung Elenvina gezogen sind.«

»Je nachdem, welche Route Ihr nehmen wollt, könnte ich Euch noch bis Orbatal oder Abilacht mitnehmen«, bot Mortenberg an.

»Zu großzügig«, höhnte Finni und ahmte Rhianas geschliffene Sprache nach. »Aber ich fürchte, es wäre für meine Genesung nicht förderlich, die ganze Zeit Euren Anblick ertragen zu müssen.«

Er glaubt doch wohl nicht wirklich, dass ich nicht durchschaue, dass er mich nur weiter im Auge behalten will, ärgerte sie sich.

»Was für ein Jammer«, bedauerte der Ritter halb ironisch, halb ernst. »Ihr gebt selbst mit diesem Schmutzanstrich noch ein reizendes Bild ab.«

Finni verzog angewidert das Gesicht. *Von allen Schürzenjägern, die mir je begegnet sind, ist das der schlimmste.*

Das Zimmer war klein, aber erstaunlich sauber. Den größten Teil nahm die Dachschräge ein, sodass der Platz dort zu wenig anderem taugte, als sein Gepäck abzulegen. Die einzige hohe Wand wurde von der Tür und dem kunstlos gezimmerten Bett eingenommen, dahinter fiel das letzte Licht der untergehenden Sonne durch ein kleines Fenster unter dem Giebel. Da es weder Glasscheiben noch eine Bespannung aus Tierhaut besaß, wehte die kalte, feuchte Luft des Boronabends herein.

Finni schob den Türriegel vor, doch das dünne, altersschwache Eisen würde einem Tritt von außen kaum standhalten. Sie stellte ihre Satteltaschen ab und hinkte zum Fenster.

Selbst der hünenhafte Gomm würde hier hindurchpassen, stellte sie erfreut fest. Prüfend beugte sie sich vor, um ihre Fluchtmöglichkeiten abzuschätzen. *Das hat der Mistkerl sich fein ausgedacht. Mietet mir gönnerhaft eine Kammer an und sorgt dafür, dass sie sechs Schritt über dem Boden liegt. Natürlich auf der von den Stallungen abgewandten Seite, damit ich nicht über deren Dach türmen kann. Na warte!*

Eine Bewegung lenkte ihre Aufmerksamkeit zur Hausecke, um die gerade ein bärtiger Mann geschlurft kam, der missmutig zu ihr hinaufsah. Finni erkannte Mortenbergs Kutscher, der sich vor dem Holzschuppen des Nachbargehöfts einen Hackklotz so zurechtrückte, dass er darauf Platz nehmen und ihr Fenster im Blick behalten konnte. Nachdem er sich umständlich niedergelassen hatte, zauberte er eine Flasche aus seinem Mantel hervor und prostete Finni mit sauertöpfischer Miene zu.

Einen Wachposten stellt er auch noch auf, schäumte sie innerlich vor Wut, während sie den Kutscher mit einem falschen Lächeln bedachte. *So haben wir nicht gewettet! Ich habe dir alles erzählt, was du wissen wolltest. Jetzt wirst du deinen Teil der Abmachung gefälligst auch einhalten! Du weißt schließlich nicht, dass ich gelogen habe.*

Wenn sie dem Ritter entkommen wollte, würde sie ihre ganze Gewandtheit aufbringen müssen. Sie zog sich vom Fenster zurück und machte es sich auf der Strohmatratze so bequem wie möglich, ohne sich hinzulegen. Mortenberg sollte sie nicht allzu wehrlos überraschen können. Er hatte sie nach ihrer Ankunft erneut gedrängt, auf seine Kosten eine Heilerin, einen Bader oder wer auch immer in diesem Dorf etwas von Verletzungen verstand aufzusuchen, doch sie hatte wieder dankend abgelehnt.

Ihren Umhang als Polster im Rücken, lehnte sie sich nun an die Wand und schloss die Augen. Im Geiste beschwor sie Erinnerungen an ihre Mutter herauf. Die sanften Berührungen, wenn sie sich als Kind wehgetan hatte. Die lindernde Kraft, die aus der feingliedrigen Elfenhand in ihren Körper strömte. Wie von selbst fanden ihre Finger den Weg zum Herzen und legten sich darüber. *Bha'sama sala bian da'o*, flüsterte die längst vergangene Stimme, während die beschwichtigende Melodie in ihr aufstieg und das Summen durch ihr Innerstes vibrierte.

Für einen Augenblick verstärkten sich ihre Schmerzen sogar. Ein Kribbeln und Reißen rieselte über Schulter und Hüfte, als die prallen Blutergüsse sich auflösten. Wärme entstand, wo überdehnte Muskeln und Bänder verheilten. Die wohlige elfische Weise erfüllte Finnis Denken und Fühlen, bis ein harsches Klopfen an der Tür sie aus ihrer Entrückung riss.

»In die Niederhölle mit dir!«, fluchte sie leise, aber als sie aufstand, um zu öffnen, zeigte sich, dass der Zauber bereits seine Wirkung getan hatte. Sie fühlte sich erfrischt, und ihre Glieder waren so beweglich wie vor dem Sturz.

Draußen stand Lon, der eifrige Bursche Mortenbergs, und hielt ihr ein Tablett mit einem üppigen Abendessen unter die Nase. »Mein Herr schickt Euch dies«, erklärte er. »Und ich bin angewiesen, vor Eurem Zimmer auszuharren, falls Ihr noch etwas braucht.«

»Doch nicht etwa die ganze Nacht hindurch?«, fragte Finni, Übles ahnend.

»Das hat er mir befohlen«, antwortete Lon, den die ganze Situation zu verwirren schien.

Es hat wohl wenig Sinn zu versuchen, ihm das auszureden, dachte Finni resigniert und nahm dem Diener das Tablett ab. »Danke. Du kannst die Tür wieder zumachen«, teilte sie ihm mit, woraufhin er ihrem Wunsch tatsächlich folgte.

Ist dieser Kerl wirklich so fürsorglich oder war es die Wirtin, die daran gedacht hat, eine Kerze dazu zu stellen?, rätselte sie, denn mittlerweile war es draußen Nacht geworden. Sie stellte das Tablett auf dem Bett ab, da sonst nur der Fußboden geblieben wäre, und schloss erst einmal den Fensterladen, um die Kälte auszusperren, so gut es ging.

Während sie sich über das mit Kräutern gewürzte Brathuhn und die eigenwillige Mischung aus Kartoffelbrei und Apfelkompott hermachte, kam ihr in den Sinn, dass eine stolzere Frau diese Mahlzeit womöglich verschmäht hätte. *Was ziemlich dumm wäre*, dachte sie und leckte sich genüsslich die Finger. *So eine kleine Entschädigung für die ganzen Scherereien, die ich dem Flammenbund in letzter Zeit zu verdanken hatte, ist ja wohl das Mindeste. Dafür, dass man mich nacheinander in einen Kerker gesteckt, mit einem Armbrustbolzen verwundet, auf einem Schiff gefangen gehalten und ausgerechnet von diesem Schwein Lando hat jagen lassen, habe ich eigentlich Koschammern und Konfekt verdient.* Über die Vorstellung, wie sie Mortenbergs Diener losschickte, um ihr aranisches Naschwerk zu besorgen, das es in ganz Albernia wahrscheinlich höchstens in Havena gab, musste sie selbst kichern.

Nachdem sie Teller und Schüsseln mit dem beigefügten Brot ausgewischt hatte, um sich keinen Krümel der geschenkten Mahlzeit entgehen zu lassen, löschte sie die Kerze, um darauf zu warten, dass es in der Herberge still wurde. Aus dem Schankraum und den anderen Gästezimmern drangen noch lange Zeit Stimmen zu ihr herauf. Offenbar waren nicht alle Reisenden nach einem Tag auf der Straße zu müde, um noch lustig beisammen zu sitzen, lauthals zu lachen oder zu streiten.

Rhiana und Rashid werden anfangen, sich Sorgen zu machen, wenn ich nicht bald zu ihnen stoße, befürchtete Finni. *Hoffentlich kommen sie nicht her, um nach mir zu suchen. Dann würde Mortenberg davon erfahren, und alles wäre umsonst gewesen. Er wird nicht schnurstracks zu wichtigen Rädelsführern fahren, wenn er weiß, dass wir ihn verfolgen.*

Der Gedanke ging ihr nicht mehr aus dem Kopf und beunruhigte sie so sehr, dass sie schließlich begann, im Dunkeln auf und ab zu gehen. *Ich darf nicht hier sitzen und Däumchen drehen, bis es passiert ist. Ich muss es verhindern!*, erkannte sie. *Mit diesem Lon werde ich schon fertig.*

Entschlossen schulterte sie ihre Taschen, hob das Tablett auf und trat gegen die Tür, die sie ohnehin nicht mehr verriegelt hatte. An der gegenüberliegenden Bretterwand – das gesamte Dachgeschoss bestand aus Holz – kam im matten Lampenlicht Mortenbergs verschlafener Diener auf die Beine. Finni drückte ihm forsch das Tablett in die Hände, das er überrumpelt annahm. »Alles, was ich brauche, ist ein gesatteltes Pferd«, verkündete sie und marschierte bereits zu der schmalen Stiege hinüber, die nach unten führte.

»Wartet! Ich …«, stammelte Lon, während er, das schmutzige Geschirr balancierend, hinter ihr hereilte. »Mein Herr hat …«

Finni rannte nun, ohne sich länger um ihren Verfolger zu kümmern. Sie polterte die Treppe in den Schankraum hinab, eilte zwischen den Tischen und den beiden letzten Zechern hindurch und sauste nach draußen. Als sie in den Stall stürmte, rissen die fressenden Pferde erschrocken die Köpfe hoch.

»Sachte, Bürschchen!«, mahnte eine stämmige Magd, die gerade dabei war, Mistgabel, Besen und Futterkarre für die Nacht wegzuräumen. Im Dämmerlicht der verrußten Laterne hatte sie Finni wegen der kurzen Haare und der knabenhaften Figur wohl für einen Jungen gehalten.

»Keine Zeit!«, keuchte Finni und schnappte sich Windspiels Sattel. »Da ist ein Kerl hinter mir her, der mir an die Wäsche will.«

»Was?«, fuhr die Frau auf, während Finni bereits den Sattelgurt anzog. »Den kauf ich mir!«

Die Magd stapfte mit der Mistgabel bewaffnet davon, und Finni streifte ihrem Falben hastig das Zaumzeug über, ohne sämtliche Schnallen zu schließen. Noch auf der Stallgasse sprang sie auf, gerade als auf dem Hof Stimmen laut wurden. In scharfem Trab fegte sie hinaus, sah im Vorüberreiten Lon vor den Zinken der Mistgabel zurückweichen und lenkte Windspiel bewusst in die falsche Richtung, gen Abilacht.

Kapitel 8

Ausläufer der Schwarzen Sichel, Tobrien, Peraine 914 BF

Vom Regen durchnässt boten die anrückenden Truppen keinen sonderlich erhebenden Anblick. Das Banner Tobriens baumelte schlaff und schwer von der Stange herab, die ein Ritter dem Zug voran trug. Hinter ihm folgten einige Adlige in Waffen und Rüstung zu Pferde, an die sich eine größere Schar der Landwehr anschloss. Die Gesichter der Soldaten waren zumeist auf den trügerischen Boden gerichtet, wenn sie nicht gerade ängstlich die hoch aufragenden Gipfel der Sichel musterten.

Ganz genau wie meine Leute noch vor ein paar Tagen, stellte Baron Rodebert von Ehern fest. *Wie schnell sie doch mutiger geworden sind. Oder liegt es nur daran, dass die Sträflinge ihnen genug greifbarere Probleme bereitet haben?*

»Ist das nicht das Wappen der Landgrafschaft Ysilia?«, wunderte sich Ritter Luidprant. »Was in der zwölf Götter Namen können die Ysilianer hier in der Sichel wollen?«

»Wir werden es gleich erfahren«, vermutete Rodebert und wandte sich an den Gardekorporal, der sich nun in der seltsamen Lage befand, als Adjutant des Barons die frisch ernannten Weibel zu befehligen, obwohl ein Weibel als Führer einer Rotte im Grunde einen höheren Rang bekleidete als er.

»Korporal, die Landwehr soll neben dem Weg Aufstellung nehmen«, ordnete Rodebert an, bevor er den Männern und Frauen entgegenritt, von denen er die meisten schon von weitem an ihren Wappen erkannt hatte. Gemessen an dem Tross von Packtieren, der von den Soldaten mitgeführt wurde, musste er annehmen, dass dieses Truppenkontingent für einen längeren Marsch durch das Gebirge vorgesehen war. Aber das ergab für ihn überhaupt keinen Sinn.

Eine stämmige Frau mittleren Alters setzte sich auf ihrem imposanten Streitross neben den Standartenträger an die Spitze des berittenen Pulks. Der große Grauschimmel musste sehr jung sein, da sein Fell noch nahezu schwarz war.

Wie kann man auf einer unerfahrenen Remonte in den Krieg reiten? Und dann auch noch auf einem solchen Ungetüm in die Berge?, dachte der Baron. *Ist das nun schlichte Unwissenheit oder pure Selbstüberschätzung? Wenn sie schon zur Gräfin aufgestiegen ist, hätte Wulfrun sich einen erfahrenen Berater leisten sollen, bevor sie Gipfel erstürmen will.*

Wulfrun von Spogelsen, frisch ernannte Herrin über die Landgrafschaft Ysilia, deren Vorgänger im Kampf gegen Tedescos Besatzungsmacht gefallen war, dirigierte ihr Pferd zur Seite, damit ihre Truppen an ihr vorüberziehen konnten. »Weitermarschieren!«, befahl sie barsch. »Gerastet wird erst heute Abend!«

Rodebert grüßte im Vorbeireiten die anderen Ritter und hielt vor der Gräfin, um sich im Sattel leicht zu verneigen. Luidprant blieb seinem Rang gemäß ein wenig zurück, sodass der Baron ihn nicht sehen konnte, ohne den Kopf nach ihm zu drehen, doch Wulfrun von Spogelsen nickte auch dem Ritter militärisch knapp zu, bevor sie sich wieder Rodebert zuwandte. Die halblangen Haare klebten ihr bereits dunkel vor Nässe um den Schädel, obwohl sie eigentlich blond war. Der blank polierte Harnisch mit der hohen Halsberge unterstrich den verschlossenen Ausdruck ihrer Miene.

»Rondra mit Euch, Euer Hochwohlgeboren«, grüßte der Baron förmlich. »Meinen Glückwunsch zu Eurer Erhebung in den Grafenstand.«

»Danke, Baron Rodebert«, erwiderte Wulfrun wegwerfend. »Wie Ihr seht, bewahrt mich das nicht davor, mich mit diesem garstigen Wetter anstelle eines richtigen Feindes herumzuschlagen. Erzählt mir lieber, weshalb Ihr in die falsche Richtung unterwegs seid.«

»Ganz einfach«, meinte Rodebert lapidar, »weil ich es bis eben noch für die richtige Richtung hielt. Es war doch verabredet, dass jeder mit seinem Nachschub zur Heerschau nach Ysilia kommen soll, um sich dort dem Herzog anzuschließen.«

»Verstehe. Dann hat Euch Kunibrands Kurier wohl nicht erreicht«, schloss die Gräfin daraus.

»Das ist gut möglich, wenn er mich in Willbergen gesucht hat, denn ich war gerade im Drachengau«, erklärte der Baron. »Aber die Götter haben es ja zum Glück so gefügt, dass wir uns begegnen. Wenn Ihr also die Güte hättet, mich über die neuesten Entwicklungen in Kenntnis zu setzen …«

»Ich würde weder unserer Sache noch dem Herzog damit dienen, Euch weiter herumirren zu lassen«, stellte Wulfrun grimmig fest. »Wir sind sogar zu großer Eile angehalten. Die Lage im Süden hat sich schneller zu unseren Gunsten gewendet, als wir zu hoffen wagten. Kunibrand hat daraufhin einen kühnen Vorstoß beschlossen, der uns den endgültigen Sieg über Tedesco bringen wird. Alle Einheiten, die westlich des Yslisees neu ausgehoben wurden, sollen die Sichel übersteigen, während der Herzog mit der Hauptstreitmacht über Warunk auf die Trollpforte zuhält. Vermutlich wird Tedesco bestrebt sein, unseren Vormarsch dort aufzuhalten, bevor unser Heer Darpatien erreicht, und er wird nichts von den Verbänden ahnen, die in seinem Rücken aus der Sichel herabsteigen. Auf diese Art plant Kunibrand, den Reichsverweser in die Zange zu nehmen.«

Was für ein geschickter Inrahzug, staunte Baron Rodebert. *Für jemanden, der gemütlich in der Ebene um den Yslisee sitzt, mag sich das ja ganz einfach anhören.*

»Unser Herzog hat wahrhaftig ein begnadetes Talent für Strategie«, lobte er. »Wir sollen also mit unseren Truppen die Sichel durchqueren, um Tedesco in den Rücken zu fallen. Was sagt das darpatische Fürstenhaus dazu, dass wir in ihr Land einmarschieren? Haben sie sich endlich zu einem Bündnis mit Kunibrand entschlossen?«

»Nicht dass ich wüsste«, sagte Wulfrun leichthin. »Bis die

Rabenmunds merken, dass wir da sind, werden wir Tedesco schon besiegt haben und gen Gareth marschieren.«

Rodebert konnte seine Skepsis nicht verbergen.

»Wollt Ihr vor ein paar darpatischen Rinderbaronen etwa den Schwanz einziehen?«, spottete die Gräfin. »Dann solltet Ihr den Krieg vielleicht lieber gleich anderen überlassen.«

»Ich habe bereits an den Ufern des Yslisees bewiesen, dass ich in der Schlacht keinen Gegner fürchte«, gab Rodebert kalt zurück. »Aber ich weiß, welche Strapaze ein Marsch durch die Sichel darstellt. Mit den Gefahren, die dort lauern, ist nicht zu spaßen, wie Ihr bald bemerken werdet. Mir wäre lieber, danach neutralen Boden zu betreten, als von einem ausgeruhten Gegner empfangen zu werden.«

»Nun, dann seht besser zu, dass Ihr niemandem in die Arme lauft, wenn Ihr in Darpatien eintrefft!«, riet Wulfrun achselzuckend.

»Soll ich mich Euch denn nicht anschließen?«, erkundigte sich der Baron überrascht.

»Das lag zumindest nicht in der Absicht unseres Herzogs«, klärte die Gräfin ihn auf. »Er stellt es sich so vor, dass möglichst viele Einheiten getrennt voneinander marschieren, weil ein kleiner Trupp weniger Aufsehen erregt, wenn er vorzeitig entdeckt wird. Außerdem ist es für die einzelnen Banner auf diese Art leichter, sich unterwegs zu verpflegen.«

Was bedeutet, dass wir einsame Dörfer plündern sollen, erkannte Rodebert.

»Da ich vorhabe, über Herzoglich Ehrenstein zu reisen, empfehle ich Euch eine südlichere Route«, fuhr Wulfrun gönnerhaft fort. »Es sei denn, Ihr besteht darauf, Euch der Anordnung unseres Lehnsherrn zu widersetzen.«

»Ihr geht entschieden zu weit!«, entgegnete Rodebert scharf.

»Wie Ihr meint«, versetzte die Gräfin gleichgültig. »Wir sehen uns dann wohl nordwestlich von Gallys, falls Ihr wisst, wo das liegt.« Sie gab ihrem Pferd die Sporen und galoppierte davon, um wieder zu ihren Rittern aufzuschließen.

»Der neue Titel scheint der Spogelsen wohl zu Kopf gestiegen zu sein«, knurrte Luidprant. »Praios verleiht Ämter und Würden nicht, damit ihre Träger darüber hochmütig werden.«

»Darin bin ich ganz und gar Eurer Meinung«, stimmte Rodebert ihm zu. *Von mir aus können die Harpyien sie in die tiefste Schlucht stoßen, die sie finden,* ärgerte er sich.

»Und wohin werden wir uns jetzt wenden?«, wollte Luidprant wissen.

»Nach Süden, wie sie gesagt hat«, beschloss Rodebert. »Wir suchen uns bei Euch in Granelfels einheimische Führer und steigen dann auf irgendeinem goblinverseuchten Ziegenpfad über die Sichel nach Darpatien hinüber. Hoffen wir, dass es nicht ausgerechnet einen späten Wintereinbruch gibt, während wir auf einer Passhöhe stehen.«

»Die Weibel zu mir, aber flott!«, kommandierte der Korporal, als Baron Rodebert für das Nachtlager halten ließ.

Haldoran beeilte sich, vor dem lang gedienten Gardisten anzutreten und zu salutieren, wie es ihm eingeschärft worden war. Er kam sich noch immer albern dabei vor, aber sich das anmerken zu lassen, hieß, den Zorn dieses bärbeißigen Mannes herauszufordern.

»In Zukunft werdet ihr jeden Morgen und jeden Abend bei mir zusammenkommen, damit ich die Aufgaben verteilen kann, kapiert? Und natürlich auch immer dann, wenn ich euch rufe«, erklärte Korporal Okenheld. »Der Sinn eurer Beförderung ist nicht, euch die Sache leichter zu machen. Ihr tragt jetzt die Verantwortung für eure Rotte. Wenn ich euch einen Befehl erteile, ist es an euch, dafür zu sorgen, dass eure Leute den auch ausführen. Ich werde nicht mehr jedem Einzelnen den Marsch blasen, sondern nur noch euch, klar?«

»Ja«, murmelte Haldoran und nickte genauso wie seine Schicksalsgefährten.

»Das hab ich ja kaum gehört«, schimpfte der Korporal. »Ihr könnt doch auch sonst das Maul ganz gut aufreißen. Ich erwarte ein überzeugendes Jawohl, und lümmelt dabei gefälligst nicht so herum!«

Es kostete Haldoran einige Überwindung, Haltung anzunehmen und seine Antwort lauter zu wiederholen. *Dat is doch allet Schikane, um uns einzuschüchtern,* dachte er gereizt.

»Na also, geht doch«, brummte Okenheld in seinen dunklen Bart. »Jetzt hört gut zu! Hesines Rotte versorgt die Packtiere. Sigman baut mit seinen Leuten das Zelt für den Herrn Baron auf. Haldorans Truppe wird Feuerholz sammeln. Ludilla, du teilst deine Rotte für die Nachtwachen ein, und Grordan kümmert sich darum, dass wir alle etwas in den Magen bekommen. Was glotzt ihr mich so an? Ihr sollt Jawohl rufen und dann los! Hopp, hopp!«

»Jawoll«, bellte der kleine Chor, bevor sie sich zerstreuten.

Haldoran kehrte erleichtert zu Answin und Lindgard zurück. Für heute hatte er entschieden genug vom militärischen Drill. Dass ausgerechnet er nach dem langen Tagesmarsch noch weiterstapfen und Reisig zusammenklauben musste, schob er der Bosheit des Korporals in die Schuhe. *Wie lange wird de mi noch dafför strafen, dat ick abhaun wollt?,* fragte er sich verdrossen. *Als ob ick dafför nich schon genuch büßt hätt!*

»Un, Herr Weibel, wat liecht an?«, erkundigte sich Answin.

»Wi solln Brennholz holn gehn«, antwortete Haldoran missmutig.

»Na, denn macht ihr mol! Zum Glück bin ick ja derzeit 'n Krüppel«, freute sich sein Freund und ließ sich flach ins Gras sinken.

Haldoran verstand selbst nicht so recht, weshalb er sich darüber ärgerte. Answin war wegen seiner gebrochenen Schulter nicht zur Arbeit zu gebrauchen, aber Haldoran ahnte, dass das respektlose Verhalten seines Freundes ihm schadete. Es lag in den Blicken, mit denen die anderen ihn musterten. *Dammich!,* fluchte er im Stillen. *Soll ick den Answin nu die Hammelbeine lang trekken, bloß weil de Baron will, dat ick en Weibel bin? Dat wör' ja noch schöner. Wie soll dat üverhaup allet wern?*

Er begann, sich ernsthaft Gedanken darüber zu machen, wie er seine Rotte für diese Arbeit einteilen sollte. Bisher war das Reisigsammeln von der Landwehr stets paarweise erledigt worden. Einer ging vorneweg und hob die trockenen Zweige auf. Der andere marschierte hinterher, um das Holz zu tragen. *Ever wat stell ick nu mit'n twe Sträflingen an?*, fragte er sich. Vor seinem inneren Auge entstanden plötzlich Bilder. Er konnte förmlich sehen, wie der muskulöse Firuntin seine Last einfach von sich warf und wegrannte, oder wie die vierschrötige Wala sich mit einem dicken Ast umdrehte, um ihre Begleiterin zu erschlagen. Und dann würde der Baron ihn dafür zur Rechenschaft ziehen. Okenheld hatte es gesagt. Nein, das durfte auf keinen Fall passieren.

Soll ick se besser gleich hier innet Lager lassen? Dat is sicherer, überlegte er. Doch sogleich regte sich sein Gerechtigkeitssinn. *Waröm solln die twe hier mit Answin auffe faulen Haut liegn, währnd wir annern uns abrackern?*

»Bist du schon im Stehen eingeschlafen, Winsheymer?«, dröhnte der Bass des Korporals über die Lichtung. »Im Dunkeln wirst du nicht mehr viel finden!«

Haldoran zog nicht einmal in Erwägung, darauf mit einem Jawohl zu antworten. Er wollte, dass die Gefangenen mitarbeiten mussten, also fasste er endlich einen Entschluss. »Lindgard, ick vertrau dir die Wala an«, eröffnete er seiner Wulfrother Nachbarin, die keine Miene verzog.

Bestimmt isse nu stinksauer, weil de Baron ihr ausgerechnet mi vor die Nos setzt hat, vermutete Haldoran. *Als ob dat mien Herzenswunsch wesen wör*

»Wala, du trächs dat Holz und Jost hebt et für dich auf«, fuhr er fort. »Lindgard, du gehs mittem Bogen hinnerher un passt op.«

Die Bäuerin machte sich schweigend daran, die Sehne einzuhängen.

»Mi muss man nich mittem Pfeil innen Hintern pieken, damit ick dat Hierbleim nich vergessen tu«, beschwerte sich die kräftige Wala.

»Ick bin froh, wennet so is, ever woher soll ick wissn, dattet och stimmt?«, erwiderte Haldoran, der seine neue Rolle mit jedem Augenblick mehr verabscheute. »Mitten Firuntin werd ick et ganz genauso halten. Ilke, du kömms mit mir. Torben un Gunild, ihr twe könnt schon ma allein losziehn.«

»Und was machst du, wenn ich mich weigere, Weibel Rotfinger?«, forderte Firuntin ihn heraus. »Wirst du mich dann auch erschießen?«

Haldoran erstarrte. *So schnell gehör ick schon zu die annern,* dämmerte ihm.

Gunild und Torben eilten schleunigst an die Arbeit, als sein wütender Blick sie traf. Lindgard scheuchte Wala und Jost barsch zum Waldrand. Selbst Answin biss sich betreten auf die Unterlippe.

»Diesen Echsenfinger«, fuhr er den Sträfling an und hielt ihm die seit der Berührung eines magischen Felsens entstellte Hand unter die Nase, »heb ick mir einfangen, weil ick genauson aufsässigen Schwachkopp wor wie du! Willsse dat ick dich schlach? Soll ick mir vom Ritter Luidprant etwa die Peitsch holn und mich aufführen wie en Aufseher inne Minen?«

»Aus welchem Grund sollte ich sonst für dich arbeiten?«, gab Firuntin stur zurück.

»Vielleich, weil wer hier alle im selben Boot sitzen, du Hornochse!«, brüllte Haldoran ihn an. »Die meisten von uns sin auch nich freiwilliger hier als du. Kriegse dat in deinen hohlen Schädel? Du kanns unser Kamerad inner Landwehr sein und mitmachen wie alle annern oder nich. Ganz wie de wills. Aber scheinbar hältse dich ja für wat Besseret, weil wir bloß Bauern sin und du ein … Wat bisse überhaup?«

Noch bevor die Faust in seinem Magen landete, wusste Haldoran, dass er zu weit gegangen war. Der Hieb kam wie von selbst, dem blanken Hass geschuldet, der plötzlich aus den Augen des Sträflings blitzte. Haldorans Atem setzte aus und hinterließ eine Leere jenseits von Schmerzen, die sich rasch mit Übelkeit füllte. Er nahm nur vage wahr, dass jemand seinen zusammengekrümmten Körper stützte, während es um ihn her Geschrei gab. Answins Stimme war darunter und die des Korporals.

Allmählich kehrte die Luft in seine Lungen zurück, und die Benommenheit wich. Mühsam richtete sich Haldoran wieder auf. Er musste unbedingt sehen, was vor sich ging. Firuntin stand jetzt einige Schritt von ihm entfernt. Die Gardisten hatten ihn eingekreist, hielten ihn mit ihren Schwertern in Schach, obwohl der unbändige Zorn aus seinem Gesicht verschwunden war. In seinem Blick lagen weder Angst noch Reue. Der Sträfling wirkte vielmehr gefasst – wie jemand, der wusste, dass er einen schweren Fehler begangen hatte.

Okenheld trat vor Haldoran und reichte ihm eine biegsame Rute, die er gerade frisch von einem Strauch geschnitten haben musste. »Du weißt ja, wie das läuft«, meinte er grinsend.

Haldorans Finger schlossen sich unwillkürlich um den Stock, aber sein Verstand war noch nicht völlig aus den Nachwehen des Hiebs zurückgekehrt. Er betrachtete den Stecken, die Rinde und die Knospen, ohne sie wirklich zu sehen. *Dat kann ja wohl allet nich wahr sein,* dachte er nur.

»Eine Schnecke ist ein Rennpferd gegen dich, Winsheymer«, höhnte der Korporal. »Denk daran, dass du immer noch das Brennholz für die Nacht zusammenbringen musst, wenn du nicht selbst Ärger bekommen willst! Deshalb rate ich dir: Fang endlich an!«

Haldoran spürte die Augen des ganzen Banners auf sich. Ohne sich umzudrehen, wusste er, dass selbst der Baron und Ritter Luidprant ihn beobachteten. Er schielte zu Answin hinüber, doch der sah betreten zu Boden.

»Wat passiert, wenn ich mich weiger?«, fragte Haldoran tonlos. Sein Mund war so trocken, dass seine Stimme kratzig klang.

»Du willst ihm das durchgehen lassen?«, staunte Okenheld. Sein Ton machte keinen Hehl daraus, wie sehr er allein die Vorstellung missbilligte.

Haldoran nickte nicht einmal, erwiderte nur den strengen Blick.

»Nichts passiert dann«, knurrte der Korporal. »Solange deine Rotte die ihr zugeteilten Aufgaben erfüllt, ist es deine Sache, wie du deine Leute führst. Aber wenn sie es nicht tut, gerbe ich dir dafür persönlich das Fell.« Er winkte seinen Gardisten, von Firuntin abzulassen, und stapfte ohne ein weiteres Wort davon. Tiefes Schweigen lastete auf dem Lager der Landwehr. Haldoran ließ die Rute schaudernd fallen.

»Und wat machen wer nu?«, wollte Ilke kleinlaut wissen.

»Wat solln wer schon machen?«, blaffte Haldoran sie an. »Wer gehen Reisig sammeln. Allein.«

»Und wer passt op Firuntin op?«, wagte sie einzuwenden.

»Wat weiß ick. Ick bin schließlich nich seine Amme«, giftete Haldoran. *Soll der Kerl doch verschwinden! Sollen se mich doch dafür totschlagen!*, wetterte er innerlich. *Soll se doch alle der Namenlose holen!*

Kapitel 9

Reichsstraße nach Gareth, Goldene Au, Mitte Hesinde 914 BF

»Hat man uns nicht gestern voll Stolz erzählt, dies sei die liebliche Goldene Au? Blühendes Herz des Reiches und gesegnet von Praios, der die Sonne selbst erstrahlen lässt?«, vergewisserte sich Rashid durch den Schal hindurch, den er sich bis über die Nasenspitze gewickelt hatte. »Möge Rastullah sich der Menschen des Nordens erbarmen, wenn sie das hier für das Paradies auf Dere halten!«

Rhiana musste sich anstrengen, um seine Worte zu verstehen, die der Wind davonwehte, ehe sie dem Novadi vollständig über die Lippen gekommen waren. Auch die Kapuze, die sie gegen die wirbelnden Schneeflocken übergezogen hatte, schluckte noch einmal einen guten Teil von Rashids Stimme.

»Ehrlich gesagt hab ich mir die Goldene Au auch anders vorgestellt«, gab Finni zu, von deren Gesicht ebenfalls nur die Augen zwischen Kapuze und Schal hervorlugten. »Wir haben wohl die falsche Jahreszeit für unseren Besuch erwischt.«

Unwillkürlich musste Rhiana hinter der Schicht kratziger Wolle lächeln. Bei ihrer Freundin klang es, als seien sie zum Vergnügen im beginnenden Winter quer durch das Reich gereist, nur um die viel gerühmten wogenden Weizenfelder Garetiens und die zahllosen Windmühlen zu sehen. Nicht zu vergessen die Meere von Praiosblumen und blühendem Ginster, die der Götterfürst angeblich nur in der Goldenen Au gedeihen ließ.

Stattdessen ritten sie über eine mit Schnee überpuderte Ebene, auf der sich kahle Äcker mit zugefrorenen Weihern und vereinzelten Bauernhöfen abwechselten. Kleine Wälle aus unbehauenen Steinen, die beim Pflügen nach und nach ans Tageslicht befördert und am Feldrand aufgeschichtet worden waren, gliederten die eintönige Landschaft, in der Bäume dem Betrachter wie Kostbarkeiten erschienen.

»Wer hätte gedacht, dass ausgerechnet du dich einmal darüber beschweren würdest, dass die Leute gern übertreiben, Rashid«, neckte sie den Tulamiden.

»Warum?«, wunderte er sich. »Ich neige überhaupt nicht zu Übertreibungen, schönste Rose des Reiches.«

Selbst Neel lachte auf. »Wenigstens als Possenreißer taugt er also«, amüsierte sie sich.

»Es freut mich zu hören, dass du endlich eine Verwendung für mich gefunden hast, Giftigste aller Kobras«, gab Rashid bissig zurück.

Die Amazone lachte nur noch lauter.

Wann werden die beiden nur endlich Frieden schließen?, fragte sich Rhiana kopfschüttelnd.

»Nicht dass mich noch irgendetwas erschüttern könnte, nachdem wir auf dem Greifenpass in den Eisregen gerieten«, wechselte Finni rasch das Thema. »Aber mir fallen gleich die gefrorenen Finger ab, wenn ich noch lange die Zügel umklammern muss. Meine Mutter war nämlich keine Firnelfe, wisst ihr?«

»Ich habe den dezenten Wink verstanden, Finni«, erwiderte Rhiana und spürte den Stich des schlechten Gewissens. Seit ihre Freundin Mortenberg entflohen war, hatten sie keinen Tag Rast mehr eingelegt, um dem Ritter auf den Fersen zu bleiben. Sie waren ihm durch Albernia und Nordmarken bis nach Gratenfels gefolgt, hatten sich trotz des hereinbrechenden Winters auf seiner Spur durch das Koschgebirge gewagt und ritten nun seit einer Woche durch das weite Garetien.

Rhiana konnte nicht leugnen, dass die Strapazen ihnen allen zugesetzt hatten. Finni war beinahe so hager geworden wie Neel, und auch Rashid sah hohlwangig aus. Sie wollte ihr eigenes Spiegelbild lieber gar nicht zu Gesicht bekommen, auch wenn der Novadi nach wie vor ihre Schönheit pries.

»Was noch nicht heißt, dass du auch tatsächlich Erbarmen mit mir hast«, versetzte die Halbelfe spitz.

»Du hast doch selbst zugestimmt, dass wir unbedingt aufholen müssen, wenn wir Mortenberg nicht verlieren wollen«, rief Rhiana ihr in Erinnerung. »In dieser Gegend gibt es immer mehr Kutschen und Herbergen. Wie sollen wir uns da noch durchfragen? Wir müssen ihn vor Gareth wieder eingeholt haben, sonst entwischt er uns.«

Es tat ihr Leid, ihre Freunde so unerbittlich antreiben zu müssen, aber ihr blieb keine andere Wahl. Seit sie Garetien erreicht hatten, waren immer mehr Reisende auf der Reichsstraße unterwegs. Händler, die dem Wetter trotzen wollten oder mussten, und pflichtbewusste Botenreiter, Adlige, die in dringenden Angelegenheiten ihre Lehnsherren aufsuchten, und vor allem kriegslüsternes Gesindel, das den Versprechungen der Werber erlegen war, die ihnen Ruhm und Dukaten in Aussicht stellten, wenn sie nur für die richtige Seite kämpften. Diese aufgestachelten Haufen fühlten sich unbesiegbar und waren eine Plage für die Dörfer und Gasthäuser am Straßenrand. Rhiana und ihre Gefährten hatten rasch gelernt, diesem Pöbel auszuweichen, wo immer es ging.

»Ja, schon gut«, gab Finni nach. »Aber dann lass uns wenigstens absteigen und eine Weile laufen, damit uns warm wird.«

Sie marschierten zu Fuß weiter und kamen dennoch gut voran, da der Schnee kaum höher als zwei Finger lag.

Es muss schon weit nach Mittag sein, schätzte Rhiana. *Am besten galoppieren wir noch ein ordentliches Stück, sobald sich meine Glieder nicht mehr so steif anfühlen. Danach können wir eine Herberge suchen.*

Vor ihnen tauchten zwei einsame Wanderer auf, die sich rasch näherten. Auch sie waren gegen Wind und Schnee in dicke Lagen Wollstoff gehüllt und hielten die Köpfe gesenkt. An den gelbroten Armbinden und den in einem geschnitzten Gänsekopf endenden Wanderstöcken waren sie jedoch als Pilger zu erkennen, die den Tempel der Gütigen Mutter Travia zu

Rommilys besucht hatten und sich nun auf dem Heimweg befanden.

»Travia zum Gruße«, rief Rhiana ihnen freundlich zu, doch die beiden, ein Mann und eine Frau, die sicher in traviagefälliger Ehe verbunden waren, musterten sie mit gehetzten Blicken, ohne ihre Schritte zu verlangsamen.

»Travia auch mit Euch!«, wünschte die Fremde im Vorübereilen. »Travia mit Euch in diesen bösen Zeiten.«

Was mag nur in sie gefahren sein?, wunderte sich Rhiana und sah Finni fragend an.

Ihre Freundin zuckte die Achseln. »Vielleicht lungert weiter vorne an der Straße wieder irgendwelches Söldnerpack herum und hat sie erschreckt«, mutmaßte sie.

»Wäre möglich«, stimmte Rhiana ihr nachdenklich zu.

»Gerade die besonders frommen Traviagläubigen haben oft schon Angst, wenn sie Waffen nur sehen«, behauptete Neel. »In der Welt ihrer Göttin ist kein Platz für Krieg und Schwerter.«

»Womit erwiesen wäre, dass sie nicht von *dieser* Welt ist«, meinte Finni bedauernd. »Die scheint eindeutig in der Hand eurer Rondra zu sein.«

»Das lass mal keinen Praiosgeweihten hören!«, mahnte Neel grinsend. »Die haben was dagegen, wenn man die Leuin über ihren Liebling stellt.«

Rhiana wollte noch etwas hinzufügen, doch der Anblick eines Gehöfts, das sich vor ihnen aus dem Schneetreiben schälte, lenkte sie ab. Eisfell war vorausgetrabt, und da man nie wissen konnte, ob die Hofhunde sich geifernd auf einen Eindringling stürzen würden, pfiff Rhiana ihn schnell zurück.

Wie auf den meisten bäuerlichen Anwesen dieser reichen Gegend umschloss ein großes, dreiflügeliges Gebäude einen geräumigen Innenhof. Schon von weitem sah Rhiana, dass das Tor weit offen stand. Daran war nichts allzu Befremdliches, aber dennoch fröstelte sie.

»Was hast du, kleiner Dschinn?«, erkundigte sich Rashid, als Finni abrupt stehen blieb.

»Spürt ihr das nicht? Über diesem Haus schwebt eine düstere Wolke«, sagte die Halbelfe leise.

»Über uns hängen eine ganze Menge Wolken«, spottete Neel.

Rhiana schüttelte missbilligend den Kopf. »Wenn Ihr Finni verhöhnt, verhöhnt Ihr auch mich«, tadelte sie. »Ich fühle es auch.«

Schweigend näherten sie sich dem Gehöft, aus dessen Schornstein kein Rauch aufstieg. Als sie durch das Tor blickten, stockte Rhiana der Atem. Hingestreckte Tierkadaver lagen überall auf dem Hof herum. Einigen hatte man die Bäuche geöffnet und in den Eingeweiden gewühlt, während andere nur der fleischigsten Stücke beraubt worden waren, ohne sie vorher fachmännisch zu häuten. Die Türen des Gebäudes hingen nur noch schief in den Angeln, manche waren sogar eingeschlagen worden. Totenstille herrschte.

»Rastullah As'Sali*!«, entfuhr es Rashid. »Was ist hier geschehen?«

»Was für ein Gemetzel«, meinte Neel angewidert.

»Das …« Rhiana fehlten die Worte. Sie ließ Sturmbraut und Rabe am Tor stehen und betrat fassungslos den Hof. Unter dem Schnee sanken ihre Stiefel in rötliche Lachen gerinnenden Blutes. Zwischen Rindern und Pferden lagen Schweine, von denen die Schlächter kaum mehr als die Skelette zurückgelassen hatten. Die ländlichen Gerätschaften der Bauern waren achtlos verstreut worden, nur eine Mistgabel steckte im Boden, mit der jemand den Hofhund erstochen hatte. Rhiana musste sich abwenden.

Wo sind die Bewohner?, fragte sie sich. *Haben sie das alles ohne Gegenwehr geschehen lassen? Sind sie rechtzeitig geflohen?*

»Kommt!«, forderte sie ihre Freunde auf. »Wir müssen nachsehen, was mit den Leuten passiert ist, die hier gewohnt haben. Vielleicht brauchen sie Hilfe.«

* Rastullah, der All-Eine

»Du glaubst, es ist noch jemand hier?«, zweifelte Rashid.

»Jedenfalls ist weit und breit nichts von einem Junker oder einer Baronin zu sehen, die sich darum kümmert, was auf ihrem Land passiert«, empörte sich Rhiana.

»Ist das für dich etwas Neues?«, murmelte Finni düster und näherte sich der Tür zu den Wohnstuben.

Rhiana konnte nur ahnen, dass der Anblick ihre Freundin an das Blutbad erinnerte, das Dom Lando einst in ihrem Heimatdorf angerichtet hatte.

»Dieses Massaker ist erst wenige Stunden her. Die Leute werden zum Nachbarhof geflüchtet sein und dort auf die Hilfe der Obrigkeit warten«, vermutete Neel.

»Vielleicht«, erwiderte Rhiana, aber ihr Gefühl sagte ihr, dass die Amazone falsch lag. »Rashid, würdest du in den Ställen nachsehen, ob sich dort jemand versteckt hat? Neel, Ihr in der Scheune?«

Die beiden nickten ernst und trennten sich von ihr. Rhiana folgte Finni ins Innere des Hauses, wo die Plünderer ebenfalls gewütet hatten. Tische und Bänke waren umgestoßen worden, der Inhalt von Kisten und Truhen einfach ausgeleert und nach Wertsachen durchstöbert. Hausrat und zerbrochenes Geschirr pflasterten den Boden der Küche. Alles Essbare hatten die Räuber mitgenommen. Auch Bettzeug und Strohmatratzen waren aufgeschlitzt und zerpflückt.

Finni eilte durch die Räume und rief nach der Bauernfamilie, aber niemand antwortete. Rhiana fand eine Falltür in einen kleinen, feuchtkalten Kartoffelkeller, doch auch dort regte sich nichts, als sie die Leiter hinabstieg und sich umsah. Eisfell lugte neugierig über den Rand der Luke. Plötzlich spitzte er die Ohren und lauschte nach draußen. Jetzt hörte auch Rhiana Neels Stimme über den Hof tönen. Der wutverzerrte Klang genügte, um sie die Leiter wieder hinaufwieseln zu lassen. Finni polterte die Treppe vom Dachgeschoss herab, sodass sie beinahe gleichzeitig durch die Tür auf den Hof stürmten.

Neel stand im Tor der Scheune und sah so grimmig aus wie die zornige Rondra selbst. Rashid hatte sie bereits erreicht, aber die Amazone beachtete ihn wieder einmal nicht, sondern blickte Rhiana entgegen.

»Was hast du gefunden?«, erkundigte sich Finni voll böser Vorahnungen.

Neel wies mit dem Kinn ins Innere der Scheune. »Ich habe sie erst entdeckt, als ich zufällig nach oben geschaut habe.«

»Rastullah As'Sali!«, rief Rashid erneut aus.

Rhiana folgte seinem Blick. Ihre Augen mussten sich zunächst an das Halbdunkel unter dem Scheunendach gewöhnen, doch dann sah sie es auch und begann vor ohnmächtigem Zorn zu zittern. Unwirklich still hingen leblose Gestalten an Stricken von den Dachbalken. Männer, Frauen und Kinder. Magd und Knecht, Bauer und Bäuerin, alle bis hin zum jüngsten Kind waren sie aufgeknüpft worden.

»Bei Rondra schwöre ich, dass diese Bestien nicht ungestraft davonkommen werden!«, zischte Neel.

»Im Namen Rastullahs schließe ich mich deinem Schwur an«, erklärte Rashid.

Die Amazone maß ihn noch einmal abschätzig, doch dann nickte sie. Rhiana ballte nur schweigend die Fäuste, während Finni Tränen über die Wangen liefen.

»Wir werden diese Verbrecher im Namen aller gerechten Götter zur Rechenschaft ziehen«, stimmte Rhiana nach einer Weile mit bebender Stimme zu. »Aber zuerst müssen wir diesen Menschen den letzten Dienst erweisen. Wir können sie nicht einfach hier hängen lassen.«

Die Leichen von den Stricken zu schneiden, ihnen die Schlingen um die Hälse zu entfernen und sie respektvoll aufzubahren, war eine grausige Arbeit, die Rhiana nur durchstand, weil der Groll auf die feigen Mörder ihr Kraft verlieh. Sie hatten erst drei Tote geborgen, als draußen Wehgeschrei und wütendes Fluchen ertönten. Durch das offene Scheunentor sah Rhiana, wie immer mehr einfach gekleidetes Landvolk auf den Hof kam und angesichts des Gemetzels Schutzzeichen gegen das Böse in die Luft malte.

Ein stämmiger Mann mit einer eindrucksvollen Bürste von Schnurrbart unter der Nase bemerkte Rhiana und ihre Gefährten als Erster. Augenblicklich setzte er eine entschlossene Miene auf und kam zu ihnen herüber. Erst als er die Scheune betrat, entdeckte er auch die Leichen und erbleichte. Er murmelte ein Stoßgebet, aber es war zu leise, als dass Rhiana die Worte hätte verstehen können.

»Bist du ein Verwandter oder ein Nachbar?«, erkundigte sie sich mitfühlend.

Er schob seine Betroffenheit beiseite und straffte sich. »Nein, ich bin Ettman Fischer, der Schulze von Dreimühlen, Herrin«, antwortete er. »Zwei Pilger haben mir berichtet, dass es auf diesem Hof eine schlimme Freveltat gegeben hat. Da hab ich meine Leute zusammengerufen und bin gleich hergekommen. Aber dass es so schlimm ist …« Er schüttelte fassungslos den Kopf.

»Ja, eine schreckliche Tat«, pflichtete Rhiana ihm bei, während weitere Dorfbewohner im Scheunentor erschienen. Einige starrten die Toten nur entsetzt an, andere schrien auf, riefen die Namen der Gehängten und beeilten sich, Finni, Rashid und Neel zu Hilfe zu kommen.

»Es muss um die Mittagszeit passiert sein. Hast du deinen Lehnsherrn verständigt?«, wollte Rhiana wissen.

Ettman Fischer rümpfte die Nase, sodass sein Bart sich noch mehr sträubte. »Unsere Baronin ist mit ihren Rittern schon lange bei Tedescos Heer«, berichtete er. »Seit sie fort ist, herrscht ihr Mann auf dem Schloss, aber der kümmert sich nicht um uns, Herrin. Ich weiß nicht, ob ich das vor Euch so sagen darf, weil Ihr ja auch eine Hochgeborene seid …«

»Ich weiß, dass es nicht jeder Adlige mit seinen Pflichten allzu ernst nimmt«, behauptete Rhiana. »Sprich freiheraus!«

»Wir haben ihm einen Boten geschickt, aber er wird bestimmt nicht kommen«, prophezeite der Schulze. »Er wird sagen, dass er ja keine Soldaten hat, weil die alle im Krieg sind. Der sorgt sich nur um seine Fasanenjagd.«

Auf Rhianas Stirn bildete sich eine steile Falte, als sie missbilligend das Gesicht verzog. Vermutlich konnte dieser Kerl ohne eine Schar Bewaffneter tatsächlich nichts ausrichten, aber wenn die Bauern schon vorher wussten, dass ihn ihre Belange nicht interessierten, kam ihm diese Ausrede wohl sehr entgegen. Sie war versucht, zum Schloss der Baronin zu reiten und den Mann mit Gewalt in diese Scheune zu schleifen, damit er das Weinen und Wehklagen der Angehörigen und Freunde der Toten hören musste. Doch das hätte sie nur noch mehr Zeit gekostet, als sie nun ohnehin verloren hatten. Die Dämmerung brach bereits herein.

»Ich verstehe«, versicherte sie Ettman. »Er wird nichts unternehmen. Aber meine Freunde und ich werden diese Verbrecher aufspüren und einem Gericht übergeben.«

»Dann mögen die Götter Euch beistehen, Herrin!«, wünschte der Schulze. »Das waren nämlich bestimmt diese Söldner, die heute Vormittag durchs Dorf gezogen sind. Ein ganz übler Haufen. Und vorneweg fuhr ein Adliger in einer Kutsche.«

Der dieses Massaker dann ja wohl zu verantworten hat, dachte Rhiana zornig. Sie stutzte. *Sollte das etwa Mortenberg gewesen sein? Es wäre ja nicht das erste Mal, dass er sich mit brutalen Schlächtern abgibt. Aber jetzt ist Schluss damit!*

»Wir werden ihm Einhalt gebieten, bevor er noch mehr unschuldige Menschen hinrichten lassen kann«, versprach sie.

»Danke, Herrin«, erwiderte Ettman erleichtert. »Mit Euren schnellen Pferden werdet Ihr sie sicher einholen.«

Allerdings können wir nicht durch eine verschneite Nacht galoppieren, wenn wir uns nicht die Hälse brechen wollen, erkannte Rhiana. »Schulze, wir sind müde, hungrig und durchgefroren. Gibt es in der Nähe ein Gasthaus, wo wir uns ausruhen und stärken können, bevor wir uns morgen an die Verfolgung machen?«

»Ja, Herrin, nur zwei Meilen weiter Richtung Gareth die Straße entlang. Das könnt Ihr gar nicht verfehlen«, meinte Ettman. »Überlasst die armen Welzelins nur uns! Wir sorgen schon für das Begräbnis.«

»Du meinst, es war Mortenberg?«, vergewisserte sich Finni besorgt.

Rhiana konnte in der Dunkelheit nicht einmal mehr das Gesicht ihrer Freundin sehen, und der fallende Schnee tat ein Übriges, doch sie waren wieder aus den Sätteln gestiegen und würden rechtzeitig merken, falls sie von der gepflasterten Straße abkommen sollten.

»Ich habe gerade *dich* gefragt, ob *du* das für möglich hältst«, gab sie ungeduldig zurück.

»Na ja, wie du schon sagtest – wir haben in letzter Zeit eine Menge Kutschen gesehen. Es könnte auch jemand anderes gewesen sein«, meinte die Halbelfe unsicher.

»Traust du ihm zu, so etwas zugelassen oder sogar angeordnet zu haben?«, bohrte Rhiana weiter.

»Hm, ich hatte schon immer eine schlechtere Meinung von ihm als du. Dass er Ungeheuer wie Dom Lando die Drecksarbeit machen lässt, heißt nicht, dass er sie nicht befohlen hat. Und schon gar nicht, dass er einen Finger rührt, um Gräueltaten zu verhindern. *Ich* glaube, der Kerl ist zu allem fähig, wenn es nur seinen Plänen nützt«, urteilte Finni.

»Ja, ja, ich weiß, dass er ein hinterhältiger, verlogener Schurke ist«, räumte Rhiana ein. »Und eine Bande von Halsabschneidern als Handlanger in Sold zu nehmen, passt natürlich zu allem, was wir bis jetzt vom Vorgehen des Flammenbundes gesehen haben. Aber es verfolgte immer einen bestimmten Zweck. Ich kann mir nicht vorstellen, wie dieses Gemetzel ihren Interessen förderlich sein soll.«

»Die Verbreitung von Angst und Schrecken hat schon vielen tyrannischen Herrschern zu Macht verholfen. Warum nicht auch dem Flammenbund?«, gab Neel zu bedenken.

»Aber uns gegenüber hat er sich immer anständig benommen«, beharrte Rhiana.

»Dein Glaube an die Güte des Menschen ehrt dich«, ließ Rashid sich vernehmen. »Aber selbst die gefährlichste Khoramsbestie wird sanft wie ein Kätzchen, wenn sie um ein Weibchen wirbt. Und nach allem, was ihr mir über ihn erzählt habt, legt dieser Mann es darauf an, dich zu umgarnen. Er wird dir stets nur das sagen, was du hören willst.«

»Glaubt Rashid, Shastra!«, riet Neel. »Er ist auch ein Mann und muss es wissen.«

»Bei Rastullah! Willst du damit sagen, ich sei ein Lügner?«, fuhr der Tulamide auf.

»Geht das schon wieder los?«, stöhnte Finni. »Ihr müsst ständig zanken, und Rhiana entdeckt ihr Herz für Mortenberg. Mir steht jetzt wirklich nicht der Sinn danach! Habt ihr die tote Bauernfamilie schon vergessen?«

»Ich habe überhaupt kein Herz für Mortenberg«, wehrte Rhiana entrüstet ab.

»Das klang eben aber anders«, erwiderte Finni gereizt.

»Da vorne scheint die Herberge zu sein, von der dieser Schulze gesprochen hat. Wir werden die Leute dort befragen, dann erfahren wir vielleicht, ob der verdammte Drachenanbeter in die Sache verwickelt ist«, hoffte Neel.

»Gut, fangen wir gleich mit dem Stallburschen oder der Stallmagd an«, beschloss Rhiana. »Die können sich immer am besten an die Kutschen erinnern.«

Aus den Stallungen des Gasthauses drang das warme Licht einer Laterne und verhieß endlich Schutz vor dem kalten Wind. Zu dieser Jahreszeit ging es selbst auf der Reichsstraße nicht so hoch her, dass sämtliche Ständer mit Pferden besetzt gewesen wären. Ein älterer Mann in schmutzigem Kittel fegte gelangweilt das Stroh auf der Stallgasse zusammen, als Rhiana und ihre Gefährten hereinkamen. Erfreut über die Abwechslung, stellte er seinen Besen zur Seite und eilte geschäftig zwischen den Neuankömmlingen herum, um ihnen Plätze zuzuweisen, Sättel abzunehmen und überschwänglich den Adel ihrer Pferde zu loben.

»Nach so vielen Jahren als Stallmeister hast du sicher einen Blick für gute Tiere erworben«, schmeichelte Rhiana ihm.

»Oh ja, das hab ich, Euer Wohlgeboren«, behauptete er eifrig. Wegen des Schwertes und dem Streitross Rabe, das mitgeführt wurde wie ein Kriegspferd, das nur im Kampf zum Einsatz kam, schien er Rhiana für eine Ritterin zu halten. Sie korrigierte ihn nicht. »Es hat doch jedes seine Eigenart.«

»Dann kannst du dich wahrscheinlich auch gut an die Gespanne erinnern, die dir so unterkommen«, unterstellte Rhiana. »Heute muss ein Söldnerhaufen hier vorbeigekommen sein, der von einer Kutsche begleitet wurde. Hast du sie gesehen?«

Der Stallknecht wirkte plötzlich ängstlich. »Ja, Herrin, Euer Wohlgebor'n, die sind vorbeigezogen, und ich hab allen Göttern dafür gedankt, dass die hier nicht einkehr'n wollten«, gestand er. »Die waren mit Blut besudelt und schleppten rohes Fleisch mit sich. Laut und wild gelacht haben sie – wie böse Dämonen.«

Rhiana und ihre Freunde tauschten besorgte Blicke.

»Dein Eindruck hat dich nicht getrogen«, eröffnete die Prinzessin ihm. »Dieses Pack hat auf einem Hof in der Nähe schlimme Verbrechen begangen. Uns wurde auch von einem Wagen berichtet, der mit ihnen fuhr.«

Der Mann war noch bleicher geworden. »Ich hab ja gleich gemerkt, dass das keine Menschen sind«, wiederholte er. »Da war auch eine Kutsche dabei. Keine prunkvolle Karosse, aber mit feinen Elenviner Vollblütern davor und einem Wappen auf der Tür.«

»Dann war es nicht Mortenberg«, mischte sich Finni ein. »Sein Wagen hat kein Wappen.«

»Hast du in den letzten Tagen ein Gespann eleganter brauner Warunker zu Gesicht bekommen?«, wandte sich Rhiana wieder an den Stallknecht.

»Die sieht man oft«, antwortete er. »Aber gerade gestern war eins zum Übernachten hier.«

»Kannst du dich an den Mann in der Kutsche erinnern? Groß, schlank, schwarze Haare, blaue Augen«, beschrieb Finni. »Und er hat einen dürren Diener dabei.«

»Ja, ja, das war er«, bestätigte der Knecht.

»Danke, guter Mann. Du hast uns sehr geholfen«, lobte Rhiana und fischte in ihrer Geldkatze nach Trinkgeld. Alles, was sie noch zum Vorschein brachte, waren drei Heller, die dennoch die Augen des Stallknechts zum Leuchten brachten.

»Dafür wird Euer Streitross morgen wie eine Speckschwarte glänzen«, versprach er grinsend.

Rhiana wusste nicht, ob sie enttäuscht oder erleichtert darüber sein sollte, dass Mortenberg nicht in den Überfall auf die wehrlose Bauernfamilie verwickelt war.

Hätte der Flammenbund dahinter gesteckt, wären die Schuldigen bestimmt wieder ungeschoren davongekommen, vermutete sie, während Sturmbraut im scharfen Trab Meilen fraß. *Mortenberg hätte wieder irgendwelche Druckmittel gegen mich in der Hand, die mir den Wind aus den Segeln nehmen würden, sodass ich am Ende unverrichteter Dinge abziehen müsste. Der elende Mistkerl ist so schlüpfrig wie ein Aal und windet sich immer heraus, egal bei was ich ihn ertappe. Aber wenn er diese Söldner anführen würde, könnte ich sicher sein, dass die Konfrontation glimpflich verlaufen wird. Bin ich wirklich so feige?*

Über Nacht war ihr bewusst geworden, dass sie Angst davor hatte, zu viert diesen Trupp bewaffneter Haudraufs zu stellen, die weit in der Überzahl sein mussten.

In meiner ersten Wut hätte ich die Schuldigen am liebsten eigenhändig erschlagen. Aber natürlich gehören sie vor ein ordentliches Gericht. Beides ist leichter gesagt als getan. Ach, Maruna, du hast so Recht. Ich muss endlich lernen, keine voreiligen Entscheidungen zu fällen, nahm sie sich vor. Doch vor ihrem inneren Auge erschienen wieder die unnatürlich stillen kleinen Kindergestalten, die von den Dachbalken der Scheune hingen, und sie wusste, dass dieser Anblick sie noch lange verfolgen würde. *Wie könnte ich ihre Mörder einfach weiterziehen lassen, als sei nichts geschehen? Wer sagt uns, dass sie es nicht wieder tun? Dann klebte das Blut ihrer Opfer auch an meinen Händen!*

Sie hatte immer noch keine Vorstellung davon, wie sie die Söldner festnehmen sollte. Dennoch ritt sie mit neuer Entschlossenheit weiter. Praios, der Götterfürst selbst, musste in dieser Angelegenheit mit ihr sein, und wenn sie Neel Glauben schenkte, gebot auch Rondra, das Schwert für die Gerechtigkeit einzusetzen.

Ob du nun tatsächlich meine Mutter bist oder nicht, sprach sie im Stillen zur Wächterin Alverans, *möglicherweise könnte ich deine Hilfe bald brauchen. Wie dumm das klingt. Ich wünschte, ich könnte dir so ergeben sein wie Neel!*

Sie hatte ihr Kettenhemd angelegt, um für alles gewappnet zu sein, aber das würde ihr wohl kaum das Leben retten, wenn es ihr nicht gelang, die Situation zu ihren Gunsten zu lenken. Ihr Blick wanderte zu ihrer Lehrmeisterin, doch die Amazone sah unermüdlich geradeaus und spähte nach den Söldnern. Rhiana fragte sich, ob sich Neel in ihrem festen Glauben auf Rondra weniger Sorgen machte als sie. *Warum muss mein Leben so kompliziert sein?,* haderte sie. *Wann habe ich entschieden, immer für das Wohl anderer zu kämpfen? Oder hat mir mein Vater das in die Wiege gelegt? Als Thronfolgerin für andere Verantwortung zu übernehmen? Aber nun liegen die Dinge nun einmal so, wie sie sind, und ich kann nicht anders, wenn ich nicht gegen meine Überzeugungen handeln will. Wenigstens hat es aufgehört zu schneien.*

Auch der Wind hatte sich gelegt, sodass es nicht mehr so bitterkalt im Sattel war. Eine dicke Wolkendecke verbarg jedoch weiterhin die Praiosscheibe und verlieh der Goldenen Au einen tristen Anstrich. Immer enger lagen die Gehöfte beieinander, immer mehr Wege zweigten von der Straße ab, sodass die vier Reiter gezwungen waren, auf Spuren zu achten. Rhiana hielt es zwar für unwahrscheinlich, aber aus irgendeinem Grund, den sie sich nicht vorzustellen vermochte, schlug der adlige Anführer der Soldaten vielleicht doch eine andere Richtung ein, anstatt nach Gareth zu marschieren. Sie wollte auf keinen Fall, dass er ihr entkam, nur weil sie nachlässig war.

»Das hier ist wahrhaftig das Land der Windmühlen«, stellte Rashid beeindruckt fest.

Wohin man auch blickte, ragten in der Ferne die großen Flügelkreuze auf, auch wenn sie sich an diesem windstillen Tag nicht drehten. Doch der Novadi hatte seine Bemerkung gemacht, da nun auch vor ihnen, direkt am Straßenrand, eine große Windmühle in Sicht gekommen war. Neben dem kegelförmigen Mühlenturm und seinen weit ausladenden Flügeln duckte sich ein niedriges, lang gestrecktes Gebäude, vor dem sich eine größere Gruppe Menschen versammelt hatte.

»Das sind sie«, schnappte Neel gewohnt wortkarg.

»Es geht wohl auf die Mittagszeit zu«, schätzte Rhiana und parierte ihre Stute zum Schritt durch, was ihre Gefährten augenblicklich nachahmten. »Wahrscheinlich wollen die Söldner bei der Mühle rasten.«

»Wie gehen wir vor?«, erkundigte sich Finni. In ihrer Stimme schwang Besorgnis mit.

»Wir müssen zuerst ihren Befehlshaber finden. Er trägt die Verantwortung, also ist es das Wichtigste, *ihn* gefangen zu nehmen«, erklärte Rhiana und spürte selbst, wie wenig ihre Worte nach einem durchdachten Plan klangen. Ihre Freundin sah noch verunsicherter aus als zuvor.

»Beachtet sie erst einmal gar nicht! Seht ihnen vor allem nicht in die Augen, aber auch nicht verschämt zu Boden!«, riet Neel zu ihrer Überraschung. »Wenn wir ihnen keine Aufmerksamkeit schenken, drücken wir Überlegenheit aus. Wir müssen so selbstverständlich zwischen ihnen hindurchschreiten wie die gesättigte Löwin durch eine Herde Antilopen. Dann werden sie nicht wagen, Hand an uns zu legen.«

»Das hätte ich nicht schöner sagen können«, lobte Rashid.

»Jede Amazone, die außerhalb ihrer Ordensburg überleben will, lernt das«, behauptete Neel achselzuckend.

Finni richtete sich noch gerader im Sattel auf und probierte sich an einem gelassenen Gesichtsausdruck. Rhiana schob ihren Umhang auf den Schultern weiter nach hinten, damit Kettenhemd und Schwert darunter besser zur Geltung kamen. Nur zu gern hätte sie einen Schild mit dem schreitenden Löwen Talanias geführt, aber das war zu riskant, wenn sie nicht für jeden Spion des Flammenbundes kinderleicht erkennbar sein wollte.

»Eisfell, komm hierher!«, rief sie und bedeutete dem Hund, zwischen ihr und Finni zu laufen. Er schlenderte zwar ohnehin stets an fremden Menschen vorüber, ohne sie zu beachten, doch nachdem Rhiana den aufgespießten Hofhund gesehen hatte, fürchtete sie um Eisfells Leben.

Aus der Nähe betrachtet, handelte es sich bei dem Gebäude neben der Mühle um die Schänke *Zur Müllerin,* wie das Schild über dem Eingang verkündete. An das einstöckige Haus lehnte sich ein Schuppen, der wohl als Stall diente. Auf der Kutsche, die davor stand, prangte ein Wappen, das Rhiana grüblerisch die Stirn runzeln ließ. Es zeigte einen roten Greif in einer goldenen Scheibe vor einem blauen Hintergrund, und darüber schwebte eine Krone.

Will Praios mich verhöhnen, oder wird er selbst hier verspottet?, staunte sie. *Das ist das Wappen des Kaisers, des Oberhaupts des Mittelreiches höchstselbst.*

Es fiel ihr nicht schwer, ihren Blick auf den geschlossenen schwarzen Wagen gerichtet zu halten und es den Söldnern, die sie anglotzten, zu überlassen, Sturmbraut und Rabe auszuweichen. Ein junger Bursche und eine Stallmagd hatten dem Gespann hochbeiniger Vollblüter Futterbeutel umgehängt und schleppten nun Wassereimer herbei. Rhiana und ihre Freunde lenkten ihre Tiere hinter die Kutsche, die – parallel zur Straße abgestellt – die gesamte Front des Schuppens einnahm, und sprangen aus den Sätteln.

»Ich werde mich gleich um Eure Pferde kümmern«, versprach die Magd. »Geh und nimm den Herrschaften die Zügel ab!«, wies sie ihren schmächtigen Helfer an.

Rhiana hatte ihre Zweifel, ob der Junge in der Lage war, fünf Pferde gleichzeitig festzuhalten, aber die Tiere waren müde und würden sich hoffentlich nicht ungebärdig aufführen. Sie musste sich jetzt auf ihre Begegnung mit der Person konzentrieren, die sich mit dem kaiserlichen Wappen schmückte. Gab es ein entfernteres Mitglied des alten Herrscherhauses, das noch nicht bei dem Versuch, den Thron zu besteigen, umgekommen war? Aber hätte es ein Abkömmling der Almadaner Dynastie nötig gehabt, sich mit diesem Abschaum zu umgeben?

Der Weg vom Stall zum Eingang der Schänke erwies sich als bedeutend schwieriger für Rhianas gleichmütige Fassade. Auf Augenhöhe mit den gelangweilt herumlungernden Männern und Frauen, die sich notdürftig mit gebrauchten Rüstungsteilen eingedeckt hatten und vom primitiv gefertigten Kriegshammer bis zur schartigen Pike ein wüstes Sammelsurium von Waffen mit sich schleppten, musste Rhiana all ihre Selbstbeherrschung aufbringen, um durch die Mienen der Söldner hindurchzusehen, als existierten sie nicht. Aus dem Augenwinkel nahm sie sehr wohl wahr, dass einige sie unverfroren angrinsten. Andere pfiffen anerkennend. Es wurden derbe Späße geflüstert und darüber gelacht.

Rhiana straffte die Schultern noch ein wenig mehr, schob entschlossen das Kinn vor und versuchte, Strenge auszustrahlen. Eisfell hielt sich dicht an ihrem linken Bein, als spüre er die unterschwellige Bedrohung. Vor ihrem festen Schritt wichen die Soldaten tatsächlich widerwillig zurück, aber Rhiana wusste, dass sie diesen Rest von Respekt auch ihrem Rang verdankte. Ohne einen Befehl seines Herrn wagte selbst dieser verrohte Haufen noch nicht, sich mit einer Adligen anzulegen.

Im Schankraum herrschte noch trüberes Licht als im Freien, sodass Rhiana zunächst nur ein Gedränge von dunklen Gestalten vor einer gemauerten Feuerstelle ausmachen konnte, über der ein Spanferkel brutzelte. *Mit Sicherheit von den armen toten Bauern gestohlen,* dachte Rhiana.

Eine junge Frau stellte sich ihr forsch in den Weg und warf das halblange blonde Haar zurück. »Auf die Knie mit Euch vor Seiner Kaiserlichen Majestät Eberlin I., Herrscher des Mittelreiches!«, forderte sie lauthals.

Das geht zu weit, beschloss Rhiana. *Auch wenn Havena im äußersten Westen des Reiches liegt, hätte man dort doch wohl längst erfahren, wenn ein neuer Kaiser offiziell gekrönt worden wäre.*

»Ich bin Rhiana, Prinzessin und Thronfolgerin von Talania, und ich beuge das Knie vor niemandem außer den Göttern selbst«, erklärte sie scharf.

Augenblicklich wandten sich sämtliche Anwesenden nach ihr um. Zahlreiche Hände fuhren zu Waffengriffen.

»Sollen wir ihr die gebührende Achtung einprügeln, Majestät?«, fragte eine harte, kalte Stimme.

»Einer Prinzessin?«, erwiderte eine andere in deutlich höherer Tonlage. »Wo bleiben Eure Manieren, Reichsmarschall!«

Rhiana entdeckte den Sprecher hinter der jungen Frau an einem Tisch, der ihm allein vorbehalten zu sein schien. Er winkte ihr zu. »Nehmt an dieser bescheidenen Tafel Platz und speist mit Uns, Rhiana von Talania!«, lud er sie ein. »Der Wein ist Unserer nicht würdig, aber trinkbar.«

»Du wirst doch nicht etwa mit diesem Hochsta …«, wisperte Finni, doch Rhiana unterbrach sie mit einer energischen Geste und zwinkerte ihr gleichzeitig zu.

Mach mir jetzt keinen Ärger! Wir müssen näher an ihn heran, flehte sie insgeheim. »Vielleicht möchtet Ihr auch meine Begleiter an Eure Tafel bitten«, richtete sie das Wort an ihren Gastgeber und rauschte mit einem kurzen, triumphierenden Lächeln an der jungen Frau vorbei, die sie böse anfunkelte. »Ihr wollt doch sicher den edlen Rashid ay Talusa, Sohn des mächtigen Scheichs Jachman, nicht verärgern. Die Beziehungen des Reiches zum Kalifat können jeden Fürsprecher zu ihrer Verbesserung gebrauchen.«

Meine Güte, was rede ich für einen Unsinn, schalt sie sich.

»Selbstverständlich«, stimmte Eberlin I. jedoch zu. »Seid Uns willkommen, Rashid ay Talusa.«

Endlich kam Rhiana ihm nah genug, um ihren Gegner abschätzen zu können. Eberlin war weder sonderlich klein noch groß und von untersetzter Statur. Sein Kopf wirkte zu mächtig für die kräftigen, aber nicht allzu breiten Schultern, die Augen in dem breiten Gesicht zu klein. Die blonden, durch erstes Grau silbrig glänzenden Haare waren streng nach hinten gekämmt worden, machten sich aber bereits wieder selbstständig, da sie ebenso drahtig zu sein schienen wie der dichte Vollbart, der einem Zwerg zur Ehre gereicht hätte.

Rashid deutete eine Verneigung an, blieb jedoch stumm, als er sich näherte.

»Meine Hofmagierin Fianna Zaubertanz«, stellte Rhiana vor und deutete auf Finni, die versuchte, ihr unwillkürliches Grinsen hinter einer hochmütigen Miene zu verbergen.

Rhiana bemerkte, dass Eberlin bei dem Wort Magierin mechanisch nach einem grauen Amulett griff, das unter einer schweren goldenen – oder vielleicht auch nur vergoldeten – Kette bislang verdeckt gewesen war. Offenbar fand der mysteriöse Kaiser die Gegenwart einer zauberkundigen Elfe beängstigend.

»Und schließlich die ruhmreiche Neel aus dem Geschlecht der Amazonen von Amhallassih«, spann Rhiana ihren Faden weiter.

Nun standen sie alle vier vor Eberlins Tisch, und Rhiana musterte verstohlen den Hofstaat, der sich um seinen Kaiser scharte. Außer einem stämmigen, aber gutmütig aussehenden Jungen, der anscheinend als Page oder Knappe Dienst tat, und der in Samt und fein gewebtes Wolltuch gekleideten jungen Frau gab es nur zwielichtige Gestalten, die wohl zu den Söldnern zu rechnen waren. Ihr Blick kreuzte den eines großen, breitschultrigen Mannes, dessen hellgraue Augen in einem von schwarzen Brauen und ebensolchem Bart geprägten Gesicht ihr einen eisigen Schauder über den Rücken jagten. Instinktiv wusste sie, dass sie den »Reichsmarschall« vor sich hatte, den wahren Anführer dieses verlotterten Haufens.

»Der Wirt soll für fünf auftragen«, ordnete Eberlin an, als ob er nichts von der Anspannung spürte, die in der Luft lag.

Rhiana zog ihr Schwert, ganz langsam, sodass nichts Aggressives von dieser Geste ausging. Alle Blicke richteten sich gebannt auf die Klinge, die schließlich auf den selbst ernannten

Kaiser zeigte, obwohl der Abstand und der Tisch verhinderten, dass sie ihm tatsächlich gefährlich werden konnte.

»Eberlin, wer auch immer Ihr wirklich seid, ich verhafte Euch wegen Mordes an Männern, Frauen und Kindern, Landfriedensbruch und Plünderei«, eröffnete Rhiana ihm.

»Was?«, empörte er sich, während seine Leibwache blankzog. »Diese Leute hatten es nicht besser verdient! Hochverräter waren sie, die ihrem Kaiser die Achtung verwehrt haben!«

»Das Reich hat erst dann einen Kaiser, wenn er vom Hoftag zu Gareth anerkannt und vom Boten des Lichts gekrönt wurde«, hielt Rhiana dagegen.

»Ergreift die Verräterin!«, forderte Eberlin schrill, ohne selbst zur Waffe zu greifen.

»Schnappt euch die andern Witzfiguren! Ich knöpf mir die Prinzessin vor«, befahl der Söldnerführer siegesgewiss. Sein kalter Blick schien Rhiana bereits zu durchbohren. Aufmerksam verfolgte sie jede seiner Bewegungen. Er trug eine Lederrüstung, die seine Beine ungeschützt ließ, und keinen Helm. Mit der linken Hand, an der zwei Finger fehlten, führte er ein Kampfbeil, mit der rechten schwang er einen Morgenstern. Rhiana wünschte sich einmal mehr sehnlichst einen Schild herbei. *Er ist mit Abstand der gefährlichste Gegner im Raum*, schoss es ihr durch den Kopf.

Eisfell knurrte neben ihr, und Rhiana erschrak bei der Vorstellung, er könne sich mit dem Söldner anlegen. »Nein, aus! Mach da Platz!«, herrschte sie ihn an und deutete unter Eberlins Tisch. Ob der Hund gehorchte, sah sie jedoch nicht mehr, denn die stachelbewehrte Eisenkugel sauste auf sie zu. Mit dem Schwert zu parieren, konnte sie leicht die Klinge kosten. Rhiana wich zurück, doch der Kerl hatte es vorausgeahnt und seinen Schlag nur halbherzig geführt, um mit umso größerer Vehemenz einen Schritt nach vorn zu machen und mit der Axt nachzusetzen. Das Blatt streifte Rhianas Kettenhemd, und schon flog der Morgenstern wieder heran, als sie mit dem Rücken gegen jemanden prallte, der sie von sich und auf ihren Gegner zustieß.

Nur ein beherzter Sprung zur Seite rettete Rhiana das Leben, aber sie landete zwischen den Bänken der Schänke und geriet ins Stolpern. Lachend drang der Söldner weiter auf sie ein. Sie parierte notgedrungen, kämpfte um sicheren Stand. Die Kette des Morgensterns wickelte sich um ihre Klinge, zog sie seitwärts, während ihr Gegner die Axt nach ihr schwang. Sie riss das Schwert nach unten, um es frei zu bekommen, aber ihr Arm war nicht lang genug, um die lange Schneide herauszuziehen. Blitzschnell entschied Rhiana, die Waffe fahren zu lassen, um ausweichen zu können, doch es war zu spät.

Plötzlich landete ein gestiefelter Fuß am Ohr des Söldners und trat den Schädel zur Seite, dass es im Hals knackte. Der Kerl taumelte, sein Hieb ging fehl. Der Arm mit dem Morgenstern wurde für einen Augenblick schlaff, sodass Rhiana ihr Schwert wieder packen und aus der Umklammerung lösen konnte. Mit einem grunzenden Laut richtete der Söldner sich wieder auf, aber Rhiana jagte ihm ihre Klinge in die Kehle, bevor er erneut ausholen konnte. Sie riss die Waffe zurück und fand erst jetzt Zeit, zu ihrer Retterin aufzuschauen, die – ein Wurfmesser gezückt – auf dem Tisch stand, hinter dem Eberlin und sein Knappe in Deckung gegangen waren.

»Hab ich mir von Elidana abgeschaut«, erklärte Finni stolz.

Rhiana lächelte ihr dankbar zu, dann erfasste sie über ihren zusammengebrochenen, sterbenden Gegner hinweg die Lage. Einer von Finnis Dolchen ragte aus der Brust der jungen Adligen, die bleich und reglos am Boden lag. Neel hielt sich mit Säbel und Parierdolch mühelos mehrere Söldner vom Leib, doch sie konnte sich nicht aus dem Ring der Feinde befreien. Rashid wirbelte wie ein Derwisch und hatte bereits einen Söldner blutend niedergestreckt, aber das Kampfgeschrei war nach draußen gedrungen, von wo weitere Gegner hereindrängten.

»Finni, nimm den Eber als Geisel!«, rief Rhiana.

Die Halbelfe drehte sich zu Eberlin um, der zurückwich und nun doch sein Schwert zog.

»Die Person des Kaisers ist heilig«, warnte er. »Rührt Uns nicht an!«

Rhiana näherte sich ihm, um ihn rasch zu entwaffnen.

»Weg mit dem lächerlichen Stahl, oder ich verwandle dich in einen echten Eber!«, drohte Finni und wies gebieterisch auf die Klinge. »Glaub ja nicht, dass der jämmerliche Jahrmarktszauber um deinen Hals dich vor echter Magie schützt!«

Eberlin wurde weiß wie ein Leintuch und ließ sich widerstandslos von Rhiana das Schwert abnehmen. Finni sprang vom Tisch, um sich hinter den zitternden Möchtegern-Kaiser zu stellen, während Rhiana sich rasch wieder zu den Kämpfenden umwandte.

»Waffen runter, sonst stirbt euer Herr!«, brüllte sie. »Waffen runter!«

Einige Söldner sahen sich tatsächlich nach ihr um, doch sie reagierten anders, als Rhiana erwartet hatte.

»Heddor ist tot!«, schrie eine Soldatin, und andere nahmen den Ruf entsetzt auf.

Einige droschen wütend noch wilder auf Rashid und Neel ein, sodass Rhiana der bedrängten Amazone schnell zu Hilfe eilte, aber die meisten stürmten erschrocken zur Tür hinaus, ohne sich für das Messer an der Kehle ihres Auftraggebers zu interessieren.

Kurz darauf hatten Neel, Rhiana und Rashid drei weitere Gegner erschlagen und fünf Söldner gefangen genommen, die entweder verletzt waren oder sich am Ende in Unterzahl ergeben hatten. Als sie den Männern und Frauen die Hände fesselten, erinnerte sich Rhiana auch wieder an Eisfell. Der Wolfshund lag noch immer unter dem Tisch und wedelte mit dem Schwanz, als ihr Blick auf ihn fiel. Erleichtert stieß sie den angehaltenen Atem aus.

Das ging gerade noch einmal gut aus, auch wenn ich mich vor Rondra nicht mit Ruhm bekleckert habe, dachte sie beschämt. *Wenn Finni nicht gewesen wäre … Schluss mit dem Selbstmitleid, Prinzessin! Beim nächsten Mal musst du eben schneller sein. Kümmere dich lieber um deine Freunde!*

»Ist jemand von euch ernsthaft verwundet?«, erkundigte sie sich bei Rashid und Neel.

Die Amazone winkte ab. »Nur ein paar mehr Narben für meine Sammlung«, behauptete sie.

»Damit kann ich nun wohl auch anfangen«, meinte Rashid und betastete einen kleinen Schnitt auf seinem Wangenknochen.

Rhiana bereitete mehr Sorge, dass er hinkte, aber da er es nicht der Rede wert fand, konnte Finni sich später darum kümmern. Sie wandte sich Eberlin zu, dessen Knappe von ihm abgerückt war und nun ängstlich hinter dem Tresen hervorlugte. Finni nahm das Messer vom Hals ihres Gefangenen und beschränkte sich darauf, wachsam hinter ihm zu stehen.

»Ihr begeht einen schweren Fehler«, beharrte Eberlin zitternd. »Wir stammen aus der Familie des unvergessenen Raul von Gareth, des ersten Kaisers Unseres Reiches. Unsere Ansprüche sind vollkommen legitim. Aaro, zeig ihnen die Ahnentafeln!«

Seine Hartnäckigkeit säte leise Zweifel in Rhiana. *Wenn er nun tatsächlich rechtmäßig auf den Thron gehoben wird …*, überlegte sie verunsichert, während der rundliche Junge zögerlich zu einer Tasche huschte, die scheinbar zu wertvoll war, um sie während einer kurzen Rast in der Kutsche zurückzulassen. Er brachte mehrere Lagen Pergamente zum Vorschein und sah Rhiana fragend an.

»Zeig schon her!«, forderte sie ihn widerwillig auf, woraufhin er die dicht beschriebenen und mit verästelten Linien überzogenen Dokumente vor ihr auf dem Tisch ausbreitete.

»Es interessiert mich einen Dreck, was da drauf steht«, knurrte Neel. »Wer Kinder aufhängt, hat von mir keine Gnade zu erwarten. Und wenn er der Sohn Rohals des Weisen wäre!«

Sie hat Recht. Wir haben richtig gehandelt, sprach sich Rhiana im Stillen Mut zu, als sie sich über den Stammbaum beugte. *Nicht einmal ein Kaiser darf sich anmaßen, unschuldige Kinder zu ermorden!*

»Da! Seht Ihr?«, muckte Eberlin wieder auf und trat so plötzlich näher, dass Finni erschrocken vorspringen musste, um ihm wieder die Klinge in den Rücken bohren zu können.

»Nicht so hastig, sonst rutscht mir noch das Messer aus!«, mahnte sie.

»Schon gut, Finni. Er ist ja nicht bewaffnet«, wiegelte Rhiana ab, obwohl sie ihrer Freundin nicht ernstlich zutraute, jemanden ohne sehr triftigen Grund hinterrücks zu erstechen. Sie suchte in der Fülle verwirrender Aufzeichnungen nach den neuesten Einträgen.

»Eberlin von Borrerod, Baron zu Auertal. Seid Ihr das?«, wollte sie von ihrem Gefangenen wissen.

»Das waren Wir, bevor Wir Unsere wahre Bestimmung erkannten«, antwortete der Baron stolz.

»Von diesen ganzen Namen habe ich noch nie gehört«, bekannte Rhiana. »Wo liegt das?«

»Das ist das Elend in dieser Welt«, jammerte Eberlin. »Niemand kommt jemals in die wackere Grafschaft Wengenholm. Aber Wir werden dafür sorgen, dass die Provinz Kosch zukünftig in aller Munde sein wird.«

Rhiana kramte ihr gesamtes Wissen über die Adelsgeschlechter des Reiches zusammen. *Das Kaiserhaus soll Verwandte im nördlichen Kosch haben? Eher findet sich ein Troll in der kaiserlichen Ahnentafel!*

»Und hier ...« Der Baron tippte mit dem Zeigefinger auf eine Stelle des Stammbaums. »Hier steht meine Urahnin Rantalla von Artingen, die eine Base der Mutter Rauls von Gareth war.«

»Da sind ja mindestens hundert Generationen dazwischen«, entfuhr es Finni.

»Wohl eher um die vierzig«, korrigierte Rhiana, nachdem sie rasch überschlagen hatte.

»Ganz recht«, bestätigte Eberlin, der allmählich seine Selbstsicherheit zurückgewann.

»Ich glaube, der kleine Dschinn wollte lediglich andeuten, dass sich die Frage stellt, ob dieser schwache Hauch erlauchten Blutes in den Adern dieser schweineäugigen Missgeburt irgendeine Bedeutung hat«, verdeutlichte Rashid mit blitzenden Augen. »Bei uns fackeln wir nicht so lange, jene zu richten, die gegen die Gebote Rastullahs verstoßen haben.«

Der Baron aus dem Kosch lief rot an vor Wut und bebte dabei am ganzen Leib. »Für diese Beleidigungen werden Wir Euch Eurem Kalifen in Stücken in die Khom schicken!«, drohte er.

»Gar nichts werdet Ihr!«, wies Rhiana ihn scharf zurecht. »Ihr seid für schreckliche Verbrechen verantwortlich und werdet Euch dafür vor dem Hochgericht in Gareth zu rechtfertigen haben. Eure Ansprüche auf den Thron sind lächerlich. Vermutlich gibt es im Reich tausend Adlige, die enger mit dem Kaiserhaus verwandt sind als Ihr.«

Eberlin wollte etwas erwidern, doch er kam nicht dazu.

»Schweigt!«, donnerte Rhiana und legte ihren ganzen Zorn über den Tod der Bauernfamilie, über ihre eigene Zögerlichkeit, gegenüber einem vermeintlichen Kaiser durchzugreifen, und über die Zeit hinein, die sie bei der Verfolgung Mortenbergs nun verloren hatten und weiterhin verlieren würden, solange sie ihre Gefangenen nicht beim zuständigen Gerichtsherrn losgeworden waren.

Der Baron schluckte seinen Protest eingeschüchtert herunter und sagte von da an kein Wort mehr.

Kapitel 10

Reichshauptstadt
Gareth, Mitte
Hesinde 914 BF

»Ja, es ist noch ein unglaublich großes, unglaublich beeindruckendes Gebäude, wie ich es noch nie zuvor gesehen habe«, zog Finni Rashid auf, doch die Müdigkeit verlieh ihrem Spott eine ungewollte Schärfe. Sie hatte ihre Freunde zwar in den Rondratempel *Zur Letzten Wehr der Heiligen Ardare vom Erntefest-Massaker zu Gareth* begleitet, um nicht allein draußen warten zu müssen, aber das hieß nicht, dass ihr der geweihte Boden etwas bedeutete. Weder die mit Farben aus pulverisierten Edelsteinen gefertigten, überlebensgroßen Schlachtengemälde rondrianischer Heldentaten, mit denen begnadete Künstler die Wände hinter den Altären überzogen hatten, noch die vier Schritt hohe Statue der gestrengen Göttin, die Schwert und Blitzspeer schwang, hatten Finnis Seele berührt.

Als sie nun wieder vor dem von zwei kraftvoll wirkenden Löwen aus Sandstein bewachten Portal des weißen Kalksteinbaus standen, über dem sich eine prachtvolle rote Kuppel wölbte, konnte sie Rashids blumige Lobeshymnen auf die architektonischen Wunder und die erlesenen Kunstwerke dieser Stadt nicht mehr ertragen.

»Dieser Firlefanz ist jedenfalls nur dazu da, um die Menschen von der Macht der Geweihten zu überzeugen, damit sie reichlich spenden«, urteilte Neel geringschätzig.

»Aber Ihr wolltet den Tempel doch unbedingt besuchen«, wunderte sich Rhiana.

Finni bemerkte, dass sich ihre Freundin heimlich danach umsah, ob jemand die ketzerischen Worte der Amazone gehört hatte.

»Es war mir wichtig, mit eigenem Auge zu sehen, was sie hier aus der Leuin machen«, erwiderte Neel und tippte mit einem Finger an ihre Augenklappe.

»Glaubt Ihr wirklich, dass Rondra der ganze Prunk missfällt?«, fragte Rhiana irritiert.

»Ich bin nicht die Göttin, also kann ich nicht wissen, was sie darüber denkt«, gab Neel gereizt zu. »Aber ich glaube, dass ich von ihrem *wahren* Geist erfüllt bin, und *mir* gefällt das protzige Gehabe nicht.«

Jetzt nur keinen Streit über religiöse Haarspaltereien, sonst stehen wir morgen noch hier, befürchtete Finni. »Schön«, mischte sie sich ein. »Können wir dann vielleicht etwas essen? Mein Magen weckt mit seinem Geknurre noch diese beiden Steinkatzen hier.«

Oh, da gab es ja ein Problem, fiel ihr ein. »Hat noch jemand Geld?«, erkundigte sie sich leiser.

Die vier Gefährten sahen sich betreten an. Den Mietstall für die Pferde hatten sie für drei Tage im Voraus bezahlen müssen, weil dem Besitzer in diesen unruhigen Zeiten bereits zu viele Kunden abhanden gekommen waren, ohne ihre Schulden zu begleichen. Finni besaß nach der weiten Reise schon lange keinen Kreuzer mehr und musste sich von ihren Freunden aushalten lassen, aber mittlerweile waren auch die Reserven der anderen erschöpft.

»Mir ist ein ganzer Silbertaler geblieben. Kommt, ich lade euch auf ein Festmahl ein!«, meinte Neel sarkastisch, denn dafür würden sie sich höchstens ein paar Brotscheiben mit Zwiebelschmalz und wässrigen Kräutertee leisten können.

»Mir ist egal, was es gibt. Hauptsache, ich darf dabei in einem warmen Gasthaus sitzen. Danach könnten wir mit einer Art Gauklervorführung auftreten und uns das Geld für die Übernachtung verdienen«, schlug Finni vor.

Die Amazone schoss ihr einen vernichtenden Blick zu. »Eher sterbe ich, als Ehre und Andenken meines Ordens damit zu beschmutzen, dass ich mich für den Pöbel zum Alrikwurst mache!«, sagte sie entschieden.

»So weit wird es nicht kommen«, versprach Rhiana rasch, bevor auch Rashid protestieren konnte. »Ich habe noch einen goldenen Ring, den ich nachher verkaufen kann.«

»Was einer Prinzessin wesentlich angemessener ist«, schnaubte Neel. »Hast *du* nicht noch irgendwelchen Tand loszuwerden, Wüstenschönling?«

»Du bist unmöglich«, entrüstete sich Finni. »Selbst wenn du einen Gefallen von ihm erwartest, musst du ihn noch beleidigen.«

»Danke, kleiner Dschinn, aber ich brauche deine Hilfe nicht«, behauptete Rashid. »Die einäugige Mutter der Verbitterten und ich werden das unter uns ausfechten, wenn der rechte Tag gekommen ist. Allerdings würde *ich* lieber den Weg zu Rastullah antreten, als meinen kostbaren Waqqif zu verkaufen, denn dann wäre ich vor meinem Volk entehrt.«

»Neel hat sicher auch mehr an deine schöne Kappe mit den Perlen gedacht«, nahm Rhiana an.

»Leider befindet sie sich nicht mehr in meinem Besitz«, bedauerte Rashid.

»Was? Ist sie dir etwa gestohlen worden, und du hast nichts gesagt?«, ereiferte sich Finni.

»Nein, ich habe sie ben Khuran als Bezahlung für seine Zauberei gegeben«, eröffnete der Tulamide ihnen.

»Oh«, entfuhr es Finni nur. *War mir eigentlich schon klar, wie viel Rhiana ihm wert ist?*, fragte sie sich. Die Prinzessin errötete. *Vor Verlegenheit? Vor Unwillen, dass er ihr so wertvolle Geschenke macht, während sie ihm misstraut hat und ihn fast schon lästig fand?*

»Das … war sehr nobel von dir, Rashid«, sagte Rhiana, um die richtigen Worte bemüht. »Aber ich möchte, dass du in Zukunft zuerst mit mir darüber sprichst, ob ein solches Opfer überhaupt notwendig ist. Vielleicht hätte ich selbst dafür bezahlen können.«

»Wenn das dein Wunsch ist, strahlender Stern der Nordlande, ist er mir Befehl«, versicherte der Tulamide und verneigte sich.

»Genug der Höflichkeiten!«, forderte Neel. »Suchen wir uns eine Taverne!«

Sie überquerten den belebten Brig-Lo-Platz, der seinen Namen nach dem Denkmal in seiner Mitte trug. Das Monument zu Ehren der vier Götter Praios, Rondra, Efferd und Ingerimm erinnerte an die Schlacht bei dem kleinen Dorf Brig-Lo, in der die Götter selbst auf Dere gewandelt waren, um dem Garether Bürgerheer gegen den Kaiser des Alten Reiches und seine Dämonen beizustehen. Die Gasthäuser mit Blick auf den Platz ließen sich die Aussicht vermutlich gut bezahlen, weshalb die Gefährten in eine der weniger wohlhabenden Gassen abbogen und eine Taverne abseits des schlimmsten Trubels wählten.

Finni sank erleichtert auf die mit abgewetzten Sitzkissen gepolsterte Bank. Mit geschlossenen Augen versuchte sie, auch noch das Stimmengewirr der anderen Gäste auszublenden. Eisfell legte ihr mit fragendem Blick die Schnauze auf den Oberschenkel, und sie strich ihm geistesabwesend über den Kopf.

»Geht es dir nicht gut?«, erkundigte sich Rhiana besorgt.

»Nein, mir fehlt nichts. Ich glaube, diese Stadt ist einfach nur zu viel für mich«, seufzte Finni. *Woher kommt dieses Unbehagen? Warum laugt mich Gareth schlimmer aus als drei Wochen im Sattel?*, wunderte sie sich. *Ist das mein elfisches Erbe? Es fühlt sich an, als würde mein Inneres in hundert Richtungen zugleich gezerrt, während ich einfach nur Ruhe will. Aber vielleicht bin ich auch nur erschöpft, weil wir nach all den Strapazen nun wohl doch Mortenbergs Spur verloren haben.*

Mit dem Möchtegern-Kaiser Eberlin in seiner Kutsche, den man immer im Auge behalten musste, und den festgenommenen Söldnern, die zu Fuß marschierten und dabei keine Eile an den Tag legten, waren sie nur noch schleppend vorangekommen. In immer kürzeren Abständen hatten sich die Herbergen an der Straße aufgereiht, sodass sie bald aufgeben mussten, in jeder einzelnen nach Mortenberg zu fragen. Schon deshalb, weil ihnen das Geld ausging, das meistens nötig war, um der Erinnerung der Stallknechte und Schankmägde auf die Sprünge zu helfen. Einmal noch hatte ihnen ein Wirt bestätigt, dass er einen Adligen bedient hatte, auf den die Beschreibung des Ritters passte. Deshalb war Rhiana sicher, dass Mortenberg nach Gareth gefahren war und keinen Abstecher zu einem der vielen Schlösser in der Goldenen Au unternommen hatte.

Aber wie sollen wir ihn jetzt wieder finden?, grübelte Finni. *Unser Plan war, ihn vor der Stadt einzuholen, um zu sehen, wo er absteigt.*

Bereits als sie vor den Mauern der Stadt an den unzähligen, von regelrechten Parks umgebenen Residenzen der Reichen und Mächtigen vorübergeritten waren, hatten sie begriffen, dass ihr gescheiterter Plan die einzige Chance gewesen war. Sie konnten nicht auf jedem dieser gut bewachten Anwesen nach dem Ritter suchen, der sich ebenso gut in einem der namhaften Gasthäuser Gareths oder in einem der zahllosen vornehmen Bürgerhäuser einquartiert haben konnte.

Und zu allem Überfluss besteht auch noch die Möglichkeit, dass die Hauptstadt gar nicht sein Ziel war. Er kann genauso gut weitergefahren sein, Richtung Rommilys, Perricum oder gar nach Beilunk oder nach Tobrien hinein!

All das hatte Rhiana bereits mit ihnen besprochen, während sie Stunden um Stunden zumeist wartend in den Amtsstuben der Stadt verbracht hatten. Denn den größenwahnsinnigen Koschbaron den zuständigen Behörden zu übergeben, war sehr viel umständlicher verlaufen, als sie es sich vorgestellt hatten. Die Gardisten am Angbarer Tor waren mit dem Fall schlicht überfordert gewesen. Der Gardehauptmann selbst hatte sich der Angelegenheit annehmen müssen, da zunächst einmal nicht sicher gewesen war, ob Rhiana und ihre Freunde nicht die eigentlichen Übeltäter waren, die einen unbescholtenen Adligen verunglimpften – wie Eberlin vehement zu Protokoll gegeben hatte. So waren sie von den Gardisten in die Schreibstube des Hauptmanns geschickt worden, wo sie alles noch einmal berichten mussten, nur um dann wegen des Missbrauchs des Reichswappens und dem Verdacht auf Hochverrat zum Reichsgericht nahe der Alten Kaiserresidenz eskortiert zu werden, wo sie wiederum von einem honorigen Beamten zum anderen weitergereicht wurden, bis die Mühlen der Justiz sie endlich wie gerädert wieder ausgespuckt hatten.

Danach war Finni die riesige Stadt, gegen die sich selbst Havena klein und unbedeutend ausnahm, nur noch wie ein einziger Albtraum erschienen. Während Rashid sich für all die prächtigen alten und neuen Bauwerke verschiedenster Stilepochen begeistert hatte, die Tempel und großen Plätze, die früheren Wehrtürme und reichen Handelshöfe, war Finni wie eine Schiffbrüchige durch das Meer der geschäftigen Menschenmenge in den Straßen getrieben, ohne Einzelheiten wahrzunehmen. Selbst jetzt fiel es ihr schwer, sich auf die Worte ihrer Freunde zu konzentrieren.

»Ich finde, wir können nicht aufgeben, solange wir nicht einmal versucht haben, Mortenberg aufzuspüren. Wir sollten es wenigstens ein paar Tage lang versuchen«, entschied Rhiana.

Vermutlich ist es leichter, eine bestimmte Ameise in einem Ameisenhaufen aufzutreiben, dachte Finni matt und schlief darüber ein.

Zwei Tage später saß Finni wieder auf demselben Platz in derselben Taverne und fühlte sich kaum besser. Sie verstand nicht, warum das Gehen auf dem Straßenpflaster so viel anstrengender war, als auf Wildwechseln durch einen Wald zu laufen. Als Gauklerin hatte sie zudem geglaubt, einigen Trubel gewöhnt zu sein, doch der beständige Lärm, den Stiefeltritte und Hufschlag, rollende Räder und rumpelnde Karren, das Geschrei auf den Märkten und die unzähligen lauteren und leiseren Stimmen verursachten, zehrte an ihrer inneren Ausgeglichenheit. Immer öfter hatte sie sich dabei ertappt, Rhiana und Rashid schnippische oder gar bissige Antworten zu geben, obwohl diese ihr keinen Grund dafür gegeben hatten. Gareth war ihr schon auf den ersten Blick nicht einladend erschienen, aber je mehr sie von der Stadt zu sehen bekam, desto abstoßender fand sie sie.

»Rhiana, sei doch mal ehrlich mit dir selbst!«, forderte sie. »Wenn wir noch lange hier bleiben, werden wir bald in der Gosse schlafen müssen und die Pferde mit uns. Du warst doch gestern selbst in diesem Elendsviertel vor der Stadtmauer. Willst du vielleicht dort den Winter verbringen?«

Finni schauderte bei der Erinnerung an die engen, dunklen Gassen zwischen den zerfallenden Mietskasernen, wo es trotz der Kälte nach Urin und Fäulnis stank. Sie hatten das *Südquartier* rasch wieder verlassen, da sie sich nicht vorstellen konnten, dass der vornehme Mortenberg auch nur einen Fuß in dieses Armenhaus des Reiches gesetzt hätte, aber die nahezu mit Händen greifbare Atmosphäre von Elend und Verzweiflung steckte Finni noch immer in den Knochen.

»Ich weiß es ja«, gab Rhiana gereizt zu. »Aber ich weigere mich eben zu glauben, dass diese ganze Reise umsonst gewesen sein soll. Wir waren so nah an ihm dran! Und jetzt soll er plötzlich verschwunden sein?«

Bei ihrer bisherigen Suche war alles genauso gekommen, wie Finni befürchtet hatte. Die Bediensteten in den noblen Garether Gasthäusern verlangten unverschämte Summen für die kleinste Gefälligkeit, sodass die Gefährten selten überhaupt eine hilfreiche Auskunft bekommen hatten. Mal getrennt voneinander, dann wieder in Paaren oder alle zusammen waren sie durch die Altstadt gezogen, um nach einem Hinweis auf den Ritter Ausschau zu halten, doch vergebens. Und zu allem Überfluss fuhren so viele schwarze Kutschen umher, dass sie unmöglich jeder einzelnen folgen konnten.

Am Vormittag hatten sie ihr Glück in Neu-Gareth versucht, wo sich die betuchtesten Bürger und Adligen aus allen Teilen Aventuriens auf ihren Anwesen im Glanz der kaiserlichen Residenz und der alles überstrahlenden Stadt des Lichts sonnten, in der das Oberhaupt der Praioskirche residierte. In den weitläufigen Anlagen, die die Villen umgaben, patrouillierten verschiedenste Garden und Wachleute, denen jeder Fußgänger verdächtig und jeder forschende Blick auf die Häuser ihrer Herren ein Dorn im Auge waren. Mortenberg hier zu finden, ohne die Aufmerksamkeit seiner Gastgeber zu erregen, hatte sich schnell als aussichtslos erwiesen.

»So plötzlich kommt das ja nun auch wieder nicht«, meinte Finni. »Wir haben ihn entwischen lassen, weil wir nicht anders konnten.«

»Das macht es auch nicht besser. Warum musste das Schicksal wieder ausgerechnet uns auf diesen Gernegroß stoßen lassen?«, haderte Rhiana. »Könnten die Götter nicht ein wenig mehr auf unserer Seite sein? Schließlich versuchen wir, frevlerischen Kultisten das Handwerk zu legen!«

»Rondra wird uns auf diesen Eber gehetzt haben, weil sie wusste, dass nur wir beherzt genug sein würden, um seinem schändlichen Treiben ein Ende zu bereiten«, behauptete Neel überzeugt.

Warum müssen die Menschen immer den Göttern für alles die Schuld geben?, fragte sich Finni verständnislos und hielt nach dem Kellner Ausschau, um einen zweiten Tee zu bestellen. Ihr Blick kreuzte den eines schlanken Mannes am Nebentisch, der jedoch sofort wegsah, als hätte er seine Augen nur zufällig in ihre Richtung schweifen lassen. Sein schmales, glatt rasiertes Gesicht, das von feinem blondem Haar umrahmt wurde, auf dem eine Strickmütze saß, kam ihr bekannt vor. *Vielleicht ein Stammgast, der bereits vorgestern hier war*, vermutete sie und winkte der Bedienung, ohne den Fremden weiter zu beachten.

»Die gelehrten Männer meines Glaubens sagen, dass es den Menschen in ihrer Beschränktheit nicht vergönnt ist, die verschlungenen Wege Rastullahs zu begreifen«, erzählte Rashid, um Rhiana zu trösten. »Selbst wenn dein Verstand ungewöhnlich scharf ist, Klügste unter den Frauen, wirst du niemals die unermessliche Einsicht in den Lauf der Dinge erlangen, die dem Allwissenden gegeben ist. Er lenkt unsere Schritte, und wir dürfen darauf vertrauen, dass er in seiner Güte und Weisheit stets den richtigen Weg für uns wählt. Ist es nicht oft der gewundene Pfad, der uns am Ende schneller zum Ziel führt als der vermeintlich gerade?«

Rhiana sah ihn nachdenklich an und schien zwischen Zustimmung und Widerspruch zu schwanken.

Es liegt ihr nicht, Umwege in Kauf zu nehmen, dachte Finni. *Sie liebt es, die Dinge anzupacken und geradeheraus ihre Meinung zu sagen. Alles andere wäre Lüge und Falschheit, gegen die sie doch ankämpfen will. Vielleicht wollen ihre Götter sie Geduld lehren.*

»Wolltest du jetzt was oder nicht?«, riss der Kellner sie aus ihren Gedanken.

»Oh, Entschuldigung, ich hätte gern noch ein Kännchen«, sagte sie hastig. Aus dem Augenwinkel sah sie, dass der Fremde schon wieder in ihre Richtung blickte, aber als sie die Lider senkte, um ihn verstohlen zu mustern, konnte sie sich nicht mehr sicher sein, ob er nicht einfach nur über Rashid hinweg ins Leere starrte.

»Geschehen ist geschehen«, stellte Neel fest. »Wir haben uns dafür entschieden, diesen Mörder unschädlich zu machen, bevor er weiteres Unheil anrichten kann, und das war gut so! Ihr solltet Euch nicht länger von der vergeblichen Jagd auf diesen Kerl lähmen lassen, Shastra. Wenn Ihr auf andere Art versucht, die Pläne des Bundes zu vereiteln, werden sich Eure Wege wieder kreuzen.«

»Wahrscheinlich habt ihr alle Recht«, räumte Rhiana ein. »Aber was sollen wir denn nun stattdessen unternehmen?«

Finni war zu abgelenkt, um ernsthaft darüber nachzudenken. Je länger sie heimlich den Mann am Nebentisch beobachtete, desto sicherer wurde sie, dass der Fremde nicht zufällig in ihrer Nähe saß. Belauschte er ihr Gespräch? Oder wartete er nur auf eine günstige Gelegenheit, sie anzusprechen? Aber weshalb?

»Als ich gestern allein unterwegs war, habe ich etwas erfahren, das uns vielleicht weiterhilft«, eröffnete Neel ihnen.

»Über den Flammenbund? Und das sagt Ihr erst jetzt?«, fuhr Rhiana auf.

»Nein«, erwiderte die Amazone gelassen. »Aber Ihr hattet in Havena davon gesprochen, weitere Verbündete gewinnen zu wollen. Und gerade jetzt könnt Ihr Hilfe gut gebrauchen. Es ist Winter. Wir haben kaum noch Geld und brauchen dringend eine Unterkunft.«

»Tut nicht so geheimnisvoll!«, forderte Rhiana. »Ich wusste gar nicht, dass Ihr Freunde in Havena habt.«

»Wenn ich welche hätte, müssten wir wohl kaum Euren letzten Schmuck in einem Gasthaus durchbringen«, stellte Neel richtig. »Aber in allen großen Städten Aventuriens gibt es Frauen, die den Amazonen nahe stehen und sich finden lassen, wenn frau weiß, auf welche Zeichen sie zu achten hat. Ich habe mit einer von ihnen gesprochen. Sie hat mir bestätigt, dass wir höchstens dann eine Chance hätten, Mortenberg aufzuspüren, wenn wir über genügend Gold verfügen würden, um eine der großen Diebesgilden oder andere zwielichtige Phexjünger für uns arbeiten zu lassen. So wie Bel Ghadi in Havena.«

Sitzt schon einer von diesen Gaunern neben uns, um uns ein Angebot zu machen?, rätselte Finni und schielte wieder zu dem Fremden hinüber, der nun in eine andere Richtung sah, während er gedankenverloren an seinem Bier nippte. *Hab ich mir das nur eingebildet? Oder hat er uns einfach nur aus Langeweile beobachtet? Selbst in Gareth sitzt nicht täglich ein Tulamide mit einer Halbelfe und einer einäugigen Amazone, die Hautbilder im Gesicht hat, an einem Tisch.*

»Neel, kommt zur Sache! Ihr redet doch sonst nicht so lange um den heißen Brei herum«, drängte Rhiana.

»Ich bin mir auch selten so sicher, dass Ihr Euch gegen meinen Vorschlag sperren werdet«, gab Neel mit einem schiefen Grinsen zurück. »Es gibt seit einigen Jahren einen neuen Amazonenorden in den Bergen nordöstlich von hier. Dort wird man uns als Gleichgesinnte sicher gern aufnehmen, und wir könnten sie als Streiterinnen wider den Flammenbund gewinnen. Keine rondragläubige Kriegerin kann sich dieser Herausforderung ehrenhaft entziehen.«

Vor Überraschung vergaß Finni den Mann am Nebentisch. »Eine Amazonenburg? Aber ...«, begann sie.

»Wird denn Rashid dort willkommen sein?«, fiel Rhiana ihr ins Wort.

»Wohl kaum«, musste Neel einräumen, aber ihre Miene zeigte deutlich, wie wenig sie sich daran störte.

»Selbst wenn ich mich dazu durchringen könnte, den Winter bei diesem Orden zu verbringen, wäre es äußerst undankbar von mir, Rashid einfach hier in der Fremde sitzen zu lassen«, erklärte Rhiana. »Er ist schließlich nur wegen uns hierher gekommen.«

Der Tulamide öffnete den Mund, um etwas dazu zu sagen, doch Neel war schneller. »Wenn mich nicht alles täuscht, ist er ein Herumtreiber, der gut allein zurechtgekommen ist, bevor Ihr ihn aufgelesen habt«, rief sie ihnen in Erinnerung.

Wieder setzte Rashid zu einer scharfen Antwort an, aber Rhiana kam ihm zuvor. »Er wäre ertrunken, wenn wir ihn nicht gefunden hätten«, korrigierte sie. »Und er hat darauf verzichtet, in die Dienste dieses ...« Sie schluckte das Wort Magier gerade noch herunter. »... dieses Meisters zu treten, nur um uns in unserem Kampf zu unterstützen. Ich kann ihn doch jetzt nicht einfach fortschicken!«

»Dürfte ich jetzt vielleicht selbst für mich sprechen, schönste Verteidigerin, die ein Mann sich wünschen kann?«, warf Rashid ein.

»Oh, natürlich«, gestattete Rhiana peinlich berührt. »Verzeihung.«

»Der Einzige, der hier um Vergebung heischen muss, bin ich, der Größte aller Sünder, der beständig gegen die Gebote des gerechten Rastullah verstößt«, behauptete der Novadi. »Ich bin aus freien Stücken in diese prachtvollste aller Städte gekommen und danke euch dafür, mich hergeführt zu haben. Auch wenn die herrlichen Bauwerke unter einem sonnigeren Himmel noch weit besser zur Geltung kämen, hat es mein armseliges Leben bereichert, sie sehen zu dürfen. Ich habe daher keinen Grund, Reue über meine Entscheidung zu empfinden.«

»Dann willst du dich von uns trennen?«, fragte Finni aufgeschreckt.

»Nein, kleiner Dschinn, nichts würde meinem Herzen mehr Kummer bereiten«, gestand er. »Aber ihr könnt nicht hier in Gareth bleiben und auch nicht mehr einfach in den Schoß des Volkes von Talania zurückkehren. Deshalb ist der Vorschlag eurer scharfzüngigen Freundin vernünftig. Ich würde mir niemals verzeihen, solltet ihr wegen mir ein sicheres Obdach ablehnen.«

»Also verlässt du uns doch«, schloss Finni daraus.

»Darüber werden andere entscheiden, wenn es so weit ist«, meinte Rashid. »Ich begleite euch zu diesen Kriegerinnen, die ihr Leben der Löwin geweiht haben, damit ich Gewissheit habe, dass man euch dort aufnimmt. Sollten die Amazonen mir das Gastrecht verweigern, werde ich eben eine andere Unterkunft finden müssen. Mein Schicksal liegt in Rastullahs allmächtiger Hand.«

»Bist du sicher?«, hakte Rhiana nach.

Rashid nickte entschlossen.

»Na gut, dann werden wir morgen zu dieser Burg aufbrechen«, rang sich Rhiana schweren Herzens ab. Finni konnte verstehen, wie hart es ihre Freundin ankommen musste, die sinnlose Suche nach Mortenberg damit endgültig aufzugeben. »Wo genau hat dieser Orden seinen Sitz?«

Instinktiv sah Finni wieder zu dem verdächtigen Fremden, der sich – sein Kinn auf den aufgerichteten Unterarm gestützt – über die Tischplatte gelehnt hatte, sodass sein Ohr ihnen ein ganzes Stück näher war als zuvor. »Sag es nicht!«, fiel Finni Neel ins Wort, die gerade zu einer Wegbeschreibung angesetzt hatte.

Sofort folgte Neel verstehend ihrem Blick, doch anstatt wie die Halbelfe Ruhe zu bewahren, geriet die Amazone in Wut. »Meinst du, der Kerl belauscht uns?«, fuhr sie auf.

Augenblicklich schrak der Fremde hoch und flüchtete nach draußen. Finni sprang leichtfüßig auf seinen Tisch und setzte ihm nach, was ihr einen Schwall deftiger Beleidigungen durch den Wirt hinter seinem Tresen eintrug. Die Tür wurde ihr vor der Nase zugeschlagen. Sie stieß sie wieder auf, hastete auf die Straße und sah sich nach dem Spitzel um, der gerade um eine Hausecke verschwand. Vergessen war die seltsame Erschöpfung, die sie befallen hatte, seit sie in Gareth angekommen waren. So schnell sie konnte, rannte sie hinter dem Unbekannten her, schlug Haken um die langsameren Passanten und wich jenen aus, die ihr verwundert entgegenkamen. Dennoch rempelte sie immer wieder jemanden an, wofür sie wüste Beschimpfungen erntete. Der Vorsprung des Flüchtigen wurde immer größer.

Eisfell tauchte an Finnis Seite auf, gerade als der Fremde weit vor ihr auf dem Platz der Zwölfgötter in eine Menschenmenge eintauchte, die aus dem Ingerimmtempel strömte. Männer, Frauen und Kinder jeden Alters in sauberen Festtagsgewändern sammelten sich um Handwerksmeister, die ihre samtenen, mit Gold und Silber bestickten Zunftbanner in die Höhe reckten, während andere die bunt bemalten Statuen der Schutzheiligen trugen. Schnell fand sich Finni inmitten der Schaulustigen, die zufällig vorübergekommen waren und nun neugierig stehen blieben. »Such, Eisfell, such!«, spornte sie den Wolfshund an, der immer wieder am Boden und in die Luft witterte.

Langsam überquerte er den Platz, dessen Mitte ein Brunnen einnahm, den Statuen aller zwölf Götter umgaben. Finni folgte ihm, hielt angestrengt nach dem Unbekannten Ausschau, doch ihre Hoffnung, seine Spur in diesem Gewimmel wieder zu finden, sank mit jedem Augenblick. *Warum musste Neel auch gleich laut herausschreien, dass wir Verdacht geschöpft hatten?*, ärgerte sie sich über die aufbrausende Amazone. *Da passen Rhiana und sie wirklich bestens zusammen.*

Plötzlich entdeckte sie die braune Strickmütze auf den blonden Haaren wieder. Den Blick unablässig über die Menge schweifen lassend, um nicht von seiner Verfolgerin überrascht zu werden, sprach der Mann eindringlich auf einen anderen ein. Er bemerkte Finni im gleichen Moment, als sie ihn erspähte.

»Eisfell, fass!«, gellte Finni gleichzeitig mit dem Warnruf des Fremden.

Die beiden Männer rannten in entgegengesetzte Richtungen davon, aber der Wolfshund schoss hinter dem Unbekannten aus der Taverne her. Erstaunte und über die Störung ihres Festes erzürnte Blicke folgten der ungewöhnlichen Hetzjagd. Wieder versuchte der Kerl zu entkommen, indem er in den schmalen Durchlass zwischen zwei mehrstöckigen Bürgerhäusern abbog, doch für seinen vierbeinigen Verfolger war er nicht schnell genug. Eisfell erwischte ihn am Hosenbein, womit er den Mann sogleich zu Fall brachte.

Der Fremde trat nach dem Hund, der sich festgebissen hatte und knurrend an der Hose rüttelte und riss, ohne die Tritte zu beachten. Entsetzt sah Finni, wie der Mann seinen Dolch zog. »Wag das nicht!«, schrie sie und zückte eines ihrer Wurfmesser.

»Dann pfeif deinen Köter zurück!«, erwiderte der Fremde zornig und ängstlich zugleich.

Ich bin nah genug, er wird mir nicht noch einmal durch die Lappen gehen, schätzte Finni. »In Ordnung«, stimmte sie zu. »Eisfell, aus! Du sollst ihn auslassen!«

Der Wolfshund gab widerstrebend den zerrissenen Stoff frei, stand jedoch noch immer über den Fuß seines Gegners geduckt, bereit, jeden Augenblick erneut zuzupacken. Hastig kroch der Mann rückwärts von Eisfell weg, bis die Hauswand in seinem Rücken der Flucht ein Ende setzte.

»Wer bist du?«, verlangte Finni zu wissen.

»Das geht dich einen feuchten Dreck an. Wer bist du denn?«, gab der Kerl barsch zurück.

»Geht dich noch viel weniger an! Aber ich glaube, dass du ziemlich gut weißt, wen du vor dir hast, sonst hättest du uns wohl kaum ausspioniert«, regte sich Finni auf.

»Hab ich gar nicht«, bestritt der Fremde. »*Du* bist doch hinter *mir* hergerannt.«

»Komm mir nicht so, du Stümper!«, herrschte sie ihn an. »Ich hab deine Nase vorhin nicht zum ersten Mal gesehen. Du verfolgst uns und hast unser Gespräch belauscht.«

Sie hörte hinter sich Schritte heraneilen.

»Finni hat ihn!«, rief Rhiana den anderen zu.

Der Unbekannte packte seinen Dolch fester.

»Das wird dir wohl kaum nützen«, prophezeite Finni. »Du hast mein Messer in der Brust, bevor du dich rühren kannst.«

Er schwieg und starrte sie finster an.

»Leg die Waffe weg!«, befahl Rhiana, während sie näher kam.

»Was tust du, wenn ich es nicht mache? Bringst du mich dann um? Hackst mir die Hand ab?«, höhnte der Mann, aber er war fahl, und auf seiner Stirn lief trotz der Kälte Schweiß unter seiner Mütze hervor. »Wie rondragefällig von dir, Kriegerin.«

Das würde Rhiana niemals einfallen, aber bei Neel wäre ich mir da nicht so sicher, dachte Finni. Ihre Freundin stutzte tatsächlich und blieb neben ihr stehen, anstatt sich bedrohlich mit dem Schwert über den Fremden zu beugen.

»Du kannst deinen Dolch behalten, wenn du uns ein paar Fragen beantwortest«, stellte Rhiana ihm großzügig in Aussicht.

Jetzt hat sie ihm verraten, dass er gar nichts sagen muss, weil sie ihn niemals töten würde, solange er sie nicht angreift, stellte Finni insgeheim fest. *Ich will so etwas ja auch nicht, aber das darf doch mein Gegner nicht wissen!*

»Von mir erfahrt ihr kein Wort«, weigerte der Mann sich prompt.

»Lasst mich vor!«, forderte Neel. »Ich werde das Schwein schon zum Reden bringen!«

Aber Rhiana versperrte der Amazone mit ausgestrecktem Arm den Weg. »Das kann ich nicht zulassen! Er hat uns nichts getan.«

»Noch nicht«, versetzte Neel grimmig. »Soll es ein Zufall sein, dass wir schon wieder bespitzelt werden, nachdem wir so auffällig nach Mortenberg gesucht haben? Ich verwette mein einziges Auge, dass der Kerl ein Flammenbündler ist!«

Finni sah, wie der Fremde erschrak. Sein Gesicht wurde noch bleicher. Eine andere Antwort brauchte sie nicht.

»Was geht hier vor?«, mischte sich eine dröhnende Männerstimme ein.

Vier Gardisten, die blaue Mäntel und rote Barette trugen, hatten den schmalen Gang betreten und näherten sich angesichts der bewaffneten Gefährten mit gezogenen Schwertern. Finni zog sich geistesgegenwärtig hinter den Fremden zurück, damit er die Ablenkung nicht ausnutzen konnte, um zu fliehen.

»Steckt die Klingen ein!«, gebot Rhiana ihren Freunden und schob auch ihr eigenes Schwert zurück ins Wehrgehenk. »Korporal, dieser Mann hat uns beschattet, und ich war gerade dabei, ihn zur Rede zu stellen«, erklärte sie dem misstrauisch blickenden Stadtgardisten. »Wir haben Grund anzunehmen, dass er einer kultistischen Verschwörung angehört, die Drachen anbetet.«

Der Korporal setzte eine zweifelnde Miene auf, doch im gleichen Augenblick schrie der Unbekannte: »Ich verrate nichts! Die foltern mich sonst zu Tode!«

»Wer? Diese Leute hier?«, erkundigte sich der Gardist verwirrt.

»Nein, die anderen«, heulte der Fremde außer sich.

»Welche anderen? Die Drachenanbeter? Rede, verdammt!«, fuhr der Korporal ihn an.

»Niemals!«, schrie der Fremde. Seine Hand mit dem Dolch bewegte sich so schnell, dass Finni nicht einmal rechtzeitig ihr Messer wieder ziehen konnte. Doch der völlig panische Mann rammte sich die Klinge ins eigene Herz.

Kapitel 11

Nordosten Darpatiens, Hesinde 914 BF

Der tiefe Schnee machte das Vorwärtskommen zur Qual. Selbst auf dem, was Rhiana für den Weg hielt, reichte er den Pferden fast bis zum Bauch, sodass die Tiere ihre Beine bei jedem Schritt sehr hoch heben mussten, um überhaupt den Widerstand der weißen Pracht brechen zu können. Trotz der winterlichen Kälte schwitzten und dampften die Pferde von der Anstrengung. Sturmbraut pflügte sich an der Spitze tapfer durch die unberührte Schneedecke und trampelte so für die anderen wenigstens die Andeutung eines Pfades, aber Rhiana spürte, wie die Bewegungen ihrer Stute an Vehemenz verloren.

Bald muss mich jemand hier vorne ablösen, erkannte sie. *Es ist beinahe, als ritten wir durch einen Sumpf. Auf jeden Fall kommen wir genauso schlecht von der Stelle.*

Sie wäre gern abgestiegen, um Sturmbraut die Aufgabe zu erleichtern und sich dabei aufzuwärmen, aber sie hatte bereits feststellen müssen, dass sie noch langsamer vorankamen, wenn sie sich zu Fuß durch den hüfthohen Schnee kämpften. Ganz zu schweigen davon, dass ihre Hosen dabei schnell durchnässt worden waren und sie noch mehr ausgekühlt hatten.

Am schlimmsten erging es Eisfell, der selbst in den Spuren der Pferde ständig springen musste, wenn er nicht hoffnungslos versinken wollte. Er blieb immer öfter entkräftet zurück, und Rhiana spürte seine zunehmende Verzweiflung. Sie hob die Hand, um den anderen zu signalisieren, dass sie halten wollte.

»Eisfell kann nicht weiter«, eröffnete sie ihren Gefährten. »Ich muss ihn zu mir auf den Sattel nehmen.«

Der Wolfshund ließ sich – erleichtert über die Rast – fallen und war im hohen Schnee nicht mehr zu sehen.

»Euer Pferd plagt sich schon genug, Shastra«, gab Neel zu bedenken. »Ihr solltet ihm keine zusätzliche Last aufbürden.«

»Ich weiß«, seufzte Rhiana ratlos.

»Setz ihn doch auf Rabe!«, schlug Finni vor.

»Deine Gauklerkunststückchen in allen Ehren, Finni, aber Eisfell kann wohl kaum reiten«, meinte Rhiana skeptisch.

»Woher willst du das wissen?«, erwiderte die Halbelfe schelmisch. »Wir sollten es wenigstens versuchen.«

»Hm«, brummte Rhiana, schwang sich aus dem Sattel und stapfte zu dem Wolfshund, um ihn auf die Arme zu nehmen. Er war überraschend schwer. Sie schwankte leicht unter dem Gewicht, als sie sich dem skeptischen Rapphengst näherte, den Finni am Führstrick hielt. Sie musste all ihre Kraft aufbieten, um Eisfell auf den Packsattel zu wuchten. Rabe rollte angesichts des Wolfs, der ihm aus seiner Warte plötzlich im Nacken hing, furchtsam mit den Augen und versuchte zu tänzeln, was ihm in dem hohen Schnee jedoch nicht recht gelang.

»Hoo, ganz ruhig!«, sprachen Rhiana und Finni gleichzeitig auf ihn ein, um zu verhindern, dass er sich den beunruhigenden Gast vom Rücken buckelte.

Auch Eisfell sah auf seinem schwankenden Untersatz nicht glücklich aus. Sein Körper klemmte in den beiden hölzernen Gabeln, an denen für gewöhnlich das Gepäck befestigt wurde, sodass er nicht fallen konnte, solange er flach liegen blieb, aber das wusste er nicht, weshalb er seine Krallen ängstlich in die Decke unter dem Sattel bohrte.

Wenn er nicht stillhält, werde ich ihn festbinden müssen, fürchtete Rhiana. Sie bemühte sich, Ruhe auszustrahlen, und strich beiden Tieren besänftigend über das feuchte Fell. Da der Hund sich nicht rührte, hielt nun auch der Rappe wieder still. Er schielte nur noch ab und zu misstrauisch nach hinten.

»Neel, würdet Ihr die Führung übernehmen?«, bat Rhiana. »Ich möchte ein paar Schritte nebenher gehen, um zu sehen, wie es klappt.«

Die Amazone nickte nur, während sie ihren kleinen, struppigen Schecken an Sturmbraut vorbeitrieb. Finni setzte Windspiel in Bewegung und zog den Raben mit sich. Sobald der Rappe losmarschierte, verkrampfte Eisfell sich noch mehr. Sein Blick lag flehend auf Rhiana, die den Kopf schüttelte.

»Nein, bleib da!«, befahl sie und versuchte, ihn mit ihren Gedanken zu erreichen. Angst und Schrecken drängten in ihren Geist. Unwillkürlich krümmten sich ihre Finger, als ob auch sie sich festkrallen wollten. Ganz bewusst entspannte sich Rhiana, beschwor das Gefühl, sanft im Sattel hin- und hergewiegt zu werden, wenn sie sich nur dem Rhythmus des Pferdes anpasste. Bei den hohen, ungleichmäßigen Schritten, die der Schnee den Pferden abnötigte, stimmte ihr Bild leider nicht ganz mit der Wirklichkeit überein, aber Eisfell fing anscheinend doch etwas davon auf, denn sein Körper lockerte sich, suchte nach Balance, ohne in Panik zu geraten.

»Brav!«, lobte Rhiana.

»Bei Rastullahs Lockenpracht!«, rief Rashid aus. »Von allen Wundern, die ich auf meiner Reise gesehen habe, ist der reitende Wolf wahrhaftig das unglaublichste!«

»Was hätten wir in Gareth damit Geld machen können!«, meinte Finni lachend.

»Fängst du schon wieder davon an?«, knurrte Neel.

Rhiana stieg wieder auf, behielt Eisfell aber im Auge. Da sie nun nicht mehr nach den bunten Bändern Ausschau halten musste, die von den Einheimischen vereinzelt an die Zweige der Bäume gebunden worden waren, um im hohen Schnee den Pfad zu markieren, konnte sie ihre Aufmerksamkeit zwischen dem Wolfshund und der Landschaft aufteilen, die sie umgab. Auch wenn der Weg beschwerlich war, hatte sie keine Sehnsucht nach dem lauten, geschäftigen Gareth.

Viele Menschen bedeuten nur viele Probleme, sagte sie sich. *Wenn ich eins gelernt habe, seit ich unsere Zuflucht in den Wäldern Albernias verlassen musste, dann das. Werde ich mich jemals wieder unter Menschen wagen können, ohne dass mich der Flammenbund sofort aufstöbert?*

Umgeben von den einsamen, dicht bewaldeten Ausläufern der Schwarzen Sichel, erschien die riesige Stadt unwirklich und ferner als nur ein paar Tagesreisen auf der Reichsstraße, der Rhiana und ihre Freunde gen Norden bis nach Wehrheim gefolgt waren, um dort östliche Richtung einzuschlagen. Zunächst hatte die Stadtgarde sie nicht ziehen lassen wollen. Erst nachdem sie ihre Geschichte wieder mehrfach verschiedenen Beamten zu Protokoll gegeben hatte, war zu einer höheren Stelle durchgedrungen, dass man die Prinzessin von Talania vor sich hatte, woraufhin sie nicht länger mit dem Tod eines unbedeutenden Habenichtses belästigt worden war.

Rhiana verspürte Mitleid mit dem Spion, der sich lieber selbst getötet hatte, als die Strafe zu riskieren, die der Flammenbund ihm für Verrat angedroht haben musste. So tapfer er es gewagt hatte, ihr zu trotzen, weil er an ihre Rechtschaffenheit geglaubt hatte, so vollkommen überzeugt war er offenbar davon gewesen, dass seine Auftraggeber ihn grausam richten würden. *Wer weiß, was er bereits gesehen hatte. Elidana ist wahrscheinlich nicht die Einzige in diesem verfluchten Kult, die wehrlose Kinder schlachtet,* vermutete sie schaudernd.

Sie schüttelte die schreckliche Vorstellung ab und sog die herbe Schönheit der dunklen Wälder in sich auf, über denen die verschneiten Gipfel der Sichel im Licht der Nachmittagssonne leuchteten. *Wenn wir nicht bald ein Dorf erreichen, werden wir im Freien übernachten müssen,* dämmerte ihr.

An der Reichsstraße, die von Wehrheim nach Osten und durch die Trollpforte gen Beilunk und Tobrien führte, hatte man sie davor gewarnt, zu dieser Jahreszeit die viel benutzten Straßen zu verlassen. Etliche Bergdörfer wurden jeden Winter aufs Neue von der Außenwelt abgeschnitten, und Rhiana verstand nun, warum niemand durch das verschneite Norddarpatien reiste, wenn es sich vermeiden ließ. *Dazu muss man wohl so verzweifelt und mittellos sein wie wir,* dachte sie mit einem Anflug von Galgenhumor.

»Im Sommer«, hatten die Bauern gesagt, in deren Haus sie die letzte Nacht verbracht hatten, »im Sommer könntet Ihr die

Burg von hier aus an einem Tag erreichen. Aber jetzt sind wir alle fest in Firuns Hand. Und den grimmigen Herrn des Eises fordert man nicht heraus. Wenn er regiert, bleiben wir brav an unserm Herdfeuer. Travia sei's gedankt!«

Rhiana hielt nach einem Hinweis auf die Festung der Amazonen Ausschau, einem in der Ferne aufragenden Turm oder einer zinnenbewehrten Mauer, doch auf den Hügelkuppen, die sie über die Wipfel der schneebeladenen Tannen und Rotföhren hinweg erspähen konnte, war nichts als unberührter Wald zu entdecken. Ihre Augen wanderten zurück zu Eisfell. Der Wolfshund lag nicht mehr hilflos wie in das Holzgestell gegossen, sondern kauerte mittlerweile auf gekrümmten Beinen, um die Bewegungen des Pferdes in den Gelenken abzufedern und doch jederzeit bereit zu sein, zurück auf den sicheren Boden zu springen. Sein Blick war nun forscher, und seine Ohren waren aufmerksam gespitzt.

»So langsam scheint es ihm Spaß zu machen«, freute sich Rhiana.

»Hast du schon mal freihändig auf dem Pferderücken gestanden?«, wollte Finni wissen. »Boruntin hat es mir beigebracht. Ist eine lustige Sache. Solange man nicht runterfällt«, fügte sie zwinkernd hinzu.

Sie spricht so selten von ihren alten Freunden, obwohl sie sich bei den Gauklern wohl gefühlt hat, fiel Rhiana auf. »Vermisst du sie?«, erkundigte sie sich.

»Wen? Das Obenstehen oder das Runterfallen?«, flachste die Halbelfe.

»Nein, Boruntin, Connair, Branwen … sie alle«, erklärte Rhiana.

Finnis Gesicht verschloss sich, und sie zuckte die Achseln. »Vielleicht, manchmal«, murmelte sie. Offensichtlich wollte sie nicht darüber reden.

»Da vorne sind Häuser!«, rief Neel ihnen zu.

»Also doch ein Dorf?« Rhiana sah erleichtert auf, aber noch bevor ihr bewusst wurde, woher der Eindruck stammte, überkam sie die Enttäuschung.

Vor ihnen breitete sich ein längliches Tal aus, an dessen Grund die allgegenwärtigen Bäume fehlten. Vermutlich waren sie gefällt worden, um steinigen Äckern und Wiesen zu weichen, die nun unter der dicken, weißen Decke dem Frühling entgegenschlummerten. Am jenseitigen Ende der Rodung erhoben sich steinerne Mauern aus dem Schnee, die einst zu niedrigen, vor den Wettergewalten der Berge geduckten Katen gehört hatten, doch nun standen die dunkel geränderten Giebel nackt und verwaist. Nur spärliche Reste geschwärzter Balken erinnerten an die ehedem vorhandenen Dächer.

»Kein Wunder, dass die Leute im letzten Dorf diesen Ort nicht erwähnt haben«, meinte Finni. »Sieht aus, als wäre hier alles niedergebrannt.«

»Zweifellos«, bestätigte Neel.

Zu früh gefreut, seufzte Rhiana bei sich. Enttäuscht betrachtete sie die Ruinen, deren länger werdende Schatten dem lichten Schneefeld eine trostlose Note gaben. »Aber wie ist das passiert?«, fragte sie sich und sprach es unbewusst laut aus. Als sie die Blicke ihrer Gefährten auf sich spürte, fügte sie hinzu: »Die Häuser stehen schließlich nicht so dicht wie in einer Stadt, wo die Flammen mühelos auf die ganze Nachbarschaft übergreifen können.«

»Dein Scharfsinn gleicht dem der Heschinja, der fünften Frau unseres Herrn Rastullah, die als Inbegriff von Klugheit und Wissen gepriesen wird«, lobte Rashid. »Es ist in der Tat seltsam, warum sämtliche Gebäude dieses Weilers gleichzeitig gebrannt haben sollen. Wütet der Krieg etwa auch in dieser abgelegensten aller Einöden?«

»Unwahrscheinlich«, behauptete Neel. »Wenn hier in den letzten Jahren feindliche Soldaten eingefallen wären, hätten die Bauern uns wohl kaum so freundlich und unbedarft aufgenommen. Und warum wäre das Dorf, aus dem wir kommen, verschont worden, wenn dieses hier geplündert wurde?«

»Ja, das ergibt keinen rechten Sinn«, stimmte Rhiana ihr zu. »Vielleicht waren es Räuber, die bereits gefangen wurden, sodass die Bauern sie nicht mehr fürchten.«

»Dein Rastullah hat fünf Frauen?«, wandte sich Finni staunend an Rashid.

Neel ritt einfach weiter, und Rhiana folgte ihr auf die Ruinen zu.

»Oh, der allmächtige Al'Ankhra hat deren sogar neun«, antwortete der Novadi hinter ihr. »Wie könnte er sich mit einer einzigen Frau begnügen, wenn er doch in jeder anderen Hinsicht dem mächtigen König der Wüste, dem Löwen, gleicht, der stets einen Harem sein Eigen nennt?«

»Vielleicht, weil er eine dieser Frauen wirklich liebt?«, stichelte Finni.

»Du darfst den einzig wahren Gott nicht mit weiblichen Maßstäben messen, kleiner Dschinn«, rügte Rashid. »Den Männern ist es gegeben, dass sie viele Frauen zu schätzen wissen und keine der anderen vorziehen müssen.«

Rhiana war so sprachlos, dass sie nicht einmal fertig brachte, sich umzudrehen und dem Tulamiden einen mordenden Blick zuzuwerfen. Neel spuckte nur angewidert in den Schnee.

»Willst du damit sagen, dass du auch vorhast, mehrere Frauen zu heiraten?«, hakte Finni empört nach.

Hinter Rhiana trat ein Moment der Stille ein. »Darüber habe ich lange nicht mehr nachgedacht«, ließ sich Rashid schließlich vernehmen. »Für einen Gläubigen ist das einfach selbstverständlich.«

»Ich fasse es nicht!«, stöhnte die Halbelfe. »Die Amazonen werden dich lieben.«

Das Thema wird sich hoffentlich vermeiden lassen, wünschte Rhiana um Rashids willen.

Sie hatten die Überreste des einstigen Dorfs erreicht. Vom Sattel aus konnte Rhiana über die Mauern ins Innere der zerfallenden Häuser sehen. Auch dort lag der Schnee und verbarg, was möglicherweise noch an Trümmern von den eingestürzten Dächern und der Einrichtung geblieben war. Putz bröckelte von den Wänden. In den darunter zum Vorschein gekommenen Ritzen wuchs bereits erstes Moos. Das Unheil, das den Weiler ereilt hatte, musste schon eine Weile zurückliegen.

»Sollen wir hier unser Nachtlager aufschlagen oder unter den Bäumen?«, fragte Rhiana unsicher in die Runde.

Neel und Rashid sahen sie ebenso ratlos an, wie sie sich fühlte. Keiner von ihnen hatte jemals eine Winternacht im Freien verbracht.

»Unter den Bäumen natürlich«, sagte Finni mit überlegenem Lächeln. »Da sind wir besser vor dem Frost geschützt, und die Schneedecke ist viel dünner.«

Rhiana nickte und kam sich dumm und unerfahren vor. *Gegen Finnis Kindheit war meine viel zu behütet. Ich weiß nicht einmal die einfachsten Dinge, wenn es ums Überleben geht,* haderte sie. *Oh, was denke ich nur für einen Blödsinn! Sie wurde von Dom Lando vergewaltigt und musste mit ansehen, wie er ihre Mutter abgeschlachtet hat. Ich sollte den Göttern auf Knien danken, dass mir das erspart geblieben ist! Unsere Zuflucht hat ihrem Namen alle Ehre gemacht.*

Plötzlich gab Eisfell einen warnenden Laut zwischen Bellen und Knurren von sich und sprang von Rabe, der deshalb einen erschrockenen Satz zur Seite machte. Rhiana blickte in die Richtung, in die sich der Wolfshund vergebens durch den Schnee wühlte. Dort war am Waldrand eine kräftige Gestalt aufgetaucht und beobachtete sie schweigend.

»Travia zum Gruße!«, rief Rhiana und lenkte ihre Stute auf den Fremden zu.

Als sie sich ihm näherte, konnte sie an seinem dichten dunkelblonden Vollbart, der jedoch auf wenige Finger Länge gestutzt war, erkennen, dass sie tatsächlich einen Mann vor sich hatte. Er trug eine Fellmütze, die bis über die Ohren reichte, und einen vielfach geflickten, aber sauberen Umhang, unter dem das zottelige Schafvlies einer Hirtenweste hervorquoll. Hinter seiner linken Schulter ragte ein unbespannter Bogen hervor, und an seine Stiefel hatte er geflochtene Schneeschuhe geschnallt. Obwohl er sie und ihre Gefährten misstrauisch musterte, empfand Rhiana seine Miene nicht als feindselig.

»Travia auch mit Euch«, erwiderte er ihren Gruß, machte jedoch keine Anstalten, ein Gespräch zu beginnen.

»Mein Name ist Rhiana«, stellte sie sich vor, um das Eis zu brechen. »Meine Freunde und ich sind auf dem Weg zu der Burg des rondrianischen Frauenordens, den es hier geben soll. Ist es noch weit?« Sie bildete sich ein, dass ein leichtes Stirnrunzeln über sein Gesicht geglitten war, aber er zeigte keine offene Missbilligung.

»Nein, weit ist es nicht. Aber Ihr werdet es heute nicht mehr schaffen«, erklärte er nur. Er schien noch mehr sagen zu wollen, verkniff es sich jedoch.

Da sie bisher stets freundlich eingeladen worden waren, seit sie das besonders traviagläubige Darpatien betreten hatten, war Rhiana durch das weder unbefangene noch direkt abweisende Verhalten des Fremden irritiert. *Vielleicht wirken wir ihm zu bedrohlich*, überlegte sie. *Er ist allein und praktisch unbewaffnet, wie es scheint.* Sie stieg ab, um nicht länger über dem Mann aufzuragen.

»Dann müssen wir wohl die Nacht hier verbringen«, stellte sie fest. »Oder kennst du einen besseren Platz als diese Ruinen?«

»Jeder Platz ist besser als dieser«, antwortete er, wobei sich seine Züge so sehr verfinsterten, dass Rhiana unwillkürlich zurückwich. Er bemerkte es und nötigte sich eine freundlichere Miene ab. »Ich bin Selrik. Wenn Ihr Eure Waffen ablegt und bei Travia schwört, den Herdfrieden zu halten, könnt Ihr in meiner Hütte übernachten.«

»Travia sei meine Zeugin, dass dir von uns keine Gefahr droht, Selrik«, gelobte Rhiana ernst.

Während sie und ihre Gefährten dem Fremden in den Wald hinein folgten, fragte sie sich, ob er in dem Dorf gelebt hatte, bevor es zerstört worden war. Jedenfalls stand er dem Ort allem Anschein nach nicht gleichgültig gegenüber.

»Wir haben gesehen, dass die Häuser alle niedergebrannt sind. Wie konnte das geschehen?«, erkundigte sie sich.

Selrik stapfte einfach weiter, als hätte er die Frage nicht gehört, und Rhiana wagte nicht, sie zu wiederholen.

Als sie am nächsten Morgen weiterritten, ließ sich Eisfell wie selbstverständlich auf Rabes Rücken heben. Rhiana führte das Packpferd nun selbst, damit Finni ihren Arm entspannen konnte. Die Halbelfe setzte ihren Wallach vor Sturmbraut und wandte sich nach Rhiana um, sobald sie außer Hörweite von Selriks Behausung waren.

»Ist dir auch aufgefallen, dass diese Leute Angst hatten?«, wollte sie wissen.

»Ich bin nicht sicher. Es könnte auch sein, dass sie sich einfach nicht an dieses Unglück erinnern wollen, weil es so ein schreckliches Erlebnis war«, vermutete Rhiana.

Zu ihrer Überraschung hatte sich herausgestellt, dass Selrik verheiratet war und Kinder hatte, sodass es in seiner Hütte sehr eng geworden war. Während sie zusammen beim Abendbrot gesessen hatten, war Finni – der Rhianas erster Versuch, mehr zu erfahren, entgangen war – noch einmal auf die Ruinen zu sprechen gekommen. Doch auf ihre Frage hatten selbst die Kinder nur betretene Gesichter gemacht und eingeschüchtert die Blicke ihrer Eltern gesucht. Selriks Frau war abrupt aufgestanden, um lautstark weiteren Tee anzubieten, woraufhin sich auch Finni nicht mehr getraut hatte, weiter nachzubohren.

»Möglich«, räumte die Halbelfe widerstrebend ein. »Aber mir kam es seltsam vor.«

»Witterst du jetzt auch schon überall Verschwörungen und dunkle Geheimnisse?«, zog Rhiana sie auf, um sich von dem bedrückenden Thema abzulenken.

»Hab ich früher nie. Das muss an dir liegen«, gab Finni grinsend zurück.

»Vielleicht können wir Selrik ja noch einmal einen Besuch abstatten, wenn wir die Gegend wieder verlassen«, stellte Rhiana in Aussicht. »Jetzt will ich einfach nur irgendwo ankommen, wo ich eine Weile bleiben kann.« Erst als sie es aussprach, wurde ihr bewusst, wie sehr sie sich danach sehnte, endlich wieder einmal am Morgen zu wissen, wo sie am Abend schlafen würde. Innerlich und äußerlich Ruhe zu finden, um neue Kraft zu sammeln.

»Da hast du Recht«, stimmte Finni ihr zu. »Ein bisschen Erholung wäre wirklich schön.«

Während sich die Pferde weiter durch den Schnee kämpften, gewannen sie an Höhe. Rhiana musste sich zwingen, nicht daran zu denken, wie langsam sie vorankamen, weil es sie zu sehr entmutigt hätte. Eine Weile führte der Weg auf einem Höhenrücken entlang, wo der Wind den Schnee ins Tal geweht hatte, sodass sie absteigen und die Tiere weiter ausgreifen konnten, aber schon bald versanken sie wieder bis über die Knie. Nicht einmal das Glitzern der Sonne auf dem allmählich verharschenden Weiß konnte ihre Gemüter aufhellen, denn das grelle Licht blendete sie.

Erst als sie sich kurz nach der Mittagsrast anschickten, einen immer steileren Hang zu erklimmen, und der Wald zu beiden Seiten zurückwich, entdeckten sie vor sich eine Burg, die den Durchlass zwischen zwei schroffen, felsigen Graten bewachte. Nur ein einziger, klobiger Turm, der Bergfried, erhob sich über die trutzigen Mauern aus grob behauenen Felsblöcken. Wie die abgewetzten Zähne eines alternden Raubtiers ragten die verwitterten Zinnen darauf in den milchig blauen Himmel.

Geschult darin, die Lage einer Festung aus strategischer Sicht zu beurteilen, prüfte Rhiana in Gedanken wie von selbst die Wehrhaftigkeit der Anlage und musste schmunzeln. Die Art, wie die Burg den Pass nach beiden Seiten hin beherrschte, ließ keine Rückschlüsse darauf zu, ob die Erbauer Darpatien vor Gefahren aus der Sichel hatten beschirmen oder ihre heimatlichen Gebirgstäler vor dem Zugriff der Tieflandfürsten hatten schützen wollen.

Über der Spitze des Turms, der kein Dach trug, sondern eine zinnengesäumte Plattform, flatterte eine rote Fahne, auf der aus der Nähe betrachtet eine schreitende silberne Löwin auszumachen war. *Beinahe wie auf dem talanischen Wappen,* dachte Rhiana gerührt. *Das muss ein gutes Omen sein.*

Vor der Burg war der Schnee niedergetrampelt, und ein ausgetretener Pfad, der an eine in weißen Kalkstein geschnittene Schlucht erinnerte, führte in das Tal jenseits der Passhöhe.

Eine breite Rampe stieg jäh zum Burgtor hin an, über dem sich eine überdachte Galerie vorwölbte. Deutlich waren die Löcher zu erkennen, durch die von dort oben siedendes Wasser und Brandöl auf etwaige Angreifer herabregnen konnten. Darüber zeichneten sich die Schießscharten ab, hinter denen Rhiana abschätzende Blicke erahnte.

Gerade als sie die erschöpften Pferde am Fuß der Rampe zügelten, regte sich etwas in einem der dunklen Mauerschlitze.

»Wer seid ihr, und was ist euer Begehr?«, verlangte eine helle, klare Frauenstimme zu wissen.

Rhiana sah Neel fragend an. Die Amazone verstand die stumme Bitte und schlug die Kapuze zurück, um besser zu der Wächterin aufblicken zu können. »Zwei Schwestern in Rondra und ihre Begleiter bitten um Obdach«, antwortete sie.

Vermutlich wäre es vertrauenerweckender, wenn wir alle offen unsere Gesichter zeigen würden, erkannte Rhiana und forderte Finni und Rashid mit einer Geste auf, es gemeinsam mit ihr Neel gleichzutun.

»Seid ihr Geweihte der Leuin?«, wollte die Wachfrau misstrauisch wissen.

»Nein, wir sind Frauen, die ihre Klingen der Göttin geweiht haben«, erwiderte Neel stolz.

»Wartet!«, beschied die Unbekannte ihnen knapp.

Für Rhianas Empfinden dauerte es endlos, bis sich hinter den Mauern wieder etwas rührte, doch dann erklangen schabende Geräusche, und die schweren Torflügel wurden aufgezogen. Neel ritt nun ganz selbstverständlich voran. Eisfell, der aus Langeweile bereits von Rabes Rücken gesprungen war, hielt sich dicht bei Sturmbraut, als Rhiana die Stute auf den beengten Burghof lenkte. Rundherum lehnten sich aus Holz gezimmerte Hütten und Scheunen an die wuchtigen Außenmauern, sodass die frei gebliebene Fläche einer ringförmig um den Bergfried führenden Straße ähnelte. Und von überall her starrten ihnen freiheraus Gesichter entgegen. Nicht nur die Wächterinnen, die ihnen das Tor geöffnet hatten, sondern auch die Frauen in der Schmiede und in den Eingängen zu den Stallungen unterbrachen ihre Arbeit, um einen Blick auf die Neuankömmlinge zu werfen. Sogar aus einigen Fenstern des Turms lehnten sich Amazonen und musterten sie mit unverhohlener Neugier.

»Das ist das aufmerksamste Publikum, das ich jemals hatte«, lachte Finni und winkte einem fröhlich grinsenden Mädchen zu, das zuvor den Blasebalg neben der Esse bedient hatte.

Die Vorstellung, für die vom Winter eingeschlossenen Frauen eine Jahrmarktssensation zu sein, fegte auch Rhianas letztes Unbehagen hinweg. Ganz gleich wie ungewohnt es für sie war, so schamlos angegafft zu werden, hatte es doch etwas Befreiendes, einfach genauso unverstellt zurückzulächeln. Sie drehte sich ein wenig besorgt nach Rashid um, aber der sonnte sich geradezu in der ganzen Aufmerksamkeit. *Was kann er doch für ein eitler Gockel sein,* dachte sie amüsiert.

In der Tür des Turms, zu der ein paar Treppenstufen hinaufführten, erschien eine Gestalt, die sofort alle Blicke auf sich zog, als hätte sie ihren Auftritt durch Fanfaren untermalen lassen. Die große, breitschultrige Frau, die Rhiana trotz der bereits völlig ergrauten Haare auf kaum mehr als vierzig Jahre schätzte, hatte jedoch nichts Prachtvolles an sich. Stattdessen strahlte sie mit ihren kantigen, zu männlich wirkenden Zügen und den beunruhigend grünen Augen eine unerbittliche Strenge aus, die durch ihre schlichte, in Grau und Schwarz gehaltene Kleidung noch unterstrichen wurde. Nur das offen getragene Haar, das von zwei im Nacken zusammengefügten Schläfenzöpfen gebändigt wurde, wollte nicht so recht zu ihrem markanten Gesicht passen. Doch Rhiana entging nicht, dass diese Frisur allen Amazonen gemeinsam war.

»Wer wagt es, sich auf den Namen der Göttin zu berufen?«, verlangte die offensichtliche Herrin der Burg zu wissen.

»Ich wage es. Neel. Schwertschwester des Ordens vom Erbe Nebachots«, verkündete Neel furchtlos.

Die beiden alten Amazonen kreuzten die Blicke wie Klingen. Keine von beiden gab in diesem Duell der Willensstärke auch nur einen Fingerbreit nach. Gebannt beobachteten die jüngeren Frauen den stummen Zweikampf, nicht einmal ein Flüstern war zu hören.

Schließlich lächelte die Burgherrin, aber es glich eher einem Zähnefletschen. »Du bist uns willkommen, Schwester«, erklärte sie. »Und deine beiden Freundinnen.« Ihre beunruhigenden Augen, die sie nun kritisch zusammenkniff, wanderten unbeeindruckt über Rhiana und Finni hinweg zu Rashid. »Aber wie kannst du glauben, dass wir einen Mann – und einen selbstherrlichen Wüstensohn noch dazu – bei uns dulden werden?«

»Ich habe es nicht geglaubt«, gab Neel unumwunden zu. »Doch meine langjährige Schülerin Rhiana, Kriegerprinzessin von Talania, hat ihm das Leben gerettet, sodass er eine Schuld an ihr abzutragen hat. Er ließ sich nicht abschütteln.«

Unter dem Gelächter der Amazonen schoss Rashid Neel einen giftigen Blick zu.

»Ihr werdet Euch von Eurem Schoßhündchen trennen müssen, wenn Ihr bei uns unterkommen wollt, Königliche Hoheit«, wandte sich die Anführerin des Ordens spöttisch an Rhiana.

»Rashid ay Talusa ist ein mutiger Mann und unerschrockener Streiter. Er hat mir im Kampf gegen meine Feinde treu zur Seite gestanden und verdient Euren Respekt«, stellte Rhiana nachdrücklich klar. »Ich habe Verständnis dafür, dass Ihr keine Männer in Euren Orden aufnehmt, aber ich appelliere im Namen Travias an Euch, ihm wenigstens für eine Nacht das Gastrecht zu gewähren.«

Die Burgherrin verzog herablassend den Mund. »Kämpfen kann er also, hm? Steigt ab! Er soll mir das beweisen«, forderte sie. »Lorwina, stell ihn auf die Probe!«

Die jüngere Amazone, die hinter ihrer Anführerin gestanden hatte, trat vor. Ihr verschwitztes Haar und gerötetes Gesicht deuteten darauf hin, dass die Ankunft der Fremden sie bei einem Übungskampf unterbrochen hatte, den sie nun unter völlig anderen Bedingungen fortsetzen sollte.

Sie sieht überrascht aus, fand Rhiana, als sie vom Pferd stieg. *Und ein wenig durcheinander.* Ihr kam der Verdacht, dass die strenge Ordensführerin die jüngere Frau ebenso testen wollte wie den Novadi.

Rashid gab nicht zu erkennen, ob er die Verunsicherung seiner Gegnerin bemerkt hatte. Das selbstgefällige Lächeln war jedoch aus seiner Miene verschwunden und einem Ausdruck hoher Konzentration gewichen. Er ließ seinen Umhang von den Schultern gleiten, sodass der Stoff auf dem Rücken seines Hengstes zu liegen kam, und schwang sich elegant aus dem Sattel. Ein beiläufiges Wedeln mit der Hand genügte, damit der Rappe zur Seite tänzelte.

Jemand zupfte Rhiana am Umhang. Sie warf einen Blick über die Schulter, aber erst als sie verblüfft nach unten sah, entdeckte sie das kleine Mädchen, das ihr kaum bis zur Taille reichte.

»Darf ich Eure schönen Pferde versorgen?«, fragte es mit einer eigentümlichen Mischung aus Schüchternheit und Tatendrang.

Rhiana zögerte kurz. Würden sie in dieser Burg bleiben, egal wie der Tulamide sich schlug? *Rashid wird das schaffen,* hoffte sie zuversichtlich. *Er hat schon ganz andere Sträuße ausgefochten.* Sie konnte sich zwar nicht vorstellen, wie die Kleine vor allem den riesigen Raben absatteln wollte, aber das konnte sie später immer noch selbst nachholen. »Hier«, sagte sie und reichte dem Mädchen Zügel und Führstrick. »Sie heißen Sturmbraut und Rabe.«

Die Kleine nickte eifrig, während sie die Tiere, die ihr gutmütig folgten, bereits davonzog. Rhiana drehte sich wieder nach Rashid um, der den Säbel gezogen hatte und seiner Gegnerin damit einen Gruß erwies. Die Amazone erwiderte die Geste mit ihrem Langschwert. Auch sie wirkte nun gefasst, aber Rhiana konnte sich dennoch nicht des Eindrucks erwehren, dass die Frau sich durch die Anwesenheit ihrer Ordensschwestern unter Druck gesetzt fühlte. *Vielleicht verstehe ich das auch falsch. Vielleicht hat sie Angst, mit scharfen Waffen gegen einen Unbekannten anzutreten.* Plötzlich stieg Furcht in ihr auf. Was wusste sie schon über diese Frauen? Niemand hatte gesagt, dass dieser Kampf nicht bis aufs Blut geführt werden sollte! Die Amazone trug wenigstens einen wattierten Waffenrock, während Rashid nichts als seine Samtjacke über einem dünnen Hemd hatte, um seinen Körper zu schützen.

Der Novadi wartete geduldig darauf, dass seine Gegnerin den Kampf eröffnete. Die Zuschauerinnen bewiesen dagegen weniger Langmut. »Schnapp ihn dir, Lorwina!«, riefen sie. »Es ist nur ein Mann!«

Als die junge Frau schließlich attackierte, wehrte Rashid ihre schnellen, beinahe hektischen Schläge ab, ohne seinerseits anzugreifen. Das Langschwert hätte der Amazone eine größere Reichweite verschaffen sollen, doch das wurde dadurch ausgeglichen, dass sie kleiner war als der Tulamide, der sich kaum bewegen musste, um ihre Hiebe zu parieren. Rasch zog sie sich zurück, um ihre Taktik zu überdenken.

Wieder harrte Rashid unter dem anspornenden Geschrei der Ordensschwestern gelassen aus, bis seine Gegnerin zu einem neuen Vorstoß ansetzte. Seine Untätigkeit irritierte die Amazone und machte sie offensichtlich gereizt. Rhiana kam nicht umhin, ihn dafür zu bewundern, wie gut er alles bis auf seine Kontrahentin ausblenden konnte. Sie war sicher, dass sie von der lautstarken Kulisse sehr viel mehr abgelenkt worden wäre.

Da sich der Tulamide nicht rührte, sprang die Amazone schließlich mit einem Wutschrei wieder auf ihn los. Rashid ließ sie gefährlich nah herankommen, bevor er sich plötzlich auf den fest getrampelten Schnee warf, der Frau mit seinen Unterschenkeln geschickt die Beine wegzog und sich bereits wieder aufrappelte, während sie fiel. Es gelang ihr, sich zu drehen, sodass sie nicht auf dem Bauch, sondern seitlich aufkam, aber sie landete auf ihrem Schwertarm, sodass sie die Waffe nicht mehr rechtzeitig hochbringen konnte. Der Novadi trat die Klinge im letzten Augenblick auf den Boden und deutete mit der Spitze seines Säbels auf die Kehle der Amazone.

Schlagartig senkte sich tiefe Stille über den Burghof, in der nur noch das schwere Atmen der beiden Gegner zu hören war.

»Du kämpfst nicht ehrenhaft!«, warf die Besiegte Rashid vor.

»Nicht jeder deiner Feinde wird den Geboten Rondras folgen«, erwiderte er nur und wich einen Schritt zurück, um sie aus ihrer misslichen Lage zu entlassen.

»Wohl gesprochen, Wüstensohn«, lobte die Anführerin der Amazonen zu Rhianas Überraschung. Doch auf dem harten Gesicht zeigte sich deswegen noch lange kein Lächeln. »Ich mache dir ein Angebot. Wie du siehst, brauchen meine Schwestern einige Lektionen in der Heimtücke, mit der feige Männer sie sonst überrumpeln. Unsere Regeln sind streng. Wir dürfen dich bei Nacht nicht in unseren Mauern dulden. Aber unweit der Burg gibt es eine leer stehende Kate, die wir dir überlassen können. Wenn du dich bereit erklärst, meine Schwestern zu lehren, wie sie sich gegen deine Kniffe wehren können, wirst du von uns auch Speise und Trank erhalten.«

»Es wird mir ein Vergnügen sein, Euch zu dienen, gütige Herrin dieser tapferen Frauen«, meinte Rashid und verneigte sich.

»Das ist genau, was sie befürchtet«, flüsterte Finni Rhiana zu.

Kapitel 12

Schwarze Sichel,
Peraine 914 BF

»Wennet die Götter wollt hevt, dat ick ne Berchziech werd, hättn se mir Huf und Hörner mitgeven«, maulte Answin. »Stattdessen hev ick nich mal twe Arm, um mich festzuklammern.«

»Dieset ewich Geheul würd selvs den ollen Isegrimm inne Flucht schlagen«, stöhnte Lindgard, und Haldoran musste ihr insgeheim Recht geben. »Wie soll en Mensch dat aushalten? Reiß di mol zusamm', Answin! Wenne nur nach vörn kieken tätst, anstatt innen Avgrund zu schieln, würdse auch nich stolpern!«

Nicht in die nebelverhangene Tiefe zu ihrer Rechten zu blicken, war jedoch leichter gesagt als getan. Der Stieg war oft so schmal, dass die Packtiere mit ihren Lasten auf der linken Seite die Felsen streifen mussten, wenn sie auf sicherem Grund bleiben wollten. Sofern man in diesem Dunst überhaupt von einem sicheren Pfad sprechen konnte.

Als sie am Vortag mit dem Aufstieg zum Pass begonnen hatten, war im Schein der Praiosscheibe sogar noch der Schweiß in Strömen geflossen. Die Sonne hatte das Frühlingsgrün an den Hängen so sehr leuchten und die letzten Schneefelder so weiß auf den schwarzen Gipfeln erglänzen lassen, dass Haldoran von der Schönheit der Landschaft das Herz überging. Aber Xerber und sein Sohn hatten Baron Rodebert davor gewarnt, dass das Wetter in den Bergen rasch umschlagen konnte. Ein paar vermeintlich harmlose Wolken mochten sich in kürzester Zeit schlimmstenfalls zu einem Schneesturm verdichten. Die beiden Jäger, die Ritter Luidprant in Granelfels als Bergführer angeworben hatte, waren jedoch auf taube

Ohren gestoßen. Haldoran hatte gehört, wie der Baron ihre Bedenken damit abgeschmettert hatte, dass die Landwehr nicht auf den Sommer warten könne, während prächtigster Sonnenschein herrsche. Herzog Kunibrand erwartete seine Truppen schließlich rechtzeitig auf der darpatischen Seite der Sichel.

Un er selvs nimmt natürlich ganz bequem de Trollpfort, ärgerte sich Haldoran. *Wat aus uns wird, is dem doch völlich schnurz. Dat Einzich, woran der denkt, is, wie er noch mehr Macht un Reichtum raffen kann.*

Von den Hufen der Mulis zermahlene, kleine Steine rutschten unter seinem Tritt und rissen ihn abrupt aus den verbitterten Gedanken. *Obacht, Mann! Du muss besser oppassen, wenne Fru un Kinner in diesen Leben nomma widdersehn wills!*

»Paas op!«, warnte er Answin und Lindgard, die – gefolgt vom Rest seiner Rotte – am nächsten hinter ihm gingen. »Hier liecht loset Geröll aufem Wech.«

Um zuerst zu prüfen, ob er sicheren Halt fand, setzte er seine Füße nun behutsamer auf und achtete mehr auf den Untergrund. Unwillkürlich tastete er mit der linken Hand über die Felsen, obwohl seine Finger auf dem feuchten Gestein einfach abgleiten würden, sollte er tatsächlich stürzen.

Wahrscheinlich iset ne Gnade, dat der Nebel verbircht, wie tief et neben uns runner geht, vermutete er. *Wennet so weitergeht, sieht man allerdings bald die Hand vor Augen nich mehr. Wir hätten weiter unnen dat Lager aufschlagen solln, als noch Platz …*

Ängstliches Geschrei wurde hinter ihm laut und ließ ihn aufgeschreckt herumfahren. Auch Lindgard und Answin drehten sich hastig um. Sein Freund presste dabei jedoch den Rücken an die Felswand, um möglichst weit vom Abgrund entfernt zu sein. Answin war ungewohnt fahl um die Nase. Haldoran begriff erst jetzt, dass sein Freund offenbar echte Höhenangst hatte, doch Answin war nicht der Grund für die Aufregung. Hinter Lindgard hatte sich auch Torben umgewandt, und gemeinsam verstellten sie Haldoran den Blick auf den Rest seiner Leute.

»Wat issen los da hinten?«, rief er besorgt.

Ilke plärrte irgendetwas zurück, aber die Stimme des jungen Mädchens überschlug sich, sodass Haldoran kein Wort ihres Gestammels verstand.

»Wala ist inne Schlucht gefalln«, antwortete Jost über sie hinweg.

»Gütige Mudder Perain!«, entfuhr es Lindgard.

»Ick habbet ja gewusst. Wir wern hier alle sterbn«, jammerte Answin.

»Erzähl kein Blödsinn!«, fuhr Haldoran ihn an, aber er war zu betroffen, um überzeugend zu klingen. Wala mochte eine Strafgefangene sein, aber im Gegensatz zu Firuntin hatte sie sich in den letzten Tagen wie jeder andere benommen und sogar mit Ilke Freundschaft geschlossen. Er konnte nicht einfach so tun, als hätte es sie nie gegeben, und den Weg fortsetzen.

»Geht auffe Seite! Ick muss mir dat ansehn«, forderte Haldoran.

»Wat? Bisse irre?«, erwiderte Answin entsetzt und drängte sich panisch noch fester gegen die Felsen in seinem Rücken.

Haldoran unterdrückte mühsam eine scharfe Antwort. Jetzt war nicht der richtige Moment, um mit seinem Freund darüber zu streiten, ob man den Weibel vor versammelter Mannschaft irre nennen durfte oder nicht. Er richtete seine ganze Aufmerksamkeit auf den schmalen Grat, der ihm blieb, und drückte sich vorsichtig an Answin vorbei. Lindgard machte sich so dünn wie möglich, aber ihre Miene drückte nichts als Missbilligung aus, die Haldoran nicht einmal verstand. Mit einem Mal schlich sich Angst in seine Glieder.

En kleinen Schubs, und ick liech irgendwo da unten, durchfuhr es ihn. Er musste einen Augenblick zwischen ihr und Torben innehalten, bis seine Knie aufgehört hatten zu zittern, bevor er weitergehen konnte.

Ilke war völlig aufgelöst, in ihren großen, blauen Augen

standen Tränen. Ihr von dunklen Zöpfen umrahmtes Gesicht, das große Ähnlichkeit mit dem von Lindgard aufwies, sah noch blasser aus als Answins. Trotz ihrer Größe wirkte sie viel zu jung, um in die Landwehr einberufen zu werden. Haldoran ertappte sich bei dem Gedanken, ob die stolze Lindgard vor zehn Jahren einen ebenso unsicheren und verletzlichen Eindruck gemacht hätte. Es kam ihm unvorstellbar vor.

»Ihr Bein is einfach unner ihr wechgeschlittert«, berichtete das Mädchen mit schriller Stimme. »Sie wollt sich noch festhalten, aber dat is allet so schmierich hier. Ick hab nach ihr gegriffen, ever…«

»Dat hätt nix genützt. Sie is viel schwerer als du un hätt dich nur au noch mitgerissen«, meinte Haldoran tonlos. Er musste nicht fragen, wo Wala abgerutscht war. Eine Spur zerkratzten Gesteins und zerriebener Moose und Flechten wies deutlich über den Rand des Stiegs in die Schwindel erregende Tiefe. Haldoran zwang sich, in den Abgrund zu starren, wo weiße und graue Wolkenfetzen träge umhertrieben und mal hier, mal dort ein wenig mehr Sicht auf die Wände der Schlucht gewährten. Stück für Stück schweifte sein Blick über den Abhang nach unten.

»Was steht ihr da vorne so herum und glotzt?«, erklang plötzlich Luidprants schneidende Stimme. Der Ritter bildete mit zwei Gardisten die Nachhut, damit sich niemand in der lang gezogenen Schlange zurückfallen lassen konnte, um sich heimlich abzusetzen. »Ho!«, blaffte er sein Pferd an, das frei hinter ihm hertrottete, damit es ihn nicht mit in den Tod zog, falls es auf dem schmalen Pfad strauchelte. Haldoran wünschte, es wäre schlechter erzogen worden und hätte seinen Herrn mit einem Schlenkern des Kopfes auf den Grund der Schlucht befördert.

»Eine von meine Soldatinnen is avgestürz«, gab er erklärend zurück.

»Wie kann man so ungeschickt sein!«, schimpfte Luidprant und musterte Haldorans Truppe. »Etwa eine von den Sträflingen?«

»So isset, Euer Wohlgebor'n«, bestätigte Haldoran.

»Kannst du sie sehen?«, erkundigte sich der Ritter voller Überdruss.

Haldoran richtete den Blick wieder nach unten, um durch die wogenden Schwaden zu spähen. Der Abhang war zwar steil, aber nur an wenigen Stellen senkrecht. Es gab wuchtige Felsvorsprünge und mit Gras bewachsene Nischen, schroffe Abbrüche und ein paar vereinzelte Sträucher, die noch kein Laub trugen.

»Ich habe dir eine Frage gestellt!«, rief Luidprant ungehalten, aber Haldoran beachtete ihn nicht. Wieder verschob ein Windhauch die weißen Schleier.

»Da isse!«, verkündete Haldoran.

Sofort spürte er Ilke enger neben sich, die hoffnungsvoll seinem Blick folgte. Wala lag etwa sieben Schritt unter ihnen reglos auf einem steinigen Sims.

»Wala! Im Namen vonne heiligen Mutter, bitte! Wir müssen ihr helfen«, flehte Ilke und sah dabei Haldoran an.

»Winsheymer, ich rede mit dir!«, brüllte Luidprant. »Bewegt sich das Rabenaas noch?«

»Nee, tut se nich«, antwortete Haldoran widerwillig.

»Dann mach gefälligst, dass du mit deiner Bande weiterkommst!«, befahl der Ritter. »Um die da ist es ohnehin nicht schade.«

Ach ja? Wäret denn schade, wenn ick et wär?, dachte Haldoran sarkastisch, und kalte Wut stieg in ihm auf. *Wie soll ick jemals widder die gute Mutter um ihrn Segen für meine Felder bitten, wenn ick selvs nich barmherzich un hilfsbereit bin? Ick lad mir doch nich wegen de verdammten Ritter den Fluch der Göttin auf!* »Wir können se nich zurücklassen, wenn se noch levt«, widersprach er zornig.

»Ach, können wir das nicht?«, höhnte Luidprant. »Das ist nicht deine Entscheidung, Bauer! Nimm endlich die Beine in die Hand, sonst zieh ich dir das Fell über die Ohren!«

»Kommt her und versucht et!«, schrie Haldoran mit dem Mut der Verzweiflung zurück.

Der Ritter starrte ihn an, als wäre er ein Geist. Dann verzerrte sich Luidprants Gesicht und lief vor Zorn rot an, doch er wagte nicht, Firuntin und Jost zu überholen, die ihn abwartend musterten. »Das wirst du noch bitter bereuen!«, schwor er.

Sieh an, er hät also Angst, jemand von uns könnt ihn zu Wala runnerschicken, triumphierte Haldoran insgeheim. Ein Teil von ihm fürchtete sich vor der Rache des Ritters, zuckte bereits jetzt unter den Schlägen zusammen, die unweigerlich folgen würden, aber seine Entrüstung und der tief empfundene Glaube an Peraine waren stärker. Er atmete tief durch. *Eins nachem annern*, sagte er sich entschlossen.

Erneut richtete er den Blick in die Schlucht, um die beste Stelle für einen Abstieg auszuwählen. Er wusste, dass es gefährlich war, es überhaupt zu versuchen, und ihm wollte keine Möglichkeit einfallen, wie sie Wala hinaufschaffen sollten, falls sie den Sturz überlebt hatte, aber mit einem Mal begriff er, weshalb ihre Bergführer vor dem Abmarsch aus Granelfels darauf bestanden hatten, dass jede Rotte mit einer Rolle Seil ausgerüstet wurde.

Rodebert von Ehern, Baron zu Willbergen, marschierte vor seinem Zelt auf und ab, obwohl er von dem anstrengenden und wegen der lauernden Gefahr an den Nerven zehrenden Marsch über den Pass genauso müde war wie seine Untergebenen. Die Landwehr hatte wie gewöhnlich das Lager aufgeschlagen, aber von Luidprant und der letzten Rotte unter Haldoran Winsheymer fehlte noch immer jede Spur. Die Dämmerung brach bereits über die offene, zugige Flanke des Berges herein, über der in luftiger Höhe noch immer eine Wolkendecke hing.

Das wird eine stockfinstere Nacht, merkte der Baron und tauschte einen besorgten Blick mit Xerber.

»Soll ick se suchen gehn, Herr?«, erkundigte sich der graubärtige, wortkarge Jäger, dessen Gesicht so verwittert war wie seine Kleidung.

Rodebert rang einen Moment mit sich, dann schüttelte er

den Kopf. »Nein. Wir haben bereits deinen Sohn geschickt. Du wirst nach ihm sehen wollen, aber das kann ich nicht erlauben. Solange wir noch nicht aus diesem verfluchten Gebirge heraus sind, brauche ich einen erfahrenen Führer.«

Xerber erwiderte nichts darauf. Wenn es erst einmal dunkel sein würde – und damit rechnete der Baron in wenigen Augenblicken –, konnten sie über Nacht nichts anderes mehr tun, als für die Vermissten zu beten. Rodeberts Page hielt sich nur noch mit Mühe auf den Beinen und musste immer wieder gähnen.

»Geh schlafen, Junge!«, erlaubte der Baron. »Ritter Luidprant und ich werden schon ohne dich zurechtkommen.«

Falls er überhaupt noch erscheint, fügte er in Gedanken hinzu.

»Herr! Ick mein, Euer Hochgeboren! Da sind se!«, rief eine der Soldatinnen und deutete den Weg zum Pass hinauf.

Rodebert unterbrach erleichtert sein sinnloses Auf und Ab. Xerbers Sohn führte den kleinen Zug an. Der jüngere Jäger glich seinem Vater wie ein Ei dem anderen, wenn man davon absah, dass sein Haar noch braun und seine Haut noch weniger zerfurcht war, aber Rodebert hatte keinen Blick für ihn. Er zählte die Nachzügler, während sie unter den neugierigen Fragen ihrer Kameraden in den Schein des Lagerfeuers traten, und stellte zufrieden fest, dass niemand fehlte. Doch ihm fiel auch der frische Verband um den Kopf einer Gefangenen auf, die anscheinend gestützt werden musste.

Dahinter folgte Ritter Luidprant, den der Baron bereits hörte, bevor er ihn sah.

»Korporal, lass die Soldaten antreten!«, rief der Ritter harsch. »Winsheymer erhält auf der Stelle zwanzig Schläge wegen Aufsässigkeit und Ungehorsam.«

Korporal Okenheld blickte überrascht zu Rodebert, um sich abzusichern.

Was zum Henker hat der Kerl nun wieder verbrochen?, fragte sich der Baron müde. »Luidprant, dürfte ich zunächst einmal erfahren, was vorgefallen ist?«, wollte er wissen. »Ich war bereits in Sorge um Euch und diese Truppe.«

»Das habt Ihr diesem verstockten Bauernlümmel zu verdanken«, erklärte der Ritter heftig. »Dieses Mal werde ich ihm die Faxen endgültig austreiben!«

»Beim Praios, diese Landwehr untersteht mir, Lauting!«, rief Rodebert ihm scharf in Erinnerung. »Ohne mein Einverständnis werdet Ihr hier niemanden prügeln. Ich will Euch auf der Stelle in meinem Zelt sehen! Korporal, schafft mir auch Winsheymer hinein!« Damit drehte er sich um und betrat seine Unterkunft, deren Eingang ihm sein Page rasch aufhielt. Die Aufregung hatte alle Spuren der Erschöpfung aus der Miene des Jungen getilgt. Mit geübten Handgriffen rollte er die bereits ausgebreiteten Decken zur Seite und stellte die beiden Klappstühle auf, damit die adligen Herren Platz nehmen konnten.

Rodebert ließ sich dankbar auf der ledernen Sitzfläche nieder, um sich für die Unterredung zu sammeln. Luidprant rauschte aufgebracht herein, setzte sich und verlangte nach Wein, den der Page ihm unverzüglich einschenkte.

»Also, was genau hat er angestellt?«, erkundigte sich Rodebert, während der Ritter seinen Becher in einem Zug leerte.

»Der respektlose Hund hat meine Befehle missachtet und meine Ohnmacht auf diesem verfluchten Stieg ausgenutzt, um seinen Sturschädel durchzusetzen«, beschwerte sich der Ritter. »Ihr hättet hören sollen, wie dreist er mich herausgefordert hat! Und dann hätten wir wegen ihm fast die Nacht da oben verbringen müssen!«

Das verstehe, wer will, dachte Rodebert. *Dieser Winsheymer macht doch eigentlich einen ganz verständigen Eindruck. Fühlt er sich von Luidprant herausgefordert, weil der ihn schon einmal gezüchtigt hat?*

»Dafür muss es doch irgendeinen Grund gegeben haben«, wunderte er sich gerade, als der Korporal den Angeklagten hereinführte. Der junge Mann hielt den Blick gesenkt und ließ ergeben die Schultern hängen. Rodebert konnte die Angst vor der Strafe förmlich greifen. Aus der Haltung des Bauern sprach nichts von dem, was Luidprant angedeutet hatte.

Entweder ist er ein exzellenter Schauspieler, oder mein

Freund hat maßlos übertrieben, folgerte der Baron. »Was hattet Ihr denn angeordnet?«, fragte er den Ritter.

»Das einzig Vernünftige«, behauptete Luidprant und ließ sich nachschenken. »Eins dieser Sträflingsweiber ist abgestürzt und lag sieben Schritt tief in der Schlucht. Im Grunde konnte sie nur tot sein, aber auf jeden Fall wohl kaum in der Lage, den Marsch fortzusetzen. Warum also für so eine das Leben weiterer Soldaten aufs Spiel setzen? Ich habe befohlen weiterzugehen, aber dieser Taugenichts hier hatte nichts Besseres zu tun, als frech zu werden und seine Leute zu weiterem Ungehorsam anzustiften.«

Rodebert entging nicht, dass bei den Worten des Ritters ein trotziger Zug um den Mund des Bauern erschien. »Weibel Winsheymer«, wandte er sich an ihn, »du hast doch sicher gewusst, dass es eine angemessene Bestrafung nach sich zieht, sich einem Befehl zu widersetzen, oder nicht?«

»Ja, Herr«, antwortete Haldoran, die Augen noch immer zu Boden gerichtet.

»Er ist also unter Gefahr für sein eigenes Leben hinuntergestiegen, um diese Frau zu retten?«, wollte Rodebert von Luidprant wissen.

»Genau das«, bestätigte der Ritter.

»Warum hast du das getan?«, fragte der Baron Haldoran.

»Weil wer nich wussten, ob se tot is. War se ja auch nich«, erwiderte der junge Bauer und musste dabei Zorn in seine Stimme legen, damit sie ihm nicht versagte. »Die Wala hat nich verdient, dat man se einfach inner Wildnis liegen lässt. Dat würd die Mutter Peraine uns niemals verzeihn. Dafför nehm ich auch de Schläch in Kauf.«

Meiner Treu, ich hätte genauso gehandelt, erkannte Rodebert. *Ich kann ihn nicht für etwas prügeln lassen, das sogar einem Geweihten zur Ehre gereicht hätte. Aber wenn ich ihm das durchgehen lasse, was kommt als Nächstes? Praios, dein ist die Gerechtigkeit. Erleuchte meinen schläfrigen Verstand!*

»Da seht Ihr es!«, ereiferte sich Luidprant. »Er bereut es nicht einmal.«

»Ja, das sehe ich. Würdet Ihr mich einen Augenblick nachdenken lassen?«, verlangte Rodebert gereizt. »Dieser Fall ist nicht so leicht zu entscheiden.«

»Sitzen wir hier etwa zu Gericht? Ein Soldat, der einen Befehl verweigert, verstößt gegen die göttliche Ordnung!«, rief der Ritter empört. »Daran gibt es nichts zu rütteln.«

»*Ich* glaube, dass dieser Weibel nur den Geboten der Herrin Peraine gefolgt ist, deren besondere Fürsorge den Kranken und Verwundeten gilt«, konterte Rodebert. »Die Göttin wird ihn dafür gesegnet haben. Wie sollte *ich* ihn dann dafür strafen? Er hat in der Sache richtig gehandelt, auch wenn ich ihn für die Art und Weise tadeln muss.«

»Das kann nicht Euer Ernst sein«, sagte Luidprant grimmig.

»Wollt Ihr etwa *meine* Entscheidungen anzweifeln?«, gab Rodebert ruhiger zurück. »Was unterschiede Euch dann von Winsheymer?«

Der Ritter knirschte mit den Zähnen, erwiderte jedoch nichts.

»Weibel, du hast es gehört«, wandte Rodebert sich wieder an Haldoran. »Dieses Verhalten darf sich nicht wiederholen, sonst lasse ich Ritter Luidprant nach seinem Gutdünken mit dir verfahren. Das nächste Mal, wenn sich eine Anordnung nicht mit deinem Gewissen vereinbaren lässt, überlässt du die Entscheidung mir! Hast du das verstanden?«

»Ja, Herr«, antwortete Haldoran erneut, aber dieses Mal sah er Rodebert dabei in die Augen.

Kapitel 13

Darpatische Seite der Schwarzen Sichel, Hesinde 914 BF

Unglaublich, mit welcher Hingabe sich Rashid seinem Pferd widmen kann, wunderte sich Finni wieder einmal. Der Novadi strich selbstvergessen mit der Bürste über das schweißverklebte Fell seines Rappen und summte dabei leise vor sich hin. *Wer käme bei diesem Anblick auf die Idee, dass er gerade eben noch mit einer Amazone gekämpft hat?*

Sie packte den Strohwisch fester, mit dem sie halbherzig ihren Wallach abrieb. Für gewöhnlich machte es ihr nichts aus, sich selbst um das Tier zu kümmern. Das gehörte eben dazu, wenn man die Verantwortung für ein Lebewesen übernahm. Doch an diesem Abend gärte es in ihr, denn sie und Rashid befanden sich allein im Stall. Nun ja, richtig allein eigentlich nicht. Da gab es schließlich noch das kleine Mädchen, das von einem Hocker aus Sturmbrauts Rücken striegelte, und die beiden Mägde, die sich um Rhianas und Neels Sattelzeug gekümmert hatten, ohne Finni und Rashid die geringste Beachtung zu schenken.

Dass sie Rashid schnitten, weil er ein Mann war, leuchtete Finni ein, aber dass ihre Gefährtinnen bedient wurden, während ihr nur kurz angebunden die Richtung zum Stall gewiesen worden war, hatte sie zutiefst gekränkt. *Dabei sind die beiden Frauen in ihren mistfleckigen Hosen nicht einmal Amazonen,* ärgerte sie sich. *Sonst würden sie sich bestimmt auch diese Zöpfe flechten.*

Es schmerzte sie, dass Rhiana – umringt von neugierigen Fremden – zusammen mit Neel im Turm verschwunden war, ohne sich nach ihr umzublicken. *Wahrscheinlich hat sie gedacht, ich sei irgendwo in diesem Pulk,* versuchte sie, sich zu trösten. *Sie konnte ja nicht wissen, dass hier offenbar nur Schwertträgerinnen etwas wert sind.*

Eine der Mägde schleppte einen Eimer mit Hafer herbei, die andere Arme voll Heu.

»Bekommen unsere Pferde auch etwas?«, erkundigte sich Finni barscher als gewollt.

Die Frau mit dem Futterkübel wies die Stallgasse entlang. »Da hinten steht die Haferkiste«, sagte sie achselzuckend. »Gleich neben der Stiege zum Heuboden.«

»Danke«, brummte Finni und zwängte sich an Windspiels Kruppe vorbei aus dem engen Ständer. Etliche Tiere hatten zusammenrücken müssen, um überhaupt Platz für fünf weitere Pferde zu schaffen.

Rashid schenkte ihr ein aufmunterndes Lächeln. »Nimm es nicht so schwer, kleiner Dschinn«, riet er. »Diese Frauen haben ihre Herzen verhärtet, um auf den Spuren Rhondaras zu wandeln, aber ich bin sicher, dass uns in Wahrheit nicht alle von ihnen verachten.«

Das sagt mir ausgerechnet der Mann, der genauso Rhiana mir vorzieht, dachte Finni grimmig und zog zur Antwort nur einen Mundwinkel hoch. *Wie tröstlich!*

Als sie kurz darauf an der Seite des Tulamiden die kleine Halle betrat, die die gesamte Grundfläche des Bergfrieds einnahm, schlugen ihr Wärme, fröhliches Stimmengewirr und würziger Bratenduft entgegen. Die Bewohnerinnen der Burg hatten sich jedoch noch nicht zum Essen niedergelassen, sondern standen plaudernd und scherzend in Gruppen beieinander. Finni folgte Rashid, weil sie dachte, er habe ihre Gefährtinnen entdeckt, doch stattdessen hielt er zielstrebig auf die Amazone zu, die seinetwegen auf dem fest getrampelten Schnee im Burghof gelandet war.

Warum geht er denn jetzt zu – wie hieß sie noch? – Lorwina?, fragte sie sich alarmiert. *Er hat sie gedemütigt. Die ist bestimmt nicht gut auf ihn zu sprechen.*

Die düstere Miene, mit der Lorwina schweigend neben

ihren Kameradinnen stand, schien den Novadi nicht einmal dann zu schrecken, als die Amazone ihn entdeckte und ihm zornig entgegenblickte. »Was willst du?«, fuhr sie ihn erbost an.

Rashid zeigte in einer beschwichtigenden Geste seine Handflächen. »Ich möchte mich für mein schlechtes Benehmen entschuldigen«, eröffnete er den staunenden Frauen. »Meine Beine waren von dem Tag im Sattel schwer wie Blei, und es hätte sehr lange gedauert, dich auf ehrliche Weise zu besiegen. Aber ich habe dich vor deinen Schwestern bloßgestellt. Das war Unrecht. Deshalb bitte ich dich um Vergebung, auch wenn ich sie nicht verdient habe.«

Die Amazonen starrten ihn an wie ein unbegreifliches Fabelwesen. Finni konnte förmlich sehen, wie Lorwinas Wut angesichts seiner aufrichtigen Reue verrauchte, aber die Frau war zu stolz, es zu zeigen.

»Sie … sei dir gewährt«, brachte die Amazone schließlich kühl heraus.

»Ich danke dir für deine Großmut«, erwiderte Rashid und verneigte sich.

»Sieh mal! Da ist Rhiana«, sagte Finni schnell, bevor er sein Glück weiter strapazieren konnte.

Ihre Freundin bedeutete ihnen gut gelaunt, zu ihr zu kommen.

»Da seid ihr ja endlich«, rief sie ihnen entgegen. »Finni, Rashid, das sind Corvara, Rondriga …« Rhiana zählte die Namen der Frauen auf, die sie umgaben, aber Finni spürte, wie deren Blicke gleichgültig an ihr abglitten. Sie fühlte sich einsamer als zuvor.

Zwischenspiel

»Warum in Peraines Namen musstest du uns diese Leute ins Haus bringen? Wenn nun eins der Kinder den Mund nicht gehalten hätte!«, schimpfte Selriks Frau aufgebracht. »Du weißt, was sie mit uns machen, wenn wir ihre Geheimnisse an Fremde verraten.«

»Sie hatten mich gesehen. Was hätte es geholfen, wenn sie mir ohne Einladung gefolgt wären?«, versuchte er, sich zu rechtfertigen.

»Dann musst du eben besser aufpassen! Es war wie ein Stachel im Fleisch, sie hier zu haben«, beschwerte sie sich. »Du hast geschworen, sie zu töten, und stattdessen schleppst du sie hier an!«

»Ich glaube nicht, dass sie sich ihnen anschließen wollen«, verteidigte er sich. »Immerhin hatten sie einen Mann bei sich.«

»Vielleicht nehmen sie jetzt auch Kerle auf. Was würde das schon für einen Unterschied machen?«, ereiferte sie sich.

»Ich hasse sie genauso wie du«, beteuerte Selrik. »Aber diese Fremden waren freundlich, und ich konnte nicht sicher sein, auf welcher Seite sie stehen.«

»Auch das blonde Weibsstück aus Altzoll hat nett getan. Und jetzt ist sie eine von ihnen«, hielt seine Frau dagegen.

»Hätte ich etwa Travias heiligen Herdfrieden brechen sollen, nachdem ich mehr wusste?«, fragte er herausfordernd.

Sie senkte beschämt die Lider. »Nein, natürlich nicht«, gab sie zu. »Aber ich will nie wieder gezwungen sein, den Feind unter meinem eigenen Dach zu beherbergen. Ich ertrage das nicht.«

Selrik nickte, aber seine Wut über ihre Vorwürfe war noch

zu groß, als dass er sich zu einer tröstlichen Geste hätte durchringen können. »Ich gehe jagen«, eröffnete er ihr und warf sich den Umhang um die Schultern, aber in Wahrheit wollte er nur eine Weile allein sein.

Die kalte Luft besänftigte sein erhitztes Gemüt, sobald er ins Freie trat. In der stickigen Enge der kleinen Kate fiel es ihm so viel schwerer, klare Gedanken zu fassen. Lina hatte Recht. Es war ein Fehler gewesen, sich den Fremden zu zeigen. Er musste vorsichtiger sein. Aber so sehr die Angst um das Leben seiner Kinder und der Wunsch nach Rache ihn auch umtrieben, er durfte darüber nicht zum Mörder an Unschuldigen werden.

Ich hätte die beiden Schwertfrauen nicht töten können, ohne auch die Elfe und den südländischen Mann umzubringen, sonst wären sie auf mich losgegangen, machte er sich deutlich. *Selbst wenn mir das gelungen wäre – was ziemlich unwahrscheinlich ist –, hätte ich damit den Zorn aller gerechten Götter auf mich geladen. Andererseits … es war eine gute Gelegenheit. Sie werden immer mehr, und unsere Chancen stehen immer schlechter.*

Aber darüber wollte er jetzt nicht länger grübeln. Vorbei war vorbei. Er musste nach vorn schauen, darauf hoffen, dass ihre Petition an den Grafen dieses Mal erhört wurde. Trotz des elenden Krieges, der nun schon bald zwölf Jahre währte. Er richtete seine Gedanken auf den Wald und das Wild, das darin lebte. Firun würde ihm die Beute nicht in den Schoß fallen lassen.

Gegen Abend hatte er endlich Glück. Auf dem Pfad, den die Pferde der Fremden im Schnee hinterlassen hatten, mischten sich die Spuren eines Hirschs unter die in entgegengesetzte Richtung weisenden Hufabdrücke.

Wohl ein alter Einzelgänger, der froh war, auf diesen bequemen Weg zu stoßen, vermutete Selrik und nahm die Verfolgung auf. Vielleicht konnte er das Tier noch vor Sonnenuntergang einholen. Wenn nicht, würde er eben morgen die Jagd fortsetzen.

Doch als er sich der Rodung näherte, die einst sein Dorf genährt hatte, entdeckte er anstelle des Hirschs einen Reiter, der gerade zwischen den Ruinen aus dem Sattel glitt.

Mach jetzt nicht denselben Fehler noch einmal!, ermahnte sich Selrik und verharrte in der Deckung, die die Bäume ihm boten. Hinter dem Stamm einer Föhre hervor beobachtete er den hoch gewachsenen Unbekannten, der die Spuren Rhianas und ihrer Freunde musterte. Plötzlich traf Selrik eine Erkenntnis wie ein Blitz. *Die Fährte führt direkt zu mir nach Hause!*

Augenblicklich zog er einen Pfeil aus dem Köcher und legte ihn auf die Sehne. Schon kam der oder die Fremde auf ihn zu, das Pferd hinter sich herführend und das dunkelhäutige Gesicht auf den Boden gerichtet.

Es ist eine Frau!, stellte Selrik fest. Sein Blut rauschte ihm noch schneller durch die Adern. Er entdeckte den Säbel am Gürtel der Südländerin. *Noch eine von denen!*, durchzuckte es ihn. Schon zog er kraftvoll die Sehne zurück und zielte. Die Fremde hielt inne, jedoch nicht, weil sie die Gefahr bemerkt hätte, sondern um das Pferd an ihre Seite aufholen zu lassen.

Gerade als Selrik den Pfeil losließ, lehnte sie sich nach hinten, um den Fuß in den Steigbügel zu heben. Ihr Aufschrei ging in Selriks lautstarkem Fluch unter. Das Geschoss hatte nur den Unterschenkel der Frau durchbohrt.

Kapitel 13 (Fortsetzung)

Finni verlor bald die Lust daran, Rhiana und Neel dabei zuzuschauen, wie sie sich an den Waffenübungen der Amazonen beteiligten. Und noch weniger gefiel ihr, mit anzusehen, wie sich Rashid vergeblich bemühte, vor der unnahbaren Burgherrin den Spaß zu verbergen, den ihm seine Rolle als Hahn im Korb bereitete. Die Anführerin des Ordens, von der Finni mittlerweile wusste, dass sie Leodora hieß, schenkte ihm jedoch keine weitere Beachtung, nachdem sie noch einmal klargestellt hatte, dass ihre Schwestern nur von ihm lernen sollten, auf heimtückische Manöver gefasst zu sein und sich auf rondrianische Weise dagegen durchzusetzen.

»Soll er sich doch einen ganzen Harem von Amazonen halten und Rhiana zu seiner Lieblingsfrau machen!«, murrte Finni, während sie die Stufen zum Wehrgang hinaufstieg, um aus Langeweile auf der Burgmauer entlangzuschlendern.

Das Wetter hatte sich in den letzten Tagen verschlechtert. Die Sonne zeigte sich selten, und nun dräute eine stahlgraue Wolkenwand am Horizont, die weiteren Schnee androhte.

Bald sitzen wir hier wirklich fest, dachte Finni bedrückt. *Wenn der Schnee erst mannshoch ist, kommen selbst die Pferde nicht mehr von der Stelle. Oh, hier sagt frau sicher fraushoch oder so etwas.*

Sie blieb stehen, um den Blick zwischen zwei Zinnen hindurch über das Tal schweifen zu lassen. *Warum bin ich eigentlich hier?*, fragte sie sich. *Was hat mich geritten, meine alten Freunde im Stich zu lassen? Abenteuerlust? Das wird es wohl sein. Mit Rhiana war plötzlich alles so spannend und gefährlich. Dagegen kam mir mein Gauklerleben richtig beschaulich vor. Und jetzt vermisse ich die ganze Truppe …*

Betrübt lehnte sie sich gegen das kalte Gestein. *Vielleicht war es auch einfach Schicksal,* erwog sie. *Damit ich Dom Lando wieder sehe und Zeugin seines Todes werde. Hätte ich Rhiana nicht getroffen, wäre das nicht passiert. Ich hätte die Vergangenheit nie so abschließen können, wie ich es jetzt getan habe. Aber hat mir das so viel gebracht? War es wert, dass ich jetzt hier stehe und heule, weil sie mich hier nicht haben wollen? Ich würde selbst Jerrilus dumme Witze in Kauf nehmen, wenn ich nur wieder Leute um mich hätte, die mich mögen, wie ich bin.*

Schritte näherten sich, und Finni wischte hastig die Tränen weg, die sich einen Weg über ihre Wangen suchten. Sie hielt den Blick starr auf die verschneiten Wälder gerichtet, denn die Amazone würde ohnehin wieder achtlos an ihr vorübergehen. Das kannte sie nun schon zur Genüge.

»Hast du Heimweh?«, fragte eine mitfühlende Stimme. »Das hatte ich am Anfang auch.«

Finni wandte sich überrascht der jungen Frau zu, die neben ihr stehen geblieben war. Die Amazone, eine der wenigen, der die übliche Frisur ihres Ordens tatsächlich gut zu Gesicht stand, mochte siebzehn oder achtzehn Jahre alt sein. *Kaum jünger als ich,* dachte Finni und kam sich dennoch so viel älter vor.

»Aber du bist doch freiwillig hierher gekommen oder nicht?«, erkundigte sie sich ungläubig.

»Nein, das kann man … äh, frau so nicht sagen«, erwiderte die Amazone und musste über sich selbst lachen. »Das passiert mir ständig. Ich hoffe, Rondra nimmt es mir nicht übel. Meine Mutter hat mich mitgebracht, als ich elf war. Ich wollte nicht von zu Hause weg, aber ohne meine Mutter wollte ich natürlich auch nicht bleiben. Mein Vater hat uns geschlagen, aber ich hatte noch Großeltern und Freunde, Nachbarskinder. Die haben mir sehr gefehlt.«

Trotz der wehmütigen Erinnerung musste sie grinsen. Die himmelblauen Augen verschwanden dabei fast gänzlich hinter den mit blonden Wimpern besetzten Lidern. Ihr Haar war so hell, dass es weiß wirkte, und die Kälte färbte ihre Nasenspitze rot, aber Finni fand, dass es niedlich aussah.

»Ich heiße Rondria«, stellte sich die Amazone vor. »Na ja, eigentlich Alina, aber hier tragen alle so einen kriegerischen Namen, deshalb darf mich niemand mehr Alina nennen. Das gehört zu unseren Regeln.« Bei dem Wort rollte sie viel sagend mit den Augen. »Bist du eine echte Elfe?«

»Nur eine halbe«, antwortete Finni belustigt. Rondrias offene, ein wenig naive Art gefiel ihr. »Mein Vater war ein Mensch, aber ich habe ihn nie kennen gelernt. Mein Name ist Finni. Lässt die Feinde schon bei seinem Klang erzittern, was?«

»Und wie«, prustete Rondria. Ihren Wachdienst schien sie vergessen zu haben. »Wenn du dich uns anschließen willst, fällt Leodora bestimmt etwas Furchterregenderes für dich ein.«

»Kann man … äh, frau denn eurem Orden beitreten, ohne Schwertkämpferin zu sein?«, wunderte sich Finni.

»Nein, aber vielleicht willst du es ja lernen«, schlug die Amazone vor.

»Ich? Nein«, wehrte Finni ab. »Das ist nichts für mich. Ich bin froh, wenn ich dem Gegner nicht zu nah kommen muss. Wahrscheinlich findest du das feige, aber ich wehre mich lieber mit dem Bogen oder einem Wurfmesser.«

»Dann glaubst du wohl nicht an Rondra.« Es klang mehr wie eine Frage als eine Feststellung.

»Ich weiß einfach nicht, wie ihr alle so sicher sein könnt, dass es diese ganzen Götter wirklich gibt«, gestand Finni.

Rondria sah sie mit großen Augen an. »Aber jeder glaubt doch an die Zwölfe. Wie kannst du da zweifeln?« Sie schüttelte verständnislos den Kopf, doch dann lächelte sie wieder. »Jetzt bist du jedenfalls hier, wo Rondra in uns allen wohnt. Das ist bestimmt kein Zufall. Hast du Lust auf einen Spaziergang, bevor der Schneesturm losbricht? Es ist zu kalt, um sich die Beine in den Bauch zu stehen.«

»Du meinst draußen? Vor der Mauer?«, vergewisserte sich Finni. »Verstößt das nicht gegen irgendwelche Regeln?«

»Wache kann Lorgard auch allein halten. Wir sind hier doch keine Gefangenen«, empörte sich Rondria, lachte jedoch dabei. »Ich kann kommen und gehen, wie ich will, solange ich bei Sonnenuntergang wieder da bin. Gegessen und geschlafen wird zu Hause, da ist Leodora eisern. Und wer nicht krank ist, muss einmal am Tag mit der Waffe üben. Das ist schon fast alles, was der Eid von uns verlangt. Aber an oberster Stelle steht natürlich die Treue zu Rondra und Famerlor. Wir sind ihre Wacht auf Dere.«

Finni folgte der jungen Amazone die Treppe zum Hof hinab. »Sind das nicht die Rondrageweihten in ihren Tempeln?«, fragte sie verwirrt.

»Die halten sich nur dafür«, behauptete Rondria. »Überleg doch mal! Das sind mindestens genauso viele Männer wie Frauen. Wie können denn Männer wissen, was in einer Göttin vorgeht? Leodora sagt, die wissen nicht einmal, was in einer *sterblichen* Frau vorgeht.«

Da hat sie jedenfalls Recht, schnaubte Finni im Stillen.

Eisfell tauchte aus irgendeiner Ecke des Hofs auf und schloss sich ihnen neugierig an.

»Und dann sollen sie die Leuin verstehen? Ist doch ein Witz«, meinte Rondria. Sie öffnete die kleine Pforte in einem der großen Torflügel, stieg hindurch und schloss die Tür hinter Finni und dem Wolfshund wieder. »Männer können und sollten Rondras Gebote befolgen, aber sie wird niemals durch sie sprechen.«

Finni bewunderte, mit welcher Überzeugung die junge Frau vortrug, was ihre Lehrerinnen gepredigt hatten. *Es muss schön sein, so genau zu wissen, wohin man gehört,* dachte sie. *Seinen Platz im Leben zu kennen. Aber wie viel hat sie von diesem Leben schon gesehen? Könnte sie sich das bewahren, wenn jemand wie Dom Lando käme und ihren Orden auslöschen würde? Und was passiert, wenn sie sich verliebt? Wird sie Rondra und ihrem Eid dann treu bleiben?*

Rondria bückte sich und kam mit einem Schneeball in den Fäustlingen wieder hoch. »Schluss mit dem traurigen

Gesicht!«, forderte sie fröhlich. »Das werd ich dir jetzt austreiben!«

»Pah, du kriegst mich nie!«, gab Finni übermütig zurück, rannte los und vergaß endlich ihre düsteren Gedanken.

Kapitel 14

Corvaras stumpfes Übungsschwert flog in hohem Bogen zur Seite, aber dem Stadium, der entschwindenden Klinge nachzustarren, war die Amazone nach einigen Lehrstunden mit Neel endgültig entwachsen.

»Das war schon viel besser«, lobte Neel. »Hast du gemerkt, wie ich es gemacht habe?«

Sie setzte zu weitschweifigen Erklärungen über die verschiedenen Techniken des Entwaffnens an, und Rhiana fühlte sich daran erinnert, wie die alte Amazone vor noch gar nicht allzu langer Zeit mit der gleichen Begeisterung ihr Wissen an sie weitergegeben hatte.

Es macht ihr Freude, sich mit gleichwertigen Gegnern zu messen, aber wenn sie eine begabte Schülerin findet, strahlt sie vor Glück, stellte sie schmunzelnd fest. *Und Corvara ist wirklich gut. Wenn Neel mit ihr fertig ist, wird sie alle schlagen, die sich jetzt noch über ihren Eifer lustig machen.*

Aus dem Augenwinkel sah sie, wie Leodora eintrat und auf sie zukam. Unwillkürlich straffte sie sich. Ihre Gefühle der gestrengen Burgherrin gegenüber waren zwiespältig, aber da sie Neels unverbrüchliche Treue hinter deren rauer Schale kannte, schämte sie sich ihrer Vorbehalte. Nur weil die ältere Amazone keine Herzlichkeit an den Tag legte, war sie schließlich noch kein schlechter Mensch.

Hat mir die Begegnung mit Elidana nicht gerade erst gezeigt, dass sich auch hinter einer freundlichen Fassade eine boshafte Seele verstecken kann?, tadelte sie sich. *Leodora heuchelt wenigstens nicht.*

Es gelang ihr, der Ordensführerin zuzulächeln, die zur Antwort nur grüßend nickte.

»Habt Ihr Eure Übungen für heute beendet?«, wollte Leodora wissen, wartete jedoch keine Erwiderung ab. »Dann sollten wir uns unterhalten. Kommt!«

Für einen Moment war Rhiana versucht, sich der ruppigen Aufforderung zu widersetzen und eine höfliche Bitte einzufordern, aber was hätte sie dabei schon gewonnen? *Ich kann die alte Nebelkrähe ohnehin nicht mehr ändern,* sagte sie sich achselzuckend. *Warum sie also dafür tadeln, dass sie krächzt?* Erneut umspielte ein Lächeln ihre Lippen. *Das hätte glatt von Rashid stammen können. Seine blumige Sprache färbt wirklich ab.*

Sie folgte Leodora die Turmtreppe hinauf. Die Burgherrin bewohnte die Gemächer direkt über der Halle, die je nach Tageszeit als Speise- oder Fechtsaal diente. Der Raum, in den sie Rhiana führte, war nur spärlich eingerichtet und ließ die Prinzessin an die schlichte Zelle einer Geweihten in einem Kloster denken. Die Wände waren so kahl, dass das mit hellem, doch undurchsichtigem Glas versehene Fenster bereits einen Schmuck darstellte. Trotz des Feuers im Kamin fröstelte es Rhiana, und sie wünschte sich ihren Umhang herbei. *Manchmal wäre es wirklich praktisch, eine Magierin zu sein,* dachte sie.

Leodora nahm auf dem mit einem Fell gepolsterten Lehnstuhl hinter dem wuchtigen Eichenholztisch Platz, der das einzige prachtvolle Möbelstück darstellte. Seine kunstvoll mit Schnitzwerk verzierten Oberflächen wiesen bereits die Patina und Wurmlöcher von Jahrhunderten auf. Rhiana nahm an, dass dieser Tisch schon seit Generationen zum Inventar der Burg gehört hatte, bevor die Schwesternschaft der Amazonen gegründet worden war. Sie setzte sich auf den einzigen anderen Stuhl im Raum und blickte ihre Gastgeberin erwartungsvoll an.

»Ich möchte ein paar Antworten von Euch«, eröffnete Leodora ihr. »Es ist Travias Wille, dass wir Reisenden Obdach gewähren – vor allem während Firuns eisiger Herrschaft –, und ich bemühe mich, dieses Gebot zu erfüllen, so weit die Regeln unseres Ordens dies gestatten.«

»Wofür ich Euch sehr dankbar bin«, versicherte Rhiana rasch.

Die Burgherrin machte eine wegwerfende Handbewegung. »Wir dienen den Göttern nicht um derischer Dankbarkeit willen, sondern um uns jene gewogen zu machen, die unser Schicksal in ihren Händen halten«, meinte sie. »Aber lassen wir das! Ich will wissen, was Euch hierher geführt hat. Ihr seid nicht hergekommen, um Euch unserer Gemeinschaft anzuschließen, aber es hat Euch auch nicht zufällig zu uns verschlagen. Und ich frage *Euch* danach, weil es offensichtlich ist, dass nicht Neel Eure Gruppe anführt, sondern Ihr.«

»Das ist wahr«, gestand Rhiana. »Neel dient der Regentin von Talania und mir, nicht umgekehrt. Sie ist mir Lehrerin, Beraterin und verlässliche Gefährtin, aber die Entscheidungen treffe ich.«

»Ihr habt sie also vorgeschickt, weil sie eine echte Amazone ist, während Ihr einem anderen Leitstern als Rondra folgt«, unterstellte Leodora.

»Mein Vater hat mich zur Erbin seines Throns bestimmt, und wenn die Götter seinen Wunsch erhören, werde ich diese Aufgabe eines Tages erfüllen. Bis dahin scheint Rondra jedoch ihre eigenen Pläne mit mir zu haben, und ich bemühe mich, nach ihren Geboten zu leben«, versicherte Rhiana.

»Ihr habt mir immer noch nicht gesagt, was das mit meinem Orden zu tun hat«, erinnerte die Burgherrin sie unbeeindruckt.

Wieder einmal drängt sich die Frage auf, ob ich ihr vertrauen kann, ging es Rhiana durch den Kopf. *Ich hatte noch keine Gelegenheit, sie besser kennen zu lernen. Aber werde ich die jemals haben – so unnahbar und zurückgezogen, wie sie lebt?* Sie musste es wohl riskieren. Wenn nicht einmal Rondras geschworene Kriegerinnen auf ihrer Seite standen, auf wessen Hilfe konnte sie dann überhaupt rechnen?

»Wir sind aus zwei verschiedenen Gründen zu Euch gekommen«, gab sie zu. »Zum einen waren wir in einer verzweifelten Lage. Durch Umstände, die zu erläutern jetzt zu lang dauern würde, ist mir nicht viel vom Reichtum einer Prinzessin geblieben. Meine Gefährten und ich waren auf der Spur eines Feindes in Gareth gestrandet und sahen uns dort mittellos dem hereinbrechenden Winter gegenüber. Neel hat dann von Eurem Orden erfahren, und da wir nicht weiterwussten, beschlossen wir, bei Euch Zuflucht zu suchen.«

»Auch wir sind nicht gerade mit derischen Gütern gesegnet, wie Ihr vielleicht schon bemerkt haben werdet«, betonte Leodora. »Wir müssen mit dem auskommen, was die Bauern dem Gebirge abtrotzen können. Aber Ihr und Neel seid ausgezeichnete Kämpferinnen. Was Ihr die Unerfahrenen unter meinen Schwestern lehrt, wird die Opfer aufwiegen, die wir für Euren Aufenthalt erbringen müssen.«

»Wenn wir mehr als das für Euch tun können, zögert nicht, danach zu fragen!«, bot Rhiana schuldbewusst an.

»Wir werden sehen.« Die Ordensführerin winkte ab. »Und der zweite Grund?«, hakte sie nach.

Rhiana sah ihr gespannt in die Augen, deren kräftiges Grün selbst im schwachen Schein des Kaminfeuers noch auffiel. »Ist, dass ich Euch als Verbündete gewinnen will.«

Leodoras Züge verhärteten sich zu deutlicher Ablehnung. »Wenn es darum geht, Euren Thron zurückzuerobern, habt Ihr den Weg umsonst gemacht«, beschied sie ihrem Gast harsch. »Wir sind keine Söldnerinnen.«

»Das habe ich auch nicht angenommen«, stellte Rhiana richtig. »Ich würde mir niemals erlauben, Euch mit meinen persönlichen Angelegenheiten zu belästigen. Es geht vielmehr um heimtückische Kräfte, die es darauf abgesehen haben, das ganze Reich zu beherrschen.«

»Wenn sich die Fürsten in ihrer Machtgier gegenseitig zerfleischen, geht uns das nichts an«, behauptete Leodora. »Wir dienen einzig dem heiligen Paar Rondra und Famerlor. Deshalb habe ich in diesem Krieg bislang strikte Neutralität bewahrt und werde auch nicht davon abrücken!«

»Das verstehe ich, und ich zolle Euch größten Respekt dafür, dass Ihr Euch nicht von einer Seite kaufen lasst«, beteuerte

Rhiana. »Der Gegner, von dem ich spreche, kennt dagegen keine Skrupel. Wer sich nicht von ihm bestechen lässt, der muss um sein Leben fürchten. So wie ich. Habt Ihr schon einmal vom Flammenbund gehört?« Sie achtete sehr genau darauf, ob dieser Name bei ihrer Gastgeberin eine verdächtige Regung hervorrief, doch sie konnte kein Anzeichen für Unaufrichtigkeit entdecken.

»Nein«, antwortete Leodora knapp und schwieg abwartend.

»Der Flammenbund ist eine Verschwörung, die Pyrdacor, den Goldenen Drachen, anbetet«, erklärte Rhiana. Die Augen der Burgherrin weiteten sich kaum merklich. »Wenn ich mich nicht täusche, hat meine Ziehmutter mich gelehrt, dass Pyrdacor einst von Famerlor selbst besiegt und von den Göttern aus der Welt verbannt wurde. Deshalb glaube ich, dass es im Sinne Rondras ist, diese Frevler aufzuhalten.«

»In der Tat wird uns überliefert, dass der Goldene und der Löwenhäuptige erbitterte Gegner waren«, stimmte Leodora zu. »Pyrdacor ist der Feind aller Bewohner Alverans. Wer sich ihm verschreibt, hat jedes Anrecht auf Gnade verwirkt. Wie könnte ein Mensch so dumm sein, sich mit ihm gegen die wahren Götter zu verschwören?«

»Da müsst Ihr die Mitglieder dieses Bundes wohl selbst befragen, denn ich weiß es nicht«, bedauerte Rhiana.

»Jämmerlich und empörend ist das fürwahr! Aber wie sollte diese Hand voll Verblendeter eine Gefahr für das Reich darstellen?«, wunderte sich die Ordensführerin.

»Oh, der Flammenbund umfasst weit mehr als nur ein paar verwirrte Seelen. Ihm stehen enorme Geldmittel zur Verfügung, und in Albernia ist es ihm sogar gelungen, dafür zu sorgen, dass einer seiner Schergen zum Admiral der Flotte ernannt wurde«, warnte Rhiana und berichtete Leodora alles, was sie bislang über das Ausmaß der Verschwörung erfahren hatte. Die Burgherrin hörte ihr nachdenklich zu, doch Rhiana hatte nicht den Eindruck, die ältere Frau von ihrer Sache überzeugen zu können.

»Mir scheint, Ihr fühlt Euch ehrlich berufen, diesen Verbrechern das Handwerk zu legen«, räumte Leodora schließlich ein. »So wie Ihr Eure Lage und die Macht dieses Bundes schildert, führt Ihr jedoch einen ungleichen Kampf, in dem nur Rondras besondere Gnade Euch zum Sieg verhelfen kann. Tretet unserem Orden bei, und Ihr werdet bei uns Schutz finden! Aber verlangt nicht von mir, Euch meine Schwestern für einen aussichtslosen Feldzug gegen einen Feind zu überlassen, der ganze Armeen ins Feld führen kann!«

Feigling! Gerade gegen die Übermacht beweist sich, wer wahrhaft von Rondras Mut beseelt ist, dachte Rhiana und sah dabei das Bild der heiligen Thalionmel aus dem Garether Rondratempel vor sich, das die Heldin zeigte, wie sie die Brücke von Neetha gegen ein Heer angreifender Novadis verteidigte.

»Um das Leben Eurer Schwestern zu schützen, wollt Ihr die Augen davor verschließen, dass die Feinde der Leuin das Reich unterwandern?«, warf sie der Amazonenführerin vor.

»Hütet Eure Zunge!«, fuhr Leodora auf. »Auch mir hat Rondra eine Aufgabe übertragen. Der Platz dieses Ordens ist hier, wo er unseren Auftrag erfüllen kann! Wenn Euch das nicht gefällt, dürft Ihr uns gern wieder verlassen!«

»Was könnte mehr Eure Aufgabe sein, als die Gegner Rondras in ihre Schranken zu weisen?«, hielt Rhiana zornig dagegen und sprang ungehalten auf. Sie konnte Marunas missbilligenden Blick förmlich spüren. *Was treibst du da nur schon wieder?,* schien ihre besonnene Ziehmutter zu fragen. *So wirst du nie jemanden auf deine Seite ziehen.*

Die Burgherrin blieb sitzen und musterte sie kalt.

»Es tut mir Leid«, rang sich Rhiana ab. »Ich bitte Euch, die Angelegenheit noch einmal zu überdenken. Der Frühling ist noch weit. Vielleicht stellt sich Euch die Lage bis dahin anders dar.«

»Vielleicht«, erwiderte Leodora. »Glaubt nicht, dass es mich gleichgültig lässt! Ihr könnt jetzt gehen.«

Rhiana wandte sich ab und verließ enttäuscht den Raum. *Wenigstens ist noch nicht alle Hoffnung verloren,* redete sie sich ein.

»Finger weg!«

Rashid hatte diese zwei Wörter in den letzten Tagen so oft gehört, dass er bereits anfing, sich im Stillen selbst zu ermahnen, bevor eine der Frauen es tat. In diesem Fall gehörte die Stimme jedoch der mürrischen alten Köchin, die den Tulamiden nur widerwillig in ihrem Reich duldete. Es blieb ihr jedoch nichts anderes übrig, da die Ordensregel den Amazonen verbot, mit einem Mann zu Tisch zu sitzen, und die Burgherrin deshalb verfügt hatte, dass Rashid seine Mahlzeiten in der Küche erhielt.

»Ich wollte nur einmal kosten«, behauptete der Novadi, während er gehorsam die Hand von der Schüssel mit Apfelkompott zurückzog.

»Einer wie du ist nicht einen Löffel davon wert«, eröffnete ihm die Alte, wobei ihre stets nach unten gerichteten Mundwinkel noch ein wenig tiefer wanderten.

»Ihr müsst es wissen, weise Schwingerin selbigen Werkzeugs«, meinte Rashid mit unbewegter Miene.

Die beiden Küchenmädchen mussten sich dagegen die Hände auf die Lippen pressen, um das Lachen zu unterdrücken. Vor Anstrengung liefen ihnen dabei die Gesichter rot an.

»Ich geb dir mein Werkzeug gleich zu schmecken!«, drohte die Köchin erbost und fuchtelte mit der Schöpfkelle herum, die sie gerade in eine der großen Schüsseln mit Haferbrei hatte stecken wollen.

»Ein ungleicher Kampf, denn ich bin unbewaffnet«, tadelte Rashid. »Das ist gegen Rondras Gebot.« Tänzelnd wich er dem ungelenken Hieb der Köchin aus.

»An meinem Herd hat Travia das Sagen«, gab sie schlagfertig zurück, ließ dann aber doch von ihm ab und wandte sich wieder dem Frühstück für die Amazonen zu.

»Ist Travia nicht die Göttin der Gastfreundschaft?«, erkundigte sich Rashid mit gespieltem Erstaunen bei den Mägden, die grinsend nach den Schüsseln griffen, um sie in den Bergfried hinüberzutragen.

»Ja, das ist sie«, bestätigte die jüngere von ihnen und

zweigte rasch einen Klecks Apfelkompott in die bereits mit Brei gefüllte Schale des Novadis ab, bevor sie vor dem strafenden Blick der Köchin Reißaus nahm.

Rashid setzte sich mit bewusst zur Schau gestellter Zufriedenheit an den klobigen Küchentisch, behielt dabei allerdings die alte Frau unauffällig im Auge, falls sie ihm seine Beute doch noch entreißen wollte.

»Ein unnützer Esser mehr, das bist du«, keifte sie. »Und ich kann sehen, wie ich alle satt bekomm.«

»Ich unterrichte die tapferen Töchter Rhondaras«, rechtfertigte sich Rashid zwischen zwei Löffeln Brei. »Sonst hätte Eure unbarmherzige Herrin mir gar nicht gestattet, Euch mit meiner Anwesenheit zu belästigen.«

»Unterricht, pah!« Die Köchin machte keinen Hehl aus ihrer Verachtung. »Ich kenn solche wie dich. Mit euren gestelzten Worten verdreht ihr den Frauen den Kopf, und im nächsten Moment seid ihr weitergezogen. Wenn's nicht so wär, hättest du längst den Traviabund geschlossen.«

»Kann ich Euch gnädiger stimmen, wenn ich Euch verspreche, die Keuschheit Eurer Mägde nicht zu gefährden?«, wollte Rashid belustigt wissen.

»Als wenn's da noch was zu retten gäbe«, murrte die Alte. »Die sind eine Schande für die ganze Burg! Bei jeder Gelegenheit schleichen sie sich ins Dorf.«

»Ihr solltet nicht so streng mit ihnen sein«, fand der Novadi. »Rastullah hat die Frauen nun einmal dazu geschaffen, den Männern zugetan zu sein.«

»Komm mir nicht wieder mit diesem Rastullah! Von solchem Götzenkram will ich nichts wissen! Am Ende bringst du mich noch um Travias Segen«, fürchtete sie.

»Müssen denn auch die Dienerinnen der Ordensschwestern enthaltsam leben? Ich dachte, nur die Amazonen legen den Eid ab«, wunderte sich Rashid.

»Was hat denn das eine mit dem anderen zu tun?« Die Köchin schüttelte über seine Unwissenheit den Kopf. »Natürlich legen nur die Schwestern einen Schwur ab. Die geloben der Leuin ewige Treue und all das. Deshalb können sie dann auch nicht heiraten – Travia mag's ihnen vergeben!«

»Ach«, machte Rashid. »Das ist alles? Weshalb muss ich dann in dieser modrigen Hütte nächtigen?«

»Die war gut genug für mich und meinen Mann, als er noch lebte. Da wird sie für einen Taugenichts wie dich wohl auch recht sein!«, schimpfte die Alte.

Es ist wohl gesünder, ihr darin nicht zu widersprechen, sagte er sich und aß schweigend weiter, um darüber nachzudenken, was er gerade erfahren hatte. *Wahrscheinlich wollen die Amazonen nur ihren Ruf schützen, indem sie keine Männer beherbergen. Böse Zungen könnten sonst behaupten, diese Burg voller lediger Frauen sei ein Freudenhaus. Und ich dachte schon, die arme Rondriga sei vielleicht vergewaltigt worden, weil sie schwanger ist. Aber viele Kinder gibt es hier nicht gerade. Die meisten scheinen ihr Leben doch vollkommen dem Kampf zu widmen. Wie es wohl Lorwina hält?*

Er kratzte den letzten Rest aus der Schale, bedankte sich bei der Köchin und ging auf den Hof hinaus. Dass die Küche samt dem Backofen in einem vom Wohnturm getrennten Häuschen untergebracht war, erschien ihm unpraktisch, aber er hatte es längst aufgegeben, über jede Merkwürdigkeit nachzugrübeln, die ihm auf seinen Reisen begegnete.

Der Wind blies eisig von Norden, sodass Rashid froh war, als ihn die Wärme des Pferdestalls umfing. Bis die Amazonen ihre täglichen Übungen begannen, blieb ihm noch genügend Zeit, sich zu vergewissern, dass sein Hengst wohlauf war, und dessen Fell zu striegeln, bis es im Schein der Laterne glänzte wie schwarzer Obsidian. Feuertanz schlenkerte wild den Kopf und rollte die Augen, als Rashid sich von ihm verabschiedete. Der Novadi verstand, dass das Tier sich schrecklich langweilte.

»Heute nicht, mein Freund. Wir reiten aus, sobald das Wetter besser wird«, versprach er, woraufhin die Stallmägde ihn ansahen, als hätte er eine Nase zu viel.

»Ein Shadif muss laufen, sonst siecht er dahin«, klärte er sie auf und überließ sie ihrer Arbeit.

Mittlerweile hatten die Amazonen in der Halle die Tische und Bänke zur Seite geräumt, um Platz für ihre Waffengänge zu schaffen. Jeden Morgen, wenn er den Turm betrat, glaubte Rashid zu erahnen, wie sich der Kalif zu Mherwed fühlen musste, wenn er seinen Harem aufsuchte. Natürlich trugen die Konkubinen des Beherrschers der Gläubigen in seiner Phantasie nichts als durchsichtige Schleier und Geschmeide, während die Ordensschwestern bestenfalls eng anliegende Hosen unter ihren gepolsterten Jacken zu bieten hatten. Außerdem hoben die Amazonen höchstens grüßend das Schwert, anstatt sich wie die Haremsdamen lüstern auf weichen Kissen zu räkeln. Aber darüber konnte Rashid gnädig hinwegsehen, solange er sich nur als der einzige Mann weit und breit wusste, auf den die Frauen ihr Begehren richten konnten.

Es schmeichelte ihm, dass die blutjunge Rondria in seiner Gegenwart vor Verlegenheit ständig kichern musste und die dralle Leogrime kokett die Hüften wiegte, wenn sie vor ihm herging. Nachdem Rhiana ihm so hartnäckig widerstanden hatte, gab ihm jedes noch so scheue Lächeln einer Amazone neuen Auftrieb. Und doch suchte sein Blick immer wieder nur eine der vielen Frauen im Saal, obwohl sie ihm kaum Beachtung schenkte.

So auch an diesem Morgen. Lorwina stand ein wenig abseits, wie so oft. Zwischen ihr und den anderen Bewohnerinnen der Burg lag eine Distanz, die Rashid sich nicht erklären konnte, aber das machte sie für ihn nur umso geheimnisvoller. Bislang hatte sie sich geweigert, an den Lektionen teilzunehmen, die er für ihre Schwestern erdacht hatte. Wenigstens diese Zurückweisung wollte er nicht länger hinnehmen und entschloss sich zu einem neuen Versuch.

Als sie merkte, dass er auf sie zukam, hob sie trotzig das Kinn. *Sie mag vielleicht nicht Rhianas makellose Schönheit besitzen, aber ihr Stolz hebt sie über die anderen hinaus,* dachte er und lächelte ihr zu. Um ihre Mundwinkel zuckte es, doch die dunklen Augen verrieten nicht, ob es aus Abscheu geschehen war oder weil sie ein Lächeln unterdrückt hatte.

»Ich habe dir bereits gesagt, dass du mir mit deinen Würgegriffen und Fußangeln vom Leib bleiben sollst!«, rief sie ihm ohne einleitenden Gruß ins Gedächtnis.

»Das habe ich nicht vergessen, Zierde deines Ordens«, erwiderte Rashid. »Ich möchte dich stattdessen um die Gunst eines weiteren Kampfes bitten, der nach den Regeln deiner Göttin geführt werden soll.«

»Warum solltest du das wollen?«, fragte sie überrascht.

»Weil du glaubst, versagt zu haben, aber in Wahrheit war ich es, der Schande über sich gebracht hat«, erklärte Rashid. »Ich möchte dir Gelegenheit geben zu beweisen, dass du mir in einem ehrlichen Zweikampf gewachsen bist.«

Plötzlich sprühten ihre Augen zornige Blitze. »Du willst mich gewinnen lassen!«, stellte sie empört fest. »Darauf kann ich verzichten!«

Frauen können einem wirklich jedes Wort im Mund herumdrehen, ärgerte sich Rashid. »Bei Rastullah! Das liegt nicht in meiner Absicht«, sagte er so laut, dass alle im Raum sich nach ihm umdrehten.

Lorwina atmete tief durch, aber er konnte sehen, dass sie innerlich bebte. »Zeig mir in Rondras Namen deine Schliche!«, forderte sie. »Dann werde ich dich besiegen, ohne dass du dich zurückhalten musst.«

Zwischenspiel

Yako blickte nur einen Wimpernschlag lang auf den Pfeil hinab, der in ihrer Wade steckte. Mit einer Geschwindigkeit, vor der ihr Verstand nur neidvoll erblassen konnte, erfasste ihr Instinkt, dass weitere Geschosse folgen würden, und katapultierte sie dem Schmerz zum Trotz in den Sattel. Schon während sie dem Pferd die Sporen gab, hielt sie nach dem Schützen Ausschau. Da stand er, unter den Bäumen am Waldrand. Mit tödlicher Klarheit sah sie, dass er hastig einen neuen Pfeil auflegte. Ihr erschrockener Brauner sprang vorwärts, doch er war von dem stundenlangen Ritt bereits erschöpft und der Schnee zu hoch, um schnell genug zu galoppieren. Yako wusste, dass sie ihren Angreifer niemals rechtzeitig erreichen würde, um den Schuss zu verhindern.

Wieder fehlte ihr die Zeit, eine überlegte Entscheidung zu fällen. Sie nahm die Füße aus den Steigbügeln und warf sich zur Seite, wo sie, durch die leicht verharschte Oberfläche brechend, in den Schnee sank. Das Geschoss sauste irgendwo über sie hinweg, aber nun lag sie da, behindert von der weißen Masse, die sie umgab. Der nächste Pfeil würde treffen. Es gab keinen Ausweg mehr. Dennoch wälzte sie sich zurück in die halbwegs frei getrampelte Spur, wo sie sich zumindest ein wenig besser bewegen konnte. Der aus ihrem Bein ragende Schaft schleifte durch den Schnee und jagte eine neue Woge des Schmerzes durch ihren Körper. Sie biss die Zähne zusammen, um endlich auf die Füße zu kommen.

Der Abstand zwischen ihr und ihrem Gegner war auf wenige Schritt geschrumpft, aber der Mann zielte erneut auf sie. Einzig die wachen Reflexe der geschulten Kämpferin erlaubten Yako, sich im gleichen Augenblick erneut fallen zu lassen, als der Fremde die Finger an der Sehne bewegte. Sie spürte, wie die Pfeilspitze drei Lagen Stoff durchdrang und ihre Schulter ritzte, dann landete sie bereits wieder im Schnee, kroch auf allen vieren vorwärts, bis sie sich wieder aufrecht gestolpert hatte. Im Laufen riss sie den Säbel heraus.

Ihr Angreifer starrte ihr entsetzt entgegen. Die Hand, die nach einem rettenden Geschoss greifen wollte, verharrte für einen Moment reglos in der Luft. Dann ging dem Mann wohl auf, dass es zu spät war, denn er wirbelte herum, um davonzurennen. Vergebens. Yako war rasend. Sie erwischte seinen hinter ihm herwehenden Umhang, krallte ihre Finger hinein und riss daran. Der Ruck fegte den Unbekannten von den Füßen. Mit einem ängstlichen Aufschrei schlug er rücklings zu Boden, als Yako auch schon über ihm war.

»Stirb, du Bastard!«, keuchte sie und zog die gekrümmte Klinge schwungvoll über seine Kehle. Schwer atmend wandte sie sich ab, um gegen einen Baum gelehnt zu verschnaufen. Sie hatte in ihrem Leben schon so viele Menschen sterben gesehen, Feinde wie Kameraden, dass sie den Details keine Beachtung mehr schenkte. Sollte das heimtückische Schwein in Ruhe sein Leben ausröcheln, sie hatte Wichtigeres zu tun.

Sie vergewisserte sich mit einem kurzen Blick, dass ihr Pferd in der Nähe stehen geblieben war und an einem Fichtenzweig knabberte, dann zog sie den Pfeil heraus, der mehr in ihren Kleidern als in der Haut ihrer Schulter hängen geblieben war. Nur die Befiederung schaute noch heraus, der Rest hatte sich auch noch durch die Rückseite ihres Umhangs gebohrt, bevor die Stofffalten das Geschoss endgültig aufgehalten hatten.

Ein Jagdpfeil, erkannte sie an der Spitze, die keine Widerhaken aufwies, damit man sie leichter aus einem erlegten Tier herausziehen und wieder verwenden konnte. *Dann wird der andere wenigstens auch leicht zu entfernen sein.* Sie grinste sarkastisch. *Soweit frau bei so etwas von leicht reden kann.*

Sie sah sich noch einmal um. Immer noch weit und breit keine Spur von weiteren Kerlen, die ihr den Garaus machen wollten. Wer war dieser Stümper, der allein durch den Wald schlich, um auf ahnungslose Reisende zu schießen? *Er hat mich wohl kaum mit einem Bären verwechselt,* nahm sie an und humpelte zu der Leiche zurück, um das bärtige Gesicht genauer zu betrachten. *Nein, wenn er sich nicht* sehr *verändert hat, bin ich ihm noch nie begegnet. Ich mag viele Feinde haben, aber der hier gehörte bis heute nicht dazu. Vielleicht hat er mich für jemand anderen gehalten?*

»Wohl kaum«, schnaubte sie, als ihr wieder einfiel, dass sie im Umkreis von mehreren hundert Meilen vermutlich die einzige Frau von kakaobrauner Hautfarbe war.

Achselzuckend fand sie sich damit ab, dass sie wahrscheinlich nie erfahren würde, was den Fremden zu seiner Tat bewogen hatte. Habgier, Verzweiflung, Besessenheit durch einen bösen Geist. Was immer der Grund gewesen sein mochte, es genügte ihr, dass er am Ende vermutlich Reue empfunden hatte.

Nüchtern überdachte sie ihre Lage. Sie musste diesen Pfeil loswerden und die Wunde angemessen versorgen. Nach all den Jahren Kampferfahrung hatte sie auch gelernt, Verletzungen nicht auf die leichte Schulter zu nehmen. Diese Schusswunde ging tief in ihren Muskel und konnte sie umbringen, wenn das tödliche Fieber sich darin einnistete. Selbst im günstigsten Fall würde sie eine ganze Weile keinem ernsthaften Gegner gewachsen sein. Sie brauchte einen Platz, an den sie sich solange zurückziehen konnte, und am besten auch eine fähige Heilerin.

Wieder musterte sie den Fremden. Er hatte weder Proviant noch sonstiges Gepäck bei sich. Wenn er kein vollkommen verwirrter Narr gewesen war, musste sie in der Nähe seiner Behausung sein. Aber konnte sie das Risiko eingehen, danach zu suchen? Was, wenn sie dort auf Freunde von ihm stieß? Sie durfte es nicht auf eine weitere Auseinandersetzung ankommen lassen.

Das bedeutet, ich muss umkehren, stellte sie verärgert fest. *Verdammt! Es wird schon bald dämmern!* Zornig wog sie die beiden Möglichkeiten gegeneinander ab. Sollte sie sich angeschlagen auf einem müden, hungrigen Pferd durch den nächtlichen Winterwald wagen oder nachsehen, ob der unbekannte Schütze ein Einzelgänger war? Egal, wie sie sich entschied, ihre Chancen standen schlecht.

Ich werde nicht sterben, beschloss sie. *Nicht bevor ich das Vergnügen hatte, Neel in die Niederhölle vorauszuschicken.*

Kapitel 15

Darpatische Seite der Schwarzen Sichel, Firun 914 BF

Rhiana klemmte zwischen Corvara und Rondria auf der harten Bank und ertappte sich dabei, seit langer Zeit endlich wieder einmal vorbehaltlos fröhlich zu sein. Selbst Neel, die sie stets nur als ernste, verbitterte Veteranin gekannt hatte, war im ausgelassenen Schwatzen und Lachen der Amazonen immer mehr aufgetaut. Nun saß ihr ihre alte Lehrmeisterin vollkommen gelöst gegenüber und scherzte mit ihren neuen Freundinnen.

Sie lehnte sich vor, um nach Finni zu sehen, die an Rondrias anderer Seite Platz genommen hatte. Die Halbelfe und die junge Amazone ließen Rondrias neueste Versuche, von Finni den Salto zu erlernen, Revue passieren und kamen dabei vor Lachen kaum dazu, das Abendessen anzurühren.

Jetzt hat sie doch noch Anschluss gefunden, obwohl sie in den ersten Tagen so unglücklich war, freute sich Rhiana. Als Finni ihr erzählt hatte, dass die Amazonen sie zunächst wie eine Dienstmagd übergangen hatten, war sie wütend geworden und hatte sich maßlos aufgeregt, weil sie Standesdünkel so sehr verabscheute. Selbst ihr hatte man schon früh gezeigt, wie es sich anfühlte, wenn die Leute glaubten, dass man ein Niemand war. Nach dem Tod ihres Vaters hatte Baronin Sarja sie als uneheliches Balg beschimpft. Aber die Menschen waren nun einmal so. Sie hatte es nicht übers Herz gebracht, den Frauen, die *sie* so freundlich aufgenommen hatten, deswegen plötzlich reserviert und vorwurfsvoll zu begegnen.

Und dann war Finni Rondria über den Weg gelaufen. Seitdem waren die beiden geradezu unzertrennlich. Rhiana fühlte sogar einen Stich der Eifersucht, wenn sie die beiden miteinander herumalbern sah. *Sie stammen beide aus einfacheren Verhältnissen. Womöglich macht das zwischen ihnen vieles leichter,* vermutete sie. *Wenigstens geben die anderen mir nicht ständig das Gefühl, eine Prinzessin zu sein, die mit Ehrfurcht behandelt werden muss.*

Ihr ging auf, dass das wahrscheinlich der Grund dafür war, warum sie sich trotz ihres Streits mit Leodora – mit der sie seitdem kaum mehr als Belanglosigkeiten gewechselt hatte – im Kreise der Amazonen so wohl fühlte. Unter den Kriegerinnen gab es keine Standesunterschiede mehr. Ganz gleich, ob sie zuvor Adlige oder Gossenkinder gewesen waren, hatten sie ihren Rang vor dem Burgtor zurückgelassen und ihm mit ihrem Eid endgültig entsagt. Innerhalb des Ordens gab es nur noch Schwestern in Rondra, die sich gegenseitig schützten und förderten. Wer außerhalb ihrer eingeschworenen Gemeinschaft stand, zählte für sie nicht. Es sei denn, sie sahen in ihm eine verwandte, Rondra ergebene Seele.

»Was ist los, Rhiana?«, erkundigte sich Corvara. »Du siehst betrübt aus.«

»Ich?« Rhiana schüttelte energisch den Kopf. »Ich kann gar nicht so aussehen, denn ich habe gerade festgestellt, dass ihr es immer wieder schafft, mich die Welt da draußen vergessen zu lassen«, gestand sie. »Ich könnte fast glauben, dass alle Ereignisse der letzten Monate nur ein böser Traum waren, aus dem ich endlich erwacht bin.«

Die Amazone legte ihr den Arm um die Schultern und drückte sie herzlich. »Das geht uns allen so«, behauptete sie. »Du gehörst einfach hierher.«

Ja, vielleicht tue ich das wirklich, dachte Rhiana melancholisch und lächelte Corvara zu. *Jetzt mache ich bestimmt erst recht ein trauriges Gesicht. Dabei will ich gar nicht traurig sein.*

»Was mich nur wundert ist, dass ihr keinen Rondratempel in der Burg habt«, wechselte sie das Thema, um wieder auf andere Gedanken zu kommen. »Nicht einmal einen Schrein.«

»Wer braucht das schon?«, warf Neel abfällig ein. »Seine Götter muss man im Herzen tragen.«

Die Ordensschwestern nickten beifällig. »Wer Tempel hat, trennt Glaube und Alltag voneinander«, erklärte eine der Älteren. »Dabei sollen sie doch eins sein!«

»Leodora sagt, jeder Kampf ist ein Gebet an Rondra«, fügte Corvara hinzu. »Deshalb üben wir uns täglich mit dem Schwert. Um der Leuin nah zu sein.«

»Das gefällt mir«, sagte Rhiana ehrlich beeindruckt. »Jetzt weiß ich auch endlich, warum …« Sie verstummte, denn immer mehr Amazonen hatten sich nach dem Eingang der Halle umgewandt, wo eine der ihren einen eingeschüchterten Mann vor sich herschob, dessen Bart und Kapuze von Reif überzogen waren, der in der Wärme rasch dahinschmolz. Da die grobe, aber noch nicht abgetragene Kleidung des Fremden ansonsten sauber wirkte, nahm Rhiana an, dass es sich um einen Bauern oder Handwerker aus dem nahen Dorf handelte, durch das sie mittlerweile selbst schon geritten war, wenn es das Wetter erlaubt hatte.

Unter den Blicken der vielen Frauen zog der Mann den Kopf immer tiefer zwischen die Schultern, sodass es aussah, als ob er schrumpfe. Leodora war aufgestanden und in den freien Raum zwischen den Tischen getreten, wo sie den ängstlichen Gast mit strenger Miene erwartete. Rhiana zuckte überrascht zusammen, als der Bauer sich der Ordensführerin unvermittelt zu Füßen warf.

»Herrin, bitte helft uns!«, winselte er. »Wir wurden von Räubern überfallen.«

Aus Leodoras Gesicht sprach tiefste Verachtung, während Rhiana augenblicklich Mitleid mit dem verzweifelten Bittsteller ergriff.

»Falls ich dich schon einmal gesehen haben sollte, erinnere ich mich nicht. Wer bist du, und aus welchem Dorf kommst du?«, verlangte die Burgherrin zu wissen.

»Ich bin Eldo aus Mitterhang, Herrin«, antwortete der Mann, den Blick starr zu Boden gerichtet.

»Was genau ist dort passiert?«, erkundigte sich Leodora mit einer Schärfe in der Stimme, die Rhiana nicht verstand.

»Räuber sind ins Dorf gekommen, Herrin. Sie haben Alrik den Schmied erschlagen, und dann sind sie auf uns alle losgegangen. Es sind sogar Orks bei ihnen«, berichtete Eldo hastig, als fürchte er, unterbrochen zu werden. »Ich bin weggerannt. Aber nur, um Hilfe zu holen.«

»Du bist eine feige Memme und ein Lügner dazu!«, fuhr die Ordensführerin ihn an. »Wie viele Gegner waren es? Zwei? Drei?«

Der Bauer krümmte sich wie von Schlägen getroffen zusammen. »Ich schwöre, es waren viele, Herrin«, beteuerte er. »Vielleicht zehn. Ich konnte sie so schnell doch nicht zählen.«

Leodora sah aus, als hätte sie vor Abscheu am liebsten ausgespuckt. »Wir werden uns darum kümmern«, verkündete sie stattdessen und richtete sich dann an die Amazone, die den Mann hereingeführt hatte. »Schaff ihn mir aus den Augen! Sie sollen ihn unten im Dorf aufnehmen.«

»Danke, Herrin, die gute Mutter wird es Euch vergelten«, sprudelte Eldo hervor und kroch rückwärts, bis die Wachfrau ihn auf die Beine zerrte, um ihn rasch aus der Halle zu entfernen.

Die Amazonen sahen schweigend auf ihre Anführerin, die einen Moment reglos dastand und nachdachte.

Das ist unsere Gelegenheit, uns für ihre Gastfreundschaft zu revanchieren, überlegte Rhiana und blickte zu Neel, die sogleich nickte, ohne dass Rhiana eine Frage stellen musste.

»Diese Kerle sind der letzte Dreck, wenn sie sich mit Orks verbrüdern«, stellte Leodora fest. »Im Namen Rondras werden wir dieses Ungeziefer auslöschen! Wir reiten bei Tagesanbruch«, beschloss sie.

»Neel und ich werden euch beistehen«, rief Rhiana.

»Und ich auch«, fügte Finni hinzu, doch ihre Worte gingen bereits in dem lauten Stimmengewirr unter, mit dem die Amazonen ihrer Aufregung und Vorfreude Ausdruck verliehen.

Es fiel Rashid schwer, wach zu werden, wenn es im Raum dunkel war, aber er brachte es nicht fertig, einen der Fensterläden über Nacht offen zu lassen. Auch so konnte er jeden Morgen in dem spärlichen Licht, das durch die Ritzen zwischen Wand und Laden sickerte, seine Atemwolken in der kalten Luft über dem Bett sehen. Egal wie viel Holz er am Vorabend in der Feuerstelle aufschichtete, die Wärme verlor sich rasch, sobald die Flammen erst erloschen waren. Jenseits der Hitze, die sein Körper ausstrahlte, fühlten sich Decken und Matratze eisig und klamm an, was er jedes Mal zu spüren bekam, wenn er sich auch nur ein bisschen bewegte.

Das ist Rastullahs gerechte Strafe dafür, dass ich mich noch immer in den Ländern der Ungläubigen herumtreibe und täglich gegen die 99 Gesetze verstoße, sagte er sich und war versucht, in Selbstmitleid zu versinken, um noch eine Weile liegen bleiben zu können, bis ihn der Hunger endgültig aus dem Bett trieb. Doch er hasste sich dafür, wenn er Wehleidigkeit an sich bemerkte, und warf deshalb umso entschlossener die alten, fadenscheinigen Wolldecken von sich.

Obwohl er es genauso wenig leiden konnte, in seinen Kleidern zu schlafen, zwang ihn die Kälte in der kleinen Hütte dazu, Hemd, Hose und Socken anzubehalten, sonst kühlte er so sehr aus, dass er krank wurde. Schnell steckte er die Füße in seine Stiefel und machte sich im Halbdunkel daran, das Feuer neu zu entfachen. Während sich die Flammen allmählich in die größeren Scheite fraßen, pinkelte er durch das rückwärtige Fenster in ein Loch, das er in die dort aufgetürmte weiße Pracht gedrückt hatte. *Wenigstens hat es nicht wieder geschneit*, freute er sich, denn die Schneedecke war an der dem Wind zugewandten Seite bereits bis zum Dach der Hütte angewachsen.

Noch immer kämpfte das Feuer vergeblich gegen die Kälte an, aber das half Rashid, die letzten Reste der Schlaftrunkenheit zu vertreiben. Er setzte sich an den wackligen Tisch, den er bereits am ersten Tag so nah wie möglich an die ummauerte Herdstelle gerückt hatte, und griff zu Messer und Spiegel, um sich zu rasieren. Mit der frisch geschliffenen Klinge über die Stoppeln zu schaben, war ihm so sehr in Fleisch und Blut übergegangen, dass seine Gedanken abschweiften. Sie eilten voraus in die Burg der Amazonen, wo Lorwina auf ihn wartete. Zumindest hoffte er, dass sie die tägliche Begegnung mit ihm genauso herbeisehnte wie er. Es gab Momente, in denen er sich ganz sicher war. Wenn sie sich nach einem Waffengang atemlos und erhitzt gegenüberstanden, sich dunkelbraune Strähnen aus ihrem zurückgebundenen Haar gelöst hatten und ihr stolzes Gesicht rosig überhaucht war, dann gelang es ihm manchmal, ihr tief in die Augen zu sehen und ihren Blick festzuhalten, bis es sie vor ihren Schwestern in Verlegenheit bringen musste.

»Au!«, entfuhr es ihm. Auf seiner Wange brannte es, wo ihm die Klinge ausgerutscht war. Der Spiegel zeigte ihm einen hervorquellenden Blutstropfen, den er amüsiert fortwischte. *Jetzt wird sie mich auch noch für einen Trottel halten,* machte er sich über seine eigene Ungeschicklichkeit lustig. *Wenn man nicht bei dem ist, was man tut …*

Beinahe hätte er vor Schreck das Messer fallen lassen, als es an der Tür klopfte. *Wer kann das sein?,* fragte er sich. Augenblicklich kam ihm ein Notfall in den Sinn, und er sprang auf, um zu öffnen.

Vor der Tür ragten zu beiden Seiten die weißen Wände auf, zwischen denen er sich mit Hilfe der Amazonen einen Weg gebahnt hatte. In der Lücke dazwischen stand Lorwina in einen Umhang gehüllt und die Arme gegen die Kälte vor der Brust verschränkt.

»Lorwina! Ist etwas passiert?«, erkundigte sich Rashid besorgt. Er spähte an ihr vorüber und versuchte, einen Blick auf die Burg zu erhaschen, doch von der Schwelle aus konnte er nur die rotgoldene Fahne über dem Turm sehen.

»Nein, ich … wollte dir nur den Weg ersparen, weil außer Rondriga und mir niemand von meinen Schwestern da ist«, behauptete sie.

»Sie sind alle weg?«, wunderte sich Rashid, aber allmählich kam ihm zu Bewusstsein, dass er seine Besucherin frieren ließ, während die mühsam in der Hütte aufgekeimte Wärme entwich. »Bitte, komm herein! Wenn wir nicht dringend aufbrechen müssen, kannst du mir genauso gut am Feuer erzählen, was vorgefallen ist.«

Lorwina nickte und betrat die kleine Kate, in der es Rashid dadurch noch sehr viel beengter erschien. Rasch schloss er die Tür hinter seinem unerwarteten Gast. Er war verwirrt. Die Amazone hier bei sich zu haben, nachdem er so oft davon geträumt hatte, kam ihm seltsam unwirklich vor, und ein Teil von ihm glaubte noch immer, dass sie jeden Augenblick loseilen mussten, um irgendein Unglück zu verhindern.

Sie lehnte sich nah bei den Flammen an den Tisch und musste ihr Gewicht teilweise darauf verlagern, damit er sich nicht verschob. »Ein Bauer hat wegen ein paar Räubern um Hilfe gebeten«, berichtete sie. »Es sind unsere Ländereien, wir müssen uns darum kümmern. Leodora hat nur mich und Rondriga zurückgelassen, damit jemand die Mägde im Auge hat.« Sie lächelte wie über einen geheimen Witz. »Deine Freundinnen sind auch mitgeritten.«

Rashid stellte sich zu ihr ans Feuer. »Das hätten sie mir sagen sollen«, beschwerte er sich. »Es wäre mir eine Ehre gewesen, ebenfalls deinen Schwestern beizustehen.«

»Es steht dir frei, ihnen zu folgen«, meinte Lorwina, ohne ihn anzusehen.

Er zögerte. Sollte er Feuertanz satteln und hinter Rhiana und dem kleinen Dschinn herjagen? Aber sie hatten mindestens fünfzehn Amazonen an ihrer Seite. Es wäre wohl lächerlich gewesen, wenn er sich vor all diesen Kriegerinnen als Beschützer aufgespielt hätte. Außerdem hätte er dafür Lorwina zurücklassen müssen, die womöglich aus Gründen zu ihm gekommen war, auf die er immer mehr zu hoffen wagte. »Nein, ich bleibe hier«, entschied er.

»Gut«, sagte sie nur. Scheinbar gelassen legte sie ihren Umhang ab, unter dem ein Lederbeutel zum Vorschein kam, den sie Rashid reichte. »Ich habe dir Brot und Räucherwurst mitgebracht. Auf der Burg haben wir längst gegessen.«

Rashid nahm die Tasche nur entgegen, um sie achtlos auf den Tisch zu legen. Ein Frühstück war das Letzte, was ihn im Augenblick fesseln konnte. Er machte einen weiteren Schritt auf Lorwina zu, sodass sie sich beinahe berührten. Sie sah mit diesen unergründlich dunklen Augen zu ihm auf, die ihn alles andere vergessen ließen.

»Du bist nicht nur deswegen hergekommen«, stellte er fest und beugte sich tiefer zu ihr hinab, wo ihr Duft ihn umfing, bevor seine Lippen die ihren zu einem ersten, fragenden Kuss fanden. Sie öffnete sich ihm, ließ ihn die feuchte Süße schmecken, die seine Sinne berauschte. Er zog sie an sich, ließ seiner Leidenschaft freieren Lauf, als ihre Finger über seinen Nacken glitten, um sich in seinen schwarzen Locken zu vergraben. Seine Hände strichen über ihren Rücken, umfassten die erregenden Rundungen ihrer Hüfte und drängten sie an seine gegen den Stoff der Hose rebellierende Männlichkeit. Er wollte endlich ihre Haut spüren, versuchte vergeblich, ihre Tunika nach oben zu schieben.

»Warte!«, flüsterte Lorwina an seinem Ohr und löste sich so weit von ihm, wie er es widerstrebend zuließ. Sie öffnete ihren Gürtel, der unbeachtet zu Boden fiel. Rashid bemerkte erst jetzt am Rande seiner Wahrnehmung, dass sie ohne ihr Schwert gekommen war. Ungeduldig half er ihr, Obergewand und Unterhemd gleichzeitig über den Kopf zu streifen. Ihre entblößten Brüste schimmerten im Flackern des Feuers wie Elfenbein. Er kostete den Anblick aus, bis er sich nicht länger beherrschen konnte und ihren Körper wieder an sich pressen musste. Die glatte, warme Haut, die weiche Wölbung ihrer Brust unter seiner Hand stachelten sein Begehren nur noch heftiger an. Er wusste, dass alles zu schnell ging, aber er hatte so lange keine Frau mehr gehabt, dass er einfach nicht mehr warten konnte. Fahrig riss er sich das Hemd vom Leib und zögerte ein letztes Mal, doch Lorwina schenkte ihm ein hinreißendes Lächeln, bevor sie selbst die Schnur lockerte, die ihre Hose auf der Hüfte hielt.

Rhiana hatte sich auf dem Schnee ausgestreckt und versuchte, nicht darauf zu achten, dass sich allmählich kühle Nässe durch ihre Kleider drückte. Sie war zu zerschlagen, um im Stehen auf Finnis Rückkehr zu warten. Lieber schloss sie die Augen und erinnerte sich an den aufregenden Moment, als die Amazonen am Morgen zusammengekommen waren, um in den Sattel zu steigen. Es war nicht ganz wie in den Geschichten über jene Kriegerinnen gewesen, die seit Generationen in den legendären Festungen wie Kurkum lebten. Kunstvoll dekorierte Bronzeharnische und Helme mit Federbuschen konnte sich der kleine Orden nicht leisten. Das Geld reichte nicht einmal, um überhaupt jede der Schwertschwestern mit einer vollständigen Rüstung auszustatten. Aber wenn sie die Burg verließen, trugen sie alle einen leuchtend roten Wollumhang, und sie hatten ihre eigentümliche Frisur, sodass sie doch ein einheitliches Bild abgaben.

Darauf angesprochen, hatte Corvara erzählt, dass sie diesen Eindruck für gewöhnlich auch noch dadurch unterstrichen, dass jede von ihnen einen Schild mit dem Ordenswappen führte. Gegen eine heruntergekommene Räuberbande hielt Leodora die schweren Platten aus Holz jedoch für unnötigen Ballast, was Rhiana zunächst leichtsinnig erschienen war. Jetzt war sie froh um jede Unze weniger, die sie zu schleppen hatte.

»Da kommt Finni wieder!«, rief Rondria erleichtert.

Auch Rhiana fiel ein Stein vom Herzen. Sie saß immer wie auf glühenden Kohlen, wenn sich ihre Freundin allein einer Gefahr aussetzte. Aber Finni war nun einmal unbestreitbar die Leichteste und Geschmeidigste von ihnen, sodass es Dummheit gewesen wäre, eine andere als Späherin vorauszuschicken.

Für das, was noch vor ihnen lag, fühlten sich Rhianas Beine von dem Marsch auf den ungewohnten Schneeschuhen zu schwer an, als sie Finni nun ein paar Schritte entgegenging. Sie hatten die völlig erschöpften Pferde bei einem kleinen, abgelegenen Gutshof zurückgelassen und sich aus eigener Kraft über einen steilen, bewaldeten Hügelkamm gekämpft, um sich Mitterhang nicht vom üblichen Weg her nähern zu müssen. Rhiana konnte gut verstehen, dass Leodora keine Nacht im Freien verbringen wollte, und natürlich war es ein nobles Ziel, dem Morden und Schänden, das wahrscheinlich in dem Dorf vor sich ging, so schnell wie möglich ein Ende zu bereiten. Doch wenn sie ihrem Körper die Wahl überlassen hätte, hätte jener es zweifellos vorgezogen, sich nicht mehr von der Stelle zu rühren.

Die Amazonen scharten sich um Finni, überließen es jedoch ihrer Anführerin, Fragen zu stellen.

»Dieses Lumpenpack scheint sich völlig sicher zu fühlen. Die haben nicht einmal Wachen aufgestellt«, berichtete die Halbelfe geringschätzig.

»Sie werden nicht bemerkt haben, dass ihnen jemand entkommen ist«, nahm Leodora an. »Die glauben, sie könnten es sich bei uns bis zur Schneeschmelze gemütlich machen, aber diese Dreistigkeit werden wir ihnen schon austreiben. Sollen sie sich bei Boron darüber beklagen! Wie viele hast du gesehen?«

»Nur zwei«, antwortete Finni. »Einen Kerl und einen Ork. Und ich weiß nicht, welcher von beiden widerlicher war. Die anderen hocken wohl lieber am warmen Ofen, denn es müssen mehr sein, sonst hätte es nicht so viele Tote gegeben.« Sie schauderte sichtbar unter ihrem Umhang. »Die haben die Leichen einfach hinter einem der Häuser in den Schnee geworfen. Sechs oder sieben Mann jeden Alters.«

»Dann werden wir es mit ihnen genauso halten«, kündigte Leodora grimmig an. »Wenn sie keine Wachposten für nötig halten, umso besser. Wir nähern uns im Schutz der Bäume und ziehen die Schneeschuhe aus. Dann stürmen wir auf mein Zeichen hin alle drei Höfe gleichzeitig.«

Mit kühler Gelassenheit, aber dennoch erstaunlich rasch teilte sie die Frauen in drei Gruppen ein, die auf getrennten Wegen den Hang hinabsteigen und auf den Schlachtruf ihrer Anführerin hin gemeinsam losschlagen sollten. Den allerersten Überraschungsmoment würden sie durch das Signal verspielen, aber die Räuber sollten immer noch einigermaßen überrumpelt sein.

Leodora traut uns nicht, dachte Rhiana, während sie ins Tal hinunterstiegen. *Sonst hätte sie nicht ausgerechnet uns unter ihrer Aufsicht behalten. Sie hätte klüger daran getan, ein Küken wie Rondria unter ihre Fittiche zu nehmen.* Obwohl sie sich eingestehen musste, dass sie enttäuscht darüber war, huschte ein Lächeln über ihr Gesicht, weil sie die junge Amazone als Küken bezeichnet hatte. *Ich spiele mich auf wie ein alter Haudegen, dabei bin ich gerade drei Jahre älter als sie.*

Sie schob es darauf, dass sie in den letzten Monaten so viele Kämpfe auf Leben und Tod ausgefochten hatte. Dass sich so vieles ereignet und verändert hatte, dass es ihr vorkam, als seien Jahre vergangen, seit die Söldnerarmee ihr Volk aus der Zuflucht vertrieben hatte. Nun würde sie schon wieder einem Feind gegenüberstehen. Einem Feind, der nicht einmal ihr eigener war. Aber seltsamerweise verlor das allmählich an Bedeutung für sie. Es genügte zu wissen, dass diese Kerle gewissenlose Verbrecher waren.

Sie hatten das Dorf fast erreicht und mussten die Deckung der Bäume verlassen. Es begann bereits zu dämmern. Niemand war mehr im Freien zu sehen. Zügig näherten sie sich dem Bereich um die Häuser, wo die Menschen dem Schnee Gänge und ein paar fest getrampelte Flächen abgetrotzt hatten. Leodora hielt an, damit sie sich der Schneeschuhe entledigen konnten, die sie sonst nur behindert hätten. Mit zwei schnellen Blicken vergewisserte sie sich, dass auch die anderen Amazonen aufgeschlossen hatten, dann zog sie ihr Schwert und brüllte: »Für Rondra!«

Rhiana hörte, wie selbst Finni den Ruf aufnahm, und stimmte lauthals mit ein. Schon beim ersten Schritt versank sie mit einem Bein bis zur Hüfte im Schnee, strampelte sich frei und stolperte weiter, auf festeren Grund. Es fühlte sich an, als hätte ihr jemand heimlich Gewichte unter die Stiefel geschnallt, aber sie rannte weiter. Von Leodora und Neel, die beide mindestens doppelt so alt waren wie sie, wollte sie sich nicht beschämen lassen.

Dennoch waren es die beiden zähen alten Amazonen, die zuerst den Seiteneingang des lang gestreckten Hallenhauses erreichten. Rhiana sah, wie sie sich gemeinsam mit ihren Schultern gegen die Tür warfen, die sofort nachgab. Sie verschwanden im Dunkel dahinter, und die Angst um Neel verlieh Rhiana neue Flügel. Nur einer der restlichen Amazonen gelang es, noch vor ihr durch die Öffnung zu stürmen, dann sprang Rhiana mit erhobener Klinge über die Schwelle.

Der Übergang vom leuchtenden Weiß des Schnees zum trüben Dämmerlicht im Innern des Hauses war so abrupt, dass sie im ersten Augenblick nichts als schwarze Schemen sah. Geistesgegenwärtig wich sie zur Seite, um den Weg für ihre nachdrängenden Gefährtinnen frei zu machen, und versuchte, trotz der Dunkelheit die Lage zu erfassen. Durch eine weitere Tür zu ihrer Linken fiel ein Streifen schwachen, rötlichen Lichts. Zwei der schattenhaften Gestalten gerieten in diesen Feuerschein, und Rhiana erkannte Leodora, die gegen ein schwarzes, bepelztes Ungeheuer focht, dem zwei blinkende Hauer aus dem Unterkiefer ragten.

Das muss ein Ork sein, schoss es Rhiana durch den Kopf. Sie schnellte vor, um der Amazone zu Hilfe zu kommen, doch in diesem Augenblick fegte Leodora bereits die rostgesprenkelte Klinge ihres Gegners beiseite und stieß ihm das Schwert in die breite, gedrungene Brust. Sein finsteres Gesicht verzerrte sich, aber der Ork hob grunzend die Arme, um nach dem Hals der Amazone zu greifen. Leodora stieß ihn mit einem Tritt von sich weg und befreite damit auch ihre Waffe aus seinem Brustkorb. Ohne den sterbenden Schwarzpelz weiter zu beachten, eilte sie in den Raum, aus dem der Lichtschein drang.

Rhiana sah wie gebannt auf den zusammenbrechenden Ork hinab, der noch einmal die Zähne bleckte, als er sie bemerkte. Seit der Schlacht um die Zuflucht hatte sie keinen Schwarzpelz mehr gesehen, und es irritierte sie noch immer, wie menschenähnlich und doch auf hässliche Weise vollkommen anders diese Kreaturen waren.

»Willst du hier Wurzeln schlagen?«, ertönte Finnis Stimme an ihrem Ohr.

Sie schüttelte sich, kam zur Besinnung und folgte Leodora kampfbereit durch die zweite Tür. Dahinter befand sich die gute Stube der Bauersleute, in der ein mickriges Kaminfeuer für etwas Wärme sorgte. Zwei Frauen drängten sich verängstigt in eine Ecke, während zwei bärtige Kerle Leodora mit kruden, selbst gezimmerten Waffen auf Abstand hielten. Die strähnigen Haare standen ihnen glänzend vor Fett vom Kopf ab, und ihre Kleider waren fleckig und zerrissen. Einer von ihnen trug eine alte Lederrüstung, die spröde geworden und aufgeplatzt war. Sie boten ein wahrhaft erbärmliches Bild.

Als Rhiana und Finni, gefolgt von weiteren Amazonen, ins Zimmer drängten, stieß der Mann im Lederharnisch einen Fluch aus und ließ seinen stachelbewehrten Kriegshammer sinken. Leodoras Schwert sauste in einem leuchtenden Bogen durch die Luft, um ihm den Kopf von den Schultern zu trennen. Mit einem Geräusch, das Rhiana den Magen umzudrehen drohte, landete der Schädel auf den Dielen. Der andere Räuber wich zurück, warf die mit Eisenbändern umwickelte Keule von sich. »Ich ergebe mich!«, kreischte er und hob abwehrend die Hände. Doch die Ordensführerin zögerte nicht, ihm ihre Klinge ins Herz zu treiben. Rhiana wollte aufschreien, aber der Laut kam nicht über ihre Lippen.

»Sind hier noch mehr versteckt?«, wollte Leodora herrisch von den beiden Bauersfrauen wissen, die verstört auf die Blutlachen starrten, die sich auf dem Boden ausbreiteten.

»Die zwei Orks«, brachte eine von ihnen hervor und zeigte mit dem Finger zur Tür hinaus, in der Neel gerade erschien.

»Die sind tot«, sagte die alte Amazone nüchtern.

»Gut«, meinte Leodora und wollte gehen.

Rhiana trat ihr in den Weg. »Warum hast du das getan?«, fragte sie fassungslos. »Er war wehrlos. Er hatte sich ergeben.«

Die Ordensführerin musterte sie kalt. »Auf diesem Land bin

ich Richterin und Henkerin«, stellte sie klar. »Glaubst du etwa, er hatte ein milderes Urteil verdient?«

Darauf wusste Rhiana keine Antwort.

»Sehen wir nach, wie es bei den anderen steht!«, forderte Leodora ihre Amazonen auf und stieß Rhiana zur Seite, um an ihr vorbeizukommen.

»Es war bloß ein stinkender Mistkerl, der dich entweder erschlagen oder vergewaltigt hätte«, rief Finni ihr in Erinnerung, als alle anderen – bis auf die Bäuerinnen – die Stube verlassen hatten.

»Das weiß ich«, erwiderte Rhiana gequält. »Im Kampf hätte ich ihn ja auch nicht geschont. Aber so … das ist nicht die Art, die Rondras Priester predigen. Und es kommt mir einfach falsch vor.«

»Vielleicht hält Neel deshalb nichts von Rondrageweihten«, überlegte Finni. »Was soll denn dann mit all diesem Abschaum geschehen, wenn man ihn nicht hinrichten darf?«

»Keine Ahnung. Ich weiß ja nicht einmal, ob die Rondrakirche mit ihrem Verbot auch Hinrichtungen meint. Manchmal weiß ich überhaupt nicht, was ich von Rondra halten soll. Wegen meiner Träume. Erinnerst du dich?«

Finni nickte mitfühlend.

»Das ist alles so verwirrend«, seufzte Rhiana und schob ihre Klinge zurück in die Scheide. Die Lust aufs Kämpfen war ihr gründlich vergangen.

Kapitel 16

Schwarze Sichel,
Peraine 914 BF

Haldoran schlug die Augen auf, aber es machte keinen Unterschied. Über ihm dräute nichts als Schwärze, lag beklemmend schwer auf seiner Brust, als wolle sie ihn ersticken. Selbst die Luft hatte etwas Zähes, Klebriges an sich, das ihm das Atmen erschwerte, obwohl sie in dieser kalten Gebirgsnacht frisch und klar hätte sein müssen. Furcht regte sich in ihm und beschleunigte seinen Herzschlag.

Irgendwat stimmt hier nich, wusste er plötzlich mit einer Gewissheit, die ihren Ursprung jenseits des Verstandes hatte. Einer seiner Finger juckte. Jener, den der pulsierende magische Fels in eine rote Klaue verwandelt hatte. Haldoran schauderte. *Isegrimm steh uns bi! Dies Nacht is mehr als nur duster …*

Hatten die Wachen noch nicht bemerkt, dass Gefahr drohte? Waren sie vielleicht sogar einem Schlafzauber erlegen? Hastig setzte er sich auf und wickelte sich aus seiner Decke. Seine Bewegungen kamen ihm selbst träge und unnatürlich kraftraubend vor. Ängstlich blickte er sich um. Auf dem nahezu kahlen Berghang hatten sie kaum Brennholz gefunden, sodass das Feuer längst erloschen war.

»Hasset auch gemercht?«, wisperte Ilke über den leise im Schlaf röchelnden Answin hinweg.

Für Haldoran war sie in der Finsternis nicht mehr als ein unförmiges Gebilde, ihr Gesicht nur ein bleicher Fleck. »Ever wat isset?«, flüsterte er zurück.

Das Gefühl der Bedrohung wuchs. Hufeisen scharrten über Stein. Unruhiges Stampfen drang an Haldorans Ohren. Der Jagdhund des Barons begann zu winseln. Eines der Pferde stieß die Luft so scharf aus, dass es wie ein kurzes, heftiges Fauchen klang.

»Da muss doch wat in Busch sein«, ertönte die Stimme der Weibelin Hesine. »Gelpert, kannse wat sehn?«

Anstelle einer Antwort erklang ein tiefes Grollen. Haldoran schnellte erschrocken auf die Füße. »Opgewacht, Leut!«, rief er bereits im Sprung. »Stonn op! Answin, los!«

Hesine und Ilke fielen in sein Geschrei mit ein. Überall regten sich die Schläfer. Gemurmelte Flüche und Fragen vermischten sich zu einem unverständlichen Gewirr, in dem ein Knirschen und Knacken aus der Dunkelheit beinahe unterging.

»Zu den Waffen!«, donnerte Korporal Okenheld. »Sofort die Wachen zu mir und Meldung machen!«

»Ick kann Gelpert nich finnen«, schrie Hesine.

Haldoran friemelte hektisch an der Sehne herum, um seinen Bogen zu spannen.

»Weibel, do!«, gellte Torben und deutete in die Nacht. Im gleichen Augenblick hob aus der Richtung, in die er zeigte, ein grausiges Kreischen an, das Haldoran förmlich das Blut in den Adern gefrieren ließ. Plötzlich bewegte sich dort überall etwas, am Boden ebenso wie hoch über ihren Köpfen. Ein fauliger Gestank streifte Haldoran wie ein Pesthauch. Der Lärm um ihn her verlor angesichts der qualvollen Todesschreie jede Bedeutung.

»Schießt einfach!«, fuhr er seine Kameraden an und ließ selbst den ersten Pfeil in die lebendige Schwärze fliegen.

Ein Hagel von Geschossen ergoss sich auf den unbekannten Feind. Das Kreischen verstummte. Ein Windstoß zauste Haldorans Haar. Wildes Fauchen drang aus dem Himmel zu ihnen herab und etwas Weiches fiel Lindgard lautlos vor die Füße. Sie hob es auf. Haldoran erkannte Xerbers abgegriffenen Filzhut.

Im Licht der aufgehenden Sonne bewahrheitete sich, was Rodebert im nächtlichen Fackelschein noch zu gern als unwirklichen Albtraum abgetan hätte. Gelpert und Xerber waren verschwunden, und außer der Kopfbedeckung des alten Jägers wies nur noch trocknendes Blut am taufeuchten Boden darauf hin, dass sie jemals existiert hatten. Es gab keinen Anlass zu hoffen, dass die Landwehr sie lebend wieder sehen würde.

Thelen, Xerbers Sohn, zeigte Rodebert, was auf dem felsigen Untergrund an Spuren des unheimlichen Angreifers zurückgeblieben war. Riesige Klauen hatten das Gestein zerkratzt. Grasbüschel und Moospolster waren herausgerissen worden, aber in den wenigen Flecken Erde gab es keinen vollständigen Abdruck. Welche Kreatur auch immer über sie hergefallen war, sie musste größer sein als alles, was sie je gesehen hatten.

Rodebert befragte die verstörte Landwehr, aber niemand hatte etwas Eindeutiges gesehen. Einige schworen jedoch bei allen Göttern, dass Magie im tödlichen Spiel gewesen war.

»Ein Drache«, schloss Ritter Luidprant daraus. »Wir haben es mit einem Drachen zu tun.«

»Wahrscheinlich habt Ihr Recht«, stimmte Rodebert ihm zu. »Jeder weiß, dass der alte Apep nicht der einzige Drache ist, der in der Sichel sein Unwesen treibt. In die Niederhölle mit ihm, verdammt! Wir hätten wissen müssen, dass es einen Grund dafür geben muss, dass wir bislang nicht auf das übliche Goblingeschmeiß gestoßen sind.«

Der Ritter nickte. »Die feige Bande hat bekanntlich einen Riecher für drohende Gefahr. Aber wir sind keine Rotpelze und können uns nicht in irgendwelchen Löchern verkriechen, bis die Luft wieder rein ist.«

»Der heilige Geron steh uns bei!«, wünschte Rodebert. »Das Biest ist offensichtlich auf Blut aus, nicht auf Schätze.«

»Ihr meint, es kommt zurück, wenn sich in seinen Eingeweiden Hunger breit macht?«, fragte Luidprant. »Dann werden wir ihm eben Stahl zu fressen geben.«

»Bei Rondra! Das müssen wir wohl«, bestätigte der Baron. »Ich habe nicht vor, als Futter für dieses Untier zu enden. Aber wir dürfen einen solchen Gegner nicht auf die leichte Schulter nehmen. Vergesst nicht, dass er über Zauberei verfügt! Wenn wir wenigstens Geschütze hätten ...«

»Fünfzig tobrische Bögen sind auch nicht zu verachten«, meinte Luidprant leichthin. »Und *wir* geben ihm mit unseren Schwertern den Rest.«

Der Bluthund hat Witterung aufgenommen, dachte Rodebert besorgt. *Dein Wort in Rondras Ohr, mein Freund!*

Verbissen kämpfte Haldoran gegen den Schlaf an, aber er konnte nicht verhindern, dass ihm immer wieder die Augen zufielen. Zwei Tage lang waren sie so schnell marschiert, wie sie im Gebirge nur konnten, und hatten in der Nacht dazwischen ängstlich wach gelegen, um für einen erneuten Überfall gewappnet zu sein. Doch alles war gespenstisch ruhig geblieben.

»Gütige Mutter, ick schaff dat nich«, stöhnte Jost. »Weckt mich einfach, wenn sich wat rührn tut«, bat er und war schon eingenickt, bevor seine Kameraden etwas erwidern konnten.

Haldoran nahm es ihm nicht übel. Wala mit ihrer Kopfverletzung und dem grün und blau geschlagenen Leib hatte längst die Waffen vor der Müdigkeit gestreckt, und selbst der furchtsame Answin schlummerte friedlich.

Wat sollet? Mit seine Schulter kanner eh nix ausrichten, sagte sich Haldoran gleichgültig. Je weiter sich die Erschöpfung in seine Glieder fraß, desto weniger scherte ihn, was um ihn her geschah.

Sie hatten das ganze Tal nach Reisig durchkämmt, sodass die Wachposten die ganze Nacht hindurch Holz nachlegen konnten. Das Lagerfeuer würde den Drachen zwar nicht davon abhalten, sie anzugreifen, aber zumindest konnte er sich nicht mehr unbemerkt nähern – hofften sie. Haldoran verstand nichts von Drachen. Natürlich hatte er all die Legenden gehört, die man sich im Winter am Kamin über sie erzählte, und wie jeder Tobrier wusste er von eigenen Vorfahren zu berichten, denen ein Drache Vieh oder gar Kinder geraubt hatte. Aber er hatte nie selbst ein solches Ungeheuer zu Gesicht bekommen. Er konnte nicht sagen, welche der vielen widersprüchlichen Geschichten wahr und welche purer Aberglaube waren. Ihm blieb nichts anderes, als die Glück verheißende getrocknete Fuchspfote an seinem Gürtel zu umklammern und sämtliche barmherzigen Göttinnen um Beistand anzuflehen. Doch mit der Zeit waren ihm die Gebete ausgegangen. Nun dämmerte er nur noch müde vor sich hin und wollte nichts anderes mehr, als endlich erlöst zu werden.

Plötzlich riss ein Warnschrei ihn aus dem Halbschlaf. Mit schreckgeweiteten Augen starrte er zum Nachthimmel hinauf, aus dem das Grauen auf ihn zu stürzte. Gewaltige Flügel entfalteten sich, um den freien Fall abzufangen, und löschten die Sterne aus. Drei riesige Rachen wurden aufgerissen, doch nur einer von ihnen schnellte vor. Ein Flammenstrahl schoss daraus hervor. Geblendet schlug Haldoran die Hände vor sein Gesicht, während er sich instinktiv zur Seite rollte. Hitze und Gestank waberten über ihn hinweg. Menschen schrien, ihre Tiere tobten.

Haldoran rappelte sich auf, sah brennende Kameraden durcheinander laufen und drei unfassbar große Raubtierschädel zwischen sie fahren.

»Schießen!«, brüllte Korporal Okenheld. »Ihr müsst schießen!«

»Schießen!«, wiederholte Haldoran mechanisch, während er nach seinem eigenen Bogen langte. Seine Finger fanden einen Pfeil, legten ihn auf die Sehne. Seine Arme hoben sich zum Zielen, aber worauf?

In den Fängen des Drachen zappelten neue Opfer. Der mächtige Leib spannte sich zum Sprung. Die Schwingen schlugen und wirbelten Haldoran Dreck in die Augen. Blinzelnd richtete er seinen Pfeil irgendwo auf den geschuppten Leib und schoss. Die Spitze prallte von der grünen Haut ab, als wäre das Ungetüm aus Stein.

Dat is allet vergevens, dachte Haldoran entsetzt.

Das haushohe Ungeheuer katapultierte sich in die Luft, und

mit einem Flügelschlag, der etliche Soldaten traf und zu Boden stieß, gewann es an Höhe. Rasch sandte Haldoran ihm ein zweites Geschoss nach, doch es fiel inmitten eines Regens weiterer vergeblicher Pfeile wieder vom Himmel.

»Ick werd dich zur Strecke bringen, du Viech!«, schrie jemand dem Drachen hinterher.

Haldoran sah sich nach der Stimme um und entdeckte im Licht des in Flammen aufgegangenen Zelts Thelen, der drohend die Faust reckte.

»Diese Ausgeburt der Niederhölle wird wohl eher mit uns allen kurzen Prozess machen«, knurrte Firuntin.

Kapitel 17

»Spürst du, wie viel Kraft die Praiosscheibe wieder hat? Bald kommt der Frühling«, freute sich Rondria und hielt ihr Gesicht genießerisch in die Sonne.

Amazonenburg in der Schwarzen Sichel, Tsa 914 BF

Finni begleitete sie oft, wenn sie Wachdienst hatte. Dann spazierten sie stundenlang auf der Mauer umher oder kauerten sich in der Galerie über dem Tor zusammen, je nachdem wie scharf der Wind aus der Sichel herabpfiff.

»Ja, dann hat die ewige Kälte ein Ende. Aber irgendwie bin ich dieses Jahr gar nicht so versessen darauf«, behauptete die Halbelfe.

Rondria sah sie erstaunt an, und Finni schlenderte verlegen weiter. Sie wusste nicht, ob es klug war, darüber zu sprechen. Vielleicht machte es die ganze Sache nur noch schwerer für sie. *Heißt es nicht immer, dass geteiltes Leid halbes Leid ist? Ich lade die Hälfte von meiner Traurigkeit auf Rondria ab, die gerade fröhlich ist. Klingt eigentlich ziemlich gemein,* fand sie.

»Du willst nicht, dass es Frühling wird, weil ihr uns dann wieder verlassen wollt, stimmt's?«, erriet ihre Freundin nach einem Augenblick des Schweigens.

Finni nickte. »Ich habe überhaupt keine Lust darauf, dass das alles wieder von vorn losgeht«, gestand sie. »Es ist nicht gerade ein Spaß, ständig verfolgt und bedroht zu werden.«

»Dann bleib doch hier!«, schlug Rondria vor. »Lerne, ein Schwert zu führen! Wir finden schon ein leichteres für dich. Vielleicht einen Säbel, wie Neel ihn benutzt.«

»Das ist lieb von dir gedacht, aber ich hab dir doch schon einmal erklärt, dass ich einfach nicht dafür geboren bin«, wehrte Finni ab. »Außerdem braucht mich Rhiana. Sie steht auch so schon fast allein gegen diesen Bund. Ich könnte sie jetzt nicht einfach im Stich lassen, verstehst du?«

»Natürlich! Für meine Schwestern hier würde ich auch durch jede Niederhölle gehen«, beteuerte die Amazone. »Es ist nur so schade, dass Rhiana keine von uns werden will. Dann müsstest du nicht fort. Glaubst du, sie ist wegen dieses Räubers immer noch böse auf Leodora?«

»Hm, schwer zu sagen. Sie hat lange nicht mehr davon gesprochen.«

»Mir ist ein Rätsel, warum sie das so schwer genommen hat«, gab Rondria zu. »Er hatte sich das doch selbst eingebrockt. Was spielt es denn für eine Rolle, ob er nun am Galgen endet oder wir ihn gleich erschlagen? Tot ist tot.«

»Na ja, wenn jemand auf mich oder dich losgeht, ist das schon etwas anderes, oder nicht? Da muss man sich eben wehren. Aber einen abzustechen, der wehrlos vor mir steht ...« Finni schüttelte den Kopf. »Nein, das könnte ich nicht.«

»Zugegeben, ich weiß nicht, ob ich es könnte«, räumte Rondria ein. »Aber deshalb würde ich mich wegen so einem trotzdem nicht mit guten Freundinnen streiten.«

»Wahrscheinlich nicht«, stimmte die Halbelfe ihr zu. »Ich glaube, es steckt eigentlich viel mehr dahinter. Rhiana hat ein etwas seltsames Verhältnis zu eurer Göttin.«

»Was meinst du damit?«, wunderte sich Rondria.

»Sie hat so merkwürdige Träume«, verriet Finni. »Visionen nennt ihre Ziehmutter das.«

»Visionen von Rondra?« Die Amazone sperrte vor Ehrfurcht den Mund auf.

»Ja, aber lass sie ja nicht hören, dass ich dir davon erzählt habe! Sie hat das nämlich gar nicht gern.«

»Aber das ist doch etwas ... etwas Heiliges«, schnappte Rondria. »Jeder sollte davon wissen! Wie ist das? Spricht die Leuin zu ihr, oder sieht sie nur Bilder?«

»Schrei doch nicht so!«, bat Finni. »Sonst sage ich überhaupt nichts mehr.«

»Schon gut«, versuchte die junge Amazone, sie zu beschwichtigen. Sie dämpfte dabei ihre Stimme, wirkte jedoch noch zappeliger. »Also?«

»Sie erscheint ihr. Sie sieht sie so vor sich, wie Rondra immer beschrieben wird: stark und temperamentvoll. Eine Kriegerin, aber unwiderstehlich schön. Und dann reden sie miteinander. Manchmal macht es ihr Angst.«

»Das kann ich mir vorstellen«, sagte Rondria überzeugt. »Ich würde sterben, wenn mir das passieren würde.« Sie schwieg, und Finni nahm an, dass sie sich in Gedanken ausmalte, wie es sein musste, mit der Göttin selbst zu sprechen. »Und was sagt sie ihr?«, erkundigte sich Rondria nach einer Weile.

Die Halbelfe hätte sich am liebsten selbst geohrfeigt. *Mist, da hab ich mich wieder in eine schöne Lage gebracht! Rhiana wird stinksauer auf mich sein, wenn sie herausfindet …*

Plötzlich glitt etwas Breites, Rabenschwarzes blitzschnell über den Boden auf sie zu. Vor Schreck machte Finni einen Satz in die Luft und verlor beim Landen auf dem fest getretenen Schnee das Gleichgewicht. Rondria packte sie am Arm. Sie fühlte sich von ihr gegen die Zinnen gerissen. Endlich fand sie ihre Balance wieder und richtete sich zitternd auf. Ihr Blick wanderte über die Kante des Wehrgangs in den Hof, in den sie beinahe gefallen wäre. Selbst wenn sie das Glück gehabt hätte, zunächst auf dem steilen Dach der Schmiede zu landen, wäre der Sturz noch gefährlich genug gewesen.

»Danke«, murmelte sie.

Rondria fasste ihre Hand und drückte sie mit einem warmen Lächeln. »Du Ärmste bist ganz blass geworden«, stellte sie fest.

»Dazu hatte ich wohl auch Grund«, meinte Finni. Sie spürte, wie das Zittern nachließ, aber der Schreck saß ihr noch immer in den Gliedern. »Was war das?«

Die Amazone zuckte gleichgültig mit einer Schulter. »Nur ein Schatten. Könnte von einem großen Raubvogel gewesen sein oder einer Harpyie. Die kommen manchmal von den höchsten Gipfeln der Sichel bis zu uns herab«, bot sie als Erklärung an.

Unwillkürlich hob Finni suchend die Augen zum Himmel, doch die Sonne blendete sie. »So groß?«, fragte sie zweifelnd.

»Hast du schon mal eine gesehen?«, konterte Rondria.

»Nein«, musste Finni zugeben. »Hätte ich aber gern mal, wenn sich schon die Gelegenheit bietet.«

»Du hast Wünsche!« Die Amazone verdrehte die Augen. »Ich finde die Sache mit Rhianas Visionen viel spannender. Was verkündet sie ihr?«

»Das darf ich nicht sagen. Und außerdem habe ich ein Recht, dieses Biest sehen zu wollen. Immerhin wäre ich wegen ihm beinahe von der Mauer gefallen«, protestierte Finni.

»Bist du aber nicht«, versetzte ihre Freundin. »Weil *ich* dich gerettet habe. Ich finde, dafür hab ich mir verdient, dass du mir mehr verrätst.«

Die Halbelfe wand sich innerlich. *Das ist wirklich albern,* dachte sie. *Was ist schon dabei, wenn Rondria davon weiß? Es ist ja nicht so, dass Rhiana behauptet, Rondra würde ihr schmutzige Geheimnisse flüstern. Sie glaubt nicht mal daran, was ihr die Träume einreden wollen. Da kann man ihr auch keinen Strick daraus drehen. Trotzdem wird sie mir böse sein. Und wenn ich nichts sage, ist Rondria beleidigt.*

»Rondra behauptet, Rhiana sei ihre Tochter.«

Die Worte rutschten ihr einfach so heraus, obwohl sie das Gefühl hatte, sich noch gar nicht entschieden zu haben. Die Amazone starrte sie einen Moment lang sprachlos an.

»Natürlich hält sie sich nicht für Rondras Tochter«, schob Finni rasch hinterher. »Das macht es für sie ja auch so verwirrend. Die Vorstellung ist lächerlich. Wie sollte ihr Vater …? Egal. Vergiss es einfach wieder! Wir wissen beide, dass Rhiana keine Halbgöttin ist. Obwohl einige Männer das vielleicht anders sehen. Vor allem Rashid.«

In Rondrias Miene spiegelten sich nacheinander Fassungslosigkeit, Skepsis, Ratlosigkeit und schließlich Erkenntnis wider, bevor sie die Sprache wieder fand. »Vielleicht … vielleicht meint sie es ja nur im übertragenen Sinn«, schlug sie vor. »Dass Rhiana ihre Tochter im Geiste ist. So wie wir uns innerhalb des Ordens Schwestern nennen. Das sind ja alles nicht meine leiblichen Schwestern. Wir fühlen uns nur so verbunden.«

»Das ist gut!«, rief Finni begeistert aus. »Das muss ich Rhiana erzählen. Könnte ja sein, dass sie das immer nur falsch verstanden hat.« Im Grunde zweifelte sie daran, dass Rhiana so dumm sein sollte, nicht von selbst darauf gekommen zu sein. Wahrscheinlich hatte die Erscheinung in ihren Visionen Formulierungen benutzt, die man nicht anders auslegen konnte. Aber ein bisschen Hoffnung hatte sie doch, ihrer Freundin helfen zu können. *Dann nimmt sie mir vielleicht nicht so übel, dass ich mal wieder eins ihrer Geheimnisse ausgeplaudert habe,* rechnete sie sich aus. Dennoch wollte sie nichts übers Knie brechen. *Ich werde es ihr erst sagen, wenn sie herausfindet, dass ich meine Klappe nicht halten konnte.*

Rondria hatte ihre Unbekümmertheit zurückgefunden und grinste. »Ich glaube nicht, dass dein Rashid Rhiana so sehr anbetet. Jedenfalls nicht genug, um wegen ihr den Rest seines Lebens keine andere Frau anzurühren.«

»*Das* ist mir bereits aufgefallen«, erwiderte Finni und dachte an die peinliche Szene in Nahemas Turm zurück. *Aber dafür konnte er ja nichts,* rechtfertigte sie ihn vor sich.

»Dann weißt du es also schon?«, fragte Rondria enttäuscht.

»Was?«

»Na, dass er und Lorwina … du weißt schon.«

»Wer sagt das?«, wollte Finni sofort wissen

»Ich zum Beispiel«, antwortete die junge Amazone und kicherte. »Ich hab schon ein paar Mal gesehen, wie Lorwina spazieren gegangen ist. Erst hab ich mir nichts dabei gedacht. Fast jede geht mal raus, um sich anständig die Füße zu vertreten. Manchmal auch, um es mit einem Mann aus dem Dorf zu treiben.« Sie schüttelte sich angewidert wie eine nasse Katze. »Aber Lorwina nicht. Ich dachte immer, die ist sich zu fein dazu. Aber dann ist mir aufgefallen, dass sie immer in dieselbe

Richtung geht. Und Leotrud sagt, sie hat neulich gesehen, wie Lorwina aus der alten Hütte gekommen ist.«

Ich hab's geahnt!, stöhnte Finni innerlich. *Ich hab die Blicke zwischen den beiden gesehen und die Funken, die zwischen ihnen sprühen, aber ich wollte es nicht glauben.*

»Aber du hast doch behauptet, dass ihr Männergeschichten haben dürft«, wandte sie in einem letzten Versuch ein, die Wahrheit zu leugnen. »Dann hat sie doch keinen Grund, es geheim zu halten. Ich meine, sie würde doch davon erzählen. Euch, ihren Freundinnen.«

»Lorwina hat keine Freundinnen«, eröffnete Rondria ihr.

Dafür hat sie jetzt einen Freund, dachte Finni bitter. Der herrliche Sonnenschein hatte für sie endgültig jede Wärme verloren.

Rashid lag mit sich und der Welt zufrieden auf seinem Bett. Er fühlte sich auf angenehme Weise matt und nahm nicht einmal das Stroh der Matratze wahr, das an einigen Stellen durch das Laken stach. Den Kopf auf einen angewinkelten Arm gestützt, blickte er an Lorwinas nacktem, malerisch hingegossenen Körper hinab.

Sie hatte die Augen geschlossen, aber er wusste, dass sie nicht eingeschlafen war. Auch wenn er ihr mittlerweile oft genug bewiesen hatte, dass er – im Gegensatz zu ihrem ersten Mal – eigentlich ein einfühlsamer, ausdauernder Liebhaber war, gelang es ihm selten, sie so sehr zu erschöpfen, dass sie danach in Borons Arme sank. Eine Vorstellung, die ihm ohnehin nicht sonderlich gefiel, seit er in einem Schrein ein Bild des Gottes über das Jenseitige gesehen hatte, das ihn als rätselhaften, aber darum nicht minder attraktiven Mann zeigte.

Lorwina glänzte noch vom Schweiß, als er mit den Fingerspitzen über ihren flachen Bauch hinauf zu dem sanft geschwungenen Tal zwischen ihren Brüsten strich. Die feinen Härchen auf ihrer Haut erinnerten ihn an die samtige Schale eines Pfirsichs, aber das hatte er ihr schon so oft gesagt, dass sie nur noch darüber lachte. Das Feuer auf der Herdstelle war beinahe heruntergebrannt, und er versuchte, die letzten Augenblicke auszukosten, bevor die Dunkelheit sich auf den wundervollen Anblick herabsenken würde.

Lorwinas Brustwarzen richteten sich auf, doch dieses Mal war es kein Zeichen von Erregung. Sie bekam eine Gänsehaut und murmelte: »Es wird kalt, Wüstensohn.«

Mit einem Mal fröstelte auch Rashid. Bedauernd zog er die Decken über ihre Leiber, wurde jedoch dadurch entschädigt, dass sich Lorwina enger an ihn schmiegte. Einmal mehr wurde ihm die Armseligkeit dieser Hütte bewusst. Die muffige, stachelige Matratze, die kratzigen Decken, die ewige Kälte. Er wünschte, er könnte Lorwina die Zelte seines Stammes zeigen. Die dicken Teppiche und seidigen Kissen, auf denen es sich so viel bequemer lag. Oder zumindest den weichen Diwan in einem wohlhabenden tulamidischen Haus. »Du hast etwas so viel Besseres verdient als das hier«, sagte er leise.

»Etwas Besseres als dich?«, neckte sie ihn.

»Das kannst nur du entscheiden, Stolzeste unter Rhondras Töchtern«, erwiderte er bescheiden. »Ich meine dieses schäbigste aller Löcher, das sich großspurig Kate nennt. Es beleidigt deine Sinne mit seinen tristen Farben und dem Gestank von dunklen Kellergewölben. Es beschmutzt deine Füße mit den Hinterlassenschaften der Mäuse und betrügt dich selbst am herrlichsten Tag um das wärmende Licht der Sonne.« Er hatte sich in Rage geredet, worüber sie amüsiert gluckste.

»Du übertreibst mal wieder maßlos, Rashid«, tadelte sie mit einem nachsichtigen Lächeln. »Diese Hütte ist alles, was wir haben. Mir gefällt sie schon deshalb, weil du hier auf mich wartest.«

Rashid senkte für einen Moment beschämt die Lider. Dann küsste er Lorwina andächtig auf die Stirn. »Vielleicht bin ich es, der *dich* nicht verdient«, meinte er. Plötzlich schien es ihm unerträglich, sie gleich nicht mehr sehen zu können. Er stieg vorsichtig über sie hinweg und stand auf, um das Talglicht zu entzünden, das er die meiste Zeit nicht brauchte.

»Eine gute Idee«, lobte Lorwina. »Womöglich wäre ich

sonst doch noch eingenickt. Aber ich muss bald zur Burg zurück.«

Rashid bat sie nicht, noch eine Weile zu bleiben, als er zurück zu ihr unter die Decken kroch. Er hatte es oft genug probiert, um zu wissen, dass er damit auf Granit beißen würde. Sie hielt die Regeln ihres Ordens so sorgsam ein, wie er die Gebote Rastullahs niemals befolgen würde, und dafür zollte er ihr Respekt. *Aber es wäre viel leichter für uns, wenn sie keine von ihnen wäre,* haderte er im Stillen. Vor allem, dass er sich vor ihren Schwestern zurückhalten und sie nicht mehr als flüchtig berühren durfte, kam ihn hart an.

»Warum bist du Amazone geworden?«, fragte er unvermittelt. Es hatte ihm schon länger auf der Seele gebrannt, das zu erfahren. Sie war von Rastullah mit allem gesegnet worden, was einen Mann erfreuen konnte, aber anstatt zu heiraten, hatte sie dieses in seinen Augen widernatürliche Leben gewählt. Lange war es ihm zu heikel erschienen, danach zu fragen. Er wollte sie nicht beleidigen oder an etwas rühren, das sie schmerzte. Doch er musste es einfach wissen.

»Das war der einzige Weg für mich, mein Leben Rondra weihen zu können«, erklärte Lorwina. »Schon als ich ein junges Mädchen war, wollte ich das. Meinen Eltern gefiel es nie. Sie weigerten sich, mir die Ausbildung an einer Kriegerakademie zu bezahlen. Ich bin nicht von Adel. In unserem Haus waren Waffen verpönt. Aber meine Gedanken kreisten stets nur um Rondra. Schließlich riet mir eine Geweihte, einen Tempel der Leuin aufzusuchen und um Aufnahme zu bitten. Das habe ich auch getan. Ich musste mich dort strengen Prüfungen unterziehen, und am Ende wollten sie mich doch nicht haben. Ich sei zu nachgiebig, sagten sie. Ich! Die ich meinen Eltern so lange getrotzt hatte.«

Rashid spürte, wie sie sich von altem Groll erfüllt spannte. »Sie würden sich wundern, wenn sie dich heute sehen könnten«, versicherte er ihr.

»Daran liegt mir nichts«, behauptete sie. »Sie waren nur Sterbliche, die sich anmaßten, den Willen einer Göttin zu kennen. Nachdem sie mich fortgeschickt hatten, schien mir nur *ein* Ausweg zu bleiben. Ich hätte meine Klinge gegen bare Münze verdingen müssen. Nichts zerstört die Ehre eines Menschen schneller als das. Meine Verzweiflung kannst du nicht ermessen. Doch dann hörte ich davon, dass eine neue Gemeinschaft rondragefälliger Frauen gegründet worden sei, und kam hierher, um nach diesem Strohhalm zu greifen. Sie nahmen mich bei sich auf, gaben mir einen neuen Namen und erlaubten mir zu sein, was ich bin. Es gibt keinen anderen Ort auf der Welt für mich.«

Ergriffen von der tiefen Überzeugung, die in ihrer Stimme mitschwang, konnte Rashid nur schweigen. Für ihn waren die zwölf Götter des Reiches nur blasse Gespenster. Mindere Wesen, verglichen mit dem großen, übermächtigen Rastullah. Ihnen zu dienen, ihnen gar das ganze Leben zu widmen, stellte für ihn eine Verschwendung dar. Aber er fühlte, wie ernst Lorwina ihre Worte meinte und wie sehr sie gelitten hatte, bis sie am Ziel ihrer Wünsche angekommen war. Darüber durfte er sich kein Urteil erlauben, wenn er sie nicht verletzen wollte.

»Ich bin froh, dass du einen Platz gefunden hast, an dem du glücklich sein kannst«, sagte er, und schon während er es aussprach, merkte er, dass etwas daran nicht stimmte. Er sah sie an, viel mehr durch sie hindurch, und erinnerte sich. *Wenn sie mit ihren Schwestern zusammen ist, sieht sie überhaupt nicht glücklich aus,* ging ihm auf.

»Das bist du doch, oder?«, hakte er nach.

Sie antwortete nicht, sondern erwiderte stumm seinen Blick.

»Was ist der Grund?«, wollte er wissen. »Ich habe gesehen, wie du neben ihnen gestanden hast und doch ebenso gut auf der anderen Seite der Khom hättest stehen können.« Er lechzte danach zu hören, dass sie sich nach einem Leben an der Seite eines Mannes sehnte. Nicht einmal unbedingt an *seiner* Seite. Aber er hoffte, sie würde zugeben, dass es falsch war, wenn sich Frauen von den Männern absonderten. Sie sollte den Stein wieder zurück ins Fundament seiner Weltsicht schieben, den sie mit ihrer Lebensweise herausgebrochen hatte.

»So offensichtlich ist es?«, seufzte sie, nur um im nächsten Moment von ihm abzurücken. »Ich muss gehen«, behauptete sie, schlug rasch die Decke zurück und stand auf.

»Du ergreifst die Flucht wie eine Gazelle vor dem Geparden«, versuchte Rashid, sie bei ihrem Stolz zu packen, während sie sich hastig anzog. »Was kann so schlimm sein, dass dich darüber der Mut der Leuin verlässt?«

»Treib keinen Spott mit ihrem Namen!«, fuhr sie ihn an. »Es genügt, dass *sie* ihn ständig im Munde führen. Rondra dies, Rondra das, dabei wissen die meisten von ihnen nicht mehr über sie, als Leodora ihnen erzählt hat.«

Rashid stutzte verwirrt. »Aber eben hast du doch noch gesagt, du habest hier eine Gemeinschaft von Gleichgesinnten gefunden.«

»Das hast du nur aus meinen Worten herausgelesen«, korrigierte sie ihn und warf sich ihren Umhang über. »Was ich sagte war, dass sie mich hier sein lassen, was ich bin. Ein feiner Unterschied.«

»Dann erkläre ihn mir!«, forderte Rashid und sprang auf.

Lorwina ging bereits zur Tür. »Das kann ich nicht. Dieser Orden hat ein Geheimnis, und du tust gut daran, mich nie wieder danach zu fragen!«, eröffnete sie ihm und stürmte hinaus.

Rashid wollte ihr nachsetzen, doch ein Schwall eisiger Luft ergoss sich über seine nackte Haut. Ernüchtert erkannte er, dass es keinen Sinn hatte, der Amazone unbekleidet in die hereinbrechende Nacht zu folgen. *Sie hat ja nicht gesagt, dass sie nicht mehr zu mir kommen will,* tröstete er sich. *Ich soll nur nicht zu viele Fragen stellen.*

Zwischenspiel

Leodora, Gründerin und Anführerin ihres Ordens, deren Entscheidungen nie infrage gestellt wurden, sah der Dämmerung zu, wie sie die weiß gekalkte Wand des Turmzimmers nacheinander mit der Farbe alten Staubs, den verschiedenen Schattierungen von Regenwolkengrau und schließlich mit mattem Schwarz überzog. Es war eine alte Angewohnheit von ihr, wenn es nichts Dringendes zu erledigen gab. Sie konnte dasitzen und auf die leere Wand starren, einfach nur betrachten, wie die Nacht allmählich den Tag unterwanderte, zersetzte und das strahlende Weiß von der Dunkelheit aufgesogen wurde. Wie Milch, die man auf fruchtbarer Gartenerde vergoss. Nicht einmal störende Gedanken gingen ihr dabei durch den Kopf. Die Zeit verrann, und sie ließ es geschehen. Gänzlich ohne es zu bedauern.

Stille und Finsternis herrschten im Raum, als es an der Tür zaghaft klopfte. Leodora schwebte noch einen Augenblick in entrückter Ferne, dann zwang sie sich mit einem geistigen Ruck, die Trägheit abzustreifen, und rief: »Was gibt es?«

»Ich wollte nicht stören, aber hier ist eine Fremde, die dich unbedingt sprechen will«, drang Leogrimes Stimme gedämpft durch das dicke Holz hindurch.

Zu so später Stunde?, wunderte sich Leodora. Auch wenn die Zeit für sie anders vergangen war, konnte sie doch abschätzen, dass sie schon lange in der Dunkelheit gesessen haben musste. Es war frostig kalt geworden, und aus der Halle drang kein Laut mehr zu ihr herauf.

»Ich werde sie gleich empfangen. Warte!«, befahl sie.

Es dauerte eine Weile, bis sie in der Asche des Kamins noch ein glimmendes Stück Kohle gefunden hatte, an dem sie eine

Kerze entzünden konnte, um sie auf den Tisch zu stellen. Erst nachdem sie sich wieder auf ihrem Lehnstuhl niedergelassen hatte, forderte sie Leogrime auf, die Besucherin hereinzuschicken.

Die Fremde war in einen unauffälligen Umhang gehüllt und verbarg ihr Gesicht in den Tiefen einer Kapuze. Leodora konnte nichts weiter erkennen, als dass die Frau groß und stattlich gebaut war, jedoch weit davon entfernt, rundlich zu wirken.

»Rondra mit Euch«, grüßte die Fremde.

In der tiefen, wohl klingenden Altstimme lag eine unterschwellige Härte, die Leodora hellhörig machte. Sie spürte, dass diese Frau gefährlich war, und fand es beruhigend, ihr Schwert griffbereit zu wissen. »Rondra auch mit Euch«, antwortete sie, aber es klang nicht höflich und sollte es auch gar nicht. »Wenn Ihr mit mir sprechen wollt, zeigt Euer Gesicht! Ich verschwende meine Zeit nicht mit Feiglingen.«

»Ich auch nicht«, gab die Fremde knapp zurück und hob den Stoff mit beiden Händen an, um ihn in einer fließenden Bewegung hinter ihren Kopf zu legen.

Leodora war nicht leicht zu überraschen, doch selbst sie konnte nicht verhindern, dass sich flüchtig Erstaunen auf ihren Zügen zeigte. Der Umhang der Fremden klaffte auf, nachdem sie ihn nicht mehr zusammenhielt, und gab den Blick auf einen gepflegten, dunklen Lederharnisch samt Wehrgehänge und Säbel frei. Soweit es Leodora nun erkennen konnte, steckte in den dicken Winterkleidern ein muskulöser, kraftvoller Körper, der dennoch eindeutig weiblich war. Was sie aber nicht erwartet hatte, war die ungewöhnlich gefärbte Haut der Fremden. Selbst die Lippen waren nicht rot, sondern von einem satten Braun. Ein abergläubischer Schauder wollte die Ordensführerin ergreifen, doch sie unterdrückte ihn gereizt. *Sie ist nur eine fremdländische Frau, kein Dämon,* ermahnte sie sich. *Wozu bräuchte ein Dämon wohl eine Rüstung?*

Über der hohen Stirn hatte die Frau ihr blauschwarzes Haar streng zurückgekämmt und trug es zu einem Nackenzopf geflochten. Ihre rechte Wange zierte eine rote Tätowierung, aber Leodora konnte auf diese Entfernung nicht erkennen, was sie darstellte.

»Setzt Euch!«, wies sie die Fremde an und nickte zu dem einzigen anderen Stuhl hinüber.

Sie muss aus dem tiefsten Süden kommen, überlegte sie. *Aus den Regenwäldern jenseits der Wüste, wo das Königreich Brabak und das verruchte Al'Anfa liegen. Wie kommt sie zu dieser Jahreszeit in den abgelegensten Winkel Darpatiens?*

»Ich bin Yako«, stellte sich die dunkelhäutige Fremde vor, bevor sie Platz nahm.

Leodora erwiderte nichts. Es erschien ihr überflüssig und banal, ihren Rang und Namen zu nennen. Schließlich hatte ihre Besucherin darum gebeten, mit der Burgherrin sprechen zu dürfen.

»Eigentlich wollte ich schon viel früher hier sein, doch ich wurde aufgehalten«, fuhr Yako fort. »Aber wie die Torwächterin mir erzählt hat, beherbergt Ihr eine Kriegerin, die sich Rhiana von Talania nennt. Daher hat mein Auftrag wohl nicht an Dringlichkeit verloren.«

»Was für Euch offensichtlich erfreulich ist, mir jedoch gleichgültig«, stellte Leodora klar. »Was habt Ihr mit Rhiana zu schaffen?«

»Ich bin hier, um Euch vor ihr zu warnen«, eröffnete ihr Yako.

»Weshalb?«, verlangte sie zu wissen.

»Oh, natürlich nicht aus reiner Menschenfreundlichkeit«, räumte die Fremde freimütig ein. »Ich bin ihr gefolgt, weil ich gut dafür bezahlt werde, sie im Auge zu behalten. Aber wenn ich nebenbei auch ihre intriganten Machenschaften vereiteln kann, ist es mir eine umso größere Freude.«

Leodora erinnerte sich an den Abend, als Rhiana auf demselben Stuhl gesessen hatte wie nun ihre Feindin und von den Drachenkultisten berichtet hatte, die sie angeblich jagten. Von einer mächtigen Vereinigung hatte sie gesprochen, die jederzeit ein ganzes Heer aufbieten konnte, wenn es ihren Zwecken dienlich war. Und nun spazierte eine einzelne Frau herein, um allein Rhiana, ihren Gefährten und möglicherweise an die zwanzig Amazonen die Stirn zu bieten. Wie passte das zusammen? »Wovon redet Ihr da eigentlich? Werdet endlich deutlicher!«, forderte die Ordensführerin ungeduldig.

»Davon, dass sie Euch in ihre Angelegenheiten verstricken will und dafür auch vor Lügen und Verleumdung nicht zurückscheut«, erklärte Yako. »Sie hat Euch doch um Hilfe gebeten, nicht wahr?«

»Ich wüsste nicht, was Euch das angeht«, wehrte Leodora ab.

»Das mag sein, aber Euch wird doch sicher interessieren, dass sie eine Schwindlerin ist«, meinte die Fremde. »Oder wusstet Ihr bereits, dass sie nicht die rechtmäßige Thronfolgerin ist, für die sie sich ausgibt? Wohl kaum. Sie ist nur ein unehelicher Bastard, der Ansprüche erhebt. Fragt sie! Sie wird es zugeben, wenn Ihr sie in die Enge treibt. Als ihr Vater starb, hinterließ er eine Frau und einen legitimen Sohn. Aber Rhiana bildet sich ein, dass ihr das Erbe zusteht. Vielleicht, weil sie die Ältere ist. Vielleicht, weil einige Adlige ihre Partei ergriffen haben. Wer weiß das schon?«

»Habt Ihr Beweise für Eure Behauptungen?«, erkundigte sich Leodora, die nicht mehr wusste, wem sie glauben sollte.

»So wenige wie Rhiana für die ihren«, gab Yako zu.

»Dann muss nach den Gesetzen der Leuin ein Kampf darüber entscheiden, wer von Euch beiden die Wahrheit sagt«, beschloss die Burgherrin.

Yako lächelte, dass die weißen Zähne in ihrem dunklen Gesicht aufblitzten. »Ein anderes Mal wäre es mir ein Vergnügen, mich mit ihr zu messen«, behauptete sie. »Aber auf dem Weg hierher wurde ich angeschossen und bin noch immer nicht ganz davon genesen. Außerdem lautet meine Aufgabe nur, Rhiana zu verfolgen, damit sie meine Auftraggeber nicht mit irgendwelchen Dummheiten überraschen kann. Ich würde mich um meinen Lohn bringen, wenn ich sie versehentlich erschlüge.«

»Ihr Söldner habt stets eine gute Ausrede parat, um Euch vor der Ehrenhaftigkeit zu drücken«, stellte Leodora verächtlich fest.

»Das könnte sogar sein.« Die Fremde wirkte belustigt. »Aber mir ist es gleich, was Ihr von mir denkt und ob Ihr mir glaubt oder nicht. Ich habe meine Pflicht getan, indem ich Euch davor gewarnt habe, Euch auf Rhianas Seite zu stellen. Ihr sollt nur wissen, dass es für Euch von Nachteil sein kann, wenn Ihr nach ihrer Pfeife tanzt.« Sie stand auf, und auch Leodora erhob sich.

»*Niemand* befiehlt mir, was ich zu tun habe. Verlasst Euch darauf!«, ereiferte sich die Ordensführerin zornig.

»Davon bin ich überzeugt«, sagte Yako ungerührt und verließ den Raum, ohne sich noch einmal umzublicken.

Leodora schlug mit der Faust auf den Tisch, dass die Kerze flackerte. *Das hat frau davon, wenn sie sich mit Außenstehenden einlässt,* ärgerte sie sich. *War das nun eine Drohung oder einfach nur die Wahrheit?*

Sie stieß sich von der Tischplatte ab und lief einige Male quer durch das Zimmer, um wieder zur Ruhe zu kommen. *Gibt es nun diese Anbeter unseres Erzfeindes oder nicht?*, grübelte sie. *Sind* sie *die Auftraggeber dieser schwarzen Hure oder nur die Anhänger des wahren Erben Talanias? Sie wird sich eher die Zunge herausschneiden lassen, als das zu verraten. Hat sie sich das alles zusammengelogen?*

Leodora ließ sich schwer auf ihren Stuhl fallen. Die Fremde hatte den Eindruck erweckt, ihrer Sache absolut sicher zu sein. So sicher, dass sie nicht einmal darum ersucht hatte, Rhiana ihren Besuch zu verschweigen. *Im Gegenteil! Sie wollte sogar, dass ich die angebliche Prinzessin mit ihren Vorwürfen konfrontiere. Wenn es also wahr wäre …* Sie ließ sich alles durch den Kopf gehen, was sie bisher über Rhiana erfahren hatte, und fand, dass selbst die Gerüchte, die seit neuestem unter ihren Schwestern die Runde machten, erstaunlich gut in das Bild passten, das Yako gezeichnet hatte. Es erklärte, weshalb Rhiana mittellos und auf der Flucht war. *Ist sie eine verblen-*

dete Irre, die sich für Rondras Tochter hält, weil sie ihre echte Mutter nie gekannt hat?

Es war verlockend einfach, das zu glauben. Viel einfacher, als in Erwägung zu ziehen, dass sie tatsächlich von der Göttin auserwählt war und damit Leodoras uneingeschränkte Macht über den Orden ins Wanken brachte.

»Rondras Tochter«, schnaubte die Burgherrin. *Es gibt nur einen Weg, die Wahrheit herauszufinden. Wenn sie bestehen kann, wo ich bestanden habe, dann, Rondra, will ich mich ihrer Führung anvertrauen. Besteht sie nicht, wird es ohnehin keine Rolle mehr spielen, wer sie gewesen ist.*

Kapitel 18

Amazonenburg in der Schwarzen Sichel, Ende Phex 914 BF

Das Tauwetter hatte in diesem Jahr früh eingesetzt. Auch wenn die Nächte noch immer frostig waren, hatten die Stürme bereits den letzten Schnee aus den Tälern gewaschen, während er sich auf den Bergen noch hartnäckig hielt. Rhiana lenkte Sturmbraut auf den Weg zurück zur Burg, über der sich ein strahlend blauer Himmel wölbte und erahnen ließ, wie der Sommer in der Schwarzen Sichel sein mochte.

»Noch ein paar Tage Sonnenschein, dann versinken wir nicht mehr auf Schritt und Tritt im Schlamm«, sagte Rondria voraus.

»Das gebe der allmächtige Rastullah!«, wünschte sich Rashid. »Ich bete die ganze Zeit nur darum, dass Feuertanz sich nicht die Beine brechen möge.«

»Du hättest ja nicht mitkommen müssen«, versetzte Finni.

Ob er weiß, dass sie ihm wegen seiner Liebschaft mit Lorwina grollt?, fragte sich Rhiana. *Sie hat kein Recht, ihm vorzuwerfen, dass sein Herz für eine andere schlägt. Aber er erträgt ihre Launen immer erstaunlich gelassen.* Obwohl sie fand, dass er wieder einmal übertrieb, fühlte sie sich verpflichtet, ihm beizustehen. Der Ausritt war ihre Idee gewesen, und es hatte ihr unterwegs einige Magenschmerzen bereitet, wie oft die Pferde ausgeglitten waren. »Ich bin jedenfalls auch froh, wenn wir gleich wieder unbeschadet angekommen sind«, rief sie über die Schulter zurück. »Mit der Abreise wird es wohl noch nichts.«

»Außer Euch hat es damit niemand eilig, Shastra«, brummte Neel vor ihr.

»Das ist mir nicht entgangen«, erwiderte Rhiana so sachlich, wie es ihr möglich war. Sie zweifelte nicht daran, dass die alte Amazone ihr nach wie vor aus Treue selbst in die Niederhöllen folgen würde, aber sie wusste auch, wie sehr es Neel unter ihresgleichen gefiel. Jedes Mal, wenn sie in den letzten Wochen laut darüber nachgedacht hatte, wann der richtige Zeitpunkt gekommen sei aufzubrechen, war ihre Lehrmeisterin noch ruppiger geworden als gewöhnlich. *Ich kann es ihr nicht verdenken. Sie hat hier Freundinnen und neue Schülerinnen gefunden, mit denen sie sich in Rondra verbunden fühlt. Vielleicht hat sie hier nach der Vernichtung ihres Ordens zum ersten Mal echten Trost gefunden. Zu sehen, dass ihre Ideale und Ziele nicht für immer mit ihren Schwestern gestorben sind. Sie wird ja auch nicht jünger. Womöglich sehnt sie sich nach einem Ort, an dem sie sich niederlassen kann, bevor ihr Körper zu steif wird, um im Kampf zu bestehen. Und welcher Ort könnte passender sein? Aber auf mich wartet der Flammenbund. Ich darf nicht tatenlos zusehen, wie er an Einfluss gewinnt. Ob ich Neel anbieten soll, sich mir nicht mehr verpflichtet zu fühlen und hier zu bleiben?*

Aber sie hatte Angst davor, die Amazone damit zu verletzen. *Wie ich sie kenne, wird sie mir gleich unterstellen, ich wolle sie wegen ihres Alters loswerden. Dass ich sie nur zurücklassen will, weil ich sie für gebrechlich halte. Und dann wird sie aus schierem Trotz darauf bestehen, mich weiterhin zu begleiten.* Sie konnte förmlich hören, wie Neel ihr an den Kopf warf, sie könne noch längst nicht allein auf sich aufpassen und brauche sie als Beschützerin.

Soll sie eben mitkommen! Sie ist wahrlich alt genug, um selbst zu entscheiden, was sie will, dachte Rhiana schmunzelnd. *Es gibt andere Probleme, die weit schwieriger zu lösen sind.* Der Gedanke an ihr letztes Gespräch mit Leodora wischte den Ansatz von Fröhlichkeit wieder fort. Dass die Amazonen sie zunächst vor Lawinen und über Nacht spiegelglatt vereisenden Wegen, dann vor dem unbeständigen Wetter und in den letzten Tagen vor Schlamm und reißenden Schmelzwasserbächen gewarnt hatten, war nicht der einzige Grund, weshalb sie trotz ihrer zunehmenden Ungeduld noch immer auf der Burg ausharrte.

»Ich weiß sowieso nicht, warum wir überhaupt aufbrechen sollten«, moserte Finni. »Mortenberg stöbern wir ohnehin nicht mehr auf. Wie willst du jemanden bekämpfen, von dem du nicht weißt, wo er steckt?«

Rhiana seufzte innerlich darüber, dass sie offenbar als Einzige noch nicht der Versuchung erlegen war, einfach aufzugeben und den Dingen ihren Lauf zu lassen. »Wenn es keinen anderen Ausweg gibt, werde ich eben dafür sorgen müssen, dass der Flammenbund *mich* findet«, eröffnete sie ihren Gefährten.

»Ein gewagter Plan, der deiner unermesslichen Tapferkeit jedoch würdig ist«, meinte Rashid.

Bevor es Lorwina gab, hätte er jetzt wieder irgendetwas von Rosen oder Juwelen angefügt, stellte Rhiana ohne Bedauern fest.

»Klingt verlockend«, fügte Finni ironisch hinzu.

Rhiana zog es vor, nicht zu antworten. *Als Nächstes wirft sie nur wieder die Frage nach dem Geld auf,* ahnte sie. Den ganzen Winter hatte sie sich darüber den Kopf zerbrochen und sich mittlerweile zu einem Entschluss durchgerungen, der ihr nicht gefiel, aber unvermeidbar erschien. Wenn ihr nichts Besseres mehr einfiel, bis sie Gareth erreicht hatten, wollte sie den Raben verkaufen. Ein so stattliches Streitross wie er würde einen guten Preis erzielen und sie damit eine ganze Weile über Wasser halten.

Aber das sind alles Schwierigkeiten, für die ich selbst eine Lösung finden kann. Auf Leodora habe ich dagegen scheinbar keinen Einfluss, befürchtete sie. *Worauf wartet sie mit ihrer Entscheidung? Sie hatte lange genug Zeit, meine Argumente gegen ihre Bedenken abzuwägen. Allmählich habe ich das Gefühl, sie hält mich hin. Ständig macht sie Ausflüchte. Ich kann nicht glauben, dass sie sich nur nicht traut, mir ihre endgültige Ablehnung zu verkünden. Nicht eine so hartherzige, unnachgiebige Frau wie sie. Mag sein, dass ich es mir dadurch ein für alle Mal mit ihr verderbe, aber wenn sie mich morgen wieder mit Vertröstungen auf später abspeisen will, werde ich ihr ein Ultimatum stellen. Wir können nicht noch einen weiteren Götternamen damit vertrödeln, auf etwas zu warten, das niemals eintreten wird.*

Sie kehrte mit ihren Gedanken auf den Abhang unterhalb der Burg zurück und lobte Sturmbraut dafür, sich so eifrig den beschwerlichen Weg hinaufzustemmen. Eisfell war bereits leichtfüßig vorausgesprungen, wobei ihn stets eine Wolke ausfallenden Winterfells umwehte. Oben am Burgtor blickte er sich nach den Reitern um, als wolle er vorwurfsvoll fragen, weshalb sie sich so viel Zeit ließen.

Als sie auf den Burghof ritten, umfing sie sogleich ungewöhnliche Geschäftigkeit. Aus der Schmiede drang das helle Geläut mehrerer Hämmer. Auf dem Platz davor wurde ein Pferd beschlagen, und weitere tänzelten unruhig beim Warten. Der Gestank verbrannten Hufhorns stach Rhiana in die Nase, als sie sich aus dem Sattel schwang. Aufgeregte Amazonen eilten hierhin und dorthin, manche sogar, ohne dass Rhiana den Sinn dahinter erkennen konnte. Einige schliffen Schwerter, andere polierten, was sie an eiserner Rüstung besaßen. Die Köchin trieb ihre Mädchen zur Eile an, die einen schweren Trog voll Teig zum Backhaus schleppten, und Leodora schlug mit einem Steigbügelriemen nach einer Stallmagd, während sie etwas von schlampiger Arbeit schimpfte.

»Gütige Götter! Was ist denn hier los?«, wandte sich Rhiana an Corvara, die zu jenen gehörte, die ein Pferd zur Schmiede gebracht hatten.

»Wir haben Nachricht erhalten, dass sich unsere Feinde auf Bärenstein sammeln, um einen neuen Vorstoß auf unser Gebiet zu wagen«, antwortete die Amazone.

»Eure Feinde?«, wiederholte Finni erstaunt.

»Wir sind den meisten Adligen in der Gegend ein Dorn im Auge«, erklärte Rondria, als sei es das Selbstverständlichste der Welt.

»Vor allem Graf Bordian«, setzte Corvara hinzu. »Die letzten Jahre war es ruhiger, weil so viele Bewaffnete durch den Krieg gebunden sind, aber gelegentlich rotten sie sich zusammen, um sich an Rondra und Famerlor zu versündigen.«

»Ja, aber …« Rhiana fehlten die Worte.

»Ganz wie damals, als mein Orden vernichtet wurde«, ließ Neel sich düster vernehmen. »Und die verfluchten Rondrapriester hetzten die Barone noch gegen uns auf. Wie viele sind es?«

»Das wissen wir noch nicht, aber sie werden uns zahlenmäßig mindestens ebenbürtig sein«, schätzte Corvara.

»Dann werdet ihr Hilfe brauchen«, schloss Rhiana daraus.

»Meinen Säbel habt ihr«, versprach Neel sofort.

»Und mich werdet ihr dieses Mal nicht wieder ahnungslos zu Hause sitzen lassen!«, forderte Rashid.

»Denen werden wir ordentlich einheizen«, kündigte selbst Finni großspurig an. »Ihnen soll so richtig die Lust vergehen, sich hier noch einmal blicken zu lassen.«

»Dann sind wir uns wohl einig«, stellte Rhiana fest und fragte sich, weshalb es immer nur Streit und Missgunst unter den Menschen gab.

Seit dem Überfall auf ihr Dorf, bei dem Dom Lando ihre Mutter getötet hatte, war die Anwesenheit einer bewaffneten Truppe für Finni stets mit Unbehagen und unterdrückter Furcht verbunden gewesen. Umso mehr überraschte es sie, als sie sich beim Anblick der aufmarschierten Amazonen dabei ertappte, etwas von dem Stolz zu fühlen, der aus ihren Gesichtern sprach. In ihren roten Umhängen und mit den weißen Schilden an der Seite, auf denen in roter Farbe der löwenhäuptige Drache Famerlor prangte, umgaben sie sich mit einer Aura der Unbesiegbarkeit, von der auch Finni unwillkürlich ergriffen wurde.

In einer langen Reihe ritten sie den Burgberg hinab, folgten ihrer unbeirrbaren Anführerin Leodora und der von heiligem Ernst erfüllten Corvara, die mit der Ehre ausgezeichnet worden war, die rote Standarte mit der silbernen Leuin voranzutragen. Finni ließ auch Rhiana und Neel den Vortritt, die beide darum gebeten hatten, ebenfalls die weißen Schilde des Ordens führen zu dürfen. Nur Rashid verließ sich einzig auf seinen Säbel, und es wäre ihm vermutlich auch nicht gestattet worden, sich mit den Farben der Amazonen zu schmücken. Dieses Mal musste nur die schwangere Rondriga zurückbleiben, die mit ihrem mächtig vorgewölbten Leib ohnehin schon eine Weile nicht mehr an den Kampfübungen teilgenommen hatte.

Es machte Finni nichts aus, die Letzte in jener Schlange zu sein, die sich nun den Hang hinabwand. Die Kriegerinnen vor sich zu haben, gab ihr eine Illusion von Sicherheit, obwohl sie wusste, wie trügerisch das war. Je weiter sie sich von der Burg entfernten, desto mehr verflog das erhabene Gefühl, das sie vor dem Abritt verspürt hatte. Allmählich schlichen sich ihre Zweifel und Ängste zurück in ihr Bewusstsein. Sie erinnerte sich an ihre aussichtslosen Versuche, Rhiana und Rondria zur Vernunft zu bringen. *Manchmal kommt es mir so vor, als fordere Rondra von ihren Anhängern im Austausch für ihre Gunst den gesunden Menschenverstand. Oder gibt es den gar nicht, und ich meine den gesunden Elfenverstand?*, rätselte sie mit einer Prise Galgenhumor.

Sie hatte kein Verständnis dafür, dass die Amazonen den offenen Kampf im Freien suchten. Auch wenn es noch so rondragefällig sein mochte, den todesverachtenden Helden zu mimen, empfand sie es als töricht, den Schutz der seit Jahrhunderten unbezwungenen Mauern freiwillig aufzugeben. *Es wäre ein Leichtes, die Ordensburg gegen eine Belagerung zu verteidigen,* nahm sie an. *Wahrscheinlich hätten unsere Feinde irgendwann die Nase gestrichen voll und würden sich trollen. Aber nein, wir sind ja furchtlose Kriegerinnen, die sich vor keinem Gegner verkriechen. Und Rhiana ist wieder ganz vorn mit dabei.*

Erst jetzt bemerkte sie den silbrig schimmernden Schemen seitlich unter ihr und blickte sich zur Flanke ihres Pferdes um.

Mit einem angedeuteten Schwanzwedeln sah Eisfell aus leuchtend blauen Augen zu ihr auf. »Oh nein«, seufzte Finni. »Du weißt genau, dass du nicht hier sein sollst. Rhiana hat gesagt, dass es für dich zu gefährlich wird.«

Der Wolfshund wedelte ein bisschen stärker, bevor er den Blick wieder nach vorn richtete und unbeeindruckt weiterlief.

Dann bleib eben hier und pass auf dich auf!, ermahnte Finni ihn im Stillen. *Ich werd jetzt nicht den ganzen Berg wieder hinaufreiten, nur um dich zurückzubringen.*

Eisfell schien nichts anderes vorzuhaben, und Finni fragte sich, ob er wirklich so schlau war, absichtlich hinten bei ihr zu bleiben, um Rhiana nicht unter die Augen zu kommen.

Der Boden war in den letzten Tagen tatsächlich so weit getrocknet, dass der Weg den Charakter einer Schlammpiste weitgehend verloren hatte, was jedoch nicht lange anhalten würde, wenn Finni die aufziehenden Wolken richtig deutete. Sie staunte, wie schnell sie auf dem Pfad vorankamen, der ihr im hohen Schnee so meilenweit erschienen war. Rasch tauchten sie ein in die endlosen, dunklen Wälder Norddarpatiens, in deren Schatten der Frühling nur vereinzelt mit Veilchen und Phexenbecher Einzug hielt.

Finni erkannte den Verlauf des Weges wieder. Der Anblick rief die Erinnerung an ihre Nacht bei Selriks Familie und an die Ruinen wach. Den ganzen Winter hindurch hatte sie nicht mehr daran gedacht. Als es ihr nun wieder einfiel, lag die Antwort auf das Rätsel des zerstörten Dorfes auf der Hand. *Wenn schon öfter fremde Ritter die Ländereien der Amazonen überfallen haben, werden sie es gewesen sein, die dort gebrandschatzt haben*, sagte sie sich. *Kein Wunder, dass Selrik erst misstrauisch war.*

Jeden Augenblick mussten die verfallenden Gemäuer in Sicht kommen. Eine Vorahnung drohender Gefahr überkam Finni. Plötzlich wusste sie, dass sie dort auf ihren Gegner stoßen würden, obwohl Leodora ihn noch deutlich weiter entfernt vermutete. Aufgeschreckt trieb sie ihren Wallach an Rashid und Neel vorbei an Rhianas Seite.

»Finni! Du siehst aus, als hättest du einen Geist gesehen«, wunderte sich ihre Freundin.

»Frag mich nicht wieso, aber ich habe das sehr starke Gefühl, dass wir hinter dem nächsten Hügel auf den Feind treffen werden«, erklärte Finni. Die Worte klangen furchtbar albern in ihren Ohren, aber sie musste die anderen einfach warnen. »In diesem niedergebrannten Dorf. Du weißt schon.«

Rhiana sah sie eindringlich an, dann nickte sie. »Wenn du da so sicher bist, sage ich besser Leodora Bescheid«, entschied sie und drängte Sturmbraut an den Wegrand, um an der Reihe der Amazonen entlang zur Spitze galoppieren zu können.

Gern hätte Finni gehört, was die resolute Ordensführerin zu ihrer blühenden Phantasie zu sagen hatte, aber die düstere Besorgnis, die nun gänzlich ihr Herz erfüllte, hielt sie davon ab. Neel und Rashid lenkten ihre Pferde näher zu ihr heran, aber da sie keine Fragen stellten, schienen sie verstanden zu haben, was sie Rhiana erzählt hatte. Sie blickte sich nach Eisfell um, doch der war verschwunden, und Finni fand es äußerst unpassend von ihm, ausgerechnet jetzt hinter irgendeinem Wild herzujagen. *Aber vielleicht ist es Rhiana lieber so*, überlegte sie.

Der ganze Trupp geriet ins Stocken, während sich Rhiana und Leodora besprachen. Schließlich kam Rhiana zurückgetrabt und gab dabei die Befehle der Ordensführerin an alle Amazonen weiter, bis sie Finni wieder erreicht hatte.

»Wie sieht unsere Strategie aus?«, erkundigte sich Neel.

»Leodora baut wie immer auf die Wucht des gerechten Zorns Rondras«, erwiderte Rhiana mit einem Anflug von Missbilligung. »Wir halten im Galopp auf den Gegner zu, und sobald wir aus dem Wald heraus sind, fächern wir uns auf, um den Zweikampf zu suchen.«

»Da hätte ich mir meine Warnung auch glatt sparen können«, beschwerte sich Finni. »Ich dachte, es geht nicht gegen so ein feiges, unfähiges Lumpenpack wie beim letzten Mal.«

»Immerhin haben wir den Vorteil, dass wir den Hang herabkommen werden«, versuchte Rhiana, sie zu beruhigen. »Du hast doch nicht erwartet, dass wir uns anschleichen und sie aus dem Hinterhalt erschießen?« Die letzten Worte kamen ihr nur noch halbherzig über die Lippen, da von der Spitze des Zuges Leodoras Schlachtruf erscholl.

»Schwert für Gerechtigkeit!«, brüllte Neel und gab ihrem Schecken die Sporen.

»Für Rondra!«, rief Rhiana, als sie Sturmbraut hinterherjagen ließ.

»Sei auf der Hut, kleiner Dschinn!«, riet Rashid ihr, während er seinen Säbel zog. »Möge Rastullah über dich wachen!«

»Pass lieber auf deine Lorwina auf!«, schrie sie ihm gereizt nach. Windspiel wollte hinter dem Pulk herstürmen, doch Finni gestattete ihm nur einen langsamen Galopp. Sie beabsichtigte nicht, sich kopfüber ins Getümmel der Schwerter zu stürzen. Ihre Gewandtheit gegen schlecht gerüstete Söldner und Räuber auszuspielen, war eine Sache. Den Nahkampf mit einem Ritter zu suchen, grenzte für sie jedoch hart an Selbstmord.

Als sie den Waldrand erreichte, zügelte sie ihr Pferd, um Pfeil und Bogen zu zücken und sich einen Überblick zu verschaffen. Bei den etwa zwanzig Fremden – Finni entdeckte sowohl Männer als auch Frauen – handelte es sich eindeutig um Ritter und Adlige, wie sie an den mit Wappen gezierten Schilden und den aufwendigen, polierten Rüstungen erkannte. Offenbar hatten sie gerade für die Mittagsrast Halt gemacht, denn sie waren zwischen den Ruinen abgesessen. Etliche rannten zu ihren Pferden, um wieder aufzusteigen, aber die meisten schafften es nicht rechtzeitig. Andere zogen nur die Waffen und stellten sich den Amazonen, deren gellende Schlachtrufe sich mit dem aufgeregten Geschrei ihrer Gegner und dem Trommeln der Hufe zu einem weithin schallenden Lärm vermengten.

Finni trieb Windspiel noch etwas näher heran. Überall zwischen den Mauern blitzten Rüstungen auf, wirbelten Klingen durch die Luft, quirlten Reiter umher, und über allem flatterte die rot-silberne Standarte mit den bunten Wimpeln um die

Wette, die von den Spitzen der Lanzen wehten, die von ihren Trägern aufrecht gegen die Ruinen gelehnt worden waren. Die Halbelfe suchte ihre Freunde im Gewirr, doch sie konnte nicht jeden im Auge behalten. Rashid erschien ihr ohne Schild so wehrlos, dass sie ihm nicht länger böse sein konnte, aber Rhiana hatte bereits zwei Ritter gegen sich, und Rondria legte sich ausgerechnet mit einem baumlangen Bären von einem Kerl an. Wie sollte sie sich für ein Ziel entscheiden? Mit wachsender Panik huschte ihr Blick zwischen den anderen hin und her.

Das Gedränge wurde immer dichter, je mehr Amazonen aus dem Sattel sprangen oder gezogen wurden. Die Gefahr, dass sie in der Menge den Falschen traf, wurde immer größer. Eine junge Frau, fast noch ein Mädchen, das in seinem wattierten Waffenrock schlaksig und unfertig aussah, hatte die Halbelfe am Dorfrand entdeckt und rannte mit erhobener Klinge auf sie zu. Finni, die nur Augen für ihre Freunde hatte, bemerkte sie beinahe zu spät. Der Pfeil bohrte sich aus nächster Nähe in den Brustkorb der Knappin, die von der Wucht des Aufpralls gestoppt wurde und mit einem Aufschrei in das spärliche Gras fiel. Ihre weit aufgerissenen Augen starrten in den Himmel, der sich allmählich bedeckte. Blut quoll aus ihrem Mund und rann über die Wange. Sie sah so unschuldig aus, dass es Finni beinahe den Magen umdrehte, sie getötet zu haben.

Sie warf den Bogen von sich und sprang aus dem Sattel, drauf und dran, den letzten Lebensfunken in dem Mädchen durch einen Heilzauber zu bewahren. Doch als sie auf dem Boden landete, fiel ihr Blick wieder auf die Kämpfenden. Keine zwanzig Schritt von ihr entfernt brach Leotrud unter dem Hieb eines Ritters zusammen. Das Schwert hinterließ einen tiefen Spalt in der Schulter der Amazone, die sich vergebens mühte, noch einmal die eigene Klinge hochzureißen.

Was tue ich hier eigentlich?, schrillte es in Finnis Schädel. Auf der Stelle vergaß sie die sterbende Knappin und eilte Leotrud zu Hilfe. Schon im Lauf hob sie die linke Faust, um auf den Ritter zu deuten, der im Begriff war, die Amazone zu enthaupten. Sie legte all ihre Wut über das sinnlose Töten in ihre magische Kraft und rief die ersten Worte, die ihr auf Elfisch in den Sinn kamen: »Fial miniza dao'ka!«

Der mit einem Brustharnisch gerüstete Mann krümmte sich, als hätte ihm jemand eine Faust in die Eingeweide gerammt, und ließ vor Schmerz seine Waffe fallen. Leotrud warf sich vor der herabfallenden Klinge zur Seite, während der Ritter über ihr in sich zusammensackte. Finni stieß ihn mit aller Macht von der Amazone weg. Wie ein gefällter Baum schlug er nieder, und es war Finni gleich, ob er lebte oder tot war. Sie kniete sich neben Leotrud, die ohnmächtig geworden war. *Das ist wohl ein Segen,* vermutete Finni, als sie den Spalt in der Schulter genauer betrachtete. Trotz des herausfließenden Blutstroms konnte sie erkennen, dass der Hieb das Schlüsselbein durchtrennt hatte.

Sie sah sich hastig um, wollte nicht noch einmal von einem Angreifer überrascht werden. Doch im Augenblick hatte es niemand auf sie abgesehen. Dafür entdeckte sie Rondria, die mittlerweile zu Fuß kämpfte und nun gegen den Hünen im Kettenhemd viel zu klein und schmächtig wirkte. Die Amazone blutete aus einer Wunde am Oberschenkel, die sie kaum merklich hinken ließ. Finni erfasste intuitiv, dass ihre Freundin damit ihren einzigen Vorteil, ihre Wendigkeit, verloren hatte und am Ende der größeren Kraft und Reichweite des Ritters unterliegen würde. Wieder fühlte sie sich innerlich schmerzlich zerrissen. Sie musste die Blutung an Leotruds Schulter stillen, aber wie konnte sie dafür Rondria ihrem überlegenen Gegner überlassen?

Sie konnte es nicht. Erneut flackerte die Wut in ihr auf, der Zorn darüber, sich nicht zerteilen und allen gleichzeitig helfen zu können, die sie so dringend brauchten. Sie riss ihren Wurfdolch aus dem Gürtel, doch wohin sollte sie zielen? Von der Haube bis zu den Stiefeln steckte der Hüne in Kettenzeug.

»Finni, pass auf!«, schrie jemand.

Sie wirbelte herum, schleuderte den Dolch dem Ritter entgegen, der ihn jedoch mit seinem Schild abfing. Finni hechtete zur Seite, stieß sich mit den Händen zu einem Überschlag ab und landete schwankend, aber auf den Beinen. Sie sah ihrem Angreifer entgegen, zitternd vor Wut darüber, sich selbst verteidigen zu müssen, während Rondria vielleicht gerade den tödlichen Hieb empfing. Die magischen Elfenworte brüllend, schleuderte sie Faust und astrale Macht von sich.

Der magische Schlag streckte den überraschten Ritter nieder, als sei er gegen einen unsichtbaren Rammbock gelaufen. Finni fühlte die Erschöpfung, aber sie gab ihr nicht nach. Die zornerfüllte Sorge um Rondria ließ sie herumfahren. Der Hüne drosch mit wuchtigen Schlägen auf die Amazone ein, die zurückweichen musste, bis plötzlich das verletzte Bein unter ihr einknickte. »Nein!«, gellte Finni und beschwor noch einmal die Gewalt der Elemente in sich herauf. Keuchend starrte sie den baumlangen Kerl an, der sich mit einem Stöhnen unter der Wucht ihres Donnerkeils krümmte. Doch er fiel nicht, schüttelte sich nur und wollte sich wieder aufrichten, als Rondria ihn mit einem knochenbrechenden Treffer auf den Unterarm dazu brachte, das Schwert fallen zu lassen.

Erleichtert wollte sich Finni wieder der verwundeten Leotrud zuwenden, als hinter ihr ein Schrei von Neel ertönte, der ihr Herz einen Schlag aussetzen ließ.

Rhiana hielt nach weiteren Gegnern Ausschau, aber es befand sich niemand mehr in ihrer unmittelbaren Reichweite. Sie hatte einer Ritterin den Todesstoß versetzt und einen weiteren bewusstlos geschlagen, hatte das Blut an Sturmbrauts Schulter gesehen und die Stute davongejagt, bevor jene noch schlimmer verwundet werden konnte. Jetzt stand sie im Schatten eines der zerfallenden Häuser, wo sie zumindest in ihrem Rücken nichts als die bröckelnde Mauer wusste.

Sie ließ den Blick über die Kämpfenden auf dem einstigen Dorfplatz schweifen, als die rot-silberne Standarte ihre Aufmerksamkeit erregte. Wie ein geschweifter Komet sank das Banner in einem flatternden Bogen zur Erde. Rhiana wusste auf der Stelle, was das nur bedeuten konnte, obwohl die Standartenträgerin selbst hinter der nächsten Ruine verborgen war. »Corvara!«, rief Rhiana und rannte an dem Haus entlang, ohne auf die Löcher zu achten, die Fenster und Tür in der Wand hinterlassen hatten.

Sie prallte vor Schreck zurück, als plötzlich vor ihr die scheinbar lautlose Gestalt aus der Türöffnung sprang, aber es war zu spät. Die Schwertspitze drang mühelos durch Kettenhemd und Polsterung in ihren Leib.

»Das ist für meine Herrin, Drachenhure!«, fauchte das Mädchen und riss die Klinge wieder heraus.

Vor Rhianas Augen verschwamm die Welt. Ein Teil von ihr war vom Schmerz erstarrt, der andere mühte sich benommen um einen klaren Gedanken. Sie hörte, wie Neel ihren Namen brüllte, hörte Schritte, Stimmen, Kampfgeräusche, ohne dass sie für sie noch eine Bedeutung gehabt hätten. Ihre Beine gaben unter ihr nach, und im nächsten Moment sah sie die konturlose grau-weiße Masse des Himmels über sich, der sich mit jedem Augenblick weiter verdunkelte. Sie spürte wie aus weiter Ferne Berührungen, hörte Finni fluchen und schluchzen. Dann entglitt ihr auch das und sie trieb in empfindungslose Schwärze.

Kapitel 19

Darpatische Seite der Schwarzen Sichel, Peraine 914 BF

Lorwina war blass und wirkte schwach, geradezu zerbrechlich, aber in seiner erleichterten Freude, sie wieder zu sehen, bemerkte Rashid es kaum. Eine Woche lang hatte er die Amazonen bekniet, seine Geliebte besuchen zu dürfen, doch das verboten ihre unumstößlichen Ordensregeln. Sie hatten ihm erzählt, dass Lorwina nach dem Schlag, den sie im Kampf auf den Schädel erhalten hatte, wieder erwacht war, sich jedoch mit Erbrechen und Kopfschmerzen plagte und die meiste Zeit schlief.

Dass er sie nun wieder in die Arme schließen konnte, erfüllte ihn mit einem überwältigenden Hochgefühl, aber sie schob ihn mit sanfter Bestimmtheit von sich und sank erschöpft auf den einzigen Stuhl, als hätte der Weg von der Burg zur Hütte sie bereits zu sehr angestrengt. »Mach langsam, Rashid!«, bat sie. »Ich bin schon froh, dass mir nicht mehr schwindlig wird, wenn ich aufstehe.«

»Ganz wie es dir beliebt, stolzeste Rose Darpatiens«, erwiderte er und küsste ihren Scheitel.

»Dir scheint es ja prächtig zu gehen«, stellte Lorwina beruhigt fest.

»Abgesehen von der Sorge um dich«, betonte er zerknirscht. Sein Gewissen quälte ihn, weil er ungeschoren davongekommen und dabei auch noch nicht ganz unschuldig an ihrer Verletzung gewesen war. Zuerst hatte er einen Gegner, der durch Lorwina abgelenkt war, niedergeritten, sich aber auch danach ganz darauf konzentriert, jeden Kontrahenten der Amazone auszuschalten, obwohl sie heftig protestierte. Seine allein auf Wirksamkeit ausgelegten, oftmals hinterrücks erfolgten Attacken hatten Lorwina so in Rage gebracht, dass sie darüber unaufmerksam geworden und selbst getroffen worden war.

»Das will ich auch gemeint haben! Du hast mich rasend gemacht vor Wut«, rief sie ihm überflüssigerweise ins Gedächtnis. Ein Abglanz des vergangenen Zorns glühte in ihren Augen auf. »Ich weiß nicht, wie ich damit umgehen soll«, gestand sie. »Rondra muss mit Abscheu auf dich geblickt haben, und deshalb sollte ich das auch. Aber ich kann es nicht, nicht richtig.«

»Es ist die Aufgabe der Männer, die Frauen zu beschützen, und Rastullah ist es gleich, auf welche Art wir sie erfüllen«, erklärte Rashid. »Wir lernen, unser Leben nicht wegzuwerfen, wenn darüber das Leben unserer Familie in Gefahr gerät. Aber wir lernen auch, es jederzeit zu opfern, wenn sie dadurch gerettet werden kann.«

Lorwina nickte seufzend. »Ich kann das verstehen, aber vielleicht ist genau das das Problem. Wir sind nicht verheiratet, Rashid. Ich bin nicht *deine* Frau und habe auch nicht vor, es zu werden. Deine Familienregeln gelten für mich nicht.«

Obwohl Rashid nie über eine Hochzeit mit der Amazone nachgedacht hatte, schnitten ihm die Worte wie ein Messer ins Herz. Sie waren eine Zurückweisung und hätten ihn selbst dann verletzt, wenn er weniger in sie verliebt gewesen wäre. Mit einem tiefen Atemzug schluckte er die Wahrheit wie eine bittere Arznei. »Aus Sicht deiner Rhondra hast du Recht, aber für mich fühlt es sich falsch an«, beharrte er. »Ich kann nicht versprechen, in Zukunft meine Augen zu verschließen, wenn du dich freiwillig in eine Schlangengrube stürzt.«

»Das habe ich befürchtet«, sagte Lorwina müde. »Lass uns über etwas anderes reden! Ich brauche Zeit, um über das alles nachzudenken.«

Rashid schwieg einen Augenblick, unschlüssig, ob er auf dem Thema bestehen sollte und worüber es sich stattdessen lohnte zu sprechen. »Es betrübt mich zutiefst, dass deine

Schwester Corvara gestorben ist. Ich bete nur darum, dass Rastullah nicht auch noch Rhiana zu sich nimmt. Ein Fluch scheint über diesen alten Häusern zu liegen«, meinte er düster.

»Das ist Unsinn«, widersprach Lorwina unerwartet heftig. »Menschen sterben nun einmal in der Schlacht.«

»Ja, das tun sie«, gab Rashid zu. »Aber den geschwärzten Mauern haftet der Hauch des Unheils an. Und der kleine Dschinn hatte vorausgeahnt, dass dort ein Unglück geschehen würde. Wurde das Dorf einst von euren Feinden niedergebrannt?«

Ihre Wangen spannten sich, als ob sie die Zähne zusammenbiss. »Nein«, antwortete sie knapp.

»Nein?«, wiederholte Rashid verwundert. »Von welchem tragischen Schicksal wurde es dann ereilt?«

»Du sollst nicht so viele Fragen stellen«, erinnerte Lorwina ihn streng. »Das gehört zu den Dingen, über die ich nicht sprechen darf.«

Es gefiel Rashid nicht, schon wieder auf diese Mauer des Schweigens gestoßen zu sein, mit der die Amazonen ihren Orden umgaben, aber er wollte Lorwina nicht wieder vertreiben, also fügte er sich.

Als sie von selbst gegangen war, um sich auszuruhen, spukten ihm die Ruinen jedoch immer noch im Kopf herum. Er sah nicht ein, warum er sich von den Frauen vorschreiben lassen sollte, was er wissen durfte und was nicht. Sollten sie die kleinen Geheimnisse ihres Ordens bewahren, aber die Zerstörung eines Dorfes totschweigen zu wollen, ging ihm entschieden zu weit. *Haben die Amazonen etwas damit zu tun? Haben sie ihren eigenen Untertanen das Dach über dem Kopf angezündet?*, grübelte er. *Das kann ich nicht glauben. Wie finde ich heraus, was wirklich passiert ist?*

Er erwog, noch einmal zu dem misstrauischen Selrik zu reiten und ihn eingehender zu befragen. Doch der Mann hatte nicht den Eindruck erweckt, als sei seine Zunge leicht zu lockern. Rashid beschloss, stattdessen in das Dorf zu gehen, das auf dieser Seite der Burg, ein Stück weiter unten im Tal an demselben Weg lag, der von der Burg aus auch an seiner Hütte vorbeiführte. Er war schon einige Male hindurchgeritten und hatte aus Langeweile Spaziergänge dorthin unternommen, aber die Menschen dort waren ihm ausgewichen. Aus einigen Gesichtern hatte er Furcht gelesen, aus anderen Feindseligkeit. Er hatte sich in die Fischerdörfer Albernias zurückversetzt gefühlt, wo man ihm als Fremdem ebenfalls wortkarg und abweisend begegnet war, und daraus geschlossen, dass die Bewohner der Berge den Bewohnern der Küsten ähnlicher waren, als man gemeinhin annahm.

Dennoch ließ er es auf einen neuen Versuch ankommen. Schließlich hatte es selbst unter den Fischern einige gegeben, die nach einer Weile zugänglich geworden waren. Aber so sehr er sich auch bemühte, sobald er sich nach den Ruinen im Wald erkundigte, wurden die Bauern und Hirten verschlossener denn je und drohten ihm am Ende sogar Schläge an, was die Dorfschulzin auf den Plan rief.

Die gebeugte, aber immer noch energische alte Frau nahm Rashid beiseite und setzte eine Miene fester Entschlossenheit auf. »Sie verbieten uns, Fremden davon zu erzählen, und wer sich nicht daran hält, hat sein Leben verwirkt«, eröffnete sie ihm ernst, ohne mit ihrem Tonfall um Hilfe oder Mitleid zu heischen. »Von uns werdet Ihr daher nichts erfahren. Aber wenn Ihr bei den Ordensfrauen ein und aus geht, dann fragt doch ihre Gefangenen. Die haben nichts mehr zu verlieren.«

»Ein weiser Rat, für den ich Euch sehr dankbar bin«, erwiderte Rashid ebenso ernsthaft. »Mögen Eure Götter Euer Dorf segnen!«

Die Alte nickte. Rashid wusste, dass die Unterredung damit beendet war, und kehrte zu seiner Hütte zurück. Was er gehört hatte, machte ihn nachdenklich. *Die Dorfälteste hat keinen Grund, mich zu belügen,* sagte er sich. *Es würde ihr wohl sogar große Unannehmlichkeiten einbringen, wenn herauskäme, dass sie solche Lügen über die Amazonen verbreitet. Aber droht ihr für Verrat wirklich der Tod?* Er konnte sich nicht vorstellen, dass Lorwina eine wehrlose alte Frau erschlagen würde. Das passte nicht zu all dem, was sie ihm über Rondras Gebote beizubringen versucht hatte. Es wäre in ihren Augen Frevel gewesen. Aber er erinnerte sich auch daran, was Rhiana ihm über das Gemetzel gegen die Räuber und Orks erzählt hatte. Er musste sich eingestehen, dass er der gnadenlosen Leodora eine solche Tat durchaus zutraute.

Seine Gedanken wanderten zu den gefangenen Männern und Frauen im Kerker der Burg. Dass die Amazonen sie für den Angriff auf ihre Ländereien richten würden, war für ihn selbstverständlich. Da sie damit noch nicht begonnen hatten, war ihm der Gedanke gekommen, dass sie vielleicht Lösegeld von den Familien der Ritter fordern wollten. So hätte er es als Stammesführer mit Angehörigen wohlhabender Scheichs gehalten. Warum sollten sie sich sonst die Mühe machen, diese Leute durchzufüttern? Er wusste, dass der Orden nicht im Überfluss schwelgte. *Wie dem auch sei, die Alte hat Recht. Diese Fremden unterwerfen sich den Gesetzen der Amazonen offensichtlich nicht, also werden sie sich auch nicht in Schweigen hüllen, wenn ich sie nach deren Geheimnissen befrage. Irgendwie muss mir das gelingen,* nahm er sich vor.

»Wenn du dich genau an meine Anweisungen hältst, kann gar nichts schief gehen«, munterte Rashid die zaudernde Küchenmagd auf. »Hast du genau verstanden, was du tun sollst?«

Sie sah trotz ihrer Angst empört zu ihm auf. »Ich bin ja nicht dumm«, zischte sie. »Ich will nur keinen Ärger kriegen.«

»Lene, du sollst doch nur diesen Eimer umwerfen«, wiederholte er geduldig. »Das kann einem schon mal passieren, wenn man im Dunkeln vom Abtritt kommt. Dafür werden sie dich nicht gleich schlagen.«

»Die Herrin Leodora schon«, beharrte das Mädchen.

»Die Mutter der Griesgrämigen zieht sich um diese Zeit immer schon in ihre Gemächer zurück. Das hast du doch selbst gesagt«, konterte Rashid.

»Stimmt«, musste Lene zugeben.

»Siehst du? Kann ich dich dann jetzt hier allein lassen?«,

drängte er. »Wenn wir noch lange warten, werden sie dich sonst beim Abräumen vermissen.«

Sie seufzte. »Na gut. Aber mach schnell!«, forderte sie.

Das sagt die Richtige, dachte Rashid. Er hatte seine gesamte Überredungskunst und Hartnäckigkeit aufbieten müssen – garniert mit einer ordentlichen Portion männlichen Charmes –, um die Magd dazu zu bewegen, für ihn Schmiere zu stehen, während er mit den Gefangenen sprechen wollte. Nun eilte er im Schutz der anbrechenden Nacht über den Burghof. Ihm war selbst nicht wohl dabei, denn nach den Regeln des Ordens musste er die Burg verlassen, sobald die Sonne unterging. Zwar hatte der Eifer der Amazonen, ihn zu überwachen, im Lauf der letzten Monde erheblich nachgelassen, aber selbst wenn sie ihn nicht beim Kerker erwischten, würde Leodora ihn möglicherweise ganz aus der Festung verbannen, weil er erst so spät zum Tor hinausspazierte. Er hatte erwogen, sich von der Mauer abzuseilen, doch von den Wächterinnen dabei ertappt zu werden, hielt er für wesentlich riskanter. Da war es geschickter, sich unschuldig zu geben und sich von ihnen die kleine Pforte öffnen zu lassen.

Rasch näherte er sich dem Loch im felsigen Boden, das der einzige Zugang zum Kerker war. Die Erbauer der Burg hatten das Verlies hinter dem Turm direkt aus dem Gestein des Berges gehauen. Im Grunde war es nur eine Höhle, in die man mit Hilfe einer Leiter hinabstieg, die ansonsten entfernt wurde, um den Gefangenen die Flucht zu erschweren. Es gab keine Türen, nur ein schweres Eisengitter über dem Eingang, durch das Regen und Schnee ungehindert ihren Weg hinunterfanden. Rashid hatte gesehen, dass drei kräftige Amazonen anpacken mussten, um diesen massiven Rost zu heben, der mit einem gewaltigen Riegel verschlossen wurde. Es wunderte ihn daher nicht, dass sich niemand die Mühe machte, die zusätzlich in Ketten gelegten Ritter auch noch zu bewachen.

Ohne Rücksicht auf seine Kleider zu nehmen, kauerte er sich neben dem Gitter auf den Felsen und beugte sich mit dem

Gesicht direkt über das finstere Loch. »Heda!«, rief er leise. »Hallo? Hört mich jemand da unten?«

Unverständliches Flüstern hallte kaum wahrnehmbar zu ihm herauf. Er holte gerade Luft, um noch einmal auf sich aufmerksam zu machen, als in der Tiefe Eisen über den Boden scharrte.

»Wer ist da?«, raunte eine skeptische Männerstimme.

»Ich bin ein Fremder, der versucht, die Wahrheit über diese Frauen herauszufinden«, gab Rashid ehrlich zurück. Den verzweifelten Gefangenen vorzugaukeln, dass er auf ihrer Seite stand, erschien ihm zu grausam.

Wieder wurde in der Dunkelheit unter ihm gewispert. »Du bist der Tulamide, der gegen uns gekämpft hat. Warum sollten wir mit dir reden wollen?«, fragte der Fremde dann ungehalten.

»Weil ich Euch die Gelegenheit geben will, mir Euren Standpunkt darzulegen«, antwortete Rashid. »Ich habe den Verdacht, dass die Amazonen nicht ganz offen zu mir sind.«

Der Unbekannte lachte verhalten auf. »Wer hätte das gedacht?«, höhnte er.

Rashid blickte nervös um sich. »Wollt Ihr mir nun sagen, was Ihr über diesen Orden wisst, oder nicht? Ich könnte jeden Augenblick entdeckt werden!«

»Wirst du uns dann helfen zu entkommen?«, erkundigte sich der Ritter bissig.

»Das kommt natürlich darauf an, ob Ihr zu Unrecht eingekerkert seid«, erwiderte Rashid unbeirrt aufrichtig und hoffte, Rastullah würde ihm dafür einige seiner anderen Sünden vergeben.

»Du bist ehrlich, also kannst du kein so schlechter Mensch sein«, schloss der Gefangene daraus. »Weißt du von dem Drachen?«

»Von welchem Drachen? Pyrdacor?« *Stecken die Amazonen etwa mit dem Flammenbund unter einer Decke?*, schoss es Rashid durch den Kopf.

»Was zum ...? Nein, das Ungeheuer, das in dieser Gegend

sein Unwesen treibt«, erklärte der Fremde. »Wir wollen es schon seit Jahren endlich zur Strecke bringen, weil es unsere Bauern und unser Vieh verschlingt. Aber diese verdammten Huren schützen es!«

»Ihr hattet es gar nicht auf die Amazonen abgesehen?«, entfuhr es Rashid zu laut. Wieder sah er sich hastig um.

»Diese Drachenschwestern haben meinen Vater auf dem Gewissen! Ich kann nicht behaupten, dass ich sie verschonen würde, wenn ...«

Plötzlich gab es einen Knall, einen hellen Aufschrei und noch bevor das leise Rumpeln des kullernden Eimers ertönte, war Rashid aufgesprungen, um quer über den Burghof zu hetzen. Er eilte um den Bergfried herum, während eine der Amazonen von der Mauer herab zu wissen verlangte, was vor sich ging. Auf der anderen Seite des Turms schimpfte Lene daraufhin lauthals über den Tölpel, der den Eimer genau in den Weg gestellt hatte, und Rashid hoffte insgeheim, sie möge nicht übertreiben.

Als er das Tor erreichte, hatte die Wachfrau auf der Galerie ihn bereits entdeckt. Leogrime kam grinsend die Treppe herab und drohte ihm scherzhaft mit erhobenem Zeigefinger. »Jetzt aber schnell raus, Freundchen! Wenn du dich nächstes Mal nicht früher von Lorwina losreißen kannst, muss ich das Leodora melden«, warnte sie.

»Ich gelobe, es soll nie wieder vorkommen«, versprach Rashid und floh in die Nacht.

Finni zwang sich, den Linseneintopf zu essen, den Neel ihr gebracht hatte. *Ich muss gesund bleiben, sonst dauert es noch länger, bis sich meine Zauberkraft erholt,* ermahnte sie sich und kaute pflichtbewusst auf dem faserigen Suppenfleisch herum.

Eisfell sog schnuppernd die Luft ein, rührte sich jedoch nicht von seinem Platz am Fußende des Betts. Ob er tatsächlich ein schlechtes Gewissen hatte, wie Finni ihm manchmal unterstellte, wenn er mit traurigem Blick abwechselnd die

Hundeaugenbrauen hob, vermochte sie nicht zu entscheiden. Aber seit er nach dem Kampf gegen die fremden Ritter mit einem Rotpüschel im Maul zurückgekommen war, hatte er Tag und Nacht an Rhianas Seite Wache gehalten und das Turmzimmer nur für kurze Momente verlassen.

Genau wie ich, dachte Finni. *Das ist das Mindeste, was ich tun kann.*

Tag für Tag hatte sie an Rhianas Bett gesessen, um ihre Hand zu halten, ihr Wasser einzuflößen, ihre heiße Stirn zu kühlen und beruhigend auf sie einzusprechen, wenn sie sich im Fieberwahn herumwarf. Sie hatte eine Menge Zeit gehabt, um sich Vorwürfe zu machen. Um sich dafür schuldig zu fühlen, dass sie ihre Magie in ihrer Wut und Verzweiflung eingesetzt hatte, ohne nachzudenken. Rondria und Neel konnten ihr noch so oft versichern, dass niemand, nicht einmal Rhiana, ihr deswegen zürnen durfte, denn schließlich hatte sie damit Leotrud, Rondria und sich selbst gerettet. Finni ließ sich davon nicht trösten.

Seit sie neben ihrer bewusstlosen Freundin gekniet und gespürt hatte, wie ihr Heilzauber versagte, lebte sie mit der Gewissheit, Rhiana im Stich gelassen und dem sicheren Tod überantwortet zu haben. Zu lange schon hatte die Ohnmacht angedauert, zu fahl war Rhianas Gesicht gewesen, als sie sie auf einer Trage zurück in die Burg gebracht hatten. Es war Finni wie ein Wunder erschienen, dass ihre Freundin die erste Nacht überstanden hatte, doch dann war das Fieber gekommen, das schon so viele Opfer unter jenen gefordert hatte, die sogar noch als Sieger vom Schlachtfeld zurückgekehrt waren.

Rhiana zitterte vom Schüttelfrost, nur um im nächsten Augenblick wieder schweißgebadet dazuliegen, und Finni fühlte, dass sie drohte zu verglühen. Neel, die ihre Schülerin am ersten Tag noch angefleht hatte, sie nicht auch noch zu verlassen, war bei dem Anblick förmlich in sich zusammengefallen und hatte nur noch den Kopf geschüttelt. Sie war oft genug Zeugin geworden, wie das innere Feuer selbst die stärksten Kämpfer ausgezehrt hatte, bis nur noch eine leere Hülle übrig blieb.

Die alte Amazone bar jeder Hoffnung zu sehen, hatte Finni noch einmal aufgerüttelt. Noch war Rhiana nicht gestorben. Die Halbelfe hatte sich in tiefe Trance fallen lassen und jeden Funken Magie aufgebracht, den sie nur in sich finden konnte. Der Zauber war gelungen, aber seine schwache Wirkung hatte sie in neue Verzweiflung gestürzt. Es war ihr lediglich gelungen, das Fieber ein wenig zu senken. Seitdem schwebte Rhiana irgendwo zwischen den Welten, und Finni blieb nichts anderes übrig, als hilflos darum zu bangen, dass ihre Freundin durchhielt, bis ihre magische Kraft wieder erstarkt war.

Eisfell spitzte die Ohren, ohne den Kopf von den Pfoten zu nehmen, als draußen Stimmen laut wurden. Finni erkannte Neel und Rashid, bevor sie die Tür geöffnet hatten. Der Tonfall verhieß nichts Gutes. *Müssen sie selbst dann noch streiten, wenn Rhiana mit dem Tod ringt?*, ärgerte sie sich.

Sie blickte nicht auf, als die beiden hereinkamen, sondern löffelte stur ihren Eintopf weiter. Es war erst Rashids zweiter Besuch an Rhianas Krankenbett, und sie wusste, dass es nicht seine Schuld war, denn die Amazonen hätten Rhiana am liebsten wie eine der ihren behandelt und ihn völlig fern gehalten. Aber sie grollte ihm trotzdem, weil er sie nicht liebte, weil er nicht einmal Rhiana treu sein konnte, weil er Lorwina beschützt und Rhiana ihrem Schicksal überlassen hatte. *Genau wie ich,* wiederholte sie in Gedanken bitter.

»Wie geht es ihr?«, erkundigte er sich, als er an Rhianas Bett trat und bedrückt auf ihr bleiches, von kaltem Schweiß glänzendes Gesicht hinabsah.

»Schlecht«, knurrte Neel. »Und deine Anwesenheit macht es keinen Deut besser.«

»Das weiß ich«, gab Rashid scharf zurück, woraufhin Finni ihm einen vorwurfsvollen Blick zuschoss. »Ich will euch die Ungemach meiner Anwesenheit auch gar nicht länger zumuten als unbedingt notwendig«, fuhr er gemäßigter fort. »Aber ich habe etwas erfahren, das ihr wissen müsst. Unsere Gastgeberinnen wurden nicht grundlos angegriffen.«

»Was geht es mich an, weshalb sich diese adligen Seidenträger von Amazonen auf die Schleppe getreten fühlen?«, spottete Neel. »Sie waren bewaffnete Eindringlinge und marschierten auf die Burg.«

»Das haben wir geglaubt, aber konnten wir da sicher sein?«, hielt Rashid dagegen.

»Willst du damit etwa sagen, dass Corvara mich belogen hat?«, fragte Neel lauernd.

Wenn er jetzt die falsche Antwort gibt, bringt sie ihn um, erkannte Finni. »Dann hätte auch Rondria mich belogen, und das glaube ich nicht«, mischte sie sich ein und trat hastig zwischen die beiden. »Denkt an Rhianas Zustand! Wenn einer von euch ihre Ruhe stört, kriegt er es mit mir zu tun!«

»Dann sollte dein südländischer Freund besser gleich gehen!«, drohte die Amazone.

»Finni, was ich zu erzählen habe, ist sehr wichtig«, betonte Rashid.

»Du wirst Corvaras Andenken nicht innerhalb der Mauern beschmutzen, die ihre Heimat waren«, forderte Neel.

Finni spürte Rashids eindringlichen Blick und gab seufzend nach. »Ich will aber hören, was er zu sagen hat«, entschied sie. »Und ich werde dieses Zimmer dazu nicht verlassen.«

Die Amazone starrte sie zornig an, aber Finni senkte die Augen nicht. *Geh, Neel! Du kannst Rhiana ohnehin nicht helfen. Ich habe mehr Recht, hier zu sein als du,* dachte sie störrisch. Neel stürmte tatsächlich hinaus.

»Ich bin froh, dass du sie fortgeschickt hast«, gestand Rashid. »Sie liebt diese Frauen zu sehr, um der Wahrheit unvoreingenommen zu begegnen.«

»Welcher Wahrheit?«, wollte Finni endlich wissen.

»Erinnerst du dich noch daran, wie wir uns auf der Reise hierher gefragt haben, welches Unheil dieses Ruinendorf heimgesucht hat?«

Sie nickte.

»Hast du Rondria danach gefragt?«

»Nein, das habe ich ganz vergessen. Die ersten Tage waren ... nicht leicht für mich.«

»Ich hatte auch nicht mehr daran gedacht. Aber als ich jetzt Lorwina gefragt habe, wollte sie mir nicht antworten«, berichtete Rashid. »Sie sagte, das sei ein Geheimnis ihres Ordens.«

Finni runzelte verwirrt die Stirn. »Das ist wirklich merkwürdig«, meinte sie.

»Allerdings«, bestätigte Rashid. »Deshalb bin ich ins Dorf gegangen, um es von den Bauern zu erfahren. Um ein Haar hätten sie mich mit ihren Fäusten bearbeitet. Aber dann kam ihre Älteste und erklärte mir, dass sie nicht darüber sprechen dürften, sonst müssten sie sterben.«

Dazu fiel Finni keine Erwiderung mehr ein.

»Daraufhin habe ich mich zu diesem elenden Loch von einem Kerker geschlichen und die Gefangenen gefragt, was sie darüber wissen.«

»Was? Bist du verrückt? Wenn dich nun jemand gesehen hätte!«, entfuhr es ihr.

»Dieses Wagnis musste ich eingehen«, wehrte Rashid ab.

»Lass mich raten! Sie behaupten natürlich, die Amazonen hätten selbst die Häuser niedergebrannt«, vermutete Finni verächtlich.

»Nein. Wenn es so gewesen wäre, hätte ich ihnen auch nicht geglaubt. Sie sagen, dass es ein Drache war«, eröffnete Rashid ihr.

Ein Drache speit Feuer, das ergibt Sinn. Aber warum ist es ein Geheimnis?, überlegte sie verblüfft und sah den Tulamiden mit großen Augen an.

Er schien ihre Gedanken zu lesen. »Finni, dieser Drache verwüstet die Ländereien der Ritter, gegen die wir gekämpft haben. Sie wollten ihn deshalb jagen, aber die Amazonen beschützen ihn.«

Rondria ist meine Freundin. Sie würde doch nie … Sie erinnerte sich an den riesigen Schatten, der so pfeilschnell über sie hinweggesaust war, dass sie vor Schreck beinahe von der Mauer gestürzt wäre, und ein eisiger Schauder rieselte ihren Rücken hinab. »Das … das kann nicht sein«, lehnte sie sich gegen die Einsicht auf, dass er die Wahrheit sprechen könnte.

»Dann hätte ich ja …« … *tatsächlich ein unschuldiges Mädchen getötet!*

»Sie haben uns für ihre Zwecke benutzt«, stellte Rashid tonlos fest. »Das sollte nicht noch einmal geschehen.«

»Nein, das wird es auch nicht«, stimmte Finni ihm gefasster zu. »Aber sie dürfen nicht erfahren, dass wir es wissen. Nicht solange …« Sie blickte zu Rhianas regloser Gestalt und Rashid verstand auch stumm, was sie meinte.

Rhiana lag da, ohne den Untergrund zu spüren. Sie lag da und blickte in einen violetten Himmel hinauf, an dem weder Wolken noch Sterne zu sehen waren, weder Praiosscheibe noch Madamal. Das Licht schien von allen Seiten und nirgends her zu leuchten, aber sie schaute nach oben, also musste es der Himmel sein. *Oder nicht?*

Der Gedanke trieb träge wieder davon. Er hatte keine Bedeutung für sie. Nichts hatte mehr eine Bedeutung, und die Erinnerung an einen anderen Zustand lungerte am Rand ihres Bewusstseins herum, um ihr sogleich vollends zu entgleiten, sobald sie ihr Beachtung schenken wollte. Ein ermüdendes Fang-mich-Spiel, das sie bald wieder aufgab. Dafür stieg eine andere Frage aus den unergründlichen Tiefen ihres Inneren auf. *Wo bin ich?*

Die Worte kamen ihr sinnlos vor. Sie war hier, und sie hatte vergessen, dass es etwas anderes gab als *hier.* Aber die Frage löste Reflexe aus, die sich so lange eingeschliffen hatten, um Antworten zu finden, dass sie auch ohne ihr Zutun abliefen. Ihre Finger begannen zu fühlen, tasteten, gruben sich in das, was unter ihnen war. Da gab es eine Substanz, die durch sie hindurchrieselte. Rhiana musste nicht hinsehen, um plötzlich zu wissen – oder hatte sie es immer gewusst? –, dass es violetter Sand war. Eine sandige Ebene, aus der vereinzelt ein paar verdorrte Grashalme ragten.

Sie hörte ein Flattern, ein Rascheln wie von Gefieder. Ein verhaltenes Krächzen drang an ihr Ohr, dann ein leises Scharren im Sand, das sich näherte. Vor ihren Augen, die sahen, ohne dass sie den Kopf heben musste, stolzierte ein Rabe auf sie zu. Es war kein gewöhnlicher Rabe. Auf diese seltsame Art des Wissens, ohne sich zu erinnern, wusste Rhiana, dass dieser Rabe alle anderen weit an Größe übertraf. Seine schwarzen Federn schillerten in Blau und Grün, doch über allem lag auch der Schimmer des violetten Lichts. Der Schnabel des Vogels erschien Rhiana gewaltig, ebenso Hammer wie Meißel, ein Todeswerkzeug.

Sie zuckte nicht zurück, als der Rabe damit nach ihr pickte, wartete nur auf den Schmerz. Doch in diesem Augenblick ertönte hinter ihrem Kopf ein Grollen – wie ferner Donner und doch gänzlich anders, körperlicher, einem mächtigen Rachen entdrungen. Der Vogel hielt inne, hüpfte zurück. Seine kleinen, stechenden Augen funkelten. Er ließ ein dunkles Kollern hören, das wie gemurmelter Protest klang. Mit einem Satz seiner kräftigen mattschwarzen Beine sprang er wieder vor, direkt in den Prankenhieb der fauchenden Löwin, die wachend bei Rhiana lag, wo sie immer schon gelegen hatte.

Der Rabe schlug hektisch mit den Flügeln, um aus der Luft seine Gegnerin mit dem Schnabel zu attackieren. Die Löwin sprang zornig auf, und der Vogel flatterte ein Stück rückwärts. Wieder stieß er eine Folge kollernder, klickender und knackender Laute aus, die eine Sprache sein mochten, die Rhiana nicht verstand. Doch das musste sie auch nicht. Der Rabe erhob Anspruch auf sie, und sie wusste, dass es sein Recht war. Einzig die Raubkatze stand zwischen ihr und ihm, der sie mit seinem Schnabel zerpflücken wollte.

Die Löwin knurrte, kurz, endgültig. Der Vogel krächzte wütend und griff an. Immer wieder ging er flügelschlagend auf die Katze los, hackte mit dem glänzenden schwarzen Mordwerkzeug nach ihr, kratzte mit seinen Krallen nach ihrem violett überhauchten Fell, unter dem sich kraftvolle Muskeln abzeichneten, während sie mit ihm rang. Fauchend entblößte sie ihre tödlichen Reißzähne, schnellte vor, um ihren Gegner mit wuchtigen Schlägen der krallenbewehrten Pranken aus der Luft zu holen. Schwarze Federn flogen, Sand wirbelte auf. Ein roter Striemen zog sich über die Schnauze der Löwin.

Und dann war es vorbei. Die Kontrahenten wichen voreinander zurück, die Farben verblassten. Der Himmel verdunkelte sich. Rhiana spürte etwas Kühles, Feuchtes auf ihrer Stirn und öffnete die Augen. Eine Handfläche wölbte sich darüber, die sofort weggezogen wurde.

»Du bist wach!«, gellte Finnis Stimme. »Neel, sie ist wach!«

Zwischenspiel

Es hatte Yako nur wenig Mühe und eine Hand voll Dukaten gekostet, die Dorfbewohner davon zu überzeugen, sie verschwiegen bei sich aufzunehmen. Sie hatte nicht verlangt, ihre Anwesenheit vor den Amazonen geheim zu halten, nur vor deren Gästen, und da die Ordensschwestern sich nicht um das tägliche Leben der Bauern kümmerten, hatten sie vermutlich noch nichts davon erfahren, dass sich die dunkelhäutige Söldnerin noch in der Nähe aufhielt. Für das Gold, das für die arme Bergbevölkerung einen unfassbaren Reichtum darstellte, versorgte man sie mit dem Besten, was Speisekammer und Dachboden hergaben, und hatte ihr eine beheizbare Kammer zur Verfügung gestellt, die sie nur nachts verließ, um im Schutz der Dunkelheit ihren Körper zu ertüchtigen.

Ihren Gastgebern war sie unheimlich. So weit sie es belauscht hatte, hielten sie sie für ein Geschöpf der Finsternis, das im Sonnenlicht womöglich zu Staub zerfiel und gewiss über magische Kräfte verfügte. Weshalb man sie auch vorläufig duldete und sich an ihren blinkenden Münzen erfreute. Die Bauern hatten schlicht Angst, sie zu verärgern, denn vielleicht würde sie sonst die Milch im Euter sauer werden lassen oder den Schafen ein löchriges Vlies anhexen.

Yako störte sich nicht an diesem abergläubischen Geschwätz. Sie war es gewöhnt, so hoch im Norden begafft und gefürchtet zu werden, was auch Vorteile mit sich brachte. Und solange man ihr so gut bezahlte Aufträge erteilte, würde sie dafür noch ganz andere Widrigkeiten in Kauf nehmen. *Zu ärgerlich, dass sich dieser ungeschickte Trampel von einem Schwert aufspießen lässt,* dachte sie mürrisch. *Wenn sie mir verreckt, hat der Geldsegen erst mal ein Ende.*

Sie streckte die muskulösen Beine aus und nippte an dem grässlich faden Kräutertee, den sie ihr hier täglich vorsetzten, wenn sie nicht zu allen Mahlzeiten Milch verlangte. In der Stube nebenan wurden die Stimmen lauter, dann klopfte es.

Na endlich! Wie viele Tage wollte sie mich noch hier warten lassen?, schimpfte Yako bei sich. »Herein!«, rief sie.

Wie sie vermutet hatte, betrat die Stallmagd ihr Versteck, die von ihr bestochen worden war, um für sie auf der Burg zu spionieren. Auch diese Frau hatte große Angst gehabt, von den Amazonen dafür hart bestraft zu werden, aber als Yako ihr einen Dukaten in die Hand gedrückt hatte, war sie der Verlockung, mehr davon zu verdienen, bald erlegen.

»Die Götter zum Gruß, Herrin«, begann sie eifrig. »Ich habe gute Neuigkeiten für Euch.«

»Dann ist die Prinzessin nicht gestorben?«, nahm Yako an.

»Nein, Herrin«, antwortete die Magd. »Die Halbelfe hat das Fieber mit einem Zauber besiegt. Rhiana ist noch sehr schwach, aber alle sagen, dass sie es überstanden hat.«

»Gut, dann haben wir alle noch einmal Glück gehabt«, sagte Yako und tätschelte ihre Geldkatze am Gürtel. »Was ist mit dem Novadi? Schnüffelt er immer noch heimlich in der Burg herum?«

»Ich glaube nicht. Keine von uns hat ihn mehr dabei gesehen«, berichtete ihre Spionin.

Was Rashid von den Gefangenen gewollt haben konnte, war Yako immer noch ein Rätsel, und sie mochte es gar nicht, wenn sie die Absichten ihrer Gegner nicht kannte. Hatte er vor, die Fremden zu befreien? Waren auch seine Begleiterinnen in diesen Plan eingeweiht? Dann mussten sie sich gegen die Amazonen stellen. *Aber das würde Neel gar nicht gefallen,* nahm sie an. *Die sentimentale alte Kuh glaubt, hier die Vergangenheit wieder auferstehen lassen zu können. Ich freue mich schon auf ihr Gesicht, wenn wir uns wieder gegenüberstehen.*

»Umso besser«, meinte sie. »Aber halt die Augen offen! Ich will vorher wissen, falls er etwas Dummes versucht. Gibt es sonst noch etwas Ungewöhnliches?«

Die beflissene Miene der Magd wich einem gequälten Ausdruck. Sie wand sich unter Yakos bohrendem Blick. »Ich hab noch eine schlechte Nachricht«, gestand sie.

»Welche?«, schnappte die Söldnerin ungeduldig.

»Lene hat gehört, wie sie gesagt haben, dass es gut ist, dass Rhiana wieder gesund wird. Jetzt wollen sie bald den Drachen rufen«, eröffnete die Magd ihr.

»Was zum Henker hat das mit mir zu tun?«, verlangte Yako zu wissen. »Bin ich hier im Dorf in Gefahr?«

»Das weiß frau nie so genau«, erklärte ihre Spionin. »Aber … Ihr wollt doch nicht, dass die Prinzessin stirbt. Da dacht ich, ich muss Euch das sagen. Sie wollen sie nämlich dem Drachen als Opfer anbieten.«

Yako stieß einen Fluch aus, der die Magd vor Schreck erbleichen ließ.

Kapitel 20

Schwarze Sichel,
Peraine 914 BF

»In Praios' Namen, wenn ich den Schwarzmagier in die Finger bekomme, der dieses widernatürliche Scheusal geschaffen hat, wird er sich wünschen, er wäre schon tot!«, schnaubte Luidprant im schwindenden Licht des brennenden Zelts, das allmählich in sich zusammensackte.

»Ihr haltet dieses … dieses gigantische Monstrum für das Werk eines Menschen?«, staunte Rodebert.

»Ein Riesenlindwurm hat für gewöhnlich weder ein Löwenhaupt noch -tatzen«, erklärte der Ritter. »So viel weiß selbst ich über sie. Und es ist kein Geheimnis, dass die Zauberei stets missbraucht wird, um in die göttliche Ordnung hineinzupfuschen. Meine Schwester hat mir schon so einiges über die Umtriebe der Magier erzählt, die sich mit verbotenen Experimenten an der Schöpfung vergehen.«

Aber etwas so Gewaltiges … Unvorstellbar, zweifelte Rodebert, wollte darüber jedoch keinen Disput vom Zaun brechen. »Wenn Ihr Recht habt, glaube ich kaum, dass dieser Wahnsinnige noch unter den Lebenden weilt«, sagte er. »Seine Kreatur wird ihn hoffentlich längst verschlungen haben.«

»Das hoffe ich für ihn«, behauptete Luidprant grimmig.

Der Baron winkte seinen Gardekorporal zu sich, der gerade erst wieder ein wenig Disziplin in die erschütterte Landwehr gebracht hatte. Rodebert sah, dass seine Soldaten die Verwundeten versorgten und sich darum kümmerten, dass das Lagerfeuer nicht erlosch.

»Herr?«, erkundigte sich Okenheld nach weiteren Anweisungen.

»Wie viele Opfer gab es diesmal?«, wollte Rodebert wissen.

»Der Drache scheint Weibel Sigman, eine Magd aus Hirschau und einen Knecht aus Willbergen erwischt zu haben«, berichtete der Korporal düster. »Es gibt ein paar Leute mit Verbrennungen. Bei den meisten nichts Ernstes, aber einer davon gehört zur Garde, und ich fürchte, er wird die Nacht nicht überstehen.«

»Also vier Tote«, sagte Rodebert tonlos. »Und er wird wiederkommen. Wir sind wie ein reich gedeckter Tisch für das Biest.«

»Wie lauten Eure Befehle, Herr?«, fragte Okenheld. Das Vertrauen in seiner Stimme rührte den Baron.

»Wir brauchen weiterhin zwei Wachen, obwohl es jetzt vermutlich ruhig bleiben wird«, entschied Rodebert. »Jemand soll nach den Tieren sehen! Die anderen können sich ausruhen. Sagt ihnen, dass sie morgen ausschlafen dürfen! Sie müssen wieder zu Kräften kommen, wenn wir diesem Drachen trotzen wollen.«

Nun schlich sich doch Skepsis in das Gesicht des Korporals. Rodebert konnte es ihm nicht verübeln. Jeder, der bei Verstand war, musste erkannt haben, dass sie diesem Ungetüm nichts entgegenzusetzen hatten. Dennoch nickte der Mann ergeben und zog sich zurück.

»Ha! Ich muss Euch um Verzeihung bitten«, eröffnete Luidprant dem Baron. »Ich fürchtete schon, Ihr würdet weiter vor der Gefahr davonlaufen wollen.«

»Glaubt mir, mein Freund, wenn ich einen Sinn darin sehen könnte, würde ich nichts lieber tun«, gab Rodebert offen zu. »Es mag eine edle Queste sein, die Welt von einem solchen Übel zu befreien, aber mein Auftrag lautet, unserem Herzog ein Banner Soldaten zuzuführen – nicht, sie im Gefecht mit einem Riesenlindwurm aufzureiben. Wenn ich mich entschließe, dieses Ungeheuer zu stellen, dann nur deshalb, weil wir nicht vor ihm wegrennen können. Weder das Gelände noch die Verfassung der Truppe lassen das zu. Wir wissen nicht, wie groß das Revier dieses Drachen ist, und ich habe keine Lust darauf, dass er sich weiterhin bei uns seine Häppchen holt, wie es ihm beliebt.«

»Darin stimmen wir vollkommen überein«, erwiderte der Ritter zufrieden grinsend. »Wie wollt Ihr vorgehen?«

»Unsere Pfeile schüttelt das Biest ab, als wären es Fliegen«, stellte Rodebert fest. »Wir brauchen etwas Besseres.«

»Ich meine, gesehen zu haben, dass doch einige Spitzen durch die Schuppenhaut gedrungen sind. Vielleicht sollten wir überlegen, wo der Drache wahrscheinlich am verwundbarsten ist, und unseren Schützen entsprechende Anweisungen geben«, schlug Luidprant vor.

»Da Ihr es beobachtet habt, übertrage ich Euch diese Aufgabe«, antwortete Rodebert. »Darüber hinaus gedenke ich, die Landwehr Spieße anfertigen zu lassen. Wir können zwar nicht mehr tun, als die Spitzen in Feuer zu härten, aber vierzig Holzspeere sollten dennoch besser sein als Messer und Fäuste.«

»Bei Rondra! Und wenn wir die halbe Sichel dafür roden müssen! Beim nächsten Mal wird sich das Biest wundern«, schwor Luidprant voll Eifer.

»Weibel Winsheymer?«

Der Titel kam Lindgard immer noch sichtlich schwer über die Lippen. Haldoran sah von dem schlanken, jungen Tannenstämmchen auf, das er mühselig mit seinem Messer entrindete, um sich später nicht ständig an den Nadeln zu stechen, wenn er es als Spieß benutzen würde. »Wat givvet denn, Lindgard?«, erkundigte er sich verwundert.

Die Bäuerin zögerte, warf einen unsicheren Blick in die Runde ihrer Kameraden. Sie saßen alle beisammen und schnitzten an ihren neuen Waffen, wie der Baron es befohlen hatte. Nur Answin, dessen Arm ihm wohl noch eine Weile den Dienst verweigern würde, lag faul in der Sonne, während der geschickte Jost gleich zwei Speere zuschnitt. Nur für den Fall, dass Answin sich mit einer Hand verteidigen wollte.

»Ick … hev da mol ne Bitte an dich«, gestand Lindgard.

Haldoran zuckte überrascht mit den Augenbrauen. »An mich?«

»Ick weiß et nich. Vielleicht auch an euch all«, eröffnete Lindgard ihnen und errötete vor Verlegenheit.

»Ever ruut damit!«, gestattete Answin forsch.

»Et is mir ernst«, betonte Lindgard. »Natürlich wusste ick von Anfang an, dat et im Kriech gefährlich wird. Ick mein, dat is ja de Sinn vonnet Ganze. Dat man kämpft un dabei auch sterm kann.«

Mittlerweile hatten alle Angehörigen ihrer Rotte ihre Arbeit unterbrochen und sahen sie an.

»Ever et wor mi wohl donnich so klar«, fuhr sie fort. »Als gestern Abend de Drach op uns niederfahrn is, do hev ick et ers kapiert. Dat ick vielleicht bald tot bin un nie widder noh Hus komm.«

Etliche ihrer Zuhörer nickten stumm.

»Dröm wünsch ick mi, dat – wer au immer von euch överleevt – mien Familie in Wulfroth aufsucht«, bat sie. »Ick möcht, dat mien Kinners dann wissen, wie ick drauf gegangen bin. Un dat se mi orntlich fehlt ham. Joh, dat wünsch ick mi.«

Ilke standen Tränen in den Augen, und auch Jost wischte sich mit dem Handrücken über das Gesicht.

»Wenne datselv für mi don würds, kannsse dich op mi verlassen«, bot Haldoran an.

»Un op mi«, ließ Answin sich vernehmen. »Den Weech nach Dachsbergen werdt ihr ja noch finnen, oder?«

»Is ja nich weit von mein Lichtenhain«, brummte Torben.

»Dann wolln wer uns dat hiermit alle gegenseitich versprechen«, schlug Haldoran vor, woraufhin die anderen feierlich zustimmten.

»Gilt dat ook för mi?«, erkundigte sich Wala vorsichtig.

»Natürlich«, platzte Ilke gleich heraus.

»Wat is mit dir, Firuntin?«, wandte Haldoran sich an den schweigsamen Sträfling. »Hasse Verwan…?«

»Nein!«, schnappte Firuntin erbost.

»Dann ehm nich«, meinte Haldoran achselzuckend. »Geit

uns jo nix an.« Er schwieg einen Moment, aber der Sträfling hatte anscheinend nicht mehr dazu zu sagen. »Trotzdem giv dat da noch wat, dat ick mi överleecht hev. Kannsse eigentlich mittem Bogen ömgein?«

»Ich kann mit jeder Waffe umgehen«, knurrte Firuntin.

»Gut, wer brauchen di nu nämlich.« Haldoran bemerkte zufrieden, dass der verschlossene Mann hinter seiner bärbeißigen Maske überrascht war. »Answin, giv ihm dein!«

»Wat? Mien guten Bogen?«, beschwerte sich sein Freund.

»Hasse auch nen schlechten?«, gab Haldoran spöttisch zurück. »Du kanns ihn eh nich nutzen, un Ritter Luidprant hät schließlich sächt, dattet beim nächsten Angriff drauf ankömp, möglichs viele gute Treffer zu machen. Sons bisse vielleicht de nächste, den de Drach sich holen tut.«

»Seit wann givsse wat drauf, wat de Ritter secht?«, wollte Answin wissen.

»Er hätt einfach Recht!«, fuhr Haldoran auf. »Ick hav langsam genuch von deine Respektlosichkeit! Wer issen hier de Weibel, du oder ick? Her jetzt mittem Bogen!«

»Dat het ja wirklich nich lang dauert, bisse einen von denen worden bis«, murrte Answin und warf Firuntin widerwillig Waffe und Köcher zu.

»Et is besser, du gewöhns di endlich dran!«, riet Haldoran ärgerlich, aber sein Groll galt nicht nur seinem Freund, sondern auch dem Schicksal, das ihn in diese Lage gebracht hatte. *Niemals könnt ick wie Luidprant sein!*, versuchte er, sich selbst zu beruhigen. Er spürte Firuntins Blick auf sich und sah auf, doch die Miene des Sträflings war unergründlich.

Die Nacht verlief friedlich, und Baron Rodebert ließ seine Landwehr in drei Schichten Wache halten und schlafen. Am nächsten Morgen setzten sie ihren Marsch fort. Die höchsten Gipfel lagen hinter ihnen, in den Tälern rückten die Bäume zu dunklen Wäldern zusammen.

»Sehter die Ziegen, Herr?«, fragte Thelen und deutete auf eine kleine Herde bunt gescheckter Tiere, die sich auf einem felsigen Hang verteilt hatten, von wo sie neugierig auf die Landwehr herabäugten. »De Hirt wird sich versteckt habn, ever wi sin widder in besiedeltem Gebiet.«

»Dann befinden wir uns also jetzt tatsächlich in Darpatien«, stellte Ritter Luidprant fest. »In Feindesland.«

»Wenn ich unsere Verluste bedenke, könnte man meinen, dass das bereits seit Tagen der Fall ist«, brummte Rodebert.

»Glöiv Ihr, dat de Drach uns no immer verfolcht, Herr?«, wollte der junge Jäger wissen.

»Ich glaube, dass dieses Monstrum von ein paar Hirten und Bergbauern zu wenig zu befürchten hat, als dass es diese Gegend meiden müsste«, vermutete der Baron.

»Aber er könnte sich unter den Ziegen leichtere Beute suchen«, warf Luidprant ein, und Rodebert fand, dass es eher bedauernd klang als hoffnungsvoll.

»Das wäre für uns äußerst wünschenswert«, betonte er daher. »Nur können wir uns wohl kaum darauf verlassen. Die Ziegen sind in diesem Gelände flinker verschwunden als wir, wenn es darauf ankommt. Ich werde heute Nacht also kein bisschen ruhiger schlafen.«

Sie setzten ihren Weg schweigend fort. Rodebert drehte sich ab und an nach seiner Landwehr um, deren von der Angst gedrückte Stimmung wie eine düstere Wolke über der Marschkolonne hing. *Ich kann es ihnen nicht verübeln,* dachte er. *Alle fragen sich nur noch, ob sie der Nächste sind, den es erwischt.*

Als er wieder einmal über die Schulter nach hinten sah, lenkte eine Bewegung auf dem felsigen Grat über dem Tal seinen Blick nach oben. Ein schwarzer Schatten glitt über das Gestein. Instinktiv richtete der Baron die Augen noch höher. Sein Pferd blieb – von der abrupten Bewegung irritiert – stehen, wodurch die Bauern hinter ihm aufmerksam wurden und ebenfalls in den Himmel starrten.

»De Drach!«, schrie jemand, woraufhin endgültig der ganze Zug zum Stillstand kam, weil alle panisch Ausschau hielten.

Rodebert war selbst wie gebannt. Da flog die Bestie in so

großer Höhe, dass sie zu einer harmlosen Größe geschrumpft erschien. Zum ersten Mal konnte der Baron seinen Gegner richtig erkennen. Wie ein beweglicher Schattenriss zeichnete sich die dunkle Silhouette vor dem leuchtenden Weiß einer Wolke ab. *Auf seine Art entbehrt er nicht einer gewissen Eleganz,* musste er zugeben, als er den im Verhältnis zur gewaltigen Flügelspannweite schlank wirkenden Körper sah, der in einen ebenso langen Schwanz auslief. Nur die drei Hälse störten das harmonische Bild. Ein dreiköpfiges Wesen war ein zu ungewohnter, störender Anblick, um dem Betrachter zu gefallen.

»Ich bewundere Eure Gelassenheit, Baron, aber wäre es nicht angezeigt, etwas zu unternehmen?«, stichelte Luidprant.

Rodebert kehrte mit seinen Gedanken zu seinen Leuten zurück, die wild durcheinander schrien und drohten, unter die schützenden Bäume davonzulaufen. »Okenheld, bring die Landwehr wieder zur Räson!«, befahl er. »Der Drache ist nur über uns hinweggezogen. Es besteht im Augenblick keine Gefahr.«

»Jawohl, Herr!«, rief der Korporal und machte sich daran, zunächst die Gardisten und Weibel niederzubrüllen.

»Reiten wir langsam weiter!«, wandte sich der Baron an Luidprant. »Dann sehen sie, dass wir keinen Angriff erwarten.« Er scheuchte Thelen, der dem Ungetüm zornig hinterherstarrte, mit einer Handbewegung voran. Der junge Jäger zögerte nicht, den Weg fortzusetzen. Im Gegenteil. Die Tatsache, dass der Drache ihnen nun vorausflog, beschleunigte seine Schritte.

Sie verloren den riesigen Lindwurm bald aus den Augen. Die Landwehr hatte sich beruhigt, soweit ihr das unter diesen Umständen möglich war, und Rodebert begann, sich mit der Vorstellung vertraut zu machen, dass sie in der Nacht erneut angegriffen werden würden. Er entwarf bereits Pläne, wie sie sich am besten verschanzen konnten, als sich der Wald lichtete und ihr Pfad auf eine Wiese hinausführte. Kuhfladen am Boden verrieten, dass hier für gewöhnlich Rinder weideten, doch von den Tieren war weit und breit nichts zu sehen. Dafür stieg die Rodung vor ihnen an und dehnte sich bis zum Rand eines kargen Bergkamms, den ein von wehrhaften Mauern umgebener Bergfried krönte.

»Beim Herre Praios!«, entfuhr es Ritter Luidprant.

Vor der Burg landete gerade der Drache, und seine Köpfe reichten mühelos bis zu den Zinnen hinauf. Rodebert überblickte rasch die Lage. Auf halbem Weg zur Festung gab es ein kleines Dorf, aber die Bewohner schienen sich bereits verkrochen zu haben, denn er konnte keine Menschenseele zwischen den Häusern entdecken. Auf den Mauern der Burg bewegten sich dagegen winzige Gestalten.

»Das ist die von den Göttern bestimmte Gelegenheit«, behauptete der Baron. »Wir können hoffen, dass der Drache abgelenkt ist, sodass wir nahe heran sind, bevor er uns bemerkt.«

»Hm, die Darpatier sind unser Gegner«, gab Luidprant zu bedenken. »Sollten wir nicht einfach ihnen die Hauptarbeit überlassen? Das Biest tobt sich an ihnen aus, wir erlegen es, wenn es geschwächt ist, und besetzen auch gleich noch die Burg.«

»Hat Euch etwa der Mut verlassen?«, erkundigte sich Rodebert verwundert. »Die ganze Zeit wolltet Ihr Euch doch sogar allein mit ihm anlegen.«

Im Gesicht des Ritters flammte wütende Empörung auf. »Ich schlage das nicht aus Feigheit vor, sondern um das Beste für unsere Sache herauszuholen!«, stellte er richtig.

»Nun, *ich* halte es für das Beste, die Verstärkung auszunutzen, die die Burgbesatzung für uns darstellt«, erklärte der Baron. »So können wir den Drachen von allen Seiten attackieren, sodass er seine Kräfte aufteilen muss. Um die Festung mache ich mir keine Sorgen. Meine Order lautet nicht, das Land von hier bis zur Reichsstraße zu besetzen. Dazu fehlen uns auch wahrhaftig die Truppen. Korporal, wir rücken vor!«

Kapitel 21

Festung der Amazonen, Peraine 914 BF

Als Rashid auf den Burghof hinaustrat, deutete sich bereits die Dämmerung an. Nachdem er heimlich mit dem Ritter im Verlies gesprochen hatte, war er stets besonders früh zu seiner Hütte aufgebrochen, um keinen weiteren Verdacht zu erregen. Doch seit zwei Tagen lag die alte Köchin mit geschwollenen, schmerzenden Beinen danieder, sodass Lene das Regiment in der Küche führte und Rashid mit besonders reichlichen Mahlzeiten für die Knauserigkeit ihrer Vorgesetzten entschädigte.

Mit vollem Bauch und von heiterer Tischgesellschaft gelöst, hatte Rashid für einen Moment die schwierigen Fragen vergessen, die ihn bedrückten. Seine Gelassenheit schwand jedoch augenblicklich, als Lorwina vom Turm her auf ihn zueilte. *Hat sie etwa am Eingang gewartet, um mich abzufangen?*, wunderte er sich, denn für gewöhnlich mied sie seine Nähe, wenn sie sich von ihren Ordensschwestern beobachtet fühlte. Sie musste einen guten Grund dafür haben, mit ihren Regeln zu brechen, und ihre Miene verriet ihm bereits, dass sie besorgt und aufgewühlt war.

»Rashid, warte! Ich muss mit dir sprechen«, rief sie, obwohl er schon stehen geblieben war, als er sie entdeckt hatte.

»Was ist geschehen?«, erkundigte er sich. »Hat Rhiana einen Rückfall erlitten?«

»Nein.« Sie hatte ihn erreicht und packte ihn bei den Armen, wie um zu verhindern, dass er ihr seine Aufmerksamkeit entzog. Rashids Befürchtungen wuchsen sich zu bösen Vorahnungen aus. »Ich muss dir ein Versprechen abnehmen«, eröffnete ihm Lorwina. »Es geht um dein Leben!«

»Bin ich in Gefahr? Weshalb?«, wollte er eine Spur zu grimmig wissen.

»Das kann ich dir nicht sagen«, behauptete sie. »Alles, was ich dir verraten kann, ist, dass Leodora morgen die Gefangenen richten wird. Du wirst deshalb ohnehin nicht auf der Burg gebraucht. Nimm dir etwas zu essen für morgen mit! Ich flehe dich an: Bleib in deiner Hütte! Schließe die Läden, und komm nicht heraus, egal was draußen vorgeht!«

Ihr Blick war so eindringlich, so nah an Tränen, dass es Rashid schwer fiel, ihr zu widersprechen. »Das ... das klingt sehr wirr, Lorwina«, wehrte er halbherzig ab. »Was hat die Hinrichtung mit mir zu tun?«

»Nichts! Aber du könntest Dinge sehen, die du nicht sehen darfst«, erklärte sie nachdrücklich. »Du könntest Opfer von etwas werden, das gar nicht dir gilt. Bitte, Rashid! Schwöre bei deinem Rastullah, dass du die Hütte nicht verlassen wirst!«

Noch nie hatte ihn jemand so inständig bedrängt, sein eigenes Leben zu retten. Rashid war so gerührt und zugleich von ihrer aufrichtigen Angst angesteckt, dass er es nicht übers Herz brachte, ihr diesen Wunsch abzuschlagen. »Ist schon gut«, meinte er beschwichtigend. »Rastullah sei mein Zeuge, dass ich meine Hütte morgen nicht verlassen werde!«

Erleichtert ließ sie ihn los. »Dann werden wir uns übermorgen wieder sehen«, versprach sie und eilte davon.

Rashid sah ihr verdattert nach. Jetzt, da ihn ihre Aura der Furcht und Dringlichkeit nicht mehr umgab, fühlte er sich überrumpelt. Sie hatte ihm diesen Schwur abgenötigt, ohne ihm Zeit zu lassen, die Konsequenzen zu überdenken. Er legte keinen Wert darauf, Hinrichtungen beizuwohnen, aber sie schreckten ihn auch nicht. In Rashdul waren sie an der Tagesordnung, und er hatte sich rasch daran gewöhnt, nachdem seine Eltern ihn zu Meister Jachman gegeben hatten. Aber hier ging es um mehr. Er wusste, dass diese Gefangenen für etwas sterben sollten, das in seinen Augen kein Unrecht war. *Es ist Rastullah wohlgefällig, die Echsenbrut zu vernichten*, rief er sich in Erinnerung. *Einen Mann hinzurichten, weil er einen*

Drachen töten wollte, muss eine schwere Sünde sein. Mache ich mich daran mitschuldig, wenn ich es einfach hinnehme? Welchen Grund kann ich vorbringen, wenn Rastullah mich fragt, weshalb ich die Augen davor verschlossen habe, anstatt mitzuhelfen, diese Bestie vom Angesicht seiner Schöpfung zu tilgen? Feigheit? Schwäche? Um einer ungläubigen Frau zu gefallen? Dafür werde ich wohl kaum Gnade vor seinen Augen finden, nachdem ich seit Monaten täglich gegen seine Gesetze verstoße.

Er straffte die Schultern und fasste einen Entschluss. *Ich werde alles tun, was in meiner Macht steht, um diesen Frevel zu verhindern,* beschloss er, aber sofort merkte er entsetzt, dass er das nicht tun würde. Er würde die Amazonen nicht ermorden. *Das wäre ein schlimmer Bruch des Gastrechts,* rechtfertigte er sich vor seinem Gott. *Und ich will mein Versprechen nicht zum Meineid machen,* fügte er hinzu.

Die Dunkelheit begann, sich über den Hof zu senken. Nachdenklich ging er zurück zur Küche, um sich Vorräte zu holen, doch noch bevor er die Tür erreicht hatte, fiel ihm ein, welches Schlupfloch ihm geblieben war. *Ich habe nur geschworen, meine Hütte morgen nicht zu verlassen,* überlegte er. *Aber es war keine Rede davon, dass ich sie überhaupt erst aufsuchen muss. Wenn ich also die Nacht hier in der Burg verbringe, kann ich nicht eidbrüchig werden.*

Verstohlen blickte er zum Wehrgang hinauf, ob eine der Wächterinnen ihn beobachtete. Er konnte keine der beiden sehen. Eine von ihnen stand vermutlich über dem Tor auf ihrem Posten. Die andere befand sich vielleicht gerade jenseits des Wohnturms. Rashid grübelte nicht lange darüber nach, sondern huschte – nach weiteren Amazonen oder den Mägden spähend – zu dem Schuppen, in dem die Holzvorräte der Burg aufgestapelt lagen.

Nach dem langen Winter war das Lager weitgehend leer, bot für einen einzelnen Mann jedoch immer noch genügend Möglichkeiten, sich zu verstecken. Rashid rechnete nicht damit, dass zu dieser Stunde noch einmal jemand herkommen würde, aber er befürchtete, dass es einer der Frauen aus einem dummen Zufall heraus auffallen könnte, dass er noch nicht zum Tor hinausspaziert war. Zum ersten Mal in seinem Leben betete er darum, nicht Gegenstand weiblicher Aufmerksamkeit zu sein. Er setzte sich hinter dem verbliebenen Holzstoß an die Wand und lauschte, während die Schatten zur nächtlichen Finsternis verschmolzen.

Leise Stimmen und Geräusche drangen vom Bergfried und von den Unterkünften der Mägde her an seine Ohren. In den Tiefen des Holzstapels fiepten Mäuse. Aus dem Stall ertönte gedämpftes Schnauben. Rashid erschrak, als etwas über das Dach huschte, doch es war nur die Katze, die kurz darauf zu ihm hereinschlich.

Je mehr Zeit verstrich, desto ruhiger wurde er. Bald war nur noch das sporadische Kommen und Gehen der Wächterin auf dem Wehrgang zu hören, und Rashid begann sich zu fragen, wie er vorgehen sollte. *Ich kann den Kerker nicht allein öffnen,* musste er feststellen. *Schon um den Riegel anzuheben, bräuchte ich die Kräfte eines Ogers. Geschweige denn das Gitter. Ohne Hilfe werde ich es nicht schaffen. Ich muss es den anderen sagen und mit ihnen gemeinsam vorgehen.*

Er stellte sich vor, wie er sich in den Turm und die Treppen hinaufpirschte, vorbei an den Zimmern, in denen die Amazonen und ihre unbarmherzige Anführerin schliefen. *Was für ein Wagnis!,* dachte er schaudernd. *Wenn sie mich erwischen, ist das mein sicherer Tod. Zum Glück weiß ich mittlerweile wenigstens, wo ich …* Ihm wurde bewusst, warum er erfahren hatte, in welchem Raum seine Freundinnen untergebracht waren, und es raubte ihm wieder den Mut. *Rhiana ist geschwächt. Sie hat bisher kaum das Zimmer verlassen, wie soll sie da einer wilden Flucht und womöglich einem Kampf gewachsen sein? Der kleine Dschinn kann mir wohl kaum beim schweren Heben helfen, und Neel …* Er verzog angewidert das Gesicht. *Ich kann nicht einmal sicher sein, dass die alte Viper auf meiner Seite ist. Womöglich liefert sie mich sofort ihren blutrünstigen Schwestern ans Messer.*

Überfordert raufte er sich die Haare, bat Rastullah um eine zündende Idee, aber der Gott hüllte sich in Schweigen und überließ den ratlosen Rashid seiner Verzweiflung.

»Willst du nicht doch das Kettenhemd anlegen?«, schlug Finni noch einmal vor.

Rhiana seufzte. »Dazu ist es zu früh«, meinte sie. »Wer weiß, wie lange ich bei dieser Zeremonie stehen muss. Mit diesem Gewicht am Leib werde ich doch zusammenbrechen.« Sie verstand, weshalb ihre Freundin ihr die Rüstung ans Herz legte. Ihr war selbst nicht wohl dabei, wenn sie daran dachte, was Rashid herausgefunden hatte. »Leodora hat gesagt, es sei keine Prüfung meiner Fähigkeiten im Kampf, sondern meiner Seele. Darauf werden wir uns wohl verlassen müssen.«

»Mag sein«, erwiderte Finni. »Aber deswegen muss ich diese ganze Sache noch lange nicht gutheißen. Warum kann sie nicht warten, bis du wieder bei Kräften bist? Und warum müssen wir hier herumsitzen, bis wir abgeholt werden? Das stinkt doch zum Himmel!«

»Vermutlich muss es unter bestimmten Bedingungen stattfinden. Nicht jeder Tag ist gleich gut geeignet, um für Rondra ein Ritual durchzuführen«, mischte sich Neel ein.

»Dass *du* wieder eine Erklärung für alles hast, war mir klar«, giftete die Halbelfe. »Aber *ich* habe dieser herzlosen Frau noch nie getraut. Auch wenn Rondria sie noch so sehr verehrt.«

»Hört auf damit!«, verlangte Rhiana. »Wenn ich die Amazonen dadurch auf unsere Seite ziehen kann, dann muss ich mich dieser Prüfung eben stellen. Und wenn Leodora sie bestanden hat, dann kann ich das wohl auch, oder nicht?«

Finni biss sich auf die Lippe, während Neel bekräftigend nickte. »Ihr könnt vor Rondra nicht versagen, Shastra. Dazu kenne ich Euch zu gut«, behauptete die Amazone überzeugt.

Ich wünschte, ich wüsste genauer, worum es geht, dachte Rhiana. *Vielleicht könnte ich dann auch so viel Zuversicht hegen.* »Danke, Neel«, sagte sie. »Ich werde dich nicht enttäuschen. Aber du solltest endlich akzeptieren, dass ich geneigt bin, Rashids Worten zu glauben, denn ich erinnere mich, dass das Mädchen, das mich niedergestochen hat, mich Drachenhure nannte.« Neel wollte widersprechen, aber Rhiana unterband es mit einer abwehrenden Geste. »Ich unterziehe mich diesem Ritual nur, weil ich hoffe, dadurch so viel Einfluss zu gewinnen, dass Leodora nicht länger ...« Sie brach erschrocken ab, als die Tür aufflog und eine Frau hereinstürmte, die so dunkelhäutig war wie die versteinerten Matrosen auf dem Wrack vor Havena.

»Wer bist du?«, wollte Finni wissen, die sich als Erste gefasst hatte.

»Yako!«, antwortete Neel anstelle der Fremden überrascht. »Was machst du hier, du verräterische Schlange?«

»Ihr kennt euch?«, fragte Rhiana verblüfft und starrte auf die Tätowierung in Yakos Gesicht. »Ist sie etwa aus Eurem Orden?«

»Das ist eine lange Geschichte, für die wir jetzt keine Zeit haben. Ihr müsst hier verschwinden, solange ihr noch könnt«, drängte Yako.

»Glaubt ihr kein Wort, Shastra!«, riet Neel aufgebracht. »Sie ist eine Abtrünnige, die ihren Eid auf Rondra gebrochen hat!«

»Und was macht sie dann hier?« Rhiana fürchtete, allmählich den Verstand zu verlieren.

Neel hatte ihren Säbel gezogen und wollte sich der Fremden nähern, aber jene griff noch nicht zur Waffe, weshalb Rhiana schnell dazwischentrat. »Vielleicht sollten wir die Vergangenheit später klären«, beschloss sie. »Wie seid Ihr hier hereingekommen?«

»Durch das Tor – wie jede andere auch«, antwortete Yako achselzuckend. »Ob wir auch so einfach wieder hinauskommen, steht allerdings auf einem anderen Blatt.«

»Und warum habt Ihr dieses Risiko auf Euch genommen, wenn Neel Euch offensichtlich für eine Feindin hält?«, erkundigte sich Rhiana misstrauisch.

»Es geht hier nicht um sie und mich, sondern um Euch«,

betonte Yako. »Es wäre tatsächlich ein Fehler von Euch, mich als Eure Freundin anzusehen, aber im Augenblick bin ich immer noch besser als diese Leodora, die Euch ihrem Drachen vorwerfen will.«

»Verdammte Lügnerin!«, schrie Neel und wollte sich auf die ehemalige Amazone werfen.

»Es reicht!«, brüllte Rhiana. »Kommt endlich zur Vernunft, Neel! Dieser Orden ist nicht, was wir in ihm gesehen haben. Sie waren gastfreundlich zu uns, aber deshalb müssen sie keine Heiligen sein! Gehen wir hinunter und stellen Leodora zur Rede!«

»Wollt Ihr unbedingt herumtrödeln, bis der Drache hier ist?«, warnte Yako.

»Ich kenne Euch nicht. So viel Zeit muss also sein!«, beharrte Rhiana. »Kommt!« Sie lief voraus, die Treppe hinab und spürte, wie sehr ihre Knie noch unter ihr nachgaben. Eisfell überholte sie, während ihr kalter Schweiß auf die Haut trat. Ihre Sicht trübte sich, zwang sie, ihre Schritte zu verlangsamen, wenn sie nicht stürzen wollte. Noch nie seit ihrer Kindheit hatte sich das Schwert an ihrer Hüfte so schwer und störend angefühlt.

Der Bergfried war wie leer gefegt. *Anscheinend nehmen alle an der Vorbereitung des Rituals teil, bei dem ich eine der Hauptrollen spielen soll,* schätzte Rhiana. *Ob nun als Initiandin oder als Drachenfutter.* Ein schiefes Lächeln stahl sich in ihre Züge. Der Gedanke erschien so abwegig und erinnerte sie zugleich daran, wie Elidana den jungen Menno auf dem Altar des Flammenbundes hatte opfern wollen. Diese Gefahr war nur zu real gewesen.

Unten in der Halle sorgte nur eine rußende Öllampe für ein wenig Licht. Auf den ersten sechs Schritt Höhe wies der Turm keine Fenster auf, um sich leichter als letzte Bastion verteidigen zu lassen. Der Eingang, der daher meist offen stand, um den Raum zu beleuchten, war geschlossen. Rhiana eilte an dem wartenden Eisfell vorbei hinüber und wollte die massige Eichenholztür aufziehen, als sie ihr auch schon durch einen heftigen Windstoß schmerzhaft aus den Fingern gerissen wurde, um blitzschnell aufzuschwingen und mit lautem Krachen gegen die Wand zu prallen. Ein mächtiger Sog ließ die Tür ebenso unaufhaltsam wieder zufallen, wie sie aufgeweht worden war. Das Holz sträubte sich in Rhianas erneutem Griff wie ein wildes Tier, und es gelang ihr erst mit Yakos Hilfe, es so lange zu bändigen, dass sie alle durch den mühsam aufrecht erhaltenen Spalt hinausschlüpfen konnten. Schon blies ihnen der Wind wieder entgegen, schleuderte Sand und Stroh über den Burghof, sodass Rhiana die Hände schützend vor ihr Gesicht heben und die Augen gegen den aufgewirbelten Schmutz zusammenkneifen musste. Was sie durch Finger und Wimpern hindurch sah, ließ sie in Fassungslosigkeit erstarren.

Über der Burgmauer setzte ein gigantisches Wesen zur Landung an. Die von langen, klauenbewehrten Knochenfingern durchzogenen ledrigen Schwingen, deren Flügelschläge die Luft aufpeitschten, schienen Rhiana den Himmel in seiner ganzen Breite auszufüllen. Zwischen den unbegreiflich weiten Schwingen hing ein gewaltiger, grün geschuppter Leib, dessen immer schmaler auslaufender Schwanz bereits hinter der Mauer verschwand, als sich der Drache langsam herabsinken ließ. Rhiana bemerkte nur, dass das Ungetüm zu viele Beine hatte, bevor ihr Blick von den drei Hälsen gefesselt wurde, die aus der breiten, mit dicken Hornplatten besetzten Brust entsprangen. Wie kräftige Schlangen wanden sie sich daraus hervor, doch die darauf sitzenden Köpfe hatten nur wenig mit denen gewöhnlicher Vipern und Nattern gemeinsam. Die beiden äußeren Schädel gingen am Hinterhaupt in mehrere Paare spitzer, nach hinten gerichteter Hörner über, deren längste es mit einer Schwertklinge aufnehmen konnten. Die schmalen, durch Hautlappen am Halsansatz gleichsam bärtigen Schnauzen strotzten vor scharfen Reißzähnen. Aus ihren Nüstern kräuselten sich dünne Rauchfäden.

Auf dem mittleren Hals saß jedoch der schwere, massige Schädel eines Löwen. Eine dunkelgraue, zottelige Mähne umwallte das majestätische Raubkatzengesicht, aus dem riesige gelbe Augen leuchteten. Rhiana begann zu begreifen, warum Leodora dieses Ungeheuer verehrte. Wer hätte je von einem anderen löwenhäuptigen Drachen gehört als Rondras mächtigem Gefährten Famerlor?

Während sich die Mauer zwischen sie und das Furcht erregende Ungetüm schob, entdeckte sie die Anführerin der Amazonen, die sich gemeinsam mit einigen ihrer Ordensschwestern gegen den Wind hinter die Zinnen geduckt hatte. Die zusammengekauerten Gestalten wirkten kaum größer als die Häupter des Drachen, die noch immer auf den Wehrgang blicken konnten.

Plötzlich fühlte sich Rhiana am Ärmel gepackt. »Kommt schon! Wir müssen endlich weg!«, rief Yako und zog sie mit sich die wenigen Stufen auf den Hof hinab.

»Die Verräterinnen wollen fliehen!«, gellte Leodoras Stimme und hallte von den Wänden wider. »Haltet sie auf!«

Haldoran Winsheymer hatte sich mit den anderen Weibeln hinter einem der Bauernhäuser um den Gardekorporal geschart, um dessen Anweisungen zuzuhören. Abgesehen von den leisen Geräuschen seiner Kameraden und Okenhelds Stimme, die er nur so dumpf wahrnahm, als hätte er sich Wolle in die Ohren gestopft, ertönte kein Laut in dem kleinen Dorf. Selbst das Vieh in den Ställen regte sich nicht – sollte es überhaupt welches geben. Die Vorstellung, dass sich die Bewohner dieser Häuser tatsächlich hinter den geschlossenen Türen und Fensterläden versteckt hielten, war angesichts der Totenstille ringsumher gespenstisch. Aber was war ein ausgestorbenes Dorf schon gegen das Grauen, das sie oben auf dem Hang erwartete?

Die ganze Szenerie kam Haldoran so unwirklich vor, als sei er nur ein Betrachter, ein Unbeteiligter, dessen Körper ganz woanders weilte, weil dies hier nichts anderes als ein übler Traum sein konnte.

»Wer seine Sehne noch nicht eingehakt hat, jetzt aber hurtig!«, befahl der Korporal. »Jeder hängt sich den Bogen um, damit er seinen Spieß noch tragen kann. Der Baron will, dass wir ab hier in *einer* langen Reihe vorrücken. Im Laufschritt und nebeneinander, nicht hintereinander, wohlgemerkt! Ich kenne euch Schlauberger! Wir sollen dann einen Halbkreis um den Feind bilden, damit wir ihn von drei Seiten beschießen können. Hat das jeder verstanden?«

Die anderen brummelten Zustimmung, und Haldoran nickte abwesend.

»Geschossen wird, sobald wir auf fünfzig Schritt heran sind. Zwei Salven, klar?«, fuhr Okenheld fort. »Spätestens dann wird uns das Biest vermutlich ohnehin angreifen. Dann werft ihr eure Bögen weg und …«

»Haut ab!«, witzelte Weibel Grordan.

Der Korporal verpasste ihm eine solche Ohrfeige, dass ein roter Abdruck auf der Wange zurückblieb. Haldoran zuckte bei dem klatschenden Geräusch zusammen, als wäre er selbst getroffen worden, aber der Riss in dem dämpfenden Vorhang, der ihn umhüllte, klaffte nur kurz auseinander, um sich sogleich wieder zu schließen.

»Wenn dir vor der Nase dieses Viehs immer noch nach Scherzen ist, bin ich dabei«, knurrte Okenheld und wandte sich wieder an alle fünf Weibel. »Also, nach dem zweiten Schuss werft ihr die Bögen weg, packt euren Speer und rennt an! Das Biest kann uns nicht alle gleichzeitig abwehren. Unsere Überzahl ist unsere Chance! Rammt euren Spieß so fest rein, wie ihr könnt! So Drachenhaut ist noch was zäher als 'ne Schweineschwarte!«

Einige grinsten halbherzig, aber Haldoran verzog keine Miene. Er verstand selbst nicht, wie er die Worte gleichzeitig aufnehmen und doch so weit fort sein konnte, als gingen sie ihn nichts an.

»Kopf hoch, Tobrier! Die Drachenjagd liegt euch doch im Blut!«, behauptete der Korporal. »Jetzt gebt ihr die Befehle an eure Leute weiter. Dann geht's los! Und?« Er sah erwartungsvoll in die Runde.

»Jawoll, Herr Korporal«, antworteten die Weibel und salutierten, wie er es ihnen beigebracht hatte. Okenheld grunzte zufrieden.

Wie ein Schlafwandler kehrte Haldoran zu seiner Rotte zurück.

»Gehdet dir gut, Weibel Winsheymer?«, erkundigte sich die junge Ilke naiv.

Haldoran tätschelte ihr im Vorübergehen linkisch die Schulter. Er winkte seine Kameraden näher und, als hätte er sie auswendig gelernt, wiederholte er die Anweisungen des Barons mit exakt den gleichen Worten, die der Korporal gebraucht hatte. Er hörte seine eigene Stimme, aber es schien die eines anderen zu sein.

Ritter Luidprant ritt vorüber und bedachte jedermann mit seinem finstersten Blick. »Wenn ich auch nur einen von euch sehe, der versucht davonzulaufen, den schleif ich an seinen eigenen Haaren wieder zurück!«, drohte er.

Haldoran blinzelte. An die Möglichkeit, sich dem bevorstehenden Gemetzel durch Flucht zu entziehen, hatte er noch gar nicht gedacht. Die Idee kam ihm ebenso seltsam wie nutzlos vor. Dies hier war ihr Schicksal, und kein Mensch konnte seinem Schicksal entrinnen.

Er sah Josts und Torbens angespannte Gesichter und Walas Hand, die sich ängstlich an Ilkes klammerte, als könne das Mädchen sie beschützen. Er sah Firuntins grimmige Miene und wie Lindgard zu einem stummen Gebet die Augen schloss. Sein Blick fiel auf Answin, um dessen Mund es nervös zuckte, und auf einmal schälte sich ein Gedanke mit bestechender Klarheit aus seinem inneren Nebel heraus.

Rasch hielt er nach Ritter Luidprant Ausschau, doch der hatte sich einer anderen Rotte zugewandt. »Answin, Wala, versteckt euch hinner der Hütte da! Schnell!«, raunte er.

»Ever der Ritter …«, begann Wala eingeschüchtert.

»Ihr könnt doch ganich kämpfen«, schnitt Haldoran ihr das Wort ab. »Ick nehm dat op mien Kapp. Macht schon!«

Die beiden huschten gerade im rechten Moment davon.

Okenheld rief: »Achtung!« Dann hob der Baron den Arm und deutete zur Burg hinauf.

»Mögen die Götter gnädich met uns sien«, murmelte Haldoran, als er loslief.

Als Rashid erwachte, fiel bereits helles Sonnenlicht durch die breiten Ritzen zwischen den Brettern, aus denen die Wand des Schuppens bestand. Er rappelte sich auf, streckte seinen von der unbequemen Nacht verrenkten Rücken und klopfte sich mechanisch die Späne von den Kleidern. Falls eine der Mägde im Morgengrauen gekommen war, um Brennholz zu holen, hatte sie offenbar nicht hinter den Stapel geblickt, sodass Rashid unbemerkt geblieben war.

Er trat direkt hinter die Vorderwand und spähte durch einen besonders breiten Spalt hinaus. Vor ihm ragte der Bergfried breit und klobig empor. Wenn er nach links schielte, konnte er das Tor ausmachen und den Platz, auf dem er sich nach ihrer Ankunft den wenig ruhmreichen Zweikampf mit Lorwina geliefert hatte. Zur Rechten erstreckte sich der hintere Teil des Burghofs, wo der Eingang zum Verlies lag.

Eine Weile rührte sich nichts. Nicht einmal die Hühner, die immer wieder aus ihrem Verschlag entkamen, scharrten auf dem Hof. *Haben sie etwa alle die Burg verlassen?*, fragte sich Rashid aufgeschreckt. *Ich kann doch nicht so tief geschlafen haben, dass mich das Klappern der Hufeisen nicht geweckt hätte.*

Gerade als er es nicht mehr aushielt und im Begriff war, im Stall nachzusehen, ob die Pferde noch dort waren, kamen die Amazonen in Sicht. Sie hatten sich ausgerüstet, als ob sie in die Schlacht reiten wollten, und trugen auch ihre weißen Schilde mit dem roten Tier darauf, das Rashid für einen geflügelten Löwen hielt, obwohl der Schwanz eher zu einem Drachen gepasst hätte. An ihrer Spitze erkannte er Leodora in ihrem Kettenhemd, die würdevoll voranschritt, aber Lorwina entdeckte er nicht.

Zunächst dachte er, die stolzen Kriegerinnen hielten auf das

Tor zu, doch stattdessen stiegen sie die daneben gelegene Treppe zum Wehrgang hinauf. Rashid konnte hören, wie sie sich über ihm auf der Mauer verteilten. Vier weitere Amazonen, angeführt von Lorwina, die bleich und sehr ernst aussah, versammelten sich vor dem Turm. Auch sie hatten ihre roten Umhänge angelegt und sich besonders sorgfältig frisiert und gekleidet. Rashid konnte die vereinzelten Arm- und Beinschienen sowie die erbeuteten Harnische sehen, die manche von ihnen nun besaßen, aber sie führten keine Schilde bei sich. Erwartungsvoll blickten sie zu ihren Schwestern auf dem Wehrgang hinauf, und Rashid wagte kaum zu atmen, aus Angst, sie könnten ihn entdecken, bevor er den richtigen Moment für gekommen hielt.

Es ärgerte ihn, dass er nicht sehen konnte, was Leodora über ihm trieb. Vollführte sie eine Zeremonie, die unter freiem Himmel erfolgen musste? Oder … *Hält sie nach etwas Ausschau?*, überkam es ihn. Er weigerte sich, an das zu glauben, was ihm gerade eingefallen war. *Nein,* sagte er sich, *Lorwina würde sich nicht daran beteiligen, einem Drachen Menschen zu opfern.* Doch wenn er in ihre blassen, angespannten Züge blickte, geriet seine Gewissheit ins Wanken.

»Famerlors Bote naht«, verkündete Leodora plötzlich feierlich. »Holt die Gefangenen!«

Lorwina deutete ein Nicken an. Gemeinsam mit ihren Begleiterinnen begab sie sich zum hinteren Teil des Burghofs. Ganz nah kam sie an Rashids Versteck vorüber, aber ihr Blick war starr geradeaus gerichtet.

Die Stunde der Bewährung naht, dachte Rashid. *Rastullahs Augen ruhen jetzt auf mir.*

Die Amazonen trugen die Leiter herbei und hoben den schweren Riegel zur Seite, um das Gitter über dem Kerker öffnen zu können. Sie arbeiteten zügig und schweigend. Rashid beobachtete, wie sie die Leiter in das Loch hinabließen und zwei der Frauen hinunterstiegen. Er nahm an, dass sie die Ritter von den Ketten befreien mussten, damit jene heraufkommen konnten. Lorwina und ihre beiden verbliebenen Ordensschwestern zogen die Schwerter, um damit die Gefangenen in Schach zu halten, die nun einer nach dem anderen aus dem Verlies geklettert kamen. Die sieben Männer und Frauen, unter ihnen zwei junge Knappen von höchstens fünfzehn Jahren, blinzelten geblendet in das helle Tageslicht. Außer ihren nunmehr fleckigen Untergewändern trugen sie nichts am Leib, da die Amazonen ihnen nicht nur die Waffen und Rüstungen, sondern auch die gepolsterten Waffenröcke abgenommen hatten.

Rashid atmete noch einmal tief durch. Der kleine Zug mit Lorwina an der Spitze setzte sich zum nächstgelegenen Maueraufgang in Bewegung. *Wenn ich jetzt nicht handle, wird es zu spät sein,* ermahnte er sich und lief los. Die Amazonen, die sich ganz auf ihre Gefangenen konzentrierten, bemerkten ihn erst, als er Lorwina bereits mit blankem Säbel den Weg verstellte.

»Halt!«, forderte er bestimmt, aber so leise, dass er hoffen konnte, von den Frauen vorne auf dem Wehrgang nicht gehört zu werden. »Im Namen Rastullahs des Gerechten, lass diese Leute gehen, Lorwina! Du weißt, dass sie den Tod nicht verdient haben.«

Die anderen Amazonen schwankten zwischen der Notwendigkeit, die Ritter im Auge zu behalten, und ihrem Wunsch, sich wütend auf Rashid zu stürzen. Lorwina stand ihm vor Überraschung wie gelähmt gegenüber. Er erwiderte ihren Blick furchtlos und mit der Selbstsicherheit dessen, der sich im Recht fühlt. »Es ist nicht Rhondras Wille, den du hier erfüllst. Nur Leodoras«, erklärte er überzeugt. Er konnte sehen, wie ihre Schwerthand zitterte. Sie maßen ihren Willen in einem stummen Zweikampf, über den sie ihre Umgebung völlig vergaßen. Selbst als Rashid hinter Lorwina verschwommen wahrnahm, dass zwischen den Gefangenen und ihren Bewacherinnen ein blutiges Handgemenge entbrannt war, streckte er nur die linke Hand aus, um ihre Klinge zu fordern.

Plötzlich weiteten sich ihre Augen vor Schreck, und ihr Arm sank herab. Der Schwertgriff entglitt ihren Fingern.

»Was …?«, entfuhr es Rashid, als ein heftiger Windstoß über sie hinwegfegte. Entsetzen ergriff ihn, als er erkannte, dass ihr Blick brach. Den Säbel fallen lassend, sprang er vor, um sie aufzufangen. Seine Hand packte in das warme Blut auf ihrem Rücken, als er sie umschlang. »Nein!«, schrie er, doch eine neuerliche Böe wehte den verzweifelten Laut davon.

Kapitel 22

Obwohl Leodora seit dem Tag, an dem sie alle Titel abgelegt hatte und von Rovena Rainmuthe von Dergelau zu Rondras Kriegerin Leodora geworden war, schon so oft gesehen hatte, wie der Drache heranflog, löste der Anblick in ihr noch immer ein erhebendes Gefühl aus. Dieses Ungetüm war so überwältigend, so kraftvoll, so unbezwingbar, und es hatte *sie* auserwählt, seine Dienerin zu sein.

Als die ersten Drachentöter in die Berge gekommen waren und sie dafür ausgelacht hatten, dass sie ihn für Famerlors Kreatur und Abgesandten auf Dere hielt, als sie sie verspottet und den Drachen verwundet hatten, bevor er sie vernichtete – da hatte sie geschworen, einen Orden für Famerlors Wacht zu gründen und das übernatürliche Wesen im Namen Rondras zu schützen.

Heute ist es wieder so weit, rief sie ihm in Gedanken entgegen. *Komm und verschlinge deine Feinde! Komm und richte über jene, die sich anmaßt, sich Rondras Tochter zu nennen!*

Der Drache antwortete ihr, doch wie stets überschwemmten seine drei unabhängig voneinander denkenden und fühlenden Wesensteile sie mit einer solchen Flut von Gedanken, Bildern und Empfindungen, dass sie in dem wilden Wirbel drohte, sich selbst zu verlieren. Hunger, Vorfreude, Blutdurst, Ekstase, Zuneigung, Widerwillen, Erinnerungen an Kämpfe, die sie nicht selbst erlebt hatte, an Beute, die sie nicht geschlagen hatte, an Zauber, die ihr Verstand nicht erfassen konnte, all dies brach mit einem Mal über sie herein. Mit eisernem Willen stemmte sie sich gegen den Strudel, wie sich ihr Körper gegen den Wind auflehnte, der ihn von den Zinnen zu reißen drohte.

Allmählich fand sie zu sich selbst zurück, auch wenn sich

noch immer fremde Strömungen mit ihren eigenen Gedanken und Sinneseindrücken vermischten. So sah sie – verzerrt durch die Augen des gelandeten Drachen –, wie Rhiana und ihre Freundinnen aus dem Turm traten, und drehte sich nach ihnen um. *Selbst die schwarze Söldnerdirne ist dabei,* stellte sie zornig fest. *Wir hätten ihr niemals erlauben dürfen teilzunehmen.*

»Die Verräterinnen wollen fliehen!«, rief sie ihren Schwestern zu und deutete in den Burghof hinab. »Haltet sie auf!«

Alle Amazonen, die sich zwischen ihr und dem Tor befanden, rannten zur Treppe.

»Leodora!« Rondrias Stimme klang so dringlich, dass Leodora sofort zu ihr herumfuhr. Sie musste nur dem Blick ihrer jüngsten Eidesschwester folgen, um den Grund dafür zu entdecken. Die Gefangenen stachen mit Dolchen auf ihre Wärterinnen ein und hatten bereits die Oberhand gewonnen. Wut erfasste sie, als sie sah, dass Lene, die junge Küchenmagd, den Rittern schwertschwingend zu Hilfe geeilt war, während der ehrlose Tulamide über der offenbar niedergestreckten Lorwina kauerte.

»Noch mehr Verräter«, zischte Leodora und wandte sich nach dem Drachen um.

Einer der zähnestarrenden, geschuppten Echsenschädel war ihr am nächsten. Sein heißer Atem hüllte sie in schwefeligen Gestank, wie seine zunehmende Verwirrung über ihren Zorn ihr Selbst umwaberte. In den geschlitzten Pupillen seiner goldgesprenkelten Augen flackerte es unheilvoll.

»Diese da sollen dir als Nahrung dienen«, erklärte Leodora fest und wies auf die Gefangenen, die ihre Gegnerinnen endgültig überwältigt hatten, auch wenn zwei von ihnen selbst dabei zu Boron gegangen waren.

Noch mehr Verwunderung, aber zunehmend auch Gier und Entschlossenheit drangen aus den Gedanken des Drachen auf Leodora ein. Da fiel ihr Blick an ihm vorbei ins Firntal, und mit einem Schlag hatte die Hand voll Ritter jede Bedeutung für sie verloren. Famerlors Bote würde spielend mit ihnen fertig werden, aber die lange Reihe von mit Spießen bewaffneten Soldaten, die den Hang herauf liefen, stellte eine echte Bedrohung dar.

»Vergesst die Verräterin!«, brüllte sie und eilte selbst zur Treppe. »Zum Tor hinaus, Schwestern! Famerlors Bote wird angegriffen!«

Haldoran lief. Er wusste Torben zu seiner Linken und Ilke zu seiner Rechten und den unerbittlichen Luidprant irgendwo in seinem Nacken. Mit jedem Schritt beschleunigte sich sein Herzschlag, sein Atem ging schneller. Der Schleier um seinen Verstand lichtete sich, ließ wieder zu, dass er die Welt um sich in aller Schärfe wahrnahm.

Er zwang sich aufzuschauen, obwohl er den Blick lieber auf das Gras gerichtet hätte. Es wäre leichter gewesen, auf ein Unheil zuzuhalten, das man nicht sah. Der Drache wandte ihnen den dunkelgrünen Rücken zu, über den bis zur Schwanzspitze hinab ein gezackter Hornkamm verlief. Mit seinen weiten Schwingen, die er nach der Landung nur leicht angewinkelt hatte, verdeckte er die Burgmauer beinahe in ihrer vollen Breite. Haldoran fiel auf, dass das hinterste Beinpaar – das Einzige, das er aus seiner Perspektive richtig erkennen konnte – den gestreiften Läufen eines Berglöwen ähnelte und mit grauem Fell bedeckt war. *Bestimp is die Haut da weicher als Hornschuppen, ever wat nützt uns dat anne Beine?*, fragte er sich.

Je näher er dem Ungetüm kam, desto höher ragte es über ihm auf. Zwei der riesigen Schädel drehten sich nach ihm und seinen Kameraden um. Die langen Hälse darunter wanden sich wie Schlangen, sodass Haldoran die Idee, auf das Löwenhaupt zu schießen, sogleich wieder verwarf. Was hatte der Ritter ihnen geraten? Schießt dorthin, wo auch eure Haut am dünnsten ist!

Leichter gesacht als gedohn, dachte Haldoran und begann hektisch, die Entfernung zu schätzen. Wann waren die geforderten fünfzig Schritt erreicht? Er suchte die Reihe nach

Okenheld ab und fand ihn. Dankbar für diesen Anker, hielt er seinen Blick lieber auf den Korporal gerichtet, als weiter den haushohen Drachen anzustarren, gegen den sich die fliehenden Gestalten hinter den Zinnen so klein ausnahmen.

Okenheld riss die Arme hoch und donnerte: »Halt! Legt an!«

Torben fiel – von seinem eigenen Schwung weitergetragen – beinahe vornüber. Auch Haldoran stolperte, ließ seinen Speer fallen und fingerte nach Pfeil und Bogen. Er atmete so schwer, dass er nicht wusste, wie er vernünftig zielen sollte.

»Schießt!«, brüllten der Korporal und der Baron wie aus einem Mund.

Es kam Haldoran viel zu langsam und ungeschickt vor, wie er mit zitternden Händen den ersten Pfeil auf die Sehne legte. Feuer loderte am Rand seines Gesichtskreises auf. Er musste nicht hinsehen, um zu wissen, woher die Flammen gekommen waren. *Reiß dich ma zusammen, Mann! Du bis hier de Weibel!*, ermahnte er sich und blickte wieder auf. Ohne weiter nachzudenken, zielte er auf die Löwenbeine des Ungetüms und ließ los. Sein Geschoss verschwand in dem Hagel von Pfeilen, der auf den Drachen niederging.

»Weiterschießen!«, forderte Ritter Luidprant lauthals.

Die Stimme ging im Gebrüll des Drachen unter, das Haldoran durch Mark und Bein fuhr. Er duckte sich unwillkürlich unter dem Schall, aber als er dabei sah, dass Torben bereits wieder einen Pfeil auf der Sehne hatte, verlieh die Scham seinen Fingern Flügel. Er spannte und schoss in einer Bewegung, dann warf er den Bogen hinter sich. Wieder flackerte Feuer über den Hang. Haldoran merkte, dass seine Rotte ihn erwartungsvoll ansah. »Spieße!«, rief er und nahm seinen eigenen Speer wieder auf.

Noch einmal blickte er zu Okenheld, doch der Korporal konnte ihnen keine Befehle mehr erteilen. Als lebende Fackel taumelte er dennoch auf den Drachen zu. Haldoran wandte sich rasch ab, wollte nicht sehen, was sie vielleicht alle erwartete. Er packte seinen Spieß mit beiden Händen und schrie: »Zum Angriff!«

Rhiana sah die wütenden Amazonen von der Mauer herabkommen und wusste, dass sie es niemals vor ihnen zum Tor schaffen würden. Rasch befreite sie sich aus Yakos Griff.

»Finni, zum Stall! Nimm Eisfell mit, und sattle die Pferde! Wir halten sie solange auf«, rief sie der Halbelfe zu, die sofort loseilte.

»Das dauert viel zu lang!«, widersprach Yako.

»Wollt Ihr dem Drachen zu Fuß davonlaufen?«, hielt Rhiana dagegen, obwohl sie befürchtete, dass eine Flucht selbst zu Pferd sinnlos war. Hastig wich sie zurück, um ihre Gegnerinnen bei der Stalltür zu erwarten.

»Ich hab nicht vor, mich für Euch hier einkesseln zu lassen«, rief Yako und wollte zum Tor laufen, doch sie hatte nicht mehr mit Neel gerechnet, die ihr nun mit erhobenem Säbel den Weg versperrte.

»Glaubst du, du kannst einfach so verschwinden, nachdem du unsere Freundinnen gegen uns aufgehetzt hast?«, ereiferte sich die alte Amazone. Aus ihrer Miene sprach blanker Hass.

»Und ob«, erwiderte Yako und riss ebenfalls ihren Säbel heraus.

Die ganze Welt ist wahnsinnig geworden, dachte Rhiana, als die beiden einstigen Eidschwestern die Klingen kreuzten. *Neel sieht in den Amazonen noch immer Verbündete.* Sie zog ihr Schwert, um sich gegen jene Frauen zu verteidigen, die sie für Rondras aufrechte Streiterinnen gehalten hatte.

»Vergesst die Verräterin!«, gellte Leodoras Stimme plötzlich von der Mauer herab. »Zum Tor hinaus, Schwestern! Famerlors Bote wird angegriffen!«

Die Amazonen stutzten, hatten sie Rhiana doch fast erreicht. Sie drehten sich nach ihrer Anführerin um, die nun selbst – gefolgt von Rondria und den verbliebenen Ordensschwestern – die Treppe herunterstürmte und den Weg zum Tor einschlug. Rhiana ließ erleichtert die Klinge sinken, als die Kriegerinnen alle hinausrannten, aber noch immer dräuten die drei Köpfe des Drachen über den Zinnen und flößten ihr eine solche Furcht ein, wie sie sie noch nie empfunden hatte. All ihre Sinne schrien ihr nur die eine Warnung zu: »Lauf!«

Sie fühlte sich feige und zugleich ohnmächtig angesichts dieses gewaltigen Gegners. Was konnte sie allein schon ausrichten, wenn sie nicht einmal auf Neel zählen konnte, die blind vor Zorn mit Yako focht?

In diesem Augenblick kamen auf dem Wehrgang drei mit Schwertern bewaffnete Gestalten hinter dem Bergfried hervor und schleuderten dem Drachen herausfordernd ihre Schlachtrufe entgegen. *Gütige Götter! Sie tragen nichts als Unterwäsche,* merkte Rhiana und erkannte die gefangenen Ritter wieder. Diesen todesverachtenden Mut vor Augen, konnte sie nicht länger tatenlos zusehen. Während sie zur Treppe rannte, hörte sie ein Fauchen wie von Feuer. Auf dem Weg nach oben drohte ihre Kraft erneut, sie zu verlassen, als sie zwei Stufen auf einmal nahm, und zwang sie, langsamer zu laufen.

Gerade als sie den Wehrgang betrat, ertönte ein Brüllen, das die Mauer selbst erbeben ließ. Dunkel wie der Klang eines riesigen Horns und grollend wie Donner drang es aus der Kehle des Löwenhaupts und grub sich in ihre Eingeweide. Doch zugleich kreischten die Drachenschädel, bohrte sich ihr Schrei wie eine Lanze in Rhianas Kopf, um alles andere auszulöschen.

Rodebert von Ehern warf sich nach vorn, auf den Hals des Pferdes, um nicht zu stürzen, als das Tier vor dem Feuerstrahl, der eine verbrannte Schneise in der Wiese hinterließ, scheute und stieg. Während die Vorderhufe des Hengstes wieder zum Boden fanden und er zurück in den Sattel glitt, fragte sich der Baron verunsichert, woher die Flammen gekommen waren. Er hätte schwören können, dass sich das Maul des ihm zugewandten Echsenschädels nicht geöffnet hatte.

»Weiterschießen!«, herrschte er die Männer und Frauen vor sich an.

Wieder war ein guter Teil der ersten Salve nutzlos von den Schuppen des Drachen abgeprallt, aber einige Pfeile steckten doch zwischen den Hornplatten und im grauen Fell der Hinterläufe. *Nicht mehr als Nadelstiche,* befürchtete Rodebert, aber er hoffte, es würde das Ungetüm zumindest behindern.

Der Drache brüllte vor Wut und versetzte das Pferd damit erneut in Panik. Rodebert kämpfte darum, es direkt hinter der Linie und seine provisorische Lanze in der Hand zu behalten. Unter dem zweiten Hagel von Pfeilen schossen zu seiner Rechten neuerliche Flammen heran. Die Soldaten warfen sich zur Seite, doch nicht alle schafften es außer Reichweite. Okenheld wurde von dem lodernden Strahl getroffen und brannte wie eine Strohpuppe. Entsetzen und Bedauern wallten in Rodebert auf, aber er verwandelte sie sogleich in Zorn.

»Tobrier, zum Angriff!«, rief er und jagte sein Pferd im Galopp durch die Lücke, die um den todgeweihten Korporal entstanden war.

Den Spieß wie zum Lanzengang zwischen Arm und Körper geklemmt, brauste er auf die mannshohe, graugrüne Flanke des Drachen zu, als ein Ruck durch den Hengst ging und das Pferd samt Reiter zur Seite geschleudert wurde. Rodebert ahnte mehr, als dass er sah, dass die Bestie ihn mit einem Hieb ihres Schwanzes getroffen hatte, bevor er sich mit seinem Hengst überschlug.

Zwischen den Zinnen hindurch erhaschte Rhiana einen Blick auf die lange Reihe der Bogenschützen, die gerade ihre Pfeile auf den Drachen herabregnen ließen. *Wo auch immer sie herkommen mögen, wir haben jede Hilfe bitter nötig,* dachte sie und lief weiter.

Vor ihr auf dem Wehrgang schlossen weitere Gestalten zu den ehemaligen Gefangenen auf. Rhiana erkannte Lene unter ihnen, die beherzt eine Armbrust spannte. Plötzlich krümmte einer der Ritter sich zusammen, wie unter einem Schlag, und flog mit einem Aufschrei rückwärts von der Mauer, obwohl es keinen sichtbaren Grund dafür gab. Die Küchenmagd, die in einem Augenblick noch fassungslos dem fallenden Ritter nachblickte, entdeckte im nächsten Rhiana und richtete die Armbrust auf sie.

»Ich bin auf eurer Seite!«, schrie Rhiana schnell, drückte sich aber dennoch hinter einer Zinne in Deckung.

»Ach ja?«, höhnte eine der Gefangenen.

»Ich schwöre es bei Rondra«, gab Rhiana inbrünstig zurück.

»Vorsicht!«, kreischte jemand.

Das Löwenhaupt des Drachen fuhr mit weit aufgerissenem Rachen zwischen die Menschen. Lene schrie auf und ließ ihre Waffe fallen, um wie geblendet ihre Augen mit den Armen zu schützen. Reißzähne, lang wie Dolche, packten eine Ritterin, schlugen sich tief in ihren Körper und hoben sie mühelos in die Luft. Rhiana musste sich abwenden, um ein Würgen zu unterdrücken, aber sie zwang sich rasch, wieder hinzusehen. Ein Knappe schoss mit einer zweiten Armbrust, während der mächtige Schädel vor den Schwertern der verbliebenen Ritter zurückwich. Der Bolzen schien zu treffen, denn die Bestie brüllte auf und ließ darüber ihre Beute fahren, die jenseits der Mauer verschwand.

Wie von einer unsichtbaren Riesenhand wurde der junge Schütze plötzlich vom Wehrgang gefegt. Rhiana blieb keine Zeit, ihm nachzustarren, denn erneut schoss der fauchende Rachen des Löwen heran.

Haldoran dachte nicht mehr, erstickte jeden Gedanken durch sein eigenes Geschrei im Keim, während er mit seinem Speer auf den Drachen zurannte. Er sah, wie sich der Lindwurm krümmte, um zu einem gewaltigen Hieb seines kräftigen, baumlangen Schwanzes auszuholen, und lief noch schneller. Irgendwo rechts von ihm donnerte der Hufschlag eines galoppierenden Pferdes vorbei, und dann kam Ritter Luidprant in Sicht. Mit eingelegter Lanze hielt er auf die rechte Flanke des riesigen Leibes zu. Der rechte Hals des Ungetüms bog sich unter dem Flügel hindurch, der gehörnte Echsenschädel spie lodernde Flammen aus. Doch der Strahl ging fehl und schwärzte nur Gras.

Der Spieß stach durch die grüne Schuppenhaut. Pferd und Reiter prallten durch ihre eigene Wucht gegen den vor

Schmerz aufbrüllenden Drachen, aber das zählte für Haldoran nicht mehr, nur der Treffer des Ritters, der ungeahnten Mut in ihm entfachte. »Ja!«, schrie Haldoran gerade jubelnd, als der peitschende Schwanz ihn und seine Rotte erreichte und von den Füßen riss.

Im nächsten Augenblick stand das Pferd wieder über ihm, schwankte, fing sich, warf sich herum und jagte davon. Rodeberts Beine fühlten sich wie gelähmt an, aber die Steifheit ließ nach, als er versuchte, sie zu bewegen. Seine Rippen schmerzten beim Atmen, die rechte Hüfte war taub. Zwei besorgte Gesichter beugten sich über ihn.

»Solln wer Euch helfen, Herr?«, erkundigte sich einer der Bauern unsicher.

»Nein, verdammt! Tötet das Biest!«, fuhr er sie so heftig an, dass sie unvermittelt weiterrannten. Feuer sengte aufs Neue über den Hang, trieb Rodebert taumelnd auf die Füße, als er helles Kampfgeschrei vernahm.

»Für Rondra und Famerlor!«, riefen die Kriegerinnen, die vom Burgtor her auf den Drachen zustürmten. Doch anstatt sich auf das Ungeheuer zu stürzen, attackierten sie zu Rodeberts Entsetzen seine nichts ahnende Landwehr. Erbarmungslos fuhren sie mit ihren Schwertern unter die überraschten Soldaten. Seine Wut flackerte wieder auf und spülte die Schwere aus seinen Beinen. Der Drache brüllte lauter und zorniger denn je. Rodebert riss seine Klinge aus der Scheide. Die mächtigen Schwingen des Ungetüms hoben sich, um den Hälsen mehr Freiraum zu verschaffen. Wieder stieß ein Echsenschädel gleißende Flammen hervor, mitten hinein in die Kämpfenden, und traf Tobrier wie Amazonen. Rodebert bemerkte es kaum. Jenseits von Furcht und Vernunft warf er sich in die ungleiche Schlacht.

Als Finni zurück zur Sattelkammer eilte, um weitere Sättel und Trensen zu den Pferden zu schleppen, stutzte sie. Draußen war es viel zu still. Natürlich hatte sie das Brüllen des Drachen gehört, vor dem Windspiel so erschrocken war, dass er sie beinahe niedergetrampelt hätte, aber darüber hinaus war sie sicher, nur zwei Klingen zu hören, obwohl doch etliche Amazonen auf sie zugerannt waren. Sie erkannte Neels fluchende Stimme. *Aber wenn Neel da draußen kämpft, wo ist dann Rhiana?*, fragte sie sich alarmiert und lief zur Stalltür.

Eisfell kratzte knurrend mit seinen Krallen daran, als könne er sich hindurchgraben. Finni versuchte, ihn beiseite zu schieben, doch der Wolfshund war zu stark und schwer, um sich von ihr halten zu lassen. Kaum hatte sie die Tür einen Spalt geöffnet, drängte er sich mit aller Kraft an ihr vorbei und schoss hinaus, direkt zwischen Neels Beinen hindurch. Die Amazone verlor das Gleichgewicht. Sofort setzte Yako nach, um ihrer alten Feindin den Todesstoß zu versetzen.

Finni warf sich instinktiv gegen die Söldnerin, die jedoch geschmeidig auswich, aber Neel verfehlte, die gestürzt war.

»Lasst euch eben fressen!«, zischte Yako und rannte zum Tor davon.

Neel sprang auf, um ihr zu folgen, doch Finni hielt sie am Ärmel fest, womit sie sie beinahe wieder zu Fall gebracht hätte.

»Wo ist Rhiana?«, schrie sie die Amazone an.

Gemeinsam sahen sie sich um, entdeckten zuerst Eisfell, der den Maueraufgang emporwetzte, und dann Rhiana, auf die sich der Rachen des Löwen herabsenkte.

Eine Wolke widerlich stinkenden Atems schlug Rhiana aus dem riesigen Maul entgegen, sodass sie glaubte zu ersticken. Die Zeit, jede Bewegung, alles schien ihr seltsam verlangsamt, obwohl sie wusste, dass es in Wahrheit schnell ging. Neben ihr kauerte Lene und richtete die Armbrust nach oben. Der Bolzen schlug dumpf in das zottige, dunkle Fell der Kehle, aber das mächtige, mähnenumwallte Haupt zuckte nicht zurück. Die gelblichen Zähne, von denen der Geifer tropfte, schnappten nach einem der letzten beiden Ritter, der sein Schwert vorstieß, sodass es sich in dem weiten Rachen verkantete.

Rhiana richtete sich auf, blickte direkt in das leuchtende, bernsteingelbe Auge, das wegen des aufgesperrten Mauls zusammengekniffen war. Sie packte den Schwertgriff mit beiden Händen und hob die Klinge wie einen Dolch, als plötzlich ein greller Blitz wie aus dem Nichts vor ihren Augen explodierte. Aufkeuchend führte sie ihren Stoß blind zu Ende, spürte, wie der Stahl etwas Hartes traf, abrutschte und durch etwas Weicheres schnitt.

Mit einem Ruck wurde das Schwert nach oben gerissen. Rhiana ließ das Heft fahren und warf sich gegen die Zinnen, um nicht geblendet vom Wehrgang zu stürzen. Unsanft stieß sie gegen die Steine und kroch von der Stelle fort, an der sie ihren Gegner vermutete. Das schreckliche, alles durchdringende Kreischen der Echsenköpfe drohte, ihr die Orientierung zu rauben, sodass sie innehielt, um sich einfach an die Zinnen zu pressen, bis sie wieder sehen konnte.

Ein leises schabendes Klicken wie von Krallen auf Stein näherte sich ihr, und etwas Kaltes, Feuchtes drückte sich auf ihre Wange. Erleichtert erkannte sie Eisfell, der sich beschützend neben sie stellte.

Um Rodebert herrschte ein Inferno, wie er es sich in den dämonischen Sphären nicht Grauen erregender vorstellen konnte. Der Drache spie Feuer, überzog damit Freund wie Feind ohne Unterschied und schlug mit den Flügeln, wodurch die Flammen noch angefacht wurden. Brennende Gestalten flohen schreiend in alle Richtungen. Wohin Rodebert sich auch drehte, überall schlug ihm nur Hitze und Feuer entgegen. Es gab keine Schlacht mehr, nur noch das Wüten der vom Drachen entfesselten Elemente.

Er stolperte über einen niedergestreckten, angesengten Leichnam und erkannte, dass ihm nichts mehr blieb, als aus diesem Albtraum zu entkommen. Sein Verstand kehrte zurück, wollte seine Schritte hangabwärts lenken, doch in diesem Moment geriet ihm eine Kriegerin vor Augen, die sogleich ihr Schwert auf ihn richtete. Ihr Anblick war schauerlich. Rauch stieg von ihrem schwelenden Umhang auf. In Haar und Kopfhaut prangte ein ebenso großer schwarzer Brandfleck wie auf dem linken Bein. Ihr Gesicht war gerötet und rußverschmiert, aber in ihren grünen Augen loderte der Irrsinn. Sie musste eine Erscheinung aus den Niederhöllen sein.

Rodebert brachte seine Klinge gerade rechtzeitig nach oben, um ihren Angriff zu parieren. Ihre Hiebe kamen schnell und kraftvoll, getragen von dem Wahn, der sie erfüllte. Sie trieb ihn vor sich her, er musste hastig zurückweichen und wusste, dass sich das bald rächen würde, wenn er ins Stolpern kam. Er wich zur Seite aus, wo er den Boden sehen konnte. Ein neuer Flammenstoß fauchte an ihnen vorüber und lenkte ihn ab. Wie glühendes Eisen fuhr die Schneide unterhalb des Kettenhemds über seinen Schwertarm. Blut schoss hervor.

Mit einem triumphierenden Schrei drang die dämonische Kriegerin noch härter auf ihn ein, doch sie war sich zu sicher. Rodebert sah ihren Fehler und warf sich nach vorn. Ihre Klinge glitt an seinem Harnisch ab, während sich die seine durch ihr Kettenhemd zwischen ihre Rippen bohrte.

Wie Kegel waren Haldoran und seine Kameraden übereinander gefallen, als der peitschende Schwanz des Drachen sie von den Füßen fegte. Haldoran fand sich halb unter Torben wieder und lag selbst mit dem Kopf auf Ilkes Rücken. Wundersamerweise hielt er mit einer Hand noch immer seinen Spieß, der jedoch unter Torben fest klemmte. Er blickte zu dem Ungetüm auf, das vom Boden aus bis in den Himmel zu reichen schien. Das Löwenhaupt baumelte wie tot herab, doch die Echsenschädel fuhren zu beiden Seiten nieder, um ihre Gegner in Flammen zu hüllen.

»Hoch mit euch!«, befahl eine Stimme, die Haldoran überrascht als Firuntins erkannte. »Was der Ritter kann, könnt ihr auch!«

Haldoran schüttelte beschämt die Trägheit ab, die ihn angesichts des übermächtigen Feindes verlockt hatte, einfach liegen zu bleiben und den Dingen ihren Lauf zu lassen. »Jau, hoch mit euch!«, fiel er eifrig ein. »Hoch mit euch!« Er stemmte sich gegen Torbens Gewicht, der hastig aufsprang, um seinem Weibel auf die Füße zu helfen.

»Los, hoch!«, wiederholte Haldoran und zerrte an Ilke, bis auch sie aufrecht stand.

»Achtung, Weibel!«, rief Lindgard.

Haldoran sah sich um. Der Drache schlug mit den Flügeln und kam rückwärts auf sie zu, während er weiterhin nach beiden Seiten Tod säte. Luidprants Pferd war verschwunden, aber der Ritter rettete sich gerade vor den Flammen unter den Bauch der Bestie.

Vielleich sinwer da am sichersten, schoss es Haldoran durch den Kopf. »Zum Angriff, Leut'!«, forderte er schrill und rannte voran.

Der Lindwurm schlug erneut mit seinem Schwanz um sich, doch nun war Haldoran nah genug heran, um sich darunter hinwegducken zu können. Rechts von ihm tauchte das Ungetüm Hesines heranstürmende Rotte in Feuer. Vor ihm ragten die kraftvollen Löwenbeine des Drachen auf. Eine Katze mit solchen Pranken hätte mit einem Stier spielen können wie eine gewöhnliche Katze mit einer Maus.

Haldoran war versucht, seinen Speer einfach in das graue Fell zu rammen, um endlich davonlaufen zu können. Doch dann entdeckte er Luidprant wieder, der unter dem massigen Bauch kauerte. Der Ritter hatte sein Schwert gezogen und trieb es nun in die weichere Haut hinter einem der ähnlich wie bei einer Eidechse vom Körper abgewinkelten, geschuppten Beine.

Dat muss ick dohn, verstand Haldoran, gerade als der Drache die neue Wunde bemerkte und nach dem Gegner unter seinem Leib zu suchen begann. Die Tatzen – mit Klauen bewehrt, die jede für sich einem langen, schweren Dolch gleichkamen – schlugen und trampelten wild umher. Haldoran sah noch, wie Luidprant umgerissen wurde, dann war er so nah, dass er die dicken, hornigen Schuppen selbst hätte berühren können. Die Pranke neben ihm wich zurück, und geistesgegenwärtig stach er in die Leiste des Ungeheuers.

Stolz auf seine Tat rauschte durch seine Adern. Er fühlte sich als Held, als er den Spieß wieder herausriss. Drachenblut regnete auf ihn herab und brannte sich in seine Haut. Andere rannten mit ihren Speeren an ihm vorbei, um es ihm gleichzutun, während er seine Waffe fallen ließ, um seine Augen vor der kochend heißen Flüssigkeit zu schützen. Der Drache tobte. Haldoran stieß gegen den trocken warmen Leib, taumelte in die andere Richtung und wurde von einem der säulendicken Beine umgeworfen. Ein unfassbares Gewicht presste mit einem Mal auf seinen Unterschenkel, drückte ihn in den steinigen Boden des Hangs, bis der Knochen brach und Haldoran vor Schmerz aufschrie. Er spürte kaum, dass der Druck nachließ, aber plötzlich riss ihn jemand hoch, und ihm wurde schwarz vor Augen.

Als sein Bewusstsein zurückkehrte, war er wie ein Sack Kartoffeln über die Schulter seines Retters geworfen worden. An den Sträflingskleidern erkannte er Firuntin, der mit ihm den Hang hinabeilte. Er verdrehte den Kopf, verrenkte den Rücken, um zurückblicken zu können. Der Drache bewegte seine Flügel nur noch schwach. Kein Feuer loderte mehr, wenn er die Echsenrachen aufriss, und noch immer stachen Tobrier mit Speeren auf ihn ein.

Kapitel 23

Einstige Baronie Firntal, Oberdarpatien, Peraine 914 BF

Rhiana hielt Sturmbraut und Rabe an, als sie den Waldrand erreicht hatten. Während Eisfell stöbernd im Unterholz verschwand, ließ sie die Pferde gerade so weit wenden, dass sie vom Sattel aus Finni, Neel und Rashid entgegenblicken konnte. Der Novadi sah nicht auf und ritt schweigend an ihr vorüber. Es tat ihr Leid, ihn so düster und verschlossen zu sehen, aber sie konnte nichts tun, um seinen Schmerz zu lindern.

Wir müssen schon froh sein, dass er überhaupt wieder aufgetaucht ist, redete sie sich ein, denn kurz nachdem der Drache besiegt worden war, hatte Rashid seinen Shadif gesattelt und war mit Lorwinas Leichnam davongeritten. Drei Tage hatten sie vergebens auf ihn gewartet, ohne zu wissen, ob er jemals zurückkehren würde, aber auch nachdem er die Amazone an einem unbekannten Ort bestattet hatte, war er wortkarg und unzugänglich geblieben. Es hätte Rhiana nicht gewundert, wenn er ihr eröffnet hätte, dass ihre Wege sich nun trennen würden. Doch als sie aufgebrochen waren, hatte er sich ihnen ganz selbstverständlich angeschlossen.

»Ich dachte, wir halten nicht mehr an, bis wir es aus der Reichweite von diesem Luidprant geschafft haben«, versuchte Finni zu scherzen.

»Vielleicht wäre das klüger. Wer weiß?«, erwiderte Rhiana und rang sich ein Lächeln ab. »Wenn es nach ihm gegangen wäre, säßen wir jetzt womöglich im Kerker.«

Zum Glück hat Baron Rodebert das Kommando, fügte sie in Gedanken hinzu und dankte den Göttern dafür. Der tobrische

Ritter Luidprant, der außer einigen Prellungen und Brandblasen keine Verletzungen aus dem Kampf mit dem widernatürlichen Riesenlindwurm davongetragen hatte, war ihnen gegenüber äußerst misstrauisch gewesen. Wer sich nicht Herzog Kunibrands Sache anschließen wollte, konnte in seinen Augen nur ein Feind sein.

Der Baron hatte die Angelegenheit jedoch differenzierter betrachtet. Für ihn waren die beiden überlebenden darpatischen Ritter und die Magd Lene, eine junge Adlige, die nur als Spitzel auf der Burg gelebt hatte, eindeutig als Kriegsgefangene zu behandeln. Was jedoch Rhiana anging, hatte sie ihn davon überzeugen können, dass sie und ihre Gefährten weder zu den Amazonen gehörten, die unter seinen Soldaten gewütet hatten, noch daran interessiert waren, in der Frage des vakanten Kaiserthrons für Reichsmarschall Tedesco Partei zu ergreifen. Er hatte sie bei Rondra und Praios einen Eid ablegen lassen, niemandem von der Anwesenheit seiner Truppe auf darpatischem Gebiet zu berichten, und sie hatte eingewilligt, obwohl sie nicht völlig sicher war, ob sie sich damit nicht bereits in diesen Krieg verstricken ließ. Sie fand, dass ihr keine andere Möglichkeit geblieben war, um auf friedlichem Wege aus der Burg zu entkommen, die sich in ein einziges großes Lazarett verwandelt hatte.

»Wenn er versucht hätte, mich in dieses Loch zu sperren, hätte ich ihn auch noch um den Rest seiner Landwehr gebracht«, knurrte Neel. »Hat er ernsthaft geglaubt, wir würden uns ein paar Bauern ergeben?«

Rhiana zuckte die Achseln. »Mir war jedenfalls nicht mehr nach kämpfen zumute«, gestand sie.

»Und den armen Schweinen von Soldaten wohl auch nicht«, merkte Finni an.

Sie hatten beide Mitleid mit den einfachen Männern und Frauen empfunden, die man gegen ihren Willen aus der Heimat in einen Krieg führte, der nicht der ihre war. Auch wenn ihr Schwert nach der Schlacht in einem der Löwenaugen des Drachen gesteckt hatte, glaubte Rhiana nicht, dass dies die tödliche Wunde gewesen war. Sie hatten es den tapferen Soldaten mit ihren kruden, hölzernen Spießen zu verdanken, dass die Bestie der Übermacht doch noch erlegen war. Dafür hatte die Landwehr einen hohen Preis bezahlt und zahlte ihn noch, denn die meisten Opfer hatten nicht während des Kampfes ihr Leben gelassen, sondern waren in den Tagen danach an ihren Verbrennungen oder Wundfieber gestorben.

Der Boronanger Firntals war um eine stattliche Anzahl von Gräbern angewachsen, während der Kadaver des Lindwurms schrumpfte. Selbst Finni hatte sich daran beteiligt und ihnen einige grüne Schuppen sowie ein zwei Spann langes Horn verschafft, was für sie keine leichte Aufgabe gewesen war. Umso mehr hatte sie sich darüber geärgert, dass Rhiana zunächst die Nase über diese Trophäenjagd gerümpft hatte.

»Wenigstens werden sich die Überlebenden später mal ein schöneres Leben machen können«, setzte Finni hinzu und klopfte vielsagend auf die Tasche mit ihrer Beute, die sie nicht mehr aus den Augen ließ.

Mittlerweile wusste auch Rhiana diese Andenken besser zu schätzen. Sie in Gareth an Magier oder Alchimisten zu verkaufen, würde sie für lange Zeit von ihren Geldsorgen befreien.

Sie musste an Leodora denken, der das Ungeheuer so viel bedeutet hatte. *Wahrscheinlich ist es besser, dass der Baron sie getötet hat,* nahm sie an. *Sie hätte es nicht ertragen, mit anzusehen, wie der Drache zerlegt wird, den sie für einen Boten Famerlors gehalten hat. Boron schenke ihrer verwirrten Seele Frieden!*

»Ich wünschte, es hätte unter den Ordensschwestern keine Überlebenden gegeben«, meinte Neel grimmig.

»Wie kannst du so etwas sagen?«, fuhr Finni auf. »Auch wenn Rondria mir nicht immer die Wahrheit gesagt hat, war sie trotzdem so etwas wie eine Freundin. Ich habe ehrliche Tränen um sie vergossen!«

»Glaubst du etwa, ich nicht? Dennoch war es besser für sie«, beharrte Neel. »Der Baron hätte sie genau wie Lorgard hinrichten lassen, weil sie ihm seine Bauern abgeschlachtet hat. Und was soll jetzt aus Leotrud werden? Was aus Rondriga und ihrem Kind?«

Rhiana musste Neel in gewisser Weise Recht geben. Die beiden Amazonen hatten nicht gekämpft – Leotrud, weil sie noch immer an den Folgen ihrer Schulterverletzung litt, Rondriga, weil sie im Wochenbett lag. Aber ihr Orden war ausgelöscht.

»Sobald der zuständige Graf davon erfährt, wird er sie sicher dafür anklagen, dass sie gemeinsam mit ihren Schwestern verhindert haben, dass der Drache schon früher zur Strecke gebracht wurde«, vermutete Rhiana. »Bei all den Leben, die das gekostet hat, wird das Urteil kaum milde ausfallen. Und er wird die Burg für sich beanspruchen oder als Lehen neu vergeben.«

Sie warf einen letzten Blick zu der Festung hinauf, über der kein Banner mehr wehte. *Wir hatten gehofft, hier Verbündete zu finden, aber jetzt stehen wir doch wieder allein gegen den Flammenbund,* stellte sie bedauernd fest und wandte sich ab. »Es wäre wohl einfach zu schön gewesen, wenn Neels Orden hier wieder auferstanden wäre«, sagte sie, um die alte Amazone zu versöhnen.

»Immerhin ist diese Yako aufgetaucht«, erinnerte Finni sie. »Das war doch seltsam. Woher kam sie? Und warum ist sie wieder spurlos verschwunden?«

»Leider hat sie mehr Leben als eine Katze«, behauptete Neel kurz angebunden. »Ich bin sicher, wir haben sie nicht zum letzten Mal gesehen.«

Glossar

Götter und Monate

Gottheit	*Kompetenz*	*Symbol(-tier)*	*Monat*
Praios	Gott der Sonne und des Gesetzes	Greif	Juli
Rondra	Göttin des Krieges und des Sturms	Löwin	August
Efferd	Gott des Wassers, des Windes und der Seefahrt	Delphin	September
Travia	Göttin des Herdfeuers, der Gastfreundschaft und der ehelichen Liebe	Gans	Oktober
Boron	Gott des Todes und des Schlafes	Rabe	November
Hesinde	Göttin der Künste, der Gelehrsamkeit und der Magie	Schlange	Dezember
Firun	Gott des Winters und der Jagd	Eisbär	Januar
Tsa	Göttin der Geburt und Erneuerung	Eidechse	Februar
Phex	Gott der Diebe und Händler	Fuchs	März

Peraine	Göttin des Ackerbaus und der Heilkunde	Storch	April
Ingerimm	Gott des Feuers und des Handwerks	Feuer	Mai
Rahja	Göttin des Weines, des Rausches und der Liebe	Pferd	Juni

Zwischen den Monaten Rahja und Praios liegen 5 Tage ohne Namen, die an den verfemten 13. Gott, den Namenlosen, erinnern.

Wochentage

Windstag = Montag
Erd(s)tag = Dienstag
Markttag = Mittwoch
Praiostag = Donnerstag
Rohalstag = Freitag
Feuertag = Samstag
Wassertag = Sonntag

Himmelsrichtungen

Osten = Rahja
Süden = Praios
Westen = Efferd
Norden = Firun

Die meisten Aventurier haben von den Thorwalern die Bezeichnung der Himmelsrichtungen übernommen: Norden (thorwalsch: norda), Süden (sijdan), Westen (Wesda) und

Osten (ostion). Ebenso gebräuchlich ist aber auch die Verwendung der vier Götternamen.

Maße

Finger	=	2 Zentimeter
Spann	=	20 Zentimeter
Schritt	=	1 Meter
Meile	=	1 Kilometer

Münzen

Dukat (Goldstück)	=	125,00 Euro
Silbertaler	=	12,50 Euro
Heller	=	1,25 Euro
Kreutzer	=	0,12 Euro

Die Umrechnung in Euro soll eine ungefähre Vorstellung des Wertes ermöglichen. Einprägsamer sind aventurische Preise: Ein Maß Bier kostet in der Schankwirtschaft 6 Kreutzer, ein Laib Brot auf dem Markt 15 Kreutzer, ein gutes Leinenhemd 8 Silbertaler, ein Kurzschwert oder eine einfache Lederrüstung 8 Dukaten.

Sonstige Begriffe

99 Gesetze – Grundlage der Religion der Rastullahgläubigen
Abilacht – kleine Handelsstadt, im Süden der albernischen Grafschaft Honingen gelegen
Al'Anfa – mächtigste Stadt und Reich in Südaventurien
Al'Ankhra – Beiname des Gottes Rastullah (»der Löwe«)
Albernia – an der Westküste Aventuriens gelegenes Fürstentum; Bestandteil des Mittelreiches

Alveran / Wächterin Alverans – Heimstatt der Zwölfgötter, deren Wächterin Rondra ist

Apep – mächtiger Kaiserdrache, der in dem Teil der Schwarzen Sichel haust, der Drachensteine genannt wird

Aventurien – Kontinent der Welt Dere

Bethana – alte Hafenstadt an der Westküste Aventuriens

BF – Bosparans Fall, allaventurische Zeitrechnung; es gibt andere Zeitrechnungen, z. B. nach Hal. Das Jahr 0 Hal entspricht dem Jahr 993 n. BF, das Jahr 0 BF entsprechend dem Jahr 993 v.H.

Bornland – großes Land im Nordosten Aventuriens

Brabak – Stadt und Königreich an der Südspitze Aventuriens. Die große Hafen- und Hauptstadt des gleichnamigen Königreichs lebt von Handel und Fischfang und ist von Sümpfen und Regenwäldern umgeben.

Darpatien – zentral gelegenes Fürstentum des neuen Reiches

Drachengau – kleine Region der Mark Osterfelde im Westen Tobriens

Dschinn – Elementargeist mit Zauberkräften, der mit menschlichem Oberkörper erscheint, wenn man ihn beschwört

Elenviner – ein vollblütiges Pferd mit viel Temperament

Elf – hoch zivilisiertes, magiebegabtes Volk Aventuriens

Famerlor – als Gefährte der Göttin Rondra und als Vater ihres Sohnes Kor verehrter, mächtiger Drache mit Löwenhaupt, der bei den Göttern in Alveran lebt

Flammenbund – Geheimbund, der den Drachen Pyrdacor verehrt und die Macht in Aventurien anstrebt

Gallys – Ortschaft an der Reichsstraße, die von Wehrheim (in Darpatien) durch die Trollpforte nach Osten führt

Gareth – Hauptstadt des Neuen Reiches, im zentralen Königreich Garetien gelegen

Goblin – aventurischer Ureinwohner, nicht dumm, aber von den Menschen als verschlagen verachtet, äffisches Äußeres

Göttername – in diesem Zusammenhang die Bezeichnung eines Monats, da die Monate in Aventurien nach den zwölf Göttern benannt sind

Granelfels – in der Schwarzen Sichel gelegene Baronie in Tobrien
Harpyie – fliegendes Mischwesen aus Vogel und Frau, wahrscheinlich schwarzmagischen Ursprungs
Havena – bedeutende Hafenstadt an der Westküste Aventuriens und Hauptstadt des Fürstentums Albernia, nördlich im Mündungsgebiet des Großen Flusses gelegen
Holk – Schiffstyp, Weiterentwicklung der Kogge
Honingen – Grafenstadt im Hinterland von Albernia
Inrah – Brettspiel mit für die beiden Kontrahenten unterschiedlichen Arten Spielsteine
Isegrimm – zweiköpfiger Wolf aus der »Wilden Jagd«, dem Gefolge des Gottes Firun; gilt als Schutzpatron Tobriens
Keft – Oasenstadt inmitten der Wüste Khom; religiöses Zentrum und Pilgerort der Rastullahgläubigen
Khom – große Wüste im Süden Aventuriens
Khoramsbestie – ein Schritt hohe Wildhundart mit schwarzgelb geschecktem Fell und extrem starkem, scharfem Gebiss
Kosch – Gebirge und Provinz des Mittelreiches
Kurkum – wichtigste Burg und Sitz der Königin der Amazonen, in den Beilunker Bergen gelegen
Land der Ersten Sonne – Bezeichnung der Tulamiden für ihren Siedlungsraum im Süden Aventuriens
Leuin – poetisch für Löwin; wird von Rondragläubigen gern als Beiname der Göttin verwendet
Madamal – Bezeichnung des Mondes
Mhanadi – drittgrößter Fluss Aventuriens im Südosten
Mishkharas Niederhölle – das Reich einer Erzdämonin, auch als Belzhorash bekannt, Herrin über Pestilenz und Fäulnis
Mohagoni – Holzart, benannt nach den Moha, dem größten Stamm der südaventurischen dunkelhäutigen Waldmenschen
Muhrsape – alter Name des Moor- und Marschlandes im Mündungsdelta des Großen Flusses
Nostria – Hauptstadt des gleichnamigen Königreichs an der Westküste Aventuriens, nördlich von Albernia

Novadi – in der Wüste Khom nomadisch lebende Stämme der Tulamiden, die sich zum Rastullahglauben bekennen

Oger – ein in Höhlen lebendes, zweieinhalb Schritt messendes menschenähnliches Wesen, das sich primitiver Waffen und Werkzeuge bedient

Ork – ähnlich wie Goblins, nur etwas größer und mit schwarzem Pelz ausgestattet

Perricum – reiche Küstenstadt des östlichen Mittelreiches, aber tulamidischen Ursprungs

Praiosscheibe – Bezeichnung der Sonne

Pyrdacor – einer der mächtigsten Drachen, der allerdings seinem Bruder Famerlor im ersten Drachenkrieg unterlag und später durch die Götter von der Welt verbannt wurde

Rashdul – älteste tulamidische Stadt, östlich der Khom gelegen

Rastullah – der Eingott der Novadis

Riesenlindwurm – mächtiger, magiebegabter Drache mit drei Köpfen

Rommilys – Provinzhauptstadt des mittelreichischen Fürstentums Darpatien

Rondrikane – heftige Stürme aus Nordwest auf dem Meer der Sieben Winde

Satinav – Halbgott und Hüter der Zeit

Schwarze Sichel – Gebirgszug im Westen Tobriens

Shadif – edle, temperamentvolle tulamidische Pferderasse

Shastra – talanischer Titel der Thronfolgerin

Sultana – weibliche Variante des Titels Sultan

Talania – Inselkönigreich im Meer der Sieben Winde

Thorwal – Stadt und Landstrich im äußersten Nordwesten Aventuriens und Siedlungsgebiet der Thorwaler

Thorwaler / -in – Seefahrervolk, kräftig und hoch gewachsen und von heller Haut- und Haarfarbe; leben vom Seehandel und Fischfang, sind aber auch als Seeräuber und als Gegner der Sklaverei bekannt

Tobrien – Herzogtum und Bestandteil des Mittelreiches, im Nordosten gelegen

Trollpforte – Gebirgspass zwischen den Herzogtümern Darpatien und Tobrien

Tulamiden – Volk, das den Süden Aventuriens besiedelt und von dunkler Haar- und Augenfarbe ist

Warunk – Markgrafschaft und flächenmäßig kleinste Provinz des Mittelreiches mit gleichnamiger Hauptstadt

Warunker – häufigste Pferderasse Aventuriens ohne einheitliches Erscheinungsbild

Wehrheim – große Grafenstadt, im mittelreichischen Fürstentum Darpatien gelegen

Weibel / -in – Dienstgrad, Anführer einer zehnköpfigen Einheit

Wengenholm – Grafschaft im Norden des Fürstentums Kosch

Willbergen – Baronie in der Mark Osterfelde im Westen Tobriens

Wulfroth – kleines Dorf in Willbergen / Mark Osterfelde / Tobrien

Ysilia – Stadt und Landgrafschaft im Herzogtum Tobrien

Yslisee – großer Binnensee bei Ysilia

Zyklopeninseln – Inselgruppe im Meer der Sieben Winde, vor der Westküste Aventuriens

William King

Gigantenkrieger

Die Abenteuer von Gotrek und Felix 7. Aus dem Englischen von Christian Jentzsch. 399 Seiten. Serie Piper

Der kampfeslustige Zwerg Gotrek und sein menschlicher Gefährte Felix geraten in das Wegesystem der Alten, eine magische Verbindung zwischen den Kontinenten. Doch finstere Zauberer entziehen dem Netzwerk die Kraft, und Gotrek und Felix müssen es mit einer übermächtigen Horde Riesen, Orks und Tiermenschen aufnehmen, um das Elfenland zu retten – ein Konflikt, der schlagkräftige Argumente erfordert …

Endlich das neue furiose Abenteuer der erfolgreichsten »Warhammer«-Helden!

»Großartige Romane zum beliebtesten Fantasy-Spiel, das es je gab.«
The Daily Star

05/1806/01/L

Graham McNeill

Botschafter der Schlacht

Warhammer – Sturm des Chaos 1. Aus dem Englischen von Barbara Röhl. 352 Seiten. Serie Piper

Der ehemalige General Kaspar von Velten tritt einen Posten als Botschafter im eisigen Reich Kislev an. Die Stellung bedeutet seine größte Herausforderung, denn das Reich wird von feindlichen Agenten und Schurken unterwandert. Zudem geht ein geheimnisvoller Serienkiller um. Und in den Eiswüsten des Nordens versammelt sich eine finstere Armee aus Chaos-Kriegern, bereit, das Land mit einem Sturm der Zerstörung zu überziehen … Nach William Kings »Gotrek und Felix« der neue Kultzyklus aus der britischen »Warhammer«-Fantasyschmiede!

»Eine explosive Mischung aus düsteren Intrigen und rasanter Action.«
SFX

05/1881/01/R

SERIE PIPER

Markus Heitz

Schatten über Ulldart

Ulldart – Die Dunkle Zeit 1.
399 Seiten. Serie Piper

Kurz vor seinem Tod prophezeit ein Mönch, dass die Dunkle Zeit den Kontinent Ulldart erneut mit Leid und Zerstörung überrollen werde. Der verwöhnte Prinz Lodrik wird unterdessen in die Provinz gesandt, um die Stelle des neuen Statthalters einzunehmen. Noch ahnt Lodrik nicht, dass er das Schicksal seiner Welt entscheiden wird – denn die Dunkle Zeit droht zurückzukehren, und er wird der Retter oder Zerstörer Ulldarts sein …

Der Auftakt zum sensationellen Epos »Ulldart – Die Dunkle Zeit« – ausgezeichnet mit dem Deutschen Phantastik Preis

05/1755/03/L

Markus Heitz

Der Orden der Schwerter

Ulldart – Die Dunkle Zeit 2.
495 Seiten. Serie Piper

Lodrik wird neuer Herrscher des Reiches Tarpol. Doch seine Reformen rufen Neider, Intriganten und falsche Freunde auf den Plan. Bald weiß Lodrik nicht mehr, wem er trauen kann, und ist auf die Hilfe finsterer Gestalten angewiesen, um seine Macht zu verteidigen. Und über allem schwebt die verhängnisvolle Prophezeiung, dass die Dunkle Zeit wiederkehren und die Welt in Leid und Zerstörung versinken wird …

Die spektakuläre Fortsetzung der großen Fantasy-Saga »Ulldart – Die Dunkle Zeit«

05/1756/03/R

Markus Heitz

Das Zeichen des dunklen Gottes

Ulldart – Die Dunkle Zeit 3.
525 Seiten. Serie Piper

Das Böse droht, die Überhand auf dem Kontinent Ulldart zu gewinnen. Die eigene Machtstellung wird dem jungen Herrscher Lodrik zum Verhängnis: Unter dem Einfluss verräterischer Freunde und intriganter Berater hat er sich in einen unberechenbaren Kriegstreiber verwandelt. Seine wahren Gefährten werden verfolgt und geraten in Lebensgefahr. Doch sie geben nicht auf: In der Ebene von Telmaran stellen sie sich Lodriks Herr, und eine vernichtende Schlacht beginnt …

»Markus Heitz hat eine große Zukunft vor sich.«
Saarländischer Rundfunk

05/1757/03/L

Markus Heitz

Trügerischer Friede

Ulldart – Zeit des Neuen 1.
448 Seiten. Serie Piper

Nach der großen, verheerenden Schlacht ist auf dem Kontinent Ulldart wieder Frieden eingekehrt. Doch die Ruhe trügt: Während Lodrik sich immer weiter zurückzieht, plant seine erste Frau Aljascha, die Herrschaft über Tarpol zu erlangen. Und im fernen Norden ist jemand erschienen, den alle für tot gehalten haben. Die ehemaligen Kampfgefährten müssen erneut zusammentreffen, um die Katastrophe zu verhindern …

Mit dem Zyklus »Zeit des Neuen« kehrt der Bestsellerautor auf den Kontinent Ulldart zurück – ein idealer Einstieg für Neuleser und zugleich ein Wiedersehen mit den beliebtesten Helden und größten Schurken.

05/1869/01/R

SERIE PIPER

John Moore

Handbuch für Helden

Roman. Aus dem Englischen von Birgit Reß-Bohusch. 368 Seiten. Serie Piper

Aufruhr im Königreich Deserae: Der finstere Lord Voltmeter hat das fabrikneue magische Artefakt »Modell Sieben« gestohlen. Der König schickt General Logan aus, es zurückzuholen, und verspricht ihm dafür die Hand seiner Tochter Becky. Doch Becky liebt den jungen Prinzen Kevin. Und so müssen die beiden den königlichen Truppen auf der Jagd nach dem Artefakt zuvorkommen. Der »Praktische Ratgeber für Helden« verspricht dabei Erste Hilfe. Doch als sich Kevin als Schornsteinfeger in Voltmeters Festung schleicht und Becky gefangengenommen wird, nimmt das Chaos seinen Lauf …

»John Moore ist *die* herausragende Stimme der humorvollen Fantasy!«
BookCrossing.com

05/1857/01/L

Simon R. Green

Das dunkle Fort

Ein Dämonen-Roman. Aus dem Amerikanischen von Michael Windgassen. 304 Seiten. Serie Piper

Ein mächtiges Fort bewacht den finsteren Teil des Grenzwaldes. Doch nun ist der Kontakt zu den Wachtruppen abgerissen. Eine Gruppe Ranger um Duncan MacNeil wird ausgeschickt, um die Geschehnisse aufzuklären. Sie finden das Gebäude verlassen vor, und alles deutet auf ein schreckliches Verbrechen hin. Tief unter dem Fort lauert etwas Unvorstellbares. Und als auch noch eine Gruppe Gesetzloser in die Festung eindringt, schlagen die Mächte der Finsternis zu. Einer nach dem anderen fällt ihren Angriffen zum Opfer, bis Duncan dem mächtigsten aller Dämonen gegenübertreten muss …

»Green schafft eine sehr unheimliche, unwirkliche Atmosphäre, die den Leser sofort in ihren Bann zieht.«
Franz Rottensteiner

05/1858/01/R

Robert Jordan

Der neue Frühling

Das Rad der Zeit 29.
Aus dem Amerikanischen von Andreas Decker. 429 Seiten.
Serie Piper

Was geschah vor der Rückkehr Rand al'Thors, des legendären Wiedergeborenen Drachen? Welche Ereignisse führten zu Rands Flucht aus seiner Heimat? Das langerwartete Prequel über die Vorgeschichte und die Hintergründe zum Welterfolg »Das Rad der Zeit« ist eine faszinierende Reise in die Vergangenheit, eine Zeit voll düsterer Schlachten und mystischer Magie. Endlich lüftet Robert Jordan eines der bestgehüteten Geheimnisse seiner Welt – unverzichtbar für Robert Jordan-Fans und alle, die es werden wollen!

»Jeder Roman dieses Zyklus ist wie der Satz einer Sinfonie!«
Interzone

05/1784/01/L

Christina Zina

Die Schwerter von Oranda

Roman. 318 Seiten. Serie Piper

Chantal Bergner, eine junge Wissenschaftlerin, hat es sich zur Aufgabe gemacht, den fernen Planeten Oranda zu erforschen. Sie begibt sich auf eine Zeitreise und gelangt an ihr Ziel. Heimlich schlüpft sie in die Rolle einer Kriegerin und dient fortan Herzog Aldo, der sich in seine tapfere Streiterin verliebt. Bald kommt Chantal geheimnisvollen übernatürlichen Kräften in Gestalt der Neun Lebenden Schwerter auf die Spur. Der Sage zufolge soll im verborgenen noch ein Zehntes Schwert existieren, das über die anderen gebietet. Als ein feindlicher Herzog sich im Besitz dieses Meisterschwertes wähnt, entbrennt ein schicksalhafter Kampf um die Macht auf Oranda.

05/1595/01/R

SERIE PIPER